Arena-Taschenbuch
Band 50732

Weitere Bücher von Andreas Eschbach im Arena-Taschenbuch:
Perfect Copy (Band 50316)
Die seltene Gabe (Band 50371)

Weitere Titel der Black*Out-Trilogie:
*Black*Out*
*Time*Out*

Das gleichnamige Hörbuch ist bei Arena audio erschienen.

Andreas Eschbach,
geboren in Ulm, studierte in Stuttgart Luft- und Raumfahrttechnik und wurde vor allem durch den Thriller »Das Jesus-Video« (1998) bekannt, der auch verfilmt wurde. Mit »Eine Billion Dollar«, »Der Nobelpreis«, »Ausgebrannt« und zuletzt »Ein König für Deutschland« stieg Eschbach endgültig in die Riege der deutschen Top-Autoren auf. Seine Bücher für junge Leser erscheinen im Arena Verlag. Andreas Eschbach lebt als freier Schriftsteller mit seiner Familie in der Bretagne.

Warnsignale

1 | Das Haus mit den gelben Fensterläden stand einsam am Ende einer staubigen Straße. Einst war es eine kleine Farm gewesen, doch irgendwann war der nahe gelegene Bach versiegt und das Land ringsum ausgetrocknet. Nun erhoben sich abgestorbene Bäume und verdorrte Büsche auf dem Gelände und das Gras auf den Wiesen war fahlbraun statt grün.

Doch das Haus war noch bewohnt. Auf einem Stück Rasen vor der Tür lag buntes Kinderspielzeug aus Plastik, über einem sandgefüllten Erdloch stand eine Rutsche. Hinter den Fensterscheiben leuchtete abends Licht.

So war es auch an dem Abend, an dem ein cremeweißer Lincoln von der Hauptstraße auf die Schotterpiste zu diesem Haus abbog. Zwei ältere Damen saßen darin, schweigend. Hätte sie jemand beobachtet, er hätte unweigerlich den Eindruck gewonnen, dass sie genau wussten, wohin sie wollten.

Aber es war niemand da, der sie hätte beobachten können. Die Frau und das Kind, die in dem Haus mit den gelben Fensterläden wohnten, lebten dort alleine. Besuch hatten sie so gut wie nie.

Der Wagen folgte der Piste, die hügelan führte, dann wieder hinab und um ein Stück Wald herum. Erst hier kam das Haus in Sicht. Der Lincoln fuhr zielstrebig weiter und hielt direkt davor, neben einem Honda, dessen zahlreiche Rostbeulen die Dunkelheit gnädig verbarg.

Die beiden Frauen stiegen aus. Die eine hatte die Statur einer Ringerin, die andere war schlank und trug eine Brille, die fünfzig Jahre zuvor modern gewesen wäre. Beide waren weiß gekleidet.

Die Brillenträgerin nahm einen schmalen Koffer aus dem Kofferraum, dann gingen beide auf das Haus zu. Doch noch ehe sie es erreicht hatten, öffnete sich die Haustür. Eine dünne, dunkelhaarige Frau trat heraus. Sie hielt ein Mobiltelefon in der Hand und musterte die beiden Ankömmlinge äußerst misstrauisch.

»Guten Abend«, sagte sie scharf und in einem Ton, der ihre Worte unmissverständlich wie *Keinen Schritt weiter!* klingen ließ. »Was führt Sie her, wenn ich fragen darf?«

Die beiden Frauen waren stehen geblieben. Die mit der Brille sagte: »Guten Abend. Wir suchen Miss Patricia Batt.«

»Steht vor Ihnen«, sagte die Frau in der Tür. Sie hielt das Telefon immer noch wie eine Waffe.

»Mein Name ist Dr. Edith Wells, ich bin Kinderärztin«, fuhr die Frau mit der Brille fort. Sie deutete auf ihre Begleiterin. »Das ist Lara Brown, meine Assistentin. Wir kommen wegen Ihres Sohnes Eric.«

Die skeptischen Furchen auf der Stirn der Frau in der Haustür vertieften sich. »Wegen Eric? Was ist mit ihm?«

»Forrester Foundation«, sagte die Frau, die behauptet hatte, Kinderärztin zu sein. »Sie müssten vor Kurzem einen Brief bekommen haben, der unseren Besuch angekündigt hat.«

»Ich habe keinen Brief bekommen.«

»Oh.« Die beiden Frauen wechselten einen Blick. Dann sagte die Kinderärztin: »Das ist jetzt unangenehm. So etwas sollte eigentlich nicht vorkommen. Wir können ein andermal wiederkommen, wenn Ihnen das lieber ist . . .«

»Worum geht es denn? Was ist mit meinem Sohn?«

»Nun, Eric leidet an Diabetes, nicht wahr? Und wir . . . Von der Forrester Foundation haben Sie doch sicher schon gehört?«

»Tut mir leid. Nein.« In der Stimme der Frau, der das Haus gehörte, schwang Sorge mit.

»Die Stiftung wurde vor etwa sechzig Jahren von dem Industriellen Maximilian Forrester gegründet, nachdem er einen Sohn durch Diabetes verloren hatte. Unser Schwerpunkt ist die Entwicklung wirksamerer Therapien. Meine Kollegin und ich haben heute den Weg zu Ihnen unternommen, weil wir Ihnen eine neue, bessere Behandlungsmethode für Eric vorstellen wollen.« Sie hob den Koffer in ihrer Hand an. »Ich habe Informationsmaterial dabei, aber erfahrungsgemäß ist es ratsam, dass ich Ihnen alles erkläre und eventuelle Fragen beantworte.«

»Was ist das für eine Therapie?«

»Ich muss dazu gleich sagen, dass die eigentliche Behandlung Ihr Arzt durchführen würde – Sie sind bei Dr. Kaufman hier im Ort, nicht wahr?«

Die Frau in der Tür kaute zweifelnd auf ihrer Unterlippe. Sie nickte nur.

»Nun, es würde darauf hinauslaufen, dass Eric keine Spritzen mehr bekommen müsste.« Die Frau mit der altmodischen Brille hob die Schultern. »Wenn es Ihnen heute ungelegen kommt, können wir gern einen Termin für einen Besuch an einem anderen Abend ausmachen. Allerdings wohl erst . . .« Sie zückte einen altmodischen Taschenkalender und blätterte darin herum. »Hmm . . . also, diesen Monat geht es nicht mehr. Das wäre dann im Juli.«

»Nein, warten Sie«, sagte die Frau am oberen Ende der kleinen Treppe. Sie hob das Telefon ans Ohr. »Cathy? Hast du das mitgekriegt? Ich glaube, das ist in Ordnung, oder? Ja. Danke. Gute Nacht.« Dann sagte sie: »Kommen Sie rein.«

»Gerne«, sagte die Frau mit dem Koffer und ging voran. Ihre Begleiterin folgte ihr.

»Eric schläft aber schon«, sagte Patricia Batt, während sie die Tür schloss.

»Das ist gut so«, erwiderte die Frau, die behauptet hatte, Kinderärztin zu sein. »Sie sind es ja, zu der wir wollen.« Sie ging in die Küche, legte ihren Koffer auf den Tisch und öffnete ihn.

Es war nichts darin, das auch nur annähernd wie ein Prospekt ausgesehen hätte. Vielmehr enthielt der Koffer allerlei seltsame Gerätschaften, stoßsicher eingebettet in elastischen Formschaum.

Die Frau mit der Brille nahm, ohne zu zögern, ein Gestell heraus, das einer Schraubzwinge ähnelte, und reichte es ihrer stämmigen Kollegin. Die machte sich sofort daran, es ungefähr in Kopfhöhe am Rahmen der Küchentür festzuschrauben. Ein breiter Lederriemen baumelte von dem Gestell herab.

»Heh«, rief Patricia Batt. »Was machen Sie denn da?«

»Erschrecken Sie jetzt nicht und schreien Sie nicht«, sagten beide Frauen im Chor, mit einer Gleichstimmigkeit, die einem unwillkürlich Schauer über den Rücken jagte. *»In Wirklichkeit sind wir gekommen, um Sie einem kleinen chirurgischen Eingriff zu unterziehen. Er ist zu Ihrem Besten, wie Sie feststellen werden, und es tut nicht weh, wenn Sie sich nicht wehren.«*

»Was für einen –?«

Doch da hatte die Frau mit der Ringerfigur sie schon von hinten gepackt. Noch ehe Patricia schreien konnte, war die angebliche Kinderärztin mit einer Injektionspistole bei ihr und jagte ihr ein Medikament in die Halsschlagader. Im nächsten Augenblick sackte Patricia schlaff und stumm in sich zusammen und wäre wie ein Lumpenbündel auf den Boden geschlagen, wenn die stämmige Frau sie nicht festgehalten hätte. Sie wuchtete sie herum und stellte sie so gegen den Türrahmen, dass ihr Kopf in dem Gestell zu liegen kam. Dann zurrte sie ihr den Lederriemen so über die Stirn, dass dieser sie in ihrer Position festhielt.

Das Letzte, was Patricia Batt sah, ehe sie ohnmächtig wurde, war ein Instrument, das einer Pistole glich; einer Pistole mit einem ganz, ganz langen, bleistiftdünnen Lauf, der schimmerte wie Gold.

Der cremeweiße Lincoln blieb vier Tage lang vor dem Haus stehen. Vier Tage lang rührte sich nichts darin. Keine Tür wurde geöffnet. Nur abends brannte Licht in einigen der Fenster.

Dann, am fünften Tag, ging die Haustür wieder auf. Die beiden Frauen in ihren hellen Kleidern, in denen sie wie medizinisches Personal aussahen, traten heraus. Schweigend und ohne sich noch einmal umzudrehen, gingen sie zu ihrem Wagen, verstauten den Koffer, stiegen ein und fuhren davon. Patricia Batt stand währenddessen in der Küche und räumte, ohne das Geschehen draußen weiter zu beachten, Geschirr in die Spülmaschine.

Ihr Sohn Eric saß stumm auf einem Stuhl und stierte ins Leere.

2

»Warte.« Die Frau hinter dem Steuer hob die Hände. »Halt. Jeremiah – hast du überhaupt eine Vorstellung, wie das alles *klingt?«*

»Ziemlich verrückt, nehme ich an«, sagte der Mann auf dem Beifahrersitz. Er sah erschöpft aus.

»Völlig verrückt.«

»Okay, dann eben völlig verrückt.« Er seufzte. »Aber was soll ich machen, Lilian? Es ist die Wahrheit.«

Sie saßen in einem blauen Ford, der auf dem Parkplatz eines Supermarktes der GIANT-STORE-Kette zwischen Live Oaks und Santa Cruz stand. Neben dem Ford stand ein dreckiger Geländewagen; das einzige andere Fahrzeug in weitem Umkreis.

Die Frau hinter dem Steuer kniff die Augen zusammen. Sie hatte dichtes schwarzes Lockenhaar, das nur mit viel Mühe und starken Gummibändern im Zaum zu halten war. »Wieso erzählst du mir das alles überhaupt? Ich habe darauf gewartet, dass du unsere Tochter zurück nach Hause schickst. Stattdessen tauchst du selber auf und erzählst mir eine derart monströse Geschichte. Hunderttausend Menschen, die dich, die euch verfolgen. Die alles unterwandert haben, den Staat, die Polizei, die Wirtschaft. Von denen jeder einen Chip im Kopf trägt, über den sie miteinander verbunden sind, sodass jeder die Gedanken der anderen lesen kann.« Sie schloss die Augen, presste die Fäuste gegen die Stirn und seufzte. »Geht es nicht eine Nummer kleiner?«

Der Mann betrachtete sie ernst. Er war knapp fünfzig Jahre alt, wirkte durchtrainiert und so, als würde er viel Zeit im Freien verbringen. Sein Kopf war so gut wie kahl geschoren, was ihm eine auffallende Ähnlichkeit mit dem Darsteller des Captain Picard aus der Fernsehserie *Raumschiff Enterprise* verlieh.

»Tut mir leid«, sagte er. »Ich wünsche mir nichts sehnlicher, als dass es anders wäre. Aber die Kohärenz ist nicht nur real, sie ist auch unser Feind –«

Der Kopf der Frau ruckte hoch. »Die *Kohärenz!«* Sie spuckte das Wort förmlich aus. »Wer hat sich diesen blöden Namen eigentlich ausgedacht?«

»Das weiß ich nicht mehr«, sagte der Mann. »Der Name ist aufgekommen, weil jemand den Gleichtakt ihrer Gehirne mit dem Gleichtakt der Lichtwellen in einem Laserstrahl verglichen hat. Von einem Laser sagt man, es sei kohärentes Licht. Und weil sie sozusagen im gleichen Takt denken, nennen wir sie –«

»Jaja, das hab ich verstanden«, unterbrach die Frau ihn ungehalten. »Aber wie soll das funktionieren? Okay, manche können das: fünf Sachen gleichzeitig erledigen. Aber ich bin ehrlich gesagt schon überfordert, wenn jemand auf mich einredet, während ich was aufschreibe. Wenn ich mir vorzustellen versuche, mit *hunderttausend* Leuten *gleichzeitig* in Verbindung zu stehen ... Ich würde kollabieren. Jeder würde das. Das geht einfach nicht.«

Jeremiah Jones nickte. »Ja, aber so funktioniert das auch nicht. Die *Upgrader* – das sind nicht hunderttausend Leute, die alle miteinander kommunizieren.«

»Aber gerade hast du doch gesagt –«

»Es sind hunderttausend *Gehirne*, die miteinander in Verbindung stehen. Das ist etwas völlig anderes.«

Lilian Jones, die Mutter seiner Kinder und trotz ihrer Trennung, die nun schon Jahre dauerte, rechtlich immer noch seine Ehefrau, furchte die Stirn. »Ich sehe nicht, wo da der Unterschied sein soll.«

»Es hat etwas damit zu tun, wie unsere Gedanken entstehen. Die Hirnforscher sagen, dass jedem unserer Gedanken, jedem unserer Entschlüsse die Bildung eines mehr oder weniger großen Musters von miteinander verbundenen, im gleichen Takt arbeitenden Neuronen vorausgeht. Dieses Muster entsteht, ehe uns der betreffende Gedanke bewusst wird – wie immer das mit dem Bewusstsein funktionieren mag«, fügte er mit einer Handbewegung zur Seite hinzu. »Was bei den Upgradern passiert, ist, dass sich solche Muster über mehrere Gehirne hinweg bilden. Sie sind auf der geistigen Ebene zu einer Gesamtheit verschmolzen, die zu Gedanken imstande ist, die wir uns gar nicht vorstellen können. Das meine ich, wenn ich von Kohärenz spreche: Im Grunde sind das nicht mehr hunderttausend Menschen wie du und ich, sondern es ist ein einziger, gigantischer Geist, der hunderttausend menschliche Körper bewohnt.«

Lilian starrte ihn an, blinzelte ungläubig. »Das ist doch Unsinn. Wie soll dieser Geist das denn machen? Wie soll er mit so vielen Augen, Händen und so weiter zurechtkommen?«

»Warum sollte er *nicht* damit zurechtkommen? Wenn du Auto fährst, dann bewegst du auch die Hände am Lenkrad, du schaltest nebenher, gibst mit dem einen Fuß Gas und kuppelst mit dem anderen ... und nebenher kannst du dich unterhalten oder über irgendwas nachdenken. Das geht alles gleichzeitig. So ähnlich wird es die Kohärenz auch machen, schätze ich.«

Das musste sie erst einmal sacken lassen, er sah es ihr an. Er sagte nichts, ließ ihr alle Zeit, die sie brauchte.

»Also gut«, seufzte sie schließlich. »Meinetwegen. Ich hab dir schon so vieles geglaubt, dann werd ich dir das halt auch noch glauben müssen . . .« Sie griff nach einer Locke, die sich aus dem Gummi gelöst hatte, versuchte zerstreut, sie wieder festzumachen. »Und diese Kohärenz verfolgt dich also. Euch.«

»Ja.«

»Warum? Was hast du denen getan?«

»Nichts. Mein einziger Fehler – wenn man das so bezeichnen will – war, dass ich, als eines Tages ein gewisser Bob Moore bei uns auf der Farm aufgetaucht ist und gefragt hat, ob er mitarbeiten kann, Ja gesagt habe.« Jones erinnerte sich noch gut an diesen Tag. Bob hatte einen sympathischen Eindruck gemacht – jemand, der sich lieber im Hintergrund hielt. Jemand, mit dem es wenig Probleme geben würde.

Selten hatte er sich so sehr getäuscht.

»Bob Moore, so hat sich vor Kurzem herausgestellt«, fuhr er fort, als Lilian ihn fragend ansah, »heißt in Wirklichkeit Dr. Stephen Connery. Er ist ein bedeutender britischer Neurologe, der vor ein paar Jahren erfolgreich Neuronen mit elektronischen Schaltkreisen gekoppelt hat. Damit hat er die technischen Grundlagen für die Entwicklung der Kohärenz geschaffen. Er ist es eigentlich, den sie sucht.«

Lilian gab es auf, die vorwitzige Locke in Form bringen zu

wollen. »Und was hat das mit diesen Bombenanschlägen auf die Rechenzentren zu tun, wegen denen man euch sucht?«

»Vermutlich sollten damit irgendwelche Daten vernichtet werden, die der Kohärenz hätten gefährlich werden können. Und man hat uns die Anschläge angehängt, um einen Grund zu schaffen, uns von der Polizei jagen zu lassen. Zwei Fliegen mit einer Klappe, sozusagen.«

»Das leuchtet mir nicht ein«, erwiderte sie sofort. »Wenn diese Leute – diese Kohärenz – hinter diesem Neurologen her sind, hätten sie doch nur kommen und ihn holen müssen. Wo du gelebt hast, war ja kein Geheimnis; das stand in deinen Büchern, im Internet . . . notfalls im Telefonbuch!«

Jeremiah Jones nickte. Das hatte er sich in der Tat auch schon gefragt und er hatte keine befriedigende Antwort darauf gefunden. »Ich weiß es nicht. Schlicht und einfach. Ich weiß nicht, warum die Kohärenz tut, was sie tut. Ich weiß nur, dass sie hinter uns her ist. Hinter uns allen.«

»Das ist doch schräg, oder? Findest du nicht? Für mich klingt das, als hätte diese Kohärenz nicht alle Tassen im Schrank.«

»Das mag uns so vorkommen, aber ganz zweifellos ist die Kohärenz unendlich viel intelligenter als wir und –«

»Jemand kann hochintelligent und trotzdem total neurotisch sein«, unterbrach ihn Lilian. »Erlebe ich in der Bücherei jeden Tag. Wenn ich's mir recht überlege, könnte das fast der Normalfall sein. Je intelligenter, desto schräger drauf.«

»Mag sein«, räumte Jeremiah ein. »Das ändert nichts daran, dass wir verfolgt werden. Aus welchen Gründen auch immer.«

»Von der Kohärenz.«

»Sagte ich. Ja.«

»Nein. Sagt dieser Junge, von dem du erzählt hast. Dieser Christopher.«

»Ja.«

»Der auch ziemlich intelligent ist.«

»Das ist er zweifellos; immerhin gilt er als –«

»Als bester Hacker der Welt. Schon verstanden. Mit anderen Worten, er ist auch ziemlich schräg drauf.« Lilian musterte ihn skeptisch. »Ich weiß immer noch nicht, wozu du mir das alles erzählst.«

»Damit du verstehst, was los ist«, sagte Jones. Und weil er es früher oder später ohnehin sagen musste, fügte er hinzu: »Und weil ich möchte, dass du mit mir kommst.«

Sie riss die Augen auf. »Mit dir kommen? Wohin?«

»In unser Camp. Dort wärst du sicher.«

»Das ist nicht dein Ernst.«

»Ich bin nicht gekommen, um Witze zu machen, falls du das meinst.«

Lilian lachte hilflos. So, wie man lacht, wenn man sich mit einem total hirnrissigen Vorschlag konfrontiert sieht. »Jeremiah! Die Polizei *sucht* euch! Das FBI hat ein *Kopfgeld* auf dich ausgesetzt! Wie kannst du da irgendjemandem *Sicherheit* anbieten?«

Jeremiah Jones holte tief Luft. Er musste einen Anflug von Panik niederkämpfen, der jäh in ihm aufgewallt war. Panik, jawohl. Auch ihn befiel sie in letzter Zeit und es kostete ihn Anstrengung, sich das nicht anmerken zu lassen.

»Lilian – mit alldem will ich dir eigentlich Folgendes sagen: Es ist nicht die Polizei, vor der du Angst haben musst.«

3

»Er ist . . . *wo?*« Christopher traute seinen Ohren nicht.

»Weggefahren, um mit Serenitys Mutter zu reden«, wiederholte Melanie Williams ungeduldig.

»Und wieso weiß ich das nicht?«

Das war ihm so rausgerutscht. Und es kam nicht gut an, das sah er sofort. Die weißhaarige Fotografin aus New York, die derzeitige Freundin von Jeremiah Jones, funkelte Christopher entrüstet an. »Wie bitte? Muss Jeremiah sich neuerdings bei Mr Superhacker Computer Kid abmelden, ehe er irgendwas unternimmt? Was bildest du dir eigentlich ein?«

Ja, was bildete er sich eigentlich ein? Christopher wusste es nicht mehr. Er hatte sich einmal eingebildet, sich vor der Kohärenz in Sicherheit bringen zu können, indem er bei Jeremiah Jones und seinen Leuten Unterschlupf suchte. Er hatte sich einmal eingebildet, seinen Chip im Hirn loswerden zu können, wenn er Dr. Connery wiederfand. Er hatte sich eine Menge eingebildet, ja. Aber irgendwie war alles ganz anders gekommen.

Er hob beschwichtigend die Hände. »Ich bilde mir gar nichts ein. Ich will nur wissen . . .« Er unterbrach sich. »Mit ihr reden? Wie denn? Doch nicht etwa per Telefon?« Der amerikanische Geheimdienst hörte alle Telefonate mit, und da die Kohärenz den Geheimdienst weitgehend unter Kontrolle hatte, damit auch sie.

»Natürlich nicht«, erwiderte die Frau ungehalten. »So schlau ist Jeremiah selber, vielen Dank. Dass man nichts Vertrauliches übers Telefon erzählen sollte, hat er uns übrigens schon gepredigt, als du wahrscheinlich noch nicht mal gewusst hast, was ein Computer ist.«

Christopher hob die Augenbrauen. Er konnte sich nicht erinnern, das jemals *nicht* gewusst zu haben. Sein Vater war Programmierer; Christopher hatte vor einem Computer gesessen, seit er denken konnte. »Und wie will er es dann machen?«

»Na, wie wohl? Er wird nach Santa Cruz gefahren sein.«

Das hatte Christopher befürchtet. Sie glaubten ihm nicht. Seit sie von dem selbstmörderischen Unternehmen zurückgekehrt waren, bei dem es ihnen geglückt war, seinen Vater aus der Kohärenz zu befreien, hatte Christopher gepredigt: *Die Upgrader werden zurückschlagen! Die Kohärenz ist fuchsteufelswild! Was wir bisher erlebt haben, war noch gar nichts; der Krieg hat gerade erst begonnen!*

Und da fuhr Jeremiah Jones einfach nach Santa Cruz, das nur einen Katzensprung vom Silicon Valley entfernt lag, dem Ort, der so etwas wie die Hauptstadt der Upgrader in den USA war.

Christopher fuhr sich mit beiden Händen übers Gesicht, sah hinauf zu den Bäumen, unter denen sie standen. »Ihr Freund hat nicht zufällig vergessen, dass er von der gesamten Polizei der Vereinigten Staaten gesucht wird? Dass er Nummer eins auf der Liste der gefährlichsten Terroristen ist?«

»Bestimmt nicht.«

»Und? Denkt er, in Santa Cruz gibt es keine Polizisten?«

»Er wird aufpassen. Er ist schon groß, weißt du? Erwachsen, wie man so sagt.«

Machte sie sich keine Sorgen? Sie redete, als lege sie es darauf an, ihn zu provozieren.

»Ich hätte wenigstens mitkommen können«, stieß Christopher hervor. »Für alle Fälle.«

Sie strich ihre langen weißblonden Haare zurück. »Tja. Er wird wohl geglaubt haben, er schafft es auch ohne dich.«

Christopher starrte sie an, hatte auf einmal das Gefühl von Atemnot. Was garantiert nicht an der Umgebung lag, denn so viel sauerstoffhaltige, saubere und klare Luft wie hier mitten in den tiefen Wäldern entlang der Grenze zu Kanada gab es selten in den von Menschen besiedelten Teilen der Welt.

Nein, es lag daran, dass er auf einmal jäh begriff, was es mit dem Stillschweigen von Serenitys Vater auf sich hatte. Warum ihm Jeremiah Jones nichts von seinen Plänen gesagt hatte. Warum sich niemand darum gekümmert hatte, dass er, Christopher, Bescheid wusste.

Der Grund war verdammt einfach: *Man traute ihm nicht mehr!* Seit der Sache im Silicon Valley, seit seinem riskanten Alleingang, trauten sie ihm nicht mehr über den Weg. Ja, wahrscheinlich waren sie sogar ziemlich sauer auf ihn; hatten das Gefühl, von ihm hintergangen und reingelegt worden zu sein.

Das Blöde war, dass er es ihnen nicht mal verdenken konnte. Er hatte eben geglaubt, dass es anders nicht ging. Er war es so gewöhnt, alles alleine machen zu müssen.

Er merkte, wie seine Schultern herabfielen. »Okay«, sagte er und hatte auf einmal so die Nase voll von allem. Von diesem Camp. Von den primitiven Lebensbedingungen hier. Von der Kälte nachts und den feuchten Klamotten und dem eisigen Wasser, das alles war, was man zum Waschen zur Verfügung hatte; von dem ewigen Fleisch jeden Tag, von den Bäumen und Büschen, die einem ständig im Weg waren, von dem unebenen Waldboden voller Löcher, in denen man sich den Fuß brechen konnte, und vor allem ... *vor allem!* ... hatte er die Nase voll von diesen *verdammten* Insekten. Unablässig umschwirrte einen dieses impertinente Viehzeug, krabbelte und summte und stach und biss und juckte und flog in Augen und Mund und Nase und Ohren, verfing sich in den Haaren, in den Klamotten ... Wirklich, er hatte genug. Restlos genug.

»Okay«, sagte er noch einmal. »Verstehe.« Er nickte, um zu zeigen, dass er es wirklich verstand. »Dann ist ja gut. Wenn Sie sich keine Sorgen machen ... wieso soll *ich* mir dann welche machen?«

Damit drehte er sich um und ging. Oder stolperte, wie immer, wenn er sich auf diesem blöden Waldboden fortbewegen musste. Egal. Nur weg.

War doch bestens, wenn sie ohne ihn zurechtkamen. Sollten sie doch. Er hatte ihnen ein faires Geschäft angeboten: Er hatte ihnen erklärt, wer ihr wirklicher Gegner war, und außerdem hatte er die Computer der Satellitenüberwachung so manipuliert, dass sie das Camp nicht aufspüren konnten. Im Gegenzug hatte er nur darum gebeten, dass ihn Dr. Connery von dem Chip befreite. Das war alles gewesen.

Und dann? Dann war es ausgerechnet Jeremiah Jones gewesen, der versucht hatte, ihm einzureden, dass sie eine Chance gegen die Kohärenz hätten und dass er, Christopher Kidd, diese Chance sei, und zwar gerade *weil* er den Chip trug und damit als einziger Mensch imstande war, sich nach Belieben in die Kohärenz ein- und auszuklinken.

Okay und jetzt hatte er seine Meinung eben geändert. *So what?*

Man konnte genauso gut sagen: Jones hatte endlich eingesehen, dass er, Christopher, von Anfang an recht gehabt hatte.

4 | Auf einmal wusste Jeremiah Jones, dass er es nicht schaffen würde, Lilian zu überzeugen. Schwer zu sagen, woher – es war etwas in der Art, wie sie schwieg und dabei hinaus auf den Parkplatz starrte. Wie sie den Leuten zusah, die hoch bepackte Einkaufswagen zu ihren Autos schoben, unter der nachmittäglichen Sonne des anbrechenden kalifornischen Sommers. Lilian und er waren so lange zusammen gewesen, dass es manchmal war, als könne einer die Gedanken des anderen lesen. Immer noch.

»Das ist doch alles Unsinn, Jeremiah«, sagte sie schließlich leise. »Was soll ich bei euch? Im Wald sitzen und mich verstecken? Für wie lange? Für den Rest meines Lebens? Werd vernünftig.«

»Lilian«, erwiderte er und wusste schon, dass nichts, was er sagen konnte, sie umstimmen würde, aber er musste es zumindest versuchen. »Ich hab's dir erklärt. Sie werden dich verfolgen. Sie werden –«

»Wenn mich jemand verfolgt, rufe ich die Polizei.«

»Sie haben auch die Polizei unter Kontrolle.«

»Na klar. Wie konnte ich das vergessen.« Sie atmete auf einmal heftig.« Ehrlich, Jerry – ich könnte schreien bei der bloßen Vorstellung, mit dir irgendwohin ins Niemandsland zu gehen, um darauf zu warten, dass der Himmel einstürzt.«

»Lilian –«

»Ich hab hier ein Leben, Jeremiah. Ich leite eine Stadtbibliothek. Ich stecke bis zum Hals in Arbeit. Ich kann nicht einfach die Koffer packen und ohne ein Wort verschwinden, wie stellst du dir das vor? Ich habe Verantwortung übernommen.«

»Ich hab nicht gesagt, dass du ohne ein Wort –«

»Ah, toll. Nächste Woche ist die Sitzung des Haushaltsausschusses. Wenn ich da fehle, kürzen sie uns den Etat, das ist so sicher wie das Amen in der Kirche. Was soll ich denen sagen? ›Tut mir leid, ich kann nicht kommen, ich werde von Männern mit Computerchips im Hirn verfolgt?‹ Da könnte ich auch gleich behaupten, kleine grüne Männchen hätten mich entführt, damit ich Elvis treffe.« Sie krallte die Hände um das Lenkrad. »Und jetzt hast du auch noch unsere Tochter da mit reingezogen. Nicht genug, dass Serenity die ganzen Ferien über keine Zeile gelernt hat, inzwischen hat sie schon fast zwei Wochen Unterricht verpasst, in acht Wochen sind die Abschlussprüfungen und mir fallen bald kein Ausreden mehr ein, mit denen ich sie entschuldigen könnte!«

»Sie wird nicht zurückkommen«, erklärte Jeremiah knapp. »Nicht, wenn ich es verhindern kann.«

»Das hast du nicht zu bestimmen, Jeremiah Jones.« Sie sah ihn mit funkelnden Augen an. »Ich habe das Sorgerecht für unsere Kinder, bis sie volljährig sind, das weißt du ganz genau. Und Serenity ist erst siebzehn. Du wirst sie, sobald du zurück bist, bitte schön in einen Bus nach Hause setzen, verstanden? Ich will, dass Serenity spätestens am Wochenende wieder da ist, sonst schrei ich Zeter und Mordio, und das wird dir nicht gefallen.«

»Lilian, sei vernünftig. Du kannst nicht den Kopf in den Sand stecken und so tun, als sei nichts.«

Sie war nicht mehr zu bremsen. »Den Kopf in den Sand stecken? Das ist eine Beschreibung, die ja wohl eher auf dich zutrifft. Dein Kopf steckt schon seit Jahren im Sand; du merkst es schon gar nicht mehr. Erst hast du dich in deinen Gemüsegärten vergraben und geglaubt, du rettest die Welt, und jetzt versteckst du dich im Wald und glaubst, du rettest die Welt. Immer rettest du die Welt! Weil die ja zu blöd ist, selber zu wissen, wie sie sich drehen muss.« Sie ballte die Faust, schlug damit gegen das Lenkrad. »Ich hab so genug davon, Jerry, so genug. Dauernd gibst du die Zukunft verloren, dauernd . . .« Ihr Atem ging nur noch stoßweise; sie war kurz davor, in Tränen auszubrechen.

Jeremiah Jones hob die Hand, um sie zu berühren, ließ es dann aber wohlweislich. Das war nicht der Zeitpunkt.

»Wir können uns gern weiterstreiten und alles ausdiskutieren«, sagte er leise, »aber wir sollten das bei uns im Camp machen. Bitte hör auf mich, nur dieses eine Mal. Dir droht Gefahr, davon bin ich überzeugt.«

Lilian schloss die Augen, holte einmal tief Luft, öffnete sie wieder. »Ganz bestimmt«, sagte sie dann leise, jedes Wort betonend, »werde ich nirgendwohin gehen, wo ich eine deiner Freundinnen treffe. Ganz bestimmt nicht.« Sie griff nach dem Zündschlüssel, ließ den Motor an. »Ende der Diskussion. Und jetzt lass mich bitte wieder in Frieden. Geh und schick Serenity nach Hause. Das ist alles, was ich von dir will.«

Jeremiah wollte noch etwas sagen, aber der Blick, den sie ihm zuwarf, nahm ihm jeden Mut, wirklich jeden. Also verabschiedete er sich nur und stieg aus. Dann blieb er stehen und sah ihr nach, wie sie davonfuhr.

5 | Serenity fuhr sich mit den nassen, gespreizten Fingern durch die Haare. Das hieß, sie versuchte es, aber sie kam nicht weit. Sie war mit einer Löwenmähne gesegnet, die selbst mit den speziellen Kräutershampoos, die sie nach langem Experimentieren entdeckt hatte, und viel heißem Wasser kaum zu bändigen war. Hier im Camp, wo sie sich und ihre Haare nur in kaltem Flusswasser waschen konnte, verwandelte sich das alles allmählich in einen Wischmopp. Irgendwann würde ihr nichts anderes mehr übrig bleiben, als sich den Kopf zu rasieren, von vorne anzufangen und das Beste zu hoffen.

Im nächsten Moment fiel ihr wieder ein, warum sie überhaupt hier war, und sie ließ die Hand seufzend wieder sinken. Ach ja, richtig. Das Ende der Menschheit stand bevor. Und sie machte sich Sorgen um ihre Haare!

Missmutig wandte sie sich wieder dem T-Shirt zu, das sie gerade wusch. Auch so was machte man hier mit kaltem Wasser. Man hockte am Ufer, die Knie in den Kieselsteinen, und schrubbte stundenlang – mit enttäuschenden Resultaten, wie Serenity fand. Aber Waschmaschinen waren ein ferner Traum, wenn man vor den Polizeibehörden in die unzugänglichen Wälder Montanas flüchtete. Oder wo immer sie sich gerade befanden; sie hatte es aufgegeben, das so genau zu verfolgen.

Wie unwirklich das alles inzwischen schien! Klar, sie erinnerte sich daran, wie Christopher aufgetaucht war, wie sie mit ihm und ihrem Bruder Kyle hergekommen war, daran, wie sie verfolgt worden waren. Dann die Aktion mit Christophers Vater …

Ja, klar. War alles passiert. Aber trotzdem – wenn man nach

alldem ein paar Wochen hier in den Wäldern lebte, nur damit beschäftigt, zu schlafen, sich morgens zu waschen und anzuziehen und ansonsten die Zeit mit Essen und Reden zu verbringen, Reden über alles Mögliche, während ringsum die Bäume rauschten und der Fluss freundlich plätscherte und silbern-kühl dahinströmte, wie er es bestimmt schon getan hatte, als hier die Urindianer unterwegs gewesen waren, und wenn man abends am Lagerfeuer saß, satt von einem Wildbraten und dann, eine Tasse Tee in der Hand, zuhörte, wie ein paar von Dads Leuten Musik machten ... da wurde die ganze Sache mit dieser Kohärenz schon verdammt irreal. Da kam einem das nur noch vor wie ein ziemlich bescheuerter Albtraum, den man am besten einfach vergaß.

Sie tauchte das T-Shirt ein letztes Mal ins Wasser, wrang es dann aus, so gut sie konnte, und legte es zu der restlichen nassen Wäsche.

Beladen mit dem Korb stapfte sie durch das trockene, hüfthohe Gras zurück zu den Zelten, dorthin, wo Wäscheleinen zwischen die Bäume gespannt waren. Hier hing eigentlich immer etwas, aber sie fand noch eine freie Stelle, wo ihre Sachen Platz hatten.

Sie war noch nicht ganz fertig mit dem Aufhängen, als sie Christopher bemerkte, wie er auf das Zelt zuging, in dem sein Vater lag.

Wie immer wirkte er in dieser Umgebung wie ein Fremder. Man sah ihm an, dass er in seinem Leben nicht viel Zeit in der Natur verbracht hatte. All die Insekten und die Pflanzen überall, der unebene Boden schienen ihn völlig zu irritieren. Wie er sich den Weg bahnte, mit tapsenden Schritten über das Unterholz, fortwährend Mücken verscheuchend, immer kurz vor dem Stolpern – er war es eindeutig nur gewöhnt, sich durch Zimmer zu bewegen, ein Dach über dem Kopf zu haben, feste Wände um sich herum, mit Fenstern darin, die ihm Insekten vom Leib hielten.

Computer Kid eben. Man wurde nicht der beste Hacker der Welt, ohne viel, viel Zeit an einem Schreibtisch vor einem Computer zu verbringen.

Und nun musste er hier leben, mitten in der Wildnis, ohne Internet und elektrischen Strom. Nicht mal Handys funktionierten im Camp; sie befanden sich weitab vom nächsten Funkmast, in einer der vielen »weißen Zonen«, die es trotz allem noch gab.

Wenn Christopher erzählte, wie es war, sich durch die großen, geheimen Computer und Netze dieser Welt zu hacken, dann klang das immer kinderleicht; so, als ob es jeder könnte. Doch wenn man ihm einmal dabei zugesehen hatte – mit welcher Geschwindigkeit seine Finger über die Tasten rasten, wie sein Blick starr auf den Monitor gerichtet blieb und förmlich damit zu verschmelzen schien, wenn einem irgendwann auffiel, dass Christopher nie irgendetwas aufschreiben, nie irgendetwas nachschlagen musste –, dann dämmerte einem ziemlich rasch, dass das alles wohl doch nicht so leicht war und dass es einen Grund hatte, warum dieser siebzehnjährige Junge von Fachleuten als der beste Hacker der Welt betrachtet wurde. Auch wenn Christopher außer seinen Fingern, seinen Augen und seinen Gedanken nichts bewegte, hatte das, was er tat, doch am ehesten Ähnlichkeit mit Leistungssport.

Tja, und außerdem hatte er diesen Chip im Kopf. Denselben Chip, den die Upgrader im Kopf trugen, wie er die Leute in der Kohärenz nannte.

Nur dass Christopher diesem Chip nicht ausgeliefert war, sondern ihn unter Kontrolle hatte und sich nach Belieben darüber ins Internet, in lokale Netze oder eben auch in die Kohärenz einklinken konnte. Das kostete ihn endgültig keine körperliche Aktivität mehr.

Er musste einfach nur denken – und alles, was dann passierte, geschah in rasender Geschwindigkeit. Serenity hatte einmal erlebt, wie Christopher kaum eine Minute lang die Augen zugemacht und in der Zeit Dutzende von Systemen geknackt hatte, um . . .

Aber daran erinnerte sie sich nur sehr ungern. Sie war immer noch überzeugt, dass sie in dieser Minute hätte sterben können, wäre Christopher nicht gewesen.

Allerdings wäre sie ohne Christopher auch nie in diese gefährliche Situation geraten.

Serenitys Vater war der Überzeugung, dass Christopher als einziger Mensch eine Chance hatte, die Kohärenz zu besiegen. Christopher, das wusste sie, teilte diese Überzeugung nicht, aber er versuchte zumindest, etwas zu tun.

Serenity war sich immer noch unschlüssig, was sie von ihm halten sollte. Irgendwie faszinierte Christopher sie – sie konnte nicht anders, als ihn zu beobachten und darüber nachzudenken, was wohl in ihm vorgehen mochte – und irgendwie fand sie ihn auch ziemlich schräg. Entschieden nicht das Material, aus dem man Boyfriends machte, jedenfalls.

Andererseits waren die Jungs, mit denen sie bisher gegangen war, einfach nur langweilig gewesen.

Ach, sie wusste auch nicht!

Sie zupfte die feuchten Kleidungsstücke noch einmal zurecht, blieb noch einen Moment unschlüssig stehen. Nicht, dass sie nichts zu tun gehabt hätte; zu tun gab es im Camp ständig etwas. Nein, sie war unruhig. Und seltsamerweise hatte das damit zu tun, dass die Schule schon seit fast zwei Wochen wieder angefangen hatte und sie immer noch hier war. Nie im Leben hätte sie erwartet, sich je nach der Schule zu sehnen; gesehnt hatte sie sich immer nur nach dem Tag, an dem sie endlich ihren Abschluss hatte und davonrauschen konnte.

Und nun musste sie jeden Morgen, wenn sie aufwachte, als Erstes denken: Die Schule hat angefangen. Ich verpasse den Unterricht. Ich verpasse die Abschlussprüfungen.

Sie zerrte unglücklich an ihren Haaren, versuchte vergeblich, sie in Form zu bringen.

Natürlich, sie konnte nicht einfach zurückgehen und so tun, als sei alles nicht passiert, das mit der Kohärenz, mit Christopher, mit Dad. Das verstand sie schon. Dad war der Überzeugung, dass die Kohärenz sie verfolgen würde, und das leuchtete ihr ein.

Aber tatsächlich nicht in die Schule zurückzukehren nach dem Spring Break – das machte die ganze Sache so schrecklich real!

6 | Als Christopher in ihr Zelt zurückkam, schlief sein Vater immer noch. Er schlief auch seelenruhig weiter, als Christopher die Plane über dem Eingang mit einem klatschenden Geräusch zurückfallen ließ und sich in den quietschenden, knarrenden Klappstuhl warf, der neben dem Bett stand.

Es war kein normaler Schlaf, den Dad schlief. Es war kein Schlaf, auf den man Rücksicht nehmen musste. Ob sein Vater aufwachte, hatte nichts damit zu tun, ob um ihn herum Lärm herrschte oder Stille.

Wobei er allmählich ruhig mal wieder hätte aufwachen können. Dr. Lundkvist hatte vor ein paar Tagen den Verband über der Nase abgenommen. Nun lag der vernarbte Schnitt offen, durch den er und Dr. Connery den Chip entfernt hatten, der seinen Vater an die Kohärenz gefesselt hatte.

Die Wunde war kein schöner Anblick. Selbst wenn die Schwellung zurückging und der Schorf abfiel, würde sein Dad für immer gezeichnet sein.

»Die Operation könnte man beim nächsten Mal anders machen«, hatte ihm Dr. Lundkvist erklärt. »So, dass keine sichtbaren Narben bleiben. Jetzt, wo wir wissen, worauf wir achten müssen, wird das nächste Mal einfacher.«

Beim nächsten Mal! Das sagte sich leicht. Im Moment stand in den Sternen, ob es je ein nächstes Mal geben würde. Niemand hatte auch nur den Ansatz einer brauchbaren Idee, wie sie es anstellen sollten, der Kohärenz noch einmal jemanden zu entreißen. Auch Christopher nicht, von dem sie es alle erwartet hatten.

Aber das war ja nun vorbei. Sie erwarteten nichts mehr von ihm. Er war nutzlos geworden. Wurde nur noch geduldet.

Das zu denken, war, als lege sich ein schweres Gewicht auf ihn. Christopher hatte darunter gelitten, dass sie von ihm Wunder erwartet hatten; dass sie davon ausgegangen waren, er würde die Kohärenz schon irgendwie besiegen, weil er ja schließlich Computer Kid war, der berühmteste Hacker der Welt. Christopher hatte sich allein gefühlt.

Aber das jetzt war noch viel schlimmer: nutzlos zu sein. Abhängig von der Gnade anderer. Was würde er machen, wenn diese Gnade aufgebraucht war? Wenn sie zu dem Schluss kamen, dass sie keine unnützen Esser mehr durchfüttern wollten? Er war nur ein siebzehnjähriger Junge, der keinen Platz hatte, wohin er gehen konnte.

Christopher machte die Augen zu, versuchte, tief durchzuatmen. Ein leiser Wind ging, blähte die Zeltplane, ließ Zweige daran kratzen. Blätterrascheln lag in der Luft. Er hörte die anderen draußen, hörte die Geräusche des Lagers, das Rauschen des nahen Flusses, alles gedämpft durch den schweren Zeltstoff, wodurch es so weit entfernt klang, als habe es nichts mit ihm zu tun, als belausche er nur einen fremden, unbekannten Ort. Wenn er hier drinnen saß, kam es ihm manchmal vor, als sei er gar nicht wirklich da.

Endlich – Dad rührte sich. Seinem Erwachen ging jedes Mal ein Zucken irgendeines Körperteils voraus, eines Armes, eines Beines ... Heute war es der Kopf selber, der zuckte. Ein Stöhnen entrang sich seiner Kehle, die Kiefer mahlten ein paar Sekunden lang. Dann schlug sein Vater die Augen auf. Er sah sich um und brauchte eine beträchtliche Weile, ehe er wieder wusste, wo er sich befand und was geschehen war.

»Ah, Chris«, stieß er mit rauer Stimme hervor. »Ich schlafe ziemlich viel, was?«

»Das sind die Medikamente«, sagte Christopher, obwohl er wusste, dass das streng genommen nicht stimmte.

»Die Medikamente. Hoffen wir, dass es daran liegt.«

Das war ein gutes Zeichen. Wenn er etwas hoffte, hieß das, dass er sich an etwas erinnerte. Denn nur wenn er sich erinnerte, würde er auch ohne die Kohärenz leben können.

Dad hob den rechten Arm, mühsam, rieb sich die Stirn. »Weißt du, am schlimmsten ist dieses ständige Gefühl, dement geworden zu sein. Mir kommt es vor, als bestünde mein Gehirn nur noch aus Schweizer Käse, mit riesigen Löchern darin.«

»Das ist nur ein Gefühl, das heißt nichts«, sagte Christopher geduldig. »Es wäre unmöglich, dass du dich an alles erinnerst, was du gewusst hast, als du noch Teil der Kohärenz warst. Dazu ist ein einzelnes menschliches Gehirn einfach nicht groß genug. Speicherplatz, verstehst du?« Dad war Programmierer, das würde ihm einleuchten.

»Jaja«, erwiderte sein Vater unzufrieden. »Ich weiß. Das haben wir jetzt schon hundertmal durchgekaut. Klar. Es ist bloß . . .« Er ächzte. »Da ist etwas. Dicht unter der Oberfläche. Wäre es ein Wort, man würde sagen, *es liegt mir auf der Zunge.«* Den letzten Teil des Satzes hatte er auf Deutsch gesagt, in jenem unsicheren, stark akzentbehafteten Deutsch, das er in seiner Zeit in Frankfurt gelernt hatte. Er und Christopher hatten von jeher immer nur Englisch miteinander gesprochen. Wenn Mom und Dad sich unterhalten hatten, hatte jeder seine eigene Sprache verwendet. Das hatte die Unterhaltungen der beiden klingen lassen wie die Gespräche in der Weltraumbar im allerersten *Star-Wars*-Film.

»Also ist es kein Wort?«, hakte Christopher nach.

»Nein. Aber es ist etwas Wichtiges.« Dad hielt inne, starrte ins Leere. Man spürte deutlich, wie er suchte, wie er umhertastete im fragmentierten Feld seiner Erinnerungen. Christopher rührte sich nicht, sagte nichts, ließ ihn.

Man musste ihm Zeit geben. Das schärfte ihm Dr. Connery ungefähr ein Dutzend Mal am Tag ein. *Das menschliche Gehirn verfügt über eine ungeheure Plastizität,* sagte er immer wieder. *Neuronen bilden ständig neue Synapsen oder neue Nervenbahnen, mit jedem Lernprozess. In der Zeit, in der dein Vater Teil der Kohärenz war, hat sich sein Gehirn so umstrukturiert, dass er als ein solcher Teil funktioniert hat. Nun muss es sich wieder so strukturieren, dass er erneut als Individuum funktionieren kann.*

»Ich komm noch drauf«, sagte Dad schließlich resigniert. »Ganz bestimmt.«

7 | Sie war so wütend, einfach so *wütend* auf Jeremiah! Die ganze Fahrt nach Hause über konnte sich Lilian Jones nicht beruhigen. Entsprechend schlecht fuhr sie, übersah rote Ampeln, bremste an Stoppschildern viel zu abrupt.

Jeremiah war schuld. Jeremiah mit seinen maßlos übertriebenen Geschichten. Wahrscheinlich glaubte er sogar alles, was er ihr erzählt hatte – bestimmt; er war nicht der Typ, der einen bewusst belog. Aber so was wie diese *Upgrader* . . . Also, bitte: Leute, die anderen Leuten Chips ins Hirn pflanzten – das war ja wohl reine Science-Fiction, oder?

Dass er ihre Tochter mit dieser hanebüchenen Begründung bei sich behielt, das würde sie ihm nicht so schnell verzeihen. Es musste ihm doch klar sein, dass ihr Schulabschluss auf dem Spiel stand! Lilian Jones machte sich heftige Vorwürfe, Serenity die Fahrt zu ihrem Vater erlaubt zu haben, so, wie es um ihre Noten gestanden hatte.

Es besserte ihre Laune nicht, ein leeres stilles Haus vorzufinden. Beim Abendessen fehlte ihr Serenity am meisten.

Wie so oft in den letzten Wochen warf sie also den Backofen an und kramte im Tiefkühlfach nach etwas, das sie einfach nur hineinzuwerfen brauchte. Ah, eine Pizza. Großartig. Nach dem heutigen Gespräch mit Jeremiah, dem Naturapostel, war das genau das richtige Abendessen: eine Fertigpizza, dazu einen Fertigsalat. Davon hatte sie noch einen Beutel im Kühlschrank. Fertig gewaschen und gezupft, einfach nur in eine Schüssel schütten und Salatsoße aus der Flasche darübergießen. So würde sie es machen!

Während der Ofen warm wurde, zog sie sich rasch etwas Bequemeres an, dann schob sie die Pizza hinein und stellte den Küchenwecker auf fünfzehn Minuten.

Was Jeremiah ihr immer zumutete! Das war schon früher so gewesen. Sie hatten ein so wunderbares Leben gehabt – ein Haus in der unberührten Natur, jede Menge Freunde, sie hatten mit den Kindern gezeltet, waren durch den Wald gewandert und hatten, nun ja, einfach *gelebt* . . .

Sie musste Tränen aus den Augenwinkeln wischen, wenn sie an diese Zeit dachte. Es hätte ihr persönliches Paradies sein können, wenn sich Jeremiah nicht in diese verdammte Idee reingesteigert hätte, er müsse die Welt retten, alle zur richtigen Lebensweise bekehren. Himmel noch mal, wenn die Leute in Städten und in Wolkenkratzern leben wollten, dann war das doch deren eigene Angelegenheit! Und wenn sie Handys und Computer und tausend Fernsehkanäle haben wollten, wieso maßte er sich das Recht an, ihnen das ausreden zu wollen?

Sie hatte den Tisch im Esszimmer gerade fertig gedeckt, als es an der Haustür klingelte.

Wer mochte das sein? Doch nicht am Ende noch mal Jeremiah? Sie spähte aus dem schmalen Fenster im Wohnzimmer. Nein, zwei Frauen und ein Mann in förmlicher Kleidung, die sie noch nie im Leben gesehen hatte. Zeugen Jehovas? Aber die kamen eigentlich schon lange nicht mehr.

Sie ging zur Tür, streckte erst mal nur den Kopf hinaus. »Ja, bitte?«

»Mrs Jones?«, sagte eine der Frauen streng. »Wir kommen vom Beirat der Santa Cruz Highschool. Es geht um Ihre Tochter Serenity.«

Oh nein. Also waren sie dahintergekommen, dass Lilian der Schule seit zwei Wochen etwas vorlog. Ihr sank der Mut. »Wieso?«, fragte sie zurück und versuchte, ihre Stimme so klingen zu lassen, als hätte sie nicht die leiseste Idee, was es nötig machen könnte, dass irgendwelche Amtsträger bei ihr vorstellig wurden. »Was soll mit Serenity sein?«

Die Frau, die ein graues Kostüm trug und deren Gesichtszüge Lilian irgendwie an ein Pferd denken ließen – an ein ziemlich humorloses Pferd –, sagte: »Ich könnte mir vorstellen, dass Sie das lieber nicht auf der Straße diskutieren möchten.«

Ihre beiden Begleiter nickten dazu bekräftigend, beide im selben Rhythmus. Es sah aus wie einstudiert. So, als machten sie solche Besuche öfters.

Lilian seufzte und öffnete die Tür. »Also gut. Kommen Sie herein.« Was blieb ihr anderes übrig? In Anbetracht von Serenitys Noten war es klüger, keinen Streit mit der Schule anzufangen.

Was für ein Beirat überhaupt? Sie hatte noch nie von einer solchen Institution gehört. Was die wohl für Befugnisse hatten?

Die beiden Frauen traten ohne weitere Umstände ins Haus, der Mann kam hinterher. Er trug einen schmalen Koffer in der Hand und schloss die Haustür sorgsam hinter sich.

»Hier entlang, bitte«, sagte Lilian und komplimentierte sie ins Wohnzimmer. »Nehmen Sie Platz. Wollen Sie etwas trinken?«

»Danke, nein«, sagte die Frau mit dem Pferdegesicht und das galt offenbar für alle.

In der Küche rasselte der Küchenwecker. Ihre Pizza! Auch das noch.

»Bitte entschuldigen Sie«, sagte Lilian nervös. »Ich muss nur rasch in die Küche, den Ofen ausmachen. Nehmen Sie einfach schon mal Platz, ja?«

»Kein Problem«, sagte die Frau. »Wir haben Zeit.«

Sie hatten Zeit. Auch das noch, dachte Lilian, während sie die Pizza aus dem Ofen holte. Wie gut das roch! Sie musste zusehen, dass sie diese Leute so schnell wie möglich wieder loswurde.

Was hatte sie noch gegenüber der Schule behauptet? Zuerst natürlich, dass Serenity krank sei. Das war ja erst mal unverdächtig. Dann, dass es ihr zwar besser gehe, der Arzt aber gesagt habe, sie müsse zu Hause bleiben, weil sie noch ansteckend sei. Zum Glück hatte niemand nachgefragt, um was für eine Krankheit es sich dabei handeln sollte; Lilian hatte sich zwar jeden Tag vorgenommen, in den medizinischen Fachbüchern der Bücherei nach einer geeigneten Krankheit zu suchen, aber sie war nie dazu gekommen. Vielleicht auch, weil sie es nicht einsah, sich für die Launen ihrer Tochter und deren Vater auch noch besonders kunstvoll zu entschuldigen. Also wirklich, die beiden würden was zu hören kriegen . . .

Eins nach dem anderen. Sie stellte das Blech mit der Pizza auf die heruntergeklappte Ofentür, wo sie warm bleiben würde, atmete noch einmal durch und verließ dann die Küche. Auf in den Kampf.

»So, ich stehe Ihnen zur Verfü. . .«

Sie blieb stehen, als wäre sie auf der Schwelle zu ihrem Wohnzimmer gegen eine unsichtbare Wand gelaufen.

Einer der Männer hatte den Koffer auf dem Wohnzimmertisch geöffnet. Er hielt ein chromglänzendes Gerät in der Hand, das aussah wie eine Pistole mit einem langen, nicht einmal fingerdicken Lauf. Jeremiah hatte ihr von diesem Instrument erzählt. Es war dazu gedacht, durch das Nasenloch eingeführt zu werden, die dünne Knochenwand an der Rückseite der Nasenhöhle zu durchbohren und einen Chip direkt auf den Riechnerv zu setzen, der mit diesem verwachsen und ihre Nervenimpulse über das Mobilfunknetz mit denen von hunderttausend anderen Menschen verbinden würde.

Jeremiah hatte die Wahrheit gesagt.

Lilian hörte Schritte hinter sich. Die Frau mit dem Pferdegesicht war hinter sie getreten, zweifellos, um sie an der Flucht zu hindern.

»Es stimmt also«, hauchte sie fassungslos. »Damit pflanzen Sie Leuten einen Chip ins Gehirn.«

»Es tut nicht weh, wenn Sie sich nicht wehren«, sagten die drei im Chor, so, als spräche dieselbe Stimme aus allen drei Mündern. *»Und Sie werden sehen, dass es zu Ihrem Besten ist.«*

Abwehrmanöver

8 | An diesem Abend beschloss Christophers Vater zum ersten Mal, mit hinauszukommen. »Ich kann ja nicht die ganze Zeit nur schlafen«, meinte er mit eigentümlicher Heiterkeit.

Wie schwerfällig er geworden ist!, durchzuckte es Christopher, als er beobachtete, wie sich sein Vater mühevoll aufsetzte. Das Feldbett knirschte bedenklich unter seinen Bewegungen. Es sah ohnehin aus, als sei es schon in irgendeinem Krieg zum Einsatz gekommen – einem sehr lange zurückliegenden Krieg. Das Gestell war zerkratzt und angerostet, der Stoff der Bespannung zu einem undefinierbaren Farbton ausgebleicht. Von der Decke, mit der Dad zugedeckt war, ließ sich im Grunde das Gleiche sagen.

Draußen wurde es schon dunkel. Am Himmel prangte ein dicker, nahezu voller Mond, umrahmt von ein paar zarten Wölkchen, und das Lagerfeuer schimmerte durch die Bäume, aber das Licht reichte nicht, um zu erkennen, wohin man trat. Christopher nahm die Hand seines Vaters, um ihn zu führen, sicherheitshalber. Obwohl er sich selber im Wald ja auch nicht gerade sicher bewegte.

Der Feuerplatz lag auf einer Kiesbank, die ein Stück in den Fluss ragte. Von einem dreibeinigen Gestell hing ein Topf in die Flammen herab, in dem der Eintopf vor sich hin köchelte. Alle freuten sich, Dad zu sehen. Man bot ihm einen bequemen Platz auf einem der dicken Holzstämme an, die um das Feuer herum lagen. Man reichte ihm in einem Teller Eintopf mit Fleisch und Bohnen und fragte ihn, ob er eine Decke wolle für den Rücken; von hinten ziehe es bisweilen kühl, wenn man an einem Lagerfeuer sitze. »Danke, vielen Dank, geht schon.« Christophers Dad lächelte in die Runde. »Wunderbar, das alles.«

Christopher nahm man nur mit Seitenblicken zur Kenntnis. Es kam ihm vor, als hofften alle, er würde sich einfach in Luft auflösen. Aber den Gefallen tat er ihnen nicht. Stattdessen schöpfte er sich einen Teller voll Eintopf und suchte sich einen freien Platz auf den Steinen, was natürlich bei Weitem nicht bequem war.

»Hi.« Das war Serenity, die sich neben ihn setzte. Er rückte ein Stück beiseite, obwohl genug Platz war, und nickte ihr kauend zu.

»Und?«, fragte sie. »Wie geht's deinem Vater?«

Christopher hob die Schultern. »Na ja. Ganz gut.«

»Er erholt sich tatsächlich wieder, wie's aussieht, oder?«

»Sieht so aus.« Wenigstens sie tat nicht so, als sei er Luft. Redete mit ihm. Er hätte auch gern mehr mit ihr geredet; ihm fiel nur nichts ein. Um überhaupt etwas zu sagen, deutete er auf seinen Blechteller und meinte: »Schmeckt gut.«

»Ja«, sagte Serenity. »Super.« Aber es klang enttäuscht.

Irgendwie war es nicht mehr so wie am Anfang. Am Anfang war sie einfach nur die Tochter von Jeremiah Jones gewesen. Er hatte von ihr lediglich eins gewollt: dass sie ihn mit ihrem Vater in Kontakt brachte. Inzwischen war sie ... nun ja, Serenity eben. Und es war ihm nicht mehr egal, was aus ihr wurde. Auch nicht, was sie von ihm hielt. Das war früher sein bester Schutz gewesen: dass es ihm gleichgültig gewesen war, was andere von ihm dachten.

Irgendwie, irgendwann im Lauf der letzten Wochen war ihm dieser Schutz abhanden gekommen. Er wollte nichts Dummes zu ihr sagen oder gar etwas, das sie verletzte. Und das machte alles irgendwie ... *schwierig.*

Drüben setzte sich Dr. Connery neben Dad. In London hatten sie den Neurochirurgen noch unter seinem Vornamen Stephen kennengelernt, aber seit er hier im Camp untergetaucht war, ließ er sich nach seinem zweiten Vornamen Robert »Bob« nennen.

»James, ich bin so froh, dass es Ihnen wieder besser geht. Dr. Lundkvist und ich hatten erhebliche Sorge, dass Sie es womöglich nicht verkraften würden, von der Kohärenz getrennt zu werden.« Er lachte auf, ohne fröhlich zu klingen. »Und nun sitzen Sie hier am Feuer mit uns, als sei nichts gewesen!«

Dad lachte mit. Bei ihm klang es unbekümmert. »Ja, toll, nicht wahr? Ich weiß gar nicht, wann ich das letzte Mal an einem Lagerfeuer gesessen habe. Muss als Kind gewesen sein.«

Dr. Connery betrachtete die Flammen, als habe er sie bis jetzt gar nicht bemerkt. »Das hätten wir uns damals in London auch nicht träumen lassen, was? Dass wir uns unter solchen Umständen wieder begegnen?« Er seufzte. »Und was alles passieren würde.«

Christopher wusste, was er meinte: Dr. Connery hatte damals erforscht, wie man Nervenzellen und Computer miteinander koppeln konnte, und es damit überhaupt erst ermöglicht, dass die Kohärenz entstehen konnte.

»Sie sind das ja gewöhnt, das Leben in der Natur«, meinte Dad kauend. »Ich weiß noch, wie Sie damals jedes Wochenende irgendwo gewandert sind, bei Sonne wie bei Regen. Aber mein Fall war das nie.« Er machte mit dem Löffel in seiner Hand eine ausgreifende Bewegung. »Deswegen ist das hier eine ziemliche Umstellung für mich. Wie Abenteuerurlaub.«

Christopher runzelte die Stirn. Zwar war Dad früher auch oft lustig gewesen, gut gelaunt und zu Scherzen aufgelegt – aber nie so ... *oberflächlich*. Wenn man ihn in diesem Moment sah, konnte man glauben, es mache ihm nicht das Geringste aus, dass Christophers Mutter noch immer der Kohärenz angehörte.

Noch sträubte er sich dagegen zuzugeben, dass sein Dad sich durch die Zeit in der Kohärenz verändert hatte. Aber irgendwann würde er mit den Ärzten darüber reden müssen.

Er warf Serenity einen Seitenblick zu. Ob er ihr davon erzählen sollte? Aber dann würde sie sich vielleicht Sorgen machen, die sich später – hoffentlich! – als unnötig herausstellen würden. Vielleicht war es besser, sie nicht damit zu belasten.

Jemand schob mehr Holz in die Flammen. Im Hintergrund klimperte es; ein paar Gitarren wurden gestimmt. Am Lagerfeuer zu singen, war mehr oder weniger das einzige Freizeitvergnügen, das den Leuten um Jeremiah Jones geblieben war.

»Manchmal, wenn ich so am Feuer sitze, muss ich an früher denken«, sagte Serenity plötzlich. »Als meine Eltern noch zusammen waren. Damals dachte ich, unsere Familie wäre etwas Besonderes. Dass wir zusammenhalten. Wir gegen den Rest der Welt.«

»Ja«, sagte Christopher. Er wusste, was sie meinte. Er hatte dieses Gefühl auch einmal gehabt, damals in Frankfurt, als seine Großeltern noch gelebt hatten. Bevor seine Mutter ihre Stelle verloren und die ganze Geschichte angefangen hatte. Er spürte den Impuls, Serenity davon zu erzählen, aber alle Sätze, die ihm einfielen, klangen einfach nur banal. Besser, er hielt den Mund.

»Sie haben ja richtig Appetit, Mr Kidd«, sagte eine Frau mit rauchiger Stimme zu seinem Vater. Das war Irene, die das Kommando über die Küche hatte; ihren Nachnamen kannte Christopher nicht.

Dad grinste breit. »Frische Luft macht eben hungrig.«

Irene deutete auf Dads Teller. »Möchten Sie noch was?«

»Na, wenn noch was da ist, gern.«

Sie nahm seinen Teller, häufte eine weitere ordentliche Portion darauf und reichte ihn zurück. »Bitte sehr. Damit Sie zu Kräften kommen. Wir hoffen ja alle, dass Sie sich bald an etwas Hilfreiches erinnern. Uns einen Tipp geben können. Klar, das ist im Moment viel verlangt, Sie müssen ja erst mal gesund werden . . .«

»Erinnern?« Dad blinzelte begriffsstutzig, den Teller in der

Hand. »Woran soll ich mich erinnern? Und was für einen Tipp meinen Sie?«

»Na ja«, meinte Irene. »Irgendeinen Hinweis, der uns hilft, die Kohärenz zu besiegen, natürlich.«

Dad lachte auf, als hätte sie einen guten Witz gemacht. »Das können wir nicht. Wie soll das gehen?« Er steckte seinen Löffel in das dickflüssige Gemisch aus Fleisch und Bohnen. »Die Kohärenz ist unbesiegbar.«

9 | Christopher konnte spüren, wie Serenity bei diesen Worten zusammenzuckte. Er sah sie an. Lag das am Widerschein des Feuers oder war sie tatsächlich plötzlich so bleich? Jedenfalls hätte er gerade ihre Sommersprossen zählen können.

Auf der anderen Seite des Lagerfeuers begannen die Musiker, die von alldem nichts mitbekommen hatten, zu spielen.

»Wie kann er das sagen?«, wisperte Serenity aufgebracht. »Wie kann dein Vater so etwas sagen, wo sich alle derart um ihn bemühen?«

Christopher sah hinüber zu Dad. Dr. Connery und Irene schauten bedröppelt drein. Der Neurologe hob die Schultern, was vielleicht andeuten sollte, dass Dad seiner Meinung nach noch nicht richtig wusste, was er sagte.

»Na ja«, meinte er. »Vielleicht sagt er es einfach, weil es stimmt.«

»Denkst du das etwa auch?«

Christopher seufzte. Hörte ihm eigentlich niemand jemals richtig zu? »Was soll die Frage? Das sage ich schon die ganze Zeit«, entgegnete er. »Ich hab nie was anderes behauptet.«

Ihre Hände umklammerten den Rand ihres metallenen Tellers, als habe sie vor, ihn zu zerreißen. »Aber wenn das alles hier zu nichts führt, was soll es dann? Wofür rackern wir uns ab? Wenn es sowieso keinen Unterschied macht, wieso bin ich dann nicht zu Hause bei meiner Mutter, gehe auf die Schule und ...« Sie hielt inne, sah ihn mit wütendem Funkeln in den Augen an. »Und wozu Schule, wenn ohnehin die Kohärenz auf einen wartet? Was kann man denn *überhaupt* noch machen, wenn man das alles weiß?«

Christopher hob die Schultern. »Keine Ahnung.«

»Mann!«, stieß Serenity hervor, stand auf und stapfte ohne ein weiteres Wort davon.

Er sah ihr hilflos nach. Sie tat gerade so, als sei das seine Schuld!

Serenity war den Tränen nah. Sie musste sich wegsetzen, es ging nicht anders. Es war, als würde ihr jetzt erst allmählich klar . . . *wirklich* klar, was all das, was sie in den letzten Wochen erlebt hatte, eigentlich bedeutete. Wie es alles, was sie bisher für ihr Leben gehalten hatte, auf den Kopf stellte.

Und niemand war da, der sie wenigstens in den Arm nahm und tröstete. Niemand, mit dem sie sich aussprechen konnte. Ihr Vater war nicht da, war schwer beschäftigt, wie immer. Ihre Mutter war auch nicht da. Die hätte ihr wenigstens einen Apfelkuchen gebacken oder so etwas. Und Kyle, ihr großer Bruder, an den sie sich früher immer hatte wenden können, wenn ihr etwas auf der Seele gelegen hatte, war ebenfalls nicht da, war zusammen mit Dad und ein paar anderen unterwegs.

Und Christopher . . .

Nein, von dem war auch nichts zu erwarten. Was wollte sie überhaupt von dem? Das war doch alles Quatsch. Das Einzige, was der in den Arm nahm, war ein Computer.

Gut, dass sie in Madonna Two Eagles wenigstens eine Freundin hier im Camp hatte, mit der sie reden konnte.

Serenity setzte sich in die Nähe der Musiker. Die hatten offensichtlich nicht mitgekriegt, was Christophers Vater gesagt hatte, denn sie waren noch gut drauf. Madonna sang und spielte eine der drei Gitarren. Die Saiten schimmerten unter ihren Fingern und sie warf beim Singen immer wieder ihr langes schwarzes Haar zurück. Einer trommelte auf Bongos dazu, nicht ganz akkurat, ein anderer füllte mit seiner Mundharmonika die Passagen zwischen den Versen. Doch, die waren gut drauf heute Abend.

Es wäre sowieso das Beste gewesen, überlegte Serenity düster, nie irgendwas von Upgradern und alldem erfahren zu haben. Dann wäre sie jetzt zu Hause in Santa Cruz, würde in ihrem Bett liegen, Radio hören und ihre schlimmste Sorge würde sein, mit wem sie zum Abschlussball gehen und welches Kleid sie dabei tragen würde. Und wenn die Kohärenz ihr dann irgendwann den Chip verpasste, hätte sie wenigstens bis dahin ein schönes Leben gehabt.

Aber es kommen zu sehen ...

Wozu versteckten sie sich hier? Was brachten all die Vorsichtsmaßnahmen? Wenn es letztlich doch darauf hinauslief, dass die Kohärenz siegte, dann konnten sie es auch lassen, oder?

Die Musiker legten die Instrumente beiseite. Sie nahmen noch den Abschlussapplaus entgegen, dann fielen sie über den Kessel auf dem Feuer her. Madonna bekam den ersten Teller, sah sich suchend um. Serenity winkte und rückte beiseite, damit sie sich neben sie setzte.

»Das tut jetzt gut«, meinte Madonna kauend. Wie immer konnte Serenity nur staunen, was für Portionen ihre Freundin vertilgen konnte, ohne dass es die geringsten Auswirkungen auf ihre schlanke Linie hatte.

Wahrscheinlich würde es ihr den Appetit verschlagen, wenn Serenity ihr erzählte, was sie umtrieb. Aber sie musste es loswerden, es ging nicht anders.

10 | Niemand hatte den alten, grau lackierten Lieferwagen, der seit dem Mittag vor der Hecke zwischen 280 Windham Street und dem Nachbargrundstück parkte, eines zweiten Blicks gewürdigt. Lilian Jones hatte ihn nicht beachtet und die drei Upgrader auch nicht.

Niemandem war das Kabel aufgefallen, das vom Heck dieses Fahrzeugs auf die Straße hing, durch einen breiten Riss im Gehsteig lief und in ebendieser Hecke verschwand. Wäre es jemandem aufgefallen und wäre es ihm verdächtig genug erschienen, um ihm zu folgen, hätte er festgestellt, dass es bis ins Haus führte. Dort teilte es sich und endete in zwei winzigen Videokameras, die den Flur und das Wohnzimmer beobachteten.

Der Lieferwagen gehörte einem gewissen Brian Dombrow, der seit Jahrzehnten mit Jeremiah Jones befreundet war und dieser Freundschaft wegen seit Neuestem auf den Fahndungslisten des FBI stand. Er hatte diesen Lieferwagen einst zu einem Wohnmobil umgebaut, ohne dass man das dem Wagen von außen angesehen hätte. An diesem Abend ähnelte das Innere allerdings eher einer Elektronikwerkstatt. Brian und ein junger Mann mit langen Locken, die er zum Pferdeschwanz gebunden trug, saßen vor einem Computermonitor, auf dem man in zwei Fenstern beobachten konnte, was die beiden Kameras aus dem Haus übertrugen.

»Das war sehr vorausschauend von deinem Vater, Kyle«, meinte Brian, als sie sahen, was in dem Koffer war, den der Mann auf den Wohnzimmertisch legte und öffnete. »Uns hier Wache beziehen zu lassen, meine ich.«

»Ja«, sagte Kyle knapp, hob das Funkgerät an die Lippen und drückte die Sprechtaste: »Panda. Wiederhole: Panda.« Das war ein Code, der so viel besagte wie: »Bereit machen zum Eingreifen«. Sprechfunk war nicht geschützt; jeder, der auf derselben Frequenz empfing, konnte mithören, was sie sagten. Es war also ratsam, darauf zu achten, dass Außenstehende nicht verstanden, was sie zu hören bekamen.

Brian legte die Hand an den Einschaltknopf eines klobigen Gerätes, das unter seinen Beinen auf dem Boden stand. Zwei Kabel liefen von ihm weg; eines zur Stromversorgung des Busses, das andere zu einer Antenne, die wie eine harmlose Radioantenne aussah, tatsächlich aber eine Sendeantenne war: Bei dem Gerät handelte es sich um einen sogenannten *Jammer,* einen Störsender, der auf den Frequenzen des Mobilfunks arbeitete.

Sie verfolgten, in körnigem Schwarz-Weiß, wie Kyles Mutter das Wohnzimmer betrat und innehielt, als sie das chirurgische Instrument in der Hand des Mannes bemerkte.

Kyle hieb auf die Sprechtaste. »Rock 'n' Roll«, rief er mit bebender Stimme. »Rock 'n' Roll, sofort!«

Dann zog er eine Pistole hervor und sprang durch die Hintertür aus dem Wagen.

Brian schaltete den *Jammer* ein, griff nach einem kurzläufigen Gewehr und folgte ihm. Die Upgrader waren mit ihren Chips über das Mobilfunknetz miteinander verbunden; der *Jammer* würde sie, so der Plan, erst mal außer Gefecht setzen.

Kyle und Brian rannten um das Haus herum, zur Terrassentür. Sie erhaschten noch einen Blick auf Russel Stoker und

Anthony Finney, die auf die Vordertür zueilten, jeder eine Hand unter dem Hemd, was mehr als deutlich darauf hinwies, dass sie darin ebenfalls Waffen hielten.

Die Terrasse. Jeder Schritt auf dem Holz klang überlaut in Kyles Ohren. Er schob die Tür auf, presste die Lippen zusammen bei dem schabenden Geräusch, das dabei entstand.

Und rein. An der Wand entlang, zum Flur.

Und schnell, vor allem.

»Langsam«, hauchte Brian hinter ihm. »Lass mich vor.«

Kyle schüttelte grimmig den Kopf. »Das ist meine Mutter.«

»Eben.«

Schließlich spähten sie beide zugleich um die Ecke. Was sie sahen, war alles andere als beruhigend.

Die Upgrader erwarteten sie.

Sie bewegten sich seltsam, fast, als wären sie betrunken. Aber sie hielten Waffen in den Händen.

Das hieß: Der *Jammer* funktionierte nicht richtig.

Das wiederum hieß: Die Kohärenz war jetzt gewarnt. Die Upgrader hier drinnen hatten ganz offensichtlich mitgekriegt, dass jemand im Anmarsch war. Das konnten sie nur gewusst haben, wenn irgendwo draußen noch andere Upgrader waren, die das Haus beobachteten.

»Shit«, stieß Brian hervor.

11 | Christopher starrte in die Flammen und wurde allmählich müde. Er sah zu seinem Vater hinüber, aber der wirkte noch hellwach. Kein Wunder, er verschlief ja auch den halben Tag. Und nun unterhielt er sich offenbar blendend mit Dr. Connery. Überhaupt hatten alle viel zu reden. Drüben die beiden Mädchen: Serenity erklärte gestenreich irgendetwas, ihre Freundin hörte ihr mit großen Augen zu, fragte immer wieder nach und vergaß dabei zu essen.

Nur er hatte nichts zu reden. Außerdem war er müde. Vielleicht, weil es schon spät war und er die letzte Nacht lange wach gelegen hatte. Vielleicht hatte er auch zu viel gegessen. Oder einfach, weil er gerade so genug davon hatte, über die Zukunft der Menschheit nachzudenken. Schlafen. Einfach nur schlafen und seine Ruhe haben. Zurzeit hatte er in manchen Augenblicken das Gefühl, seit Monaten nicht wirklich tief geschlafen zu haben.

Er schrak hoch, als sich unvermittelt jemand neben ihn setzte. Es war das Indianermädchen Madonna Two Eagles, die gerade eben noch neben Serenity gesessen hatte.

Sie hielt die Gitarre in der Hand, auf der sie vorhin noch mit den anderen gespielt hatte, sah ihm forschend ins Gesicht und sagte: »Du. Ich muss dich mal was Ernsthaftes fragen.«

»Okay?« Christopher hatte das Gefühl, sich kratzig anzuhören.

Sie sah ziemlich gut aus. Also, eigentlich unglaublich gut, wenn man's genau nahm. Sie war ein Mädchen aus der Kategorie, die in der Schule jemanden wie ihn nicht mal registriert hätte, aber anders als seine ehemaligen Mitschülerinnen gab sie sich völlig locker und unkompliziert.

Aber, klar, dass sie ihn was fragen wollte, hatte natürlich mit dem Chip in seinem Kopf zu tun, nicht mit ihm persönlich.

»Musik«, sagte sie. »Wie ist das eigentlich mit Musik in der Kohärenz? Gibt's das noch, wenn man da dazugehört?«

Christopher hob überrascht die Brauen. Gute Frage! Er überlegte, versuchte, sich zu erinnern, an damals, als er selber noch ein Teil der Kohärenz gewesen war. Musik? War das ein Thema gewesen?

Er schüttelte den Kopf. »Nein.«

»Gar keine Musik?« Sie schien regelrecht entsetzt.

»Ich kann mich nicht erinnern. Weder Musik noch sonst irgendeine Kunstform.« Christopher blickte an ihr vorbei in die tanzenden Flammen und verstand plötzlich, warum das so war. Er hätte es schon die ganze Zeit verstehen können, es hatte nur die Frage gefehlt. »Die Kohärenz ist aus dem Zusammenschluss von Tausenden von Gehirnen entstanden; im Grunde ist sie ein einziges Gehirn, das viele Körper bewohnt. Bei dieser Verbindung vermischen sich alle Geschmäcker, gleichen sich aus, bis kein Geschmack, keine Vorliebe mehr übrig ist. So, wie wenn man alle Farben miteinander vermischt – das ergibt am Ende nur Grau. Die Kohärenz hat keinen Sinn für Musik, keinen für Malerei oder Literatur; sie hat nicht einmal mehr Vorlieben, was das Essen anbelangt. Den Upgradern ist egal, was sie essen; es geht nur darum, den Körper mit lebensnotwendigen Nährstoffen zu versorgen.«

Sie starrte ihn an. Im Schein der Flammen sahen ihre schwarzen Augen riesig aus. »Okay«, sagte sie und schluckte. »Das heißt, wenn ich Musik machen will, meine eigene Musik ... wenn ich das wirklich will ... dann sollte ich es besser nicht vor mir herschieben, oder?«

»Ähm.« Christopher verstand nicht ganz, was sie damit andeuten wollte. »Ich denke, das kann man so sagen.«

Madonna nickte, die Lippen zusammengepresst. »Danke.« Dann stand sie auf und verschwand wieder in der Dunkelheit.

»Bitte«, murmelte Christopher ins Leere.

12 | Die beiden Frauen und der Mann torkelten beinahe. Ihre Bewegungen wirkten, als wateten sie durch Sirup. Die Störwellen, die der *Jammer* ausstrahlte, mochten es nicht geschafft haben, die Upgrader von der Kohärenz abzuschneiden, aber sie beeinträchtigten sie zumindest.

Jemand schrie um Hilfe. Kyle erkannte nur mit Mühe die Stimme seiner Mutter.

Er warf sich in die Deckung der Küchenwand zurück, hob das Funkgerät an die Lippen. »Rus, Finn – draußen müssen irgendwo noch mehr von denen sein. Kümmert euch erst um die. Wir werden mit denen hier drinnen fertig.«

»Alles klar«, kam Rus' brummige Stimme zurück.

Brian nickte Kyle zu. »Auf drei. Eins . . . zwei . . .«

Sie stürmten los.

Draußen auf der Straße spielte sich währenddessen ein merkwürdiges Schauspiel ab. Aus insgesamt drei Autos waren Leute jeden Alters ausgestiegen – glatzköpfige Männer in Geschäftsanzügen, Frauen mit toupierten Haaren, junge Typen in Jeans und T-Shirt –, die nun mit langsamen, unsicheren Schritten auf das Haus zutaperten. Die Männer und Frauen schienen gegen einen Widerstand anzukämpfen, der von dem Haus ausging, und zugleich unwiderstehlich davon angezogen zu werden. In manchen Nachbarhäusern bewegten sich Vorhänge, spähten Augen neugierig auf das Geschehen. Kaum jemand fühlte sich bei dem Anblick, der sich ihm bot, nicht an alte Zombie-Filme erinnert.

Dann tauchten zwei Männer auf, die sich ganz normal bewegten. Der eine war ein gemütlich wirkender Riese mit dichtem Seemannsbart, der ein verwaschenes Holzfällerhemd anhatte, das in seinen guten Tagen rot gewesen sein musste, der andere Mann trug eine runde Drahtbrille und lächelte beim Anblick der unbeholfen auf sie zustapfenden Leute nur versonnen.

»Rus?«, meinte er halb laut zu seinem Kumpanen. »Leichte Beute, wie's aussieht, oder?«

Der bärtige Riese nickte. »Wer die meisten zu Mus kloppt, hat gewonnen.«

Dass die heranwackelnden Männer und Frauen in Zeitlupe Schusswaffen herauszogen, irritierte die beiden nicht. Der Riese ballte die Fäuste, teilte aus, streckte Männer wie Frauen, Alte wie Junge mit krachenden Kinnhaken zu Boden. Der andere, der von seinen Freunden nur »Finn« genannt wurde, demonstrierte, dass er unter anderem den schwarzen Gürtel im Taekwondo besaß, und schickte ebenfalls einen nach dem anderen ins Land der Träume.

Im Haus war der Kampf nach wenigen Sekunden vorüber. Dem Mann gelang es noch, mit einer Pistole in Kyles Richtung zu zielen, er ging jedoch nach einem Faustschlag Brians bewusstlos zu Boden. Anschließend überwältigten Kyle und Brian die beiden Frauen. Während Brian die letzten Knoten an die Fesseln machte, befreite Kyle seine Mutter, die hilflos im Türrahmen stand, die Hände auf den Rücken gebunden und den Kopf in einem Gestell festgezurrt, das die Eindringlinge mit zwei Schraubzwingen am Türstock befestigt hatten.

»Wo kommt ihr denn her?«, keuchte sie.

»Dad hat befürchtet, dass so etwas passieren könnte«, sagte

Kyle. Er musterte seine Mutter. »Mom! Glaubst du es jetzt? Komm mit uns. Bitte.«

»Und das möglichst schnell«, ließ sich Russel Stoker von der Haustür her vernehmen. Er rieb sich die Knöchel der rechten Hand. »Die Upgrader draußen sind ausgeschaltet, aber ich fürchte, in der Nachbarschaft hat jemand die Polizei alarmiert. Wir sollten machen, dass wir wegkommen.«

13 | Christopher beobachtete, wie Madonna Two Eagles auf der anderen Seite des Feuers mit zweien der Musiker sprach, mit demjenigen, der trommelte, und dem mit der Mundharmonika. Sie erklärte etwas, zeigte ihnen Griffe auf ihrer Gitarre. Als alle genickt und offensichtlich verstanden hatten, was sie wollte, drehte sich Madonna Two Eagles zu der Runde am Feuer um. Sie räusperte sich auf eine Art, die jeden aufmerken ließ.

»Ich weiß, es ist schon ziemlich spät«, begann sie, »aber ich möchte euch trotzdem gern noch etwas vorsingen. Ein einziges Lied nur. Und zwar weil . . .« Sie biss sich auf die Lippen. »Also, ich spiel nicht bloß Lieder nach, ich hab auch ein paar eigene geschrieben. Und eins von denen sing ich jetzt, weil ich das schon lange tun will und mich bisher nur nie getraut habe.«

Sie nahm ihre Gitarre und fing an zu spielen, ehe jemand reagieren konnte. Der Mann mit den Bongos fiel in ihren Rhythmus ein, die Mundharmonika übernahm ein leises Intro. Der Spieler beobachtete Madonna, wartete wohl auf ihren Einsatz.

Schließlich begann sie zu singen. Und Christopher lief eine Gänsehaut über den Rücken.

Der Song hieß *No Longer Lonely* – zumindest kam das im Refrain ein paarmal vor – und das Lied passte perfekt zu ihrer dunklen, leicht rauchigen Stimme. Sie hatte ungewöhnliche Wendungen in die Melodie eingebaut, aber man hätte trotzdem gleich mitsingen können, und gegen Schluss taten das manche auch. Christopher nicht, doch er ertappte sich dabei, wie er unwillkürlich mit dem Knie im Rhythmus ihres Songs wippte.

Als sie endete, brach ein Applaus los, der gar nicht mehr aufhören wollte. Sie musste das Lied noch einmal spielen. Und während sie sang, in diesen paar Minuten, dachte niemand an die Kohärenz, nicht einmal Christopher.

»Ich weiß es wieder«, erklärte Dad, als sie spät in der Nacht zurück in ihr Zelt kamen.

»Was?«, fragte Christopher.

»Was ich dir heute Nachmittag sagen wollte«, sagte Dad und ließ sich ächzend auf seine Liege plumpsen. Jetzt merkte man doch, dass der Abend ihn sichtlich angestrengt hatte. »Das, von dem ich gesagt habe, *es liegt mir auf der Zunge.*«

»Und?« Christopher setzte sich ihm gegenüber, auf den Rand seiner eigenen Liege.

»Erinnerst du dich, was die Kohärenz zu dir gesagt hat, da in der Fabrik in Silicon Valley?«

»Ja«, sagte Christopher. Natürlich. Er erinnerte sich an jedes Wort. Bis zu seinem Lebensende würde er keines davon vergessen.

Auch nicht, wie die Kohärenz unter anderem durch seinen Vater zu ihm gesprochen hatte. Sie hatte seinen Mund benutzt. Auch der Mund seines Vaters hatte zu ihm gesagt: *Du hast uns gefehlt, Christopher. Wir wollen, dass du zu uns zurückkommst.*

»Sie hat gesagt, dass sie dich zurückhaben will, erinnerst du dich? Dass sie so Sehnsucht hat nach dir.«

»Ja«, erwiderte Christopher. »Der verlorene Sohn.«

Dad nickte, fuhr sich mit der Zunge über die Lippen, die immer trocken waren. »Das war eine Lüge«, erklärte er. »Die Kohärenz sucht dich nicht, weil sie Sehnsucht nach dem verlorenen Sohn hat. Sie hat keine Sehnsucht. So etwas wie Sehnsucht kennt sie gar nicht. Sie hat Angst.«

»Angst? Wovor denn?«

»Vor dir.«

Christopher lachte ungläubig auf. »Vor mir?«

Das war beunruhigend lächerlich. Lächerlich, weil die Kohärenz – ein Verbund aus über hunderttausend Gehirnen, und zwar weitgehend aus Gehirnen von Menschen in Schlüsselpositionen der Politik, Wirtschaft, den Geheimdiensten und der Streitkräfte – so unglaublich intelligent und so unglaublich mächtig war, dass es über jedes Fassungsvermögen hinausging.

Und beunruhigend, weil, wenn Dad sich an dergleichen zu erinnern glaubte, mit seinem Erinnerungsvermögen womöglich doch etwas ernsthaft nicht mehr stimmte.

Das war immer noch Christophers größte Sorge: dass es sich herausstellen mochte, dass jemand, der einmal Teil der Kohärenz gewesen war, irreparable Schäden davontrug.

»Dad«, sagte Christopher behutsam, »das ist ziemlich unwahrscheinlich. Es gibt keinen Grund, warum die Kohärenz Angst vor mir haben sollte. Sie ist vielleicht angepisst, weil ich ihr entwischt bin, und sie ist bestimmt sauer, dass ich dich rausgeholt habe – aber ganz bestimmt hat sie keine *Angst* vor mir.«

»Doch«, beharrte Dad. »Hat sie. Die Kohärenz hat panische Angst. Und einer von denen, vor denen sie am meisten Angst hat, bist du.«

»Das kann ich mir nicht vorstellen. Die Kohärenz ist die größte Macht auf Erden. Wenn sie es beschließt, ist es nur eine Frage der Zeit, bis sie sich alle Menschen einverleibt hat, die heute leben. Wovor sollte eine solche Macht Angst haben?«

»Na, wovor hat man Angst? Davor zu sterben. Das ist die Urangst. Auch die Kohärenz hat diese Angst. Sie hat Angst zu sterben. Und sie ist überzeugt, dass du eine Gefahr für sie darstellst. Nur deswegen ist sie hinter dir her.«

Christopher seufzte. »Okay. Ist ja eigentlich auch egal, weswegen sie hinter mir her ist.«

Dad sah ihn an, schüttelte den Kopf. »Nein, eben nicht. Wenn sie wirklich aus Sehnsucht nach dir handeln würde, könntest du davon ausgehen, dass sie dir nichts tun wird. Aber das solltest du nicht. Sie versucht, dich zurückzuholen –« Er hielt inne. »Da ist auch noch was. Fetzen einer Erinnerung, wie sie das machen will . . .«

Christopher sagte nichts, wartete nur, ob es ihm einfallen würde. Dad massierte sich eine Weile die Schläfen, ließ die Hände schließlich sinken. »Na ja. Vielleicht komm ich noch drauf.«

Und dann hob er plötzlich den Kopf und in seinem Blick lag einen Moment lang etwas von seinem früheren Ich, etwas von dem Vater, den Christopher einst bewundert und zu dem er aufgesehen hatte.

»Chris«, sagte er, »du musst aufpassen. Die Kohärenz will

dich zurück. Aber wenn ihr das nicht gelingt, dann ist sie entschlossen, dich zu töten.«

Na toll. Christopher ließ sich nach hinten sinken, auf den Rücken, und verschränkte die Arme über dem Kopf, als suche er darunter Schutz.

Ihn zu töten? Das hatte die Kohärenz doch schon versucht. Der Überfall in der Wüste. Vier Hubschrauber hatten auf ihn geschossen, auf ihn und Serenity und ihren Bruder Kyle.

Und er begriff bis heute nicht, was die Kohärenz damit eigentlich bezweckt hatte.

14 | Ein paar Tage später kamen sie wieder zurück, vollzählig und, wie es aussah, erfolgreich. Mehr als vollzählig – sie hatten noch jemanden mitgebracht: Serenitys Mutter.

Es gab einen großen Auflauf bei dem Zelt, das Jeremiah Jones und sein Sohn Kyle bewohnten. Alles drängelte sich um die Rückkehrer, es wurden Schultern geklopft und Hände geschüttelt, man lachte und gratulierte und alles redete durcheinander. Nur mit ihm, Christopher, redete wieder niemand.

Er musterte die Frau, die den Arm um Serenity gelegt hielt, als fürchte sie, ihre Tochter könne ihr jeden Augenblick wieder abhanden kommen. Sie schien immer noch unter Schock zu stehen. Kyle hatte den anderen gerade berichtet, wie sie sie den Upgradern in letzter Minute entrissen hatten.

Verblüffend, wie sehr sie ihren Kindern ähnelte, Serenity vor allem. Sie hatte dieselbe wilde Löwenmähne in Dunkelbraun, dieselben Gesichtszüge. Nur die Augen waren anders. Trauriger.

Christopher musste an seine eigene Mutter denken. Dad hatte ihm erzählt, dass sie wieder in der Londoner City arbeitete, in irgendeiner Bank. Viele Upgrader arbeiteten in Banken, weil es die Pläne der Kohärenz erforderten, große Geldsummen unauffällig durch dunkle Kanäle zu bewegen.

London – wie weit weg das war, wenn man kein Flugzeug mehr besteigen durfte! Aber selbst wenn es anders gewesen wäre: Er hätte sowieso nicht den Hauch einer Idee gehabt, wie er seine Mutter aus der Kohärenz befreien konnte.

»Danke. Ja, wir sind auch froh . . .« Jeremiah Jones hob die Hände, schaffte es endlich, den Tumult einigermaßen zu besänftigen. »Danke. Wir sind wirklich froh, dass alles gut gegangen ist. Es hätte auch schiefgehen können. Wäre es beinahe auch. Dass die Aktion doch noch zu einem glücklichen Ende gekommen ist, verdanken wir Kyle, Brian, Rus und Finney.« Er wies auf die vier Männer, die man sich unterschiedlicher kaum hätte vorstellen können, und applaudierte, genau wie alle anderen.

»So weit das«, fuhr er fort, nachdem der Applaus verklungen war. Er lächelte flüchtig. »Da wir gerade alle so schön beisammen sind, würde ich gerne ein paar Punkte besprechen, wenn ihr nichts dagegen habt.«

Ernsthaftigkeit kehrte ein wie ein kalter Windstoß. Die Campbewohner brachen ihre Gespräche ab, manche verschränkten abwartend die Arme, andere setzten sich auf einen der Campingstühle oder auf den Boden.

»Wir konnten Lilian vor dem Schlimmsten bewahren«, begann er. »Aber was ist mit anderen eventuell gefährdeten Personen aus unserem Umfeld? Weiß zum Beispiel jemand, wie es Neals Tochter Patricia geht?«

Melanie Williams hob die Hand. Serenitys Mutter schien zu wissen, das sie die derzeitige Freundin von Jeremiah Jones war, dem grimmigen Blick nach zu schließen, den sie ihr zuwarf.

»Ich war dort, kurz nachdem ihr losgefahren seid«, berichtete Melanie und strich sich ihre langen, feenhaft weißblonden Haare in den Nacken. »Allerdings war sie nicht da. Ich habe nur eine ältere Dame angetroffen, die sich um den Kleinen kümmerte. Sie wollte mir nicht sagen, wo Patricia ist.«

»Was verständlich ist«, meinte Jones. Er blickte Dr. Lundkvist an. »Eine Idee, wer die Frau gewesen sein könnte, Neal?«

Der grauhaarige Arzt hob nur die Schultern. »Keine Ahnung. Vielleicht jemand aus der Kirchengemeinde. Ehrlich gesagt hatte ich nie den Eindruck, dass meine Tochter viele Freunde in Shiver Falls hat.«

»Kann es die Schwiegermutter gewesen sein?«

Dr. Lundkvist schüttelte den Kopf. »Die lebt in Boston und leidet an Arthritis. Würde an ein medizinisches Wunder grenzen, wenn sie eine so weite Reise unternommen hätte.«

»Sie trug eine Brille, die ziemlich *retro* war, höflich gesagt«, warf Melanie ein. »Hilft das weiter?«

»Jedenfalls war es dann sicher nicht die Schwiegermutter; die trägt keine Brille.« Dr. Lundkvist winkte ab. »Ich fahre die nächsten Tage mal hin. Das wird zwar wieder in Streit ausarten, aber wenigstens weiß ich dann, dass es ihr gut geht.«

»Okay. Tu das.« Jeremiah Jones richtete den Blick seiner grauen Augen auf Christopher. »Anderes Thema. Der *Jammer*. Wieso hat der nicht funktioniert? Der Störsender hätte die Upgrader doch von der Kohärenz abschneiden sollen, oder? Genau wie ein Ausfall des Mobilfunknetzes es getan hätte.«

Christopher hob verdutzt die Augenbrauen. Er hatte gar nicht das Gefühl gehabt, von Jones überhaupt wahrgenommen zu werden. Und dann stellte er ihm ausgerechnet eine so doofe Frage!

Er räusperte sich. »Ähm – nein«, meinte er behutsam. »Das hätte ich Ihnen sagen können. Wenn eine Funkverbindung ausfällt, herrscht auf der Frequenz Stille. Wird nur ein *Jammer* eingesetzt, kommen trotzdem Signale an – nur eben gestörte. Die Störungen kann man herausrechnen. Dafür gibt es heutzutage mathematische Verfahren.«

»Und die Chips können das?«

»Ja.«

Brian schüttelte unwillig den Kopf. »Das leuchtet mir nicht ein. Das Ding, das wir verwendet haben, war ein Störsender für Mobiltelefone. Ausdrücklich. Wenn es so ein Verfahren gibt, dann müssten Mobiltelefone das doch auch beherrschen, oder?«

Christopher schüttelte den Kopf. »Das Verfahren zur passiven Elimination von Störungen digitaler Übertragungen hat ein Forschungslabor des amerikanischen Militärs entwickelt. Die Regierung hält das Patent darauf, Einzelheiten sind streng geheim und die Hersteller von Mobiltelefonen bekommen keine Lizenz, es zu verwenden. Schlicht und einfach.«

»Und die Kohärenz?«

»Kümmert sich nicht um Lizenzen.«

»Mit anderen Worten«, unterbrach Jones ihn, »*Jammer* sind nicht das wirksame Hilfsmittel gegen die Upgrader, das wir uns erhofft haben. Wäre ja auch zu schön gewesen«, fügte er grimmig hinzu. Sein Blick wanderte weiter zu Christophers Vater. »Es freut mich zu sehen, dass es Ihnen besser geht, Mr Kidd.«

»James, bitte«, sagte Dad und lächelte. »Ich will nicht der einzige Mister hier in der Runde sein.«

»Gerne. James. Es gibt eine Frage, die mich beschäftigt, seit ich erfahren habe, dass es die Kohärenz ist, die uns verfolgt. Es ist eine ganz einfache Frage und ich hoffe, dass Sie sie mir beantworten können. Sie lautet: Warum?« Er hob die Hand, weil Dad zu einer Antwort ansetzte. »Nein, besser gesagt: Warum so kompliziert? Okay, es geht der Kohärenz um Bob Connery, so viel ist klar. Aber warum um alles in der Welt war es notwendig, dafür dieses Theater mit den Bombenanschlägen auf die Rechenzentren zu veranstalten, die jetzt uns in die Schuhe geschoben werden? Können Sie mir das erklären?«

Dad überlegte einen Moment. »Hmm«, meinte er dann mit schiefem Grinsen. »Ich weiß nicht, ob Sie das verstehen werden. Die Kohärenz hat es getan, weil sie es *konnte.*«

Jeremiah Jones runzelte die Stirn. »Das verstehe ich tatsächlich nicht.«

»Es war ... *elegant,* es so zu machen«, erklärte Dad. »Es war eine der Möglichkeiten, die sich anbot, und wir ... ich ... die Kohärenz hat sich dafür entschieden, weil es sich ... nun ja, *cool* anfühlte, es so zu machen.« Er musterte Jones. »Ich fürchte, das kann man nur nachvollziehen, wenn man selber einmal Teil der Kohärenz war.«

»Ich würde gerne begreifen, wie das ist.«

»Das ist schwer zu erklären.«

»Versuchen Sie es.«

Dad nickte, suchte sichtbar nach Worten. Worten, die es nicht gab. Niemand konnte sich wirklich vorstellen, wie es war, Teil eines solchen vereinten Geistes zu sein. Nicht einmal Christopher konnte es, obwohl er einst dazugehört hatte: Sein defekter Chip hatte ihm gestattet, seine eigene Persönlichkeit zu bewahren. Deswegen hatte er diese Zeit völlig anders erlebt als jemand, der seine geistige Eigenständigkeit verloren hatte.

»Sie müssen das nicht, James«, sagte Dr. Connery nach ein paar Sekunden. Dad starrte immer noch vor sich auf den Boden, den Mund halb offen, die Lippen bewegend, als probiere er Worte aus, um sie unausgesprochen wieder zu verwerfen.

»Doch. Ich muss«, sagte er und sah in die Runde. »Es ist das Mindeste, was ich tun kann dafür, dass Sie mich herausgeholt haben.«

Alle hingen gebannt an seinen Lippen.

»Teil der Kohärenz zu sein«, fuhr er fort, »ist, als wäre man tot – und trotzdem bei Bewusstsein. Man ist ein Geist, der vergessen hat, wer er im Leben war. Wohlgemerkt: Man weiß noch, was früher war – aber es ist, als ob diese Erinnerungen zu jemand anderem gehören. Man identifiziert sich nicht mehr damit. Man kommt gar nicht auf die Idee zu denken, *das bin ich.* Oder *das war ich, bevor ich Teil der Kohärenz wurde.* Man benutzt diese Erinnerungen einfach, wie man ein Nachschlagewerk benutzt.«

Dad hielt inne, starrte ins Leere. Er sah aus, als horche er den Worten nach, die er gerade gesprochen hatte, und versuche, sich darüber klar zu werden, ob er damit etwas Richtiges gesagt hatte.

»Man ist auch nicht wirklich Teil einer Gemeinschaft«, erklärte er bedächtig. »Man ist nicht einsam, man ist nicht mit anderen zusammen – es ist weder das eine noch das andere, sondern ein Zustand, für den es kein Wort gibt. Man ist, ja ... man ist ein Übermensch. Ein Wesen, das die Beschränkungen des Menschseins hinter sich gelassen hat. Man ist ein Geist von unfassbarer, kristallklarer Intelligenz. Es ist eigenartig, wenn ich mich zurückerinnere – ich weiß nicht mehr, was ich alles gedacht habe, ich weiß nur noch, dass es rasend schnell und völlig mühelos vor sich ging. Man jongliert mit Tausenden von Variablen, Tausenden von Möglichkeiten, hat einen unfassbaren Überblick über Zusammenhänge, Verbindungen, Beziehungen zwischen Dingen, Zuständen, Menschen ... Tausende von tausendstelligen Zahlen miteinander im Kopf zu verrechnen, ist ein Klacks, etwas, das man nebenbei erledigt. Es ist beinahe berauschend, so denken zu können ...« Er hielt inne, grübelte wieder.

Es herrschte gespannte Stille. Christopher war es, als warte selbst der Wald gespannt darauf, was sein Vater zu sagen hatte. Kein Vogel war zu hören, selbst das Rauschen der Baumwipfel hatte einen Moment lang aufgehört.

»Diese Entscheidung, Sie zu verfolgen, Jeremiah.« Dad zögerte. »Ich habe nicht das Gefühl, daran beteiligt gewesen zu sein. Aber ich habe eine schwache Erinnerung daran, wie ein Echo aus einem anderen Geist – eine Erinnerung daran, wie die Kohärenz auf die Idee gekommen ist. Es galt, die Rechenzentren zu zerstören, weil sie dort Daten speicherten, die der Kohärenz gefährlich werden konnten. Gleichzeitig musste man Dr. Connery fassen und es war nötig, sich ein Ablenkungsmanöver einfallen zu lassen. Für beides gab es Tausende von Ideen, aber die Kohärenz hat beschlossen, diese beiden Dinge miteinander zu kombinieren. Obwohl es dadurch nicht leichter wurde! Aber gerade das hat es so reizvoll gemacht. Ein

Spiel. So, wie wenn jemand in einem Büro ein zusammengeknülltes Blatt Papier nicht in seinen Papierkorb, sondern wie einen Basketball quer durch den Raum in den eines Kollegen wirft. Einfach, um zu zeigen, dass er es draufhat.«

Jeremiah Jones' Augen waren groß geworden. »Uns zu verfolgen, ist für die Kohärenz ein *Spiel?*«

»So was in der Art«, sagte Dad.

»Okay«, meinte Jones finster. »Dann wird es Zeit, dass wir ihr dieses Spiel verderben.«

Dad hustete. »Bin gespannt, wie Sie das machen wollen.«

Jeremiah Jones sah ihn misstrauisch an. »Ich habe schon gehört, dass Sie in dieser Frage nicht gerade Optimismus verbreiten.«

»Ich sage, was ich weiß.«

»Sie denken im Ernst, dass wir am Ende alle in der Kohärenz aufgehen? Unausweichlich?«

»Ja«, sagte Dad schlicht. »Wenn die Kohärenz das anstreben sollte, ist es unausweichlich.«

15 | Es war, als lege sich ein Schatten auf das Camp. Alle starrten Christophers Vater an. Irgendwo knarrte ein Baum; es klang wie eine Klage.

»Ich weigere mich, das zu glauben«, erklärte Jeremiah Jones schließlich. Seine Kinnmuskeln traten hervor. »Bis zu meinem letzten Atemzug werde ich mich weigern, das zu glauben.«

»Tut mir leid, aber das ist nun mal keine Frage des Glaubens«, sagte Dad sanft. Auf einmal war wieder diese Präsenz in seinem Blick, die Christopher neulich abends zum ersten Mal wieder gesehen hatte. Nein, Dad war doch nicht ganz in der Kohärenz verschwunden!

Christopher war, als ließe sich die Waldluft auf einmal leichter atmen. Gut, dass er seine Zweifel für sich behalten hatte!

»Die Kohärenz ist unendlich viel intelligenter als wir«, fuhr Dad fort. Je länger er sprach, desto deutlicher kam der Mann wieder zum Vorschein, der er früher gewesen war. Auf einmal war der scharfe Verstand von James Kidd wieder zu spüren, merkte man wieder, dass es Dad immer um die Wahrheit ging. »Wenn Sie ihr ab und zu ein bisschen auf die Zehen treten konnten, dann nur deshalb, weil sie gerade Wichtigeres zu tun hat und sich nur nebenbei um Sie kümmert.«

»Ah ja? Und dieses Wichtigere – was ist das?«

»Etwas relativ Banales: der Ausbau des Mobilfunknetzes.«

»Wie bitte?«

Dad sah sich nach Christopher um, warf ihm diesen Blick zu, mit dem er ihn schon als Kind aufgefordert hatte, sich in eine Diskussion einzuschalten. »Upgrader können nur dorthin gehen, wo das Feld genügend stark ist«, sagte Christopher also.

»Die Chips müssen senden und empfangen können, und beides mit genügend hohem Datendurchsatz. Das ist technisch anspruchsvoll. Der Datenverkehr über die Biochips der Kohärenz ist wie eine zweite, verborgene Ebene innerhalb des Mobilfunknetzes, die zudem wesentlich mehr Energie verbraucht als der normale Telefondienst, weil die Chips mit der körpereigenen Elektrizität auskommen müssen.«

»Das ist alles teuer«, ergänzte Dad. »Viel Geld fließt, vieles davon im Geheimen. Eine Menge Upgrader, darunter meine Frau – Christophers Mutter – sitzen in Banken und sind schlicht und einfach damit beschäftigt, Geld zu *stehlen*. Diese Finanzkrisen, um die es in den Nachrichten ständig geht, die Haushaltslöcher, die sich überall auftun, all die Milliarden und Abermilliarden, die da verschwinden – das sind die Auswirkungen dieser Manöver. Dahinter steckt die Kohärenz.«

Jeremiah Jones kniff die Augen zusammen. Dann nickte er. »Ich verstehe. Deshalb wird in den Zeitungen nie die Frage gestellt, wohin all die Milliarden eigentlich verschwunden sind.«

»Natürlich nicht. Darüber soll man nicht nachdenken.«

»Dabei wäre es so eine logische Frage. Dauernd ist nur von Schulden die Rede, von Verlusten ... Aber wo Schulden sind, muss ja auch ein Guthaben sein. Wo einer Verlust gemacht hat, hat ein anderer Gewinn gemacht.« Er schüttelte den Kopf. »Ehrlich gesagt bin ich auch nie auf die Idee gekommen, mich das zu fragen. Seltsam. Und das ganze Geld hat die Kohärenz?«

»Ja. Sie baut die Infrastruktur aus, ohne die sie nicht existieren kann. Das ist ihr wichtigstes Ziel: dass das Feld den gesamten Planeten umspannt. Es soll bis in die tiefsten Täler und auf die höchsten Berge reichen. Es soll keine weißen Zonen mehr auf der Landkarte geben.«

Dr. Connery, der dem Gespräch bis jetzt nur gelauscht hatte, hob den Arm. »Wäre das ein Ansatz, die Kohärenz auszuschalten?«, fragte er. »Indem man das Mobilfunknetz sabotiert?«

Christopher schüttelte den Kopf und sah, dass sein Vater es ihm gleichtat, fast im Takt, so, wie es Upgrader manchmal taten.

»Wie stellen Sie sich das vor? Mobilfunkmasten sprengen? So schnell könnten Sie die gar nicht sprengen, wie sie wieder aufgebaut würden. Das ist eine riesige Industrie, die überall auf der Welt daran arbeitet, mit Millionen von Mitarbeitern.«

»Ich dachte eher an die Computer, die dahinterstehen. Dass man die Rechenzentren der Netze –« Dr. Connery hielt inne. Da waren sie wieder bei dem wunden Punkt. Deswegen wurden Jeremiah Jones und seine Freunde schließlich verfolgt: Weil man ihnen vorwarf, sie hätten mehrere Rechenzentren in die Luft gesprengt und dabei Menschen schwer verletzt. »Na ja«, schloss er lahm. »War nur so eine Idee.«

»Nein, nein. Warte.« In Jones' Augen funkelte es plötzlich unternehmungslustig. »Es steckt eine Idee darin, Bob. Vielleicht nicht die originellste Idee aller Zeiten, aber eine Idee.«

Er begann, auf und ab zu gehen. »Was wissen wir über die Kohärenz? Nicht viel, aber eines ganz bestimmt: dass sie sich viel Mühe gibt, ihre Existenz geheim zu halten. Nicht wahr?« Er zählte es an den Fingern ab. »Die Upgrader leben nach außen hin alle ein normales Leben. Sie tun so, als sei alles normal. Sie beeinflussen die Medien. Sie inszenieren makabre Theaterstücke wie das, uns zu Terroristen zu erklären. Lauter Ablenkungsmanöver, damit der Rest der Welt nichts über die Aktivitäten der Kohärenz erfährt. Und vor allem nichts von ihrer Existenz.«

»Mit anderen Worten«, meinte Dr. Connery, »es würde sie treffen, wenn wir das, was wir wissen, veröffentlichen!«

»Genau.« Jones zeigte mit dem Finger auf ihn wie ein Lehrer auf einen Schüler, der die richtige Antwort gefunden hat. »Wir erzählen der ganzen Welt von der Kohärenz. Wir machen publik, dass ein Verbund von Gehirnen existiert. Wir erklären, wie er funktioniert, woran man ihn erkennen kann und so weiter. Und vor allem, welche Macht er verkörpert.«

Christopher sah, wie sein Vater den Kopf schüttelte. »Wie wollen Sie das machen? Die Kohärenz kontrolliert das Internet. Wenn Sie etwas posten, was ihr nicht gefällt, lässt sie es einfach verschwinden. Sie kontrolliert das Fernsehen. Die Tageszeitungen. Die Buchverlage. Alle großen Medien. Da kriegen Sie nichts unter.«

»Mag sein«, erwiderte Jones, »aber es gibt ja auch kleine Medien. Und davon viele. Zeitschriften, hergestellt von ein paar Leuten in Handarbeit, verschickt an wenige Hundert Leser. Winzige Radiosender, die ein Programm für ein paar Tausend Hörer machen. Provinzzeitungen, die zu keinem Konzern gehören und drucken können, was sie wollen . . .«

Brad schob sich vor. »Ich kenne jemand in New Mexico, der eine kleine Zeitschrift für Selbstverteidigung herausgibt. Kirk

Rogers. Er macht alles alleine – schreibt sämtliche Artikel, verkauft Anzeigen, setzt das Layout . . . Drucken tut es sein Schwager im Haus nebenan. Aber er hat über fünftausend Abonnenten in der ganzen Welt. Ich bin sicher, er würde mitmachen.«

»Ein Freund meines Bruders betreibt einen Radiosender in Nebraska«, meldete sich ein Mann mit rötlichen Stoppelhaaren, dessen Name Christopher nicht kannte. »Er ist auch eine One-Man-Show; er putzt sogar abends selber. Aber er hat eine Menge treuer Hörer, weil er immer wieder heiße Themen aufgreift und unbequeme Sachen sagt.« Er lachte. »Er wird auch ungefähr einmal pro Monat wegen irgendwas verklagt, und wenn er dir davon erzählt, merkst du, das macht ihm Spaß. Also, jede Wette, dass der dabei ist.«

»Genau.« Jeremiah Jones nickte begeistert. »Und wenn das alles nicht funktionieren sollte, werden wir einfach Texte verbreiten, Flugblätter, die jeder, der uns unterstützen will, vervielfältigen und weitergeben soll. So hat sich früher der Widerstand in der Sowjetunion organisiert. Auf diese Weise sind die Bücher von Solschenizyn und anderen Kritikern verbreitet worden, obwohl sie verboten waren: Weil Hunderte von Menschen sie immer wieder abgetippt haben, auf simplen Schreibmaschinen, mit Durchschlagpapier . . .« Er musterte Christopher und seine eigenen Kinder. »Das sagt euch wahrscheinlich alles nicht mehr viel, was? Als ich in eurem Alter war, gab es noch keine Kopiergeräte, vom Internet ganz zu schweigen.« Er lächelte wehmütig. »Damals hatten wir etliche Probleme noch nicht . . .«

»Es stimmt nicht, dass die Kohärenz das gesamte Internet kontrolliert«, hörte Christopher sich plötzlich sagen.

Alle hielten inne, sahen ihn an.

»Nicht?«, fragte Jeremiah Jones.

»Nein. Dazu hätte sie gar nicht die Kapazität. Okay, eine Website verschwinden lassen kann sie natürlich. Aber sie ist nicht imstande, alle E-Mails zu überprüfen. Über Bot-Netze könnten wir anonyme E-Mails verschicken, an Millionen von Leuten – wenn es sein muss, an jeden, der eine Mailadresse hat. Ohne Weiteres.«

Jones hob die Augenbrauen, lächelte zum ersten Mal seit Langem. »Das klingt interessant. Könntest du das übernehmen?«

»Klar. Sie brauchen mir nur zu sagen, was ich schreiben soll.« Es tat gut, sich wieder nützlich zu fühlen. Christopher war, als fiele ein tonnenschweres Gewicht von seinen Schultern.

»Ich fange noch heute Abend an, einen Artikel zu verfassen«, sagte Jones und nickte in seine und Dads Richtung. »Ihr beide müsst den natürlich gegenlesen. Ob alles stimmt, was ich behaupte.« Er klatschte zufrieden in die Hände. »So machen wir es. Sobald ich den ersten Text fertig habe, schwärmen wir aus, besuchen solche Leute wie Kirk Rogers oder diesen Radiomann. Wichtig wird sein, dass sämtliche Veröffentlichungen am selben Tag stattfinden. Nicht ein Artikel hier, ein Artikel da – das würde die Kohärenz nur warnen. Es muss alles gleichzeitig passieren. Einen Schock auslösen.«

»Die Kohärenz wird mit doppelter Wucht zurückschlagen«, warnte Dad.

Jeremiah Jones hob die Schultern. »Das soll uns nicht kümmern. Wir sind ja hier in Sicherheit.«

Geheimnisverrat

16 | Dylan Farrell war unsichtbar.

Zumindest kam er sich die meiste Zeit so vor. Er war einundzwanzig Jahre alt und arbeitete seit sieben Monaten als Bürobote im Hauptsitz des FBI in Washington DC, dem berühmten J. Edgar Hoover Building. Doch wenn er mit seinem Metallwagen voller Hängemappen und Aktenordnern durch die endlosen Gänge ratterte, würdigte ihn niemand eines Blicks. Niemand sah von seinem Schreibtisch auf, wenn Dylan eine Bürotür öffnete, Mappen in Eingangskörbe legte und Post aufsammelte, die im Ausgangskorb bereitlag. Nicht einmal Mr McCosky, der Leiter des Archivs und sein Vorgesetzter, nahm von ihm Notiz, wenn er mit dem abzulegenden Schriftgut dessen Büro passierte. An den endlosen Reihen der Stahlschränke war er fast immer allein, wenn er Schubladen aufzog, Unterlagen einsortierte oder Akten heraussuchte, die irgendjemand angefordert hatte. An manchen Tagen sprach Dylan praktisch mit niemandem auch nur ein Wort.

Natürlich kommunizierten die Agenten und Sachbearbeiter hauptsächlich über E-Mails, Telefon und SMS. Natürlich wurden Berichte am Computer erstellt und direkt in Datenbanken gespeichert. Natürlich waren Fotos von Tatorten digital und kamen über das Internet herein.

Mr McCosky widmete den größten Teil seiner Arbeitszeit den Leuten von einer Computerfirma, die den Auftrag hatte, sämtliche alten Unterlagen nach und nach einzuscannen und im internen Datennetz des FBI verfügbar zu machen. Noch ein paar Jahre und alles, was hier unten in den Aktenschränken lagerte, würde per Computer innerhalb von Sekunden auffindbar sein. Dann würde der Drucker, der die Listen der angeforderten Akten ausdruckte, friedlich einstauben und Büroboten würde man keine mehr benötigen.

Das war zumindest die Theorie. In der Praxis ging aus rechtlichen und anderen Gründen nach wie vor nichts ohne Papier, auch wenn das die Leute im Direktorium nicht hören wollten. Wichtige E-Mails mussten ausgedruckt und abgelegt werden. Man brauchte Unterschriften auf Formularen. Für beweiskräftige Dokumente bestand eine Aufbewahrungsfrist bis weit über den jeweiligen Prozess hinaus. »Dein Job ist noch mindestens die nächsten zehn Jahre sicher«, hatte Mr McCosky ihm damals, als Dylan angefangen hatte, gut gelaunt erklärt. »Also mach was draus.«

Wenn McCosky geahnt hätte, was Dylan Farrell aus seinem Job gemacht hatte, wäre es mit seiner guten Laune vorbei gewesen.

Niemand hatte je bemerkt, dass Dylan die Akten nicht nur transportierte, sondern sie auch *las*. Niemand konnte sich vorstellen, dass in der heutigen Zeit, in der angeblich alles über

Computer lief, jemand imstande war, sich allein aus den Papierunterlagen umfassend über das FBI, seine Mitarbeiter und sämtliche laufenden Fälle zu informieren. Und vor allem hätte niemand geglaubt, dass ausgerechnet Dylan Farrell, der schlaksige Milchbubi, der so aussah, als könne er nur mühsam bis drei zählen, mehr über das FBI wusste als sonst jemand im Haus.

Und sie wären fassungslos gewesen, hätten sie gewusst, wozu er das alles tat.

17 | »Mein Chip«, sagte Christopher und wunderte sich, wie schwer es ihm fiel, dieses Thema seinem Vater gegenüber anzusprechen. »Du hast ihn mir damals eingepflanzt. Erinnerst du dich?«

Dad saß auf dem Feldbett, die Arme um den Oberkörper geschlungen, und hatte bis eben auf den Boden gestarrt. Nun hob er den Kopf, sah Christopher forschend an. »Ich war das? Bist du sicher?«

»Nicht die eigentliche Implantation. Die hat einer der Männer gemacht, die dabei waren. Aber du hast mir erklärt, wie die Operation vonstattengehen würde. Dass man mit dem spitzen Ende der Injektionspistole ein Loch in die Rückwand der Nasenhöhle bohren muss, um an den Riechnerv heranzukommen. Dass das ein lautes Geräusch machen würde, wenn der Knochen durchstoßen wird.«

Christopher sah die Szene wieder vor sich. Wie er im Türrahmen gestanden hatte, den Kopf in dem Haltegestell festgezurrt. Zu fünft waren sie gewesen – Dad, eine Frau und drei weitere Männer. Zwei der Männer hatten Christopher jeden Fluchtweg abgeschnitten. Die Frau hatte die örtliche Betäubung durchgeführt. Und der dritte Mann hatte ihm den Chip implantiert.

Aber Dad hatte den Chip in das Gerät eingesetzt. »Erinnerst du dich wirklich nicht mehr? Du hast mir dieses Etui vors Gesicht gehalten, so, als wolltest du, dass ich sehe, was du tust. Und es waren zwei Chips darin. Zwei! Einer in der Halterung und der zweite – der, den du ausgewählt hast – daneben. Einfach so. Als hättest du ihn reingeschmuggelt.«

Dad hatte die Stirn in schwere Falten gelegt. »Ja. Stimmt. Da ist eine Erinnerung. Ganz schwach. So, wie man manchmal aus dem Haus geht und sich fragt, ob man den Herd ausgemacht hat. Man denkt, ja, aber ganz sicher ist man sich nicht.«

»Du hast den anderen Chip gewählt. Nicht den im Gestell. Sondern den defekten«, sagte Christopher und beobachtete die Augen seines Vaters. Nichts. »Du hattest eine Pinzette in der Hand. Du wolltest schon nach dem Chip in der Halterung greifen, aber dann ist deine Hand zur Seite gezuckt, im letzten Moment, und du hast den anderen Chip genommen.«

»Hmm.« Dad hob die Schultern. »Kann sein. Ich weiß es wirklich nicht mehr.«

»Du hast mir einen defekten Chip eingepflanzt«, sagte Christopher mit einem Gefühl tiefster Verzweiflung. »Einen, den ich kontrollieren konnte. Und ich dachte die ganze Zeit, du hast es absichtlich gemacht. Um mir eine Chance zu geben, wieder rauszukommen.«

Dad richtete sich auf, als müsse er eine Last abschütteln, gab einen unwilligen Laut von sich. »Absichtlich? Man handelt nicht absichtlich anders, wenn man Teil der Kohärenz ist. Das gibt es einfach nicht. Wenn ich –«

Er hielt inne, lauschte, als habe er irgendwo ein seltsames Geräusch gehört. »Warte. Ich erinnere mich an etwas.« Sein Blick ging ins Leere. »Ich halte einen Chip in der linken Hand und ein Messer in der rechten. Ich setze das Messer an den zwei äußersten Kontaktstellen an, mache einen schnellen, tiefen Schnitt und frage mich noch, wieso ich das tue. Weißt du, so, wie wenn man telefoniert und nebenher Männchen malt und sich wundert, was für Bilder dabei entstehen. Aber im nächsten Moment fährt mir das Messer in den Finger und der Schmerz wischt den Gedanken aus . . .« Er hob seine linke Hand, hielt Christopher den Zeigefinger hin.

Eine tiefe Narbe lief quer über die Kuppe. Verheilt, aber noch gut zu sehen.

»Du hast es unbewusst getan«, sagte Christopher. »An der Kohärenz vorbei. Trotz allem.«

»Es hat furchtbar geblutet«, meinte sein Vater und betrachtete versonnen seinen Finger. »Daran erinnere ich mich noch.«

»Du hast es unbewusst getan«, wiederholte Christopher. Es machte ihn glücklich, das denken zu können.

18 | Der Tag begann wie jeder andere Tag der letzten Monate. Dylan stempelte und sagte »Guten Morgen« zu McCosky, der wie immer in seinem Büro hinter der Zeitung saß und etwas Unverständliches zurückmurmelte. Dylan zog sich um, fischte die Liste mit den angeforderten Akten aus dem Drucker und machte sich an die Arbeit.

Vor dem Eingang zum Archiv hing, wie an etwa hundert weiteren Stellen im Haus, das aktuelle Plakat mit dem Titel *»FBI Most Wanted«*. An diesen Plakaten ging Dylan nie vorbei, ohne einen Blick darauf zu werfen. Sein Augenmerk galt dabei dem Foto eines bärtigen, langhaarigen Mannes, unter dem stand: *Jeremiah Jones (48), alias »Der Prophet«. Gesucht wegen mehrerer Bombenanschläge mit Todesfolge und Führung einer kriminellen Vereinigung.* Nach wie vor hatte dieses Bild den ersten Platz auf dem Plakat inne.

Dylan war überzeugt, dass dieser Mann zu Unrecht verfolgt wurde. Was das anbelangte, war er sich seiner Sache absolut sicher.

Denn zufällig kannte er Jeremiah Jones persönlich.

Jones und seine Freunde hatten in einem kleinen Selbstversorgerdorf an der Ostküste gelebt, Hühner und Ziegen gezüchtet, Gemüse angebaut und ihr eigenes Saatgut gezogen. Im Alter von siebzehn Jahren hatte Dylan ihnen geschrieben und gefragt, ob er zu ihnen stoßen könnte. Er hatte dem Brief ein Foto von sich beigelegt und erwähnt, dass er schon als Kind seiner Großmutter im Garten geholfen und später viele Jahre lang ein Kaninchen besessen hatte. Das war sozusagen sein Befähigungsnachweis gewesen.

Und tatsächlich hatte Jones ihn eingeladen. Vier Wochen während der Sommerferien hatte Dylan zusammen mit einem Dutzend anderer Jugendlicher auf dem Gelände, über dessen Eingangstor ein buntes Schild mit der Aufschrift *The No Nonsense Farm* gehangen hatte, gelebt und mitgearbeitet. Er hatte mit Jeremiah Jones am selben Tisch gesessen und mitdiskutiert, wenn es, wie meistens, darum gegangen war, wie ein gutes Leben aussah und welche Rolle die Technik darin spielen sollte. Jones war nicht grundsätzlich gegen Technik, er war nur dagegen, sich von ihr beherrschen zu lassen – was, so seine Auffassung, die meisten Menschen heutzutage taten.

»Aber«, hatte er mehrmals betont, »das muss jeder für sich selber entscheiden. Ich will lediglich die Denkanstöße geben.«

Einer der Jungen, mit denen sich Dylan das Zelt geteilt hatte, war anderer Ansicht gewesen. Die Technik zerstöre die Umwelt und damit die Lebensgrundlagen, hatte er gemeint, deshalb habe man auch das Recht, die Technik zu zerstören. Eines Abends erzählte er Dylan von einigen Aktionen, bei denen er mitgemacht hatte. Er hatte zusammen mit einer anderen Gruppe Strommasten gefällt, um gegen Kernenergie zu protestieren, Maschinen in einer Fabrik sabotiert, die Verpackungsmaterial aus Plastik herstellte, und in einer Nacht-und-Nebel-Aktion sämtliche Schlösser an den Hallentoren und Eingangstüren eines riesigen Schlachthofs mit Sekundenkleber unbrauchbar gemacht.

Jeremiah Jones war alles andere als begeistert, als er davon erfuhr. »Das ist doch völliger Unsinn«, regte er sich auf. »Was glaubst du, was das gebracht hat? Ist irgendein Kernkraftwerk deswegen verschwunden? Gibt es weniger Plastikverpackungen seither? Hat die Zahl der Vegetarier zugenommen? Oder werden die Tiere wenigstens besser behandelt? Nichts von alldem, jede Wette. Alles, was du erreicht hast, ist, dass du von der Polizei gesucht wirst und Gefahr läufst, eines Tages im Gefängnis zu landen. Und dann ist wieder jemand, der ein Vorbild hätte geben können, zum abschreckenden Beispiel geworden. Mit so einem Verhalten schadest du nur, kannst du das nicht begreifen?«

»Aber man muss doch ein Zeichen setzen«, hatte der Junge protestiert. »Man muss die Menschen aufrütteln, sie zum Nachdenken bringen!«

»Aber nicht so. So bringst du sie nicht zum Nachdenken. So jagst du ihnen nur Angst ein. Und Angst hat noch nie zu etwas Gutem geführt. Angst macht blind.«

So kannte Dylan Jeremiah Jones: ein Mensch, der seine Fehler haben mochte, der aber vor allem seinen Prinzipien treu blieb. Als nach dem Anschlag auf ein Rechenzentrum in North Carolina plötzlich davon die Rede gewesen war, Jones stecke dahinter, hatte Dylan zuerst nur gelacht. Diese Behauptung war so albern, dass sie, so war er in dem Moment überzeugt gewesen, spätestens am nächsten Tag vom Tisch sein würde. Genauso gut hätte man den *Papst* beschuldigen können!

Aber die Behauptung wurde wiederholt und wiederholt, und ehe man sich's versah, war daraus die offizielle Theorie geworden. Und kurz darauf hatte Dylan einen vom zuständigen Richter unterzeichneten Haftbefehl gegen Jeremiah Jones in Händen gehalten, abzulegen in der Akte über den Bombenanschlag.

Ein Justizirrtum. Dylan hatte nicht anders handeln können, als damit zu einem Faxgerät zu gehen und den Haftbefehl an die *No Nonsense Farm* zu faxen. Worauf es deren Bewohnern geglückt war, rechtzeitig vor dem Eintreffen der Polizei das Weite zu suchen.

Deshalb durchsuchte er seither alle Unterlagen nach Hinweisen auf die Jones-Fahndung, um ihn und seine Leute rechtzeitig warnen zu können. Natürlich benutzte er inzwischen keine Faxgeräte oder Telefone des FBI mehr; dieser Fehler war ihm nur das erste Mal passiert, im Schreck, und zum Glück folgenlos geblieben.

Jeremiah Jones war unschuldig. Die Beweise, die man gegen ihn gesammelt hatte, waren Fälschungen – doch das würde er niemals belegen können.

Deshalb tat Dylan, was er konnte, um zu verhindern, dass das FBI ihn fand.

Bis jetzt war ihm das geglückt. Doch nun hielt er ein Schriftstück in Händen, dessen Lektüre ihm das Blut in den Adern gefrieren ließ.

19

»Es ist wirklich verblüffend, wenn man durch das Camp geht«, meinte Serenity. »Überall hört man, wie jemand dein Lied summt. Immer noch. Ein echter Ohrwurm.«

»Ja«, sagte Madonna teilnahmslos.

Serenity musterte ihre Freundin. »Was ist los? Freut dich das denn gar nicht?«

Sie standen im Küchenzelt an einem etwas abseits stehenden Tisch und waren damit beschäftigt, einen Eimer verhutzelter, schon reichlich biegsamer Mohrrüben zu schälen. Normalerweise schälte Madonna so energisch, dass die Stücke flogen. Heute aber schien sie sich zu jeder Bewegung mit dem Schälmesser aufraffen zu müssen.

»Ich freu mich ja«, sagte sie mit einem Seufzer, der nach allem, bloß nicht nach Freude klang. »Aber mir ist halt klar geworden, dass es das war. Der Höhepunkt meiner Sängerkarriere. Ein Publikum von drei Dutzend Freunden unserer Väter, mehr ist nicht drin.«

»Was?« Serenity traute ihren Ohren nicht. »Wieso? Das war der Anfang! So wie du singst – und was für Lieder du schreiben kannst –, also, jede Wette, dass du noch groß rauskommst. Das dauert halt nur. Du musst an dich glauben und . . .« Sie suchte den Blick ihrer Freundin. »Ich jedenfalls glaub an dich.«

Ein Lächeln huschte über Madonnas Gesicht, flüchtig wie der Schatten einer verwehenden Wolke.

»Ehrlich!«, bekräftigte Serenity.

»Das ist lieb von dir. Aber überleg doch mal«, sagte Madonna und kratzte mit dem Schälmesser an einer verkrüppelten Rübe herum. »Die Kohärenz hat uns im Visier. Sie sucht uns. Okay – in erster Linie sucht sie Christopher, deinen Vater und Dr. Connery. Aber wenn sie kommt, um die zu holen, meinst du, die sagt dann zu uns ›so, und ihr anderen geht alle mal schön nach Hause‹? Nicht im Ernst, oder?«

Serenity hielt erschrocken inne. Ach ja, richtig. Die Kohärenz. Die hatte sie gerade so schön ausgeblendet.

»Sie wird uns nicht finden«, erklärte sie fest. »Nicht hier. Hier sind wir sicher.«

»Das wollen die uns einreden. Uns und sich selber.« Madonna ließ ihr Messer sinken. »Aber ich glaube es nicht. Ich glaube, uns kriegt die Kohärenz *als Erste.«* Sie hob den Blick, sah hinaus über das Camp, den Fluss, die namenlosen Wälder jenseits des Wassers. »Weißt du, ich hab immer davon geträumt, auf einer Bühne zu stehen und meine Songs zu singen. Schon als kleines Kind wollte ich das und ich wünsche es mir immer noch. Und wenn es nur in irgendeiner Kneipe wäre. Muss gar nicht der Madison Square Garden sein. Irgendeine Bühne würde reichen.«

Serenity sah ihre Freundin erschüttert an. »Eines Tages wirst du auf einer Bühne stehen«, sagte sie mit einem Kloß im Hals. »Bestimmt.«

»Wie denn?«, flüsterte Madonna. Man hörte, dass sie sich die Tränen verbiss. »Wie soll das denn gehen?«

Serenity schwieg betreten. Das wusste sie auch nicht. Sie fühlte sich so hilflos! Hilflos und . . . ja, verängstigt. Denn was Madonna über die Kohärenz gesagt hatte – dass sie sich nicht mit Dr. Connery begnügen würde –, das leuchtete ein.

Aber verdammt noch mal, man konnte doch nicht Tag und Nacht ans Ende der Welt denken!

»Funktioniert das heutzutage nicht so, dass man erst mal ein Video von sich aufnimmt und ins Internet stellt?«, fragte sie nach einer Weile, die sie beide nur stumm Mohrrüben bearbeitet hatten. »Das entdeckt dann jemand, sagt es seinen Freunden weiter, die es ihren Freunden weitersagen . . . und irgendwann ist man weltberühmt. Oder?«

»Ja. Klar.« Madonna ließ eine einigermaßen geschälte Möhre in die Schüssel fallen. »Hab ich sogar gemacht, stell dir vor.«

»Echt? Ein Video von dir?« Serenity war perplex. Das klang jetzt richtig cool. »Mit welchem Lied?«

»Na, rate mal.«

»Und?«

»Ganze vierundsechzig Aufrufe in sieben Monaten. *Vierundsechzig!* Und jeder zweite Aufruf war von mir selber, um nachsehen, ob jemand einen Kommentar geschrieben hat.« Madonna seufzte. »Ist doch klar, oder? Such mal bei YouTube nach ›Madonna‹. Da kommen erst mal eine Million Videos von der *anderen* Madonna.«

Serenity nickte. Daran hatte sie gar nicht gedacht. »Vielleicht musst du dir einen Künstlernamen zulegen«, schlug sie vor.

»Kommt nicht infrage«, erwiderte Madonna trotzig.

»Und warum nicht?«

Madonna schwieg eine ganze Weile. Dann sah sie Serenity an und zuckte mit den Schultern. »Ist doch egal. Es hätte eh keinen Zweck mehr.«

Er möge zu Jeremiah Jones kommen, hatte jemand Christopher ausgerichtet, es ginge um eine wichtige Frage. Also war er gekommen und saß nun auf einem wackligen Klappstuhl in dem Zelt, das der Anführer der Gruppe zusammen mit seinem Sohn Kyle bewohnte.

Jeremiah Jones saß an einem Campingtisch und hatte ein schmales Notizbuch vor sich liegen, in dem er in winziger Schrift seine Pläne entwickelte.

»Du hast gesagt, du kannst eine Mail an alle schicken, die eine E-Mail-Adresse haben«, begann er.

»Ja«, sagte Christopher.

»Das dürften ziemlich viele sein.«

»Schätzungsweise zwei Milliarden. So viele Internetnutzer gibt es ungefähr.«

»Zwei Milliarden?« Jones hob die Augenbrauen. »Kannst du mir erklären, wie man das macht? Wie man *jedem* von denen eine E-Mail schickt?«

Christopher überlegte. Solche Dinge zu erklären, fiel ihm immer schwer, weil die meisten Leute bald nicht mehr verstanden, wovon er redete. »Am besten ist es, wenn man sich zuerst die Mail-Adressen besorgt. Man kann sie auch raten – einfach Mail-Adressen auf Verdacht erzeugen –, aber da wird schnell der Rücklauf ein Problem; außerdem riskiert man, Mailagents misstrauisch zu machen. Und dann sollte man auf möglichst vielen Rechnern versteckte Prozesse starten, die die Mails rausschicken. Bei solchen Mengen geht das nicht auf einmal.« Er hielt inne, weil Jones schon diesen glasigen Blick bekam, der verriet, dass er sich unter alldem nicht wirklich etwas vorstellen konnte.

Serenitys Dad räusperte sich. »Klingt für mich nach langwieriger Arbeit. Nichts, was man mal so schnell nebenbei erledigt.«

Christopher zuckte mit den Achseln. »Ja, wenn man bei null anfangen muss. Dann ist das viel Arbeit. Aber ich könnte Hilfe von einem Hacker bekommen, der das hauptberuflich macht. Er schuldet mir noch was, weil ich ihm mal geholfen habe, den Zugang zum Mailverzeichnis von Google zu knacken.« Er sah, wie sich Jones' Stirn bei diesen Worten umwölkte, und fügte hinzu: »Das wäre doch kein Problem, oder? Ich meine, die E-Mail ist ja nichts, was geheim bleiben muss. Eher im Gegenteil.«

»Jaja«, meinte Jones grüblerisch. »Klar. Hmm – es gibt Leute, die das hauptberuflich machen? Spam-Mails verschicken?«

»Das ist ein riesiges Geschäft. Man kann den größten Blödsinn anbieten – wenn man es nur genug Leuten anbietet, sind auch genügend Dumme darunter, die darauf hereinfallen. Und damit lohnt sich die Sache.«

Jones verzog das Gesicht zu einem schiefen Grinsen. »Na, das lässt doch hoffen. Darf ich fragen, wer das ist? Dieser Hacker, meine ich.«

»Ich kenne ihn nur unter dem Namen *Pentabyte-Man*. Wir haben uns noch nie gesehen. Aber ich weiß, dass er alle Tools hat, alle Listen. Für ihn sind das fünf Minuten Arbeit.«

»Und er kann davon wirklich leben?«, fragte Jones.

»Er verschickt etwa viertausend Milliarden E-Mails pro Jahr. Das sind fast die Hälfte aller E-Mails überhaupt. Ich glaube schon, dass er davon leben kann.«

Jones spielte mit seinem Kugelschreiber. »Okay. Bleibt das Risiko, dass die Kohärenz sich diesen Pentabyte-Man schon geschnappt haben könnte.«

»Warum sollte sie?«

»Na, ich würde schon sagen, dass er zur Hochrisikogruppe gehört. Erstens steht er mit dir in Kontakt, was die Kohärenz natürlich weiß; zweitens ist er auch ohne das offenbar eine herausragende Persönlichkeit in Bezug auf das Internet.« Jones spielte mit seinem Kugelschreiber. »Was wir vorhaben, kann nur klappen, wenn wir vermeiden können, dass die Kohärenz vorher davon erfährt.«

Christopher hob die Schultern. »Ich kann es auch alleine machen. Es dauert dann eben eine Weile, bis ich so weit bin.«

Jones nickte, schien ihm aber gar nicht zugehört zu haben. Sein Blick ging in die Ferne, der Kugelschreiber in seiner Hand zuckte auf und ab, auf und ab . . .

»Wie sicher bist du dir, dass das mit den E-Mails funktionieren wird?«, fragte er plötzlich. »Entschuldigung, dass ich frage. Ich zweifle nicht daran, dass du einer der besten Hacker der Welt bist. Aber unsere Mail an alle Welt wäre technisch gesehen doch auch SPAM, oder? Würde das nicht in den Spam-Filtern hängen bleiben, die heutzutage jeder hat?«

Christopher nickte. Das war gar keine so dumme Frage. »Darüber hat man keine Kontrolle. Man kann wissen, was man hinausschickt, aber ob es ankommt . . . ob es gelesen wird . . . das lässt sich nicht feststellen.«

»Bestimmt nicht?«

»Hmm . . .« Christophers Gedanken rasten schon los, um das

Problem zu analysieren, in Teilprobleme zu zerlegen, Optionen zu erwägen, mögliche Hindernisse auszumachen und sich Wege auszudenken, sie zu überwinden. Es tat gut, wieder gebraucht zu werden, wieder einen Platz in der Gruppe zu haben. Man vertraute ihm vielleicht noch nicht wieder, aber man brauchte ihn. Das war ein Anfang.

»Wenn wir überhaupt eine Chance haben, gehört zu werden«, sagte Jeremiah, »dann nur, wenn alles, was wir veröffentlichen, gleichzeitig erscheint. Das ist die große Herausforderung.« Er schaute in sein Notizbuch. »Wir brauchen gedruckte Artikel, weil die auf jeden Fall überdauern; sie werden vielleicht aufbewahrt und weitergereicht. Wir brauchen Radiosender, um Leute zu erreichen, die nicht viel lesen. Und vor allem brauchen wir das Internet. Den Rest der Welt erreichen wir auf keine andere Weise.« Er sah Christopher an. »Stimmt das, was dein Vater sagt? Würde die Kohärenz eine Website wirklich sofort aus dem Netz werfen?«

Christopher überlegte. »Sie würden ja in Ihren Artikeln auf diese Website hinweisen, oder?«

»Natürlich.«

»Dann würde die Kohärenz die Seite aus dem Netz werfen, sobald der erste Upgrader den ersten Artikel zu Gesicht bekommt.«

»Und wenn wir uns einen Server in einem Land suchen, in dem die Kohärenz nicht so viel Einfluss hat?«

Christopher schüttelte den Kopf. »Die Kohärenz hat Zugriff auf die Root-Server. Die stehen alle in den USA. Sie braucht nur den DNS-Eintrag zu löschen.« Sicherheitshalber fügte er erklärend hinzu: »Es genügt, die Website aus dem Inhaltsverzeichnis zu löschen. Damit ist sie für die meisten Leute nicht mehr auffindbar.«

»Bleibt also nur die Mailaktion.« Jones legte seinen Kugelschreiber aus der Hand. »Ich wäre mir gern sicher, dass sie auch funktioniert.«

»Ich werd mir was ausdenken«, versprach Christopher.

Jones lächelte. »Du schaffst das.«

Da war sich Christopher nicht so sicher. Als er schließlich ging, tat er es mit einem unguten Gefühl. Jetzt musste ihm etwas einfallen!

Aber im Gegensatz zu sonst hatte er nicht den Hauch einer Idee.

20 | Ein Softwarefehler. Dylan blinzelte, las das Ganze noch einmal von vorn. Er verstand nicht viel von Computern, aber dieser Bericht war für Leute geschrieben worden, die ebenfalls nicht viel von Computern verstanden, und deshalb unmissverständlich: Der Grund, warum man seit Wochen keine Spur von Jeremiah Jones und seiner Gruppe entdeckt hatte, war ein Softwarefehler.

Dylan stand mit seinem Aktenwagen in einem kleinen Abstellraum im vierten Stock. Es roch nach Putzmitteln. Einen solchen Rückzugsort hatte er in jedem Stockwerk. Wenn er die Mappen und Kurierumschläge öffnete und die Unterlagen darin durchsah, wollte er schließlich nicht, dass ihn jemand beobachtete. Hier leisteten ihm nur Besen und Pakete mit Kopierpapier Gesellschaft.

Also, noch mal von vorn. Zur Sicherheit.

Dylan kniff die Augen zusammen, rückte dichter an die müde Leuchtstoffröhre an der Rückwand, die einzige Lichtquelle im Raum. Das FBI hatte immer wieder Hinweise bekommen, dass die Jones-Gruppe sich irgendwo in den Wäldern entlang der kanadischen Grenze versteckt hielt, in Montana, Idaho oder Washington. Doch man hatte einfach nicht herausgefunden, wo.

Das würde sich nun ändern. Man hatte in der Software, die die Aufnahmen der Beobachtungssatelliten auswertete, einen Fehler entdeckt. Genauer gesagt, in der Funktion, die in solchen Bildern Zeltlager und dergleichen aufspüren konnte. Der Fehler war behoben; damit war es nur noch eine Frage der Zeit. Es dauerte maximal achtundvierzig Stunden, bis die Satelliten jeden Quadratmeter Erdoberfläche neu fotografiert und die Computer die Bilder neu ausgewertet haben würden. Spätestens dann würde man Polizeieinheiten in Marsch setzen, um alle Camps in den nördlichen Wäldern zu kontrollieren.

Dylans Blick glitt zurück an das obere Ende des Blattes, suchte nach Datum und Uhrzeit.

Der Bericht war von gestern. Mit anderen Worten, es blieben nur noch vierundzwanzig Stunden. Höchstens.

Dylan brach der Schweiß aus. Jones verließ sich inzwischen auf ihn, das war seinen Mitteilungen deutlich anzumerken gewesen, die er – ohne zu wissen, wer genau ihn da mit Informationen versorgte – zurückgeschickt hatte. Dylan musste ihn warnen. Sofort.

Er überlegte fieberhaft. Er musste auf der Stelle ins Archiv zurück. Er würde McCosky sagen, dass ihm schlecht sei und dass er zum Arzt gehen wolle. Und dann hieß es rennen. Die nächste Telefonzelle war in der S-Bahn-Station in der 12. Straße. Von dort würde er das vereinbarte Codewort durchgeben. Und hoffen, dass er nicht zu spät dran war.

Okay. So würde er es machen. Er schob den Bericht zurück in den abgeschabten dunkelbraunen Umschlag, packte den Griff seines Wagens und wendete ihn.

In der Tür standen zwei Männer.

»Hab ich's nicht gesagt?«, sagte der eine von ihnen, ein untersetzter, leicht übergewichtiger Glatzkopf. »Es reicht nicht, die Mailserver zu überwachen. Das gute alte Papier: Das vergisst man heutzutage zu gern.«

Der andere, ein hagerer Mann mit grauen Augen, nickte gleichmütig. »Stimmt«, bestätigte er. »Hast du gesagt.«

Alarmzustand

21 | Serenity sah Christopher gedankenverloren durch das Camp stapfen, in die Richtung des Zeltes, das er zusammen mit seinem Vater bewohnte.

»Wieso hilft der eigentlich nie in der Küche mit?«, fragte Madonna.

»Ich glaube, wenn etwas keine Tastatur hat, kann er damit nicht umgehen«, erwiderte Serenity. Dabei wusste sie, dass das nicht stimmte. Dr. Connery hatte ihrem Dad erklärt, es sei für Christophers Dad wichtig, eine Bezugsperson um sich zu haben, und Christopher kümmerte sich tatsächlich Tag und Nacht um seinen Vater. Aber sie hatte gerade einfach Lust, über ihn zu lästern.

Sie waren mittlerweile bei den Kartoffeln angekommen, schälten sie und schnitten sie in Stücke. Madonna schüttelte den Kopf. »Schon unglaublich. Wie die Computerfreaks heutzutage die Welt beherrschen, meine ich.«

Serenity nickte. »Stimmt.«

Und im gleichen Moment kam ihr eine Idee. Eine ziemlich gute Idee, wie sie fand. Sie musterte ihre Freundin mit einem kurzen Seitenblick. Nein. Besser, sie verriet Madonna erst mal nichts.

Auf einmal hatte sie es eilig, mit ihren Kartoffeln fertig zu werden. Sobald es sich einigermaßen unauffällig einrichten ließ, setzte sie sich ab und lief hinüber zu dem Zelt von Christopher und seinem Vater.

Christopher saß davor im Gras. »Dad wäscht sich gerade«, erklärte er unaufgefordert. »Das kann dauern.«

Serenity fragte sich, warum er das so betonte. Es schien ihm unangenehm zu sein, dass sein Vater viele Dinge erst wieder lernen musste.

»Ich wollte dich bloß was fragen«, sagte sie.

Christopher hob nur die Augenbrauen. Auf einmal war sich Serenity nicht mehr sicher, ob es wirklich eine gute Idee war, aber da sie nun schon angefangen hatte, musste sie weitermachen, also sagte sie: »Du hast doch auch das Lied gehört, das Madonna neulich gesungen hat . . . Wie fandest du das?«

Christopher hob die Schultern. »Gut.«

»Sie hat mir erzählt, dass sie davon ein Video gemacht und ins Internet gestellt hat. Es hat bloß noch niemand bemerkt.«

Christopher grinste flüchtig. »Da geht sie mit ihrem Namen vermutlich auch ein bisschen unter.«

Es war immer wieder unheimlich, wie schnell Christopher solche Zusammenhänge durchschaute. Vor allem, wenn man bedachte, wie schwer von Begriff er in anderen Dingen sein konnte.

»Also, weißt du«, fuhr Serenity nervös fort, »ich glaube, sie wünscht sich wirklich sehr, mit ihrer Musik Erfolg zu haben.

Und na ja, du bist doch Hacker ... Kannst du da nicht was drehen? Dass, was weiß ich, ihr Video mal ein paar Tage lang auf der Einstiegsseite von YouTube steht oder so? Dass es mal ein paar Leute *sehen?«*

Warum hatte sie bloß davon angefangen? Wahrscheinlich würde er ihr jetzt einen Vortrag halten, wie belanglos solche Träume und Wünsche waren, wenn es darum ging, gegen die Kohärenz zu kämpfen. Oder so was in der Art.

Aber wie so oft verblüffte sie seine Reaktion auch diesmal wieder. Christopher starrte sie nämlich mit einem so weltentrückten Blick an, dass sie sich einen Moment lang fragte, ob er ihr überhaupt zugehört hatte, dann hauchte er: »Genial. Das ist es. Das ist *die* Idee!«

Christopher konnte es nicht fassen. Dass er darauf nicht selber gekommen war! Das war die *ideale* Möglichkeit, eine Massen-E-Mail unauffällig auf ihre Wirkung zu testen.

Wenn er zwei Milliarden Mails mit einer Aufforderung, sich Madonnas Video anzusehen, verschickte – natürlich musste man sich einen ansprechenden Text dafür ausdenken –, und wenn nur einer von tausend neugierig genug wurde, um auf den Link dorthin zu klicken, dann waren das zwei Millionen Zugriffe. Das würde man nicht nur ablesen können, es würde genügen, das Video ziemlich hoch in der Liste der aktuell gefragten Videos zu platzieren.

»Genial«, erklärte er. »Das ist es. Das ist *die* Idee.« Und je eher er diesen Test durchführte, desto besser. »Ja, kann ich machen. Ich muss dazu nur an einen Internet-PC.«

»Echt?« Sie schien verblüfft.

Christopher überlegte. War es sinnvoll, Jeremiah Jones von diesem Plan zu erzählen? Lieber nicht. Ein Musikvideo, das würde er vielleicht seltsam finden. Womöglich würde er denken, dass es mit ihm, Christopher, abwärts ging, wenn ihm nichts Besseres einfiel als das.

Dabei *war* es das Beste! Und das Geniale daran war, dass sie diesen Test direkt unter der Nase der Kohärenz durchziehen konnten, ohne dass die auch nur auf die Idee kommen würde, misstrauisch zu werden.

Natürlich hätte man irgendein beliebiges Video nehmen können – aber es mit dem von Madonna Two Eagles zu tun, das hatte etwas.

Er sah Serenity an. »Kannst du deinen Bruder fragen, ob er uns fährt?«

»Kyle?« Sie hob die Schultern. »Klar. Wann willst du los?«

»Am besten gleich nach dem Mittagessen. Je eher, desto besser.«

Sie wirkte ziemlich irritiert. Klar, sie verstand nicht, was ihm daran so wichtig war und wieso er es so eilig hatte. Er würde es ihr erklären.

Aber erst danach. Erst, wenn die Mails unterwegs waren.

»Okay«, sagte sie schließlich. »Dann frag ich ihn am besten gleich.«

Damit ging sie. Und kaum war sie weg, streckte Dad den Kopf aus dem Zelt.

»Bin fertig«, erklärte er.

»Hat alles geklappt?«, fragte Christopher.

»Klar«, verwahrte Dad sich. »Es dauert nur ein bisschen länger als früher. Aber ich kann alles noch.«

»Gut«, sagte Christopher.

Sein Vater räusperte sich. »Ich hab mitgehört, was du mit dem Mädchen geredet hast.«

Christopher zuckte mit den Achseln. »Nicht so schlimm.«

»Nein, das meine ich nicht.« Dad klang auf einmal besorgt. »Mir ist dabei etwas eingefallen. Was die Kohärenz vorhat.«

»Was denn?«

»Sie hat dir eine Falle gestellt. Wenn du das nächste Mal ins Feld gehst.«

»Was für eine Falle?«, fragte Christopher.

»Das weiß ich nicht mehr. Nur, dass sie gefährlich ist.«

Christopher riss ein paar Grashalme aus und warf sie von sich. »Die Kohärenz hat mich immer gejagt, wenn ich mich eingeklinkt habe. Und sie hat mich nie gekriegt.«

»Aber sie hat jedes Mal dazugelernt«, sagte Dad eindringlich. »Das nächste Mal kriegt sie dich.«

Christopher stand auf, klopfte sich die Hose ab. »Ich geh ja nicht ins Feld. Ich geh nur in ein Internet-Café. An einen stinknormalen PC mit Internet-Anschluss.«

22 | Auf der Suche nach Kyle lief Serenity ihrer Mutter in die Arme.

»Serenity!«, rief diese aus, als hätten sie sich jahrelang nicht gesehen. »Wo warst du?«

Serenity runzelte die Stirn. »Wo soll ich gewesen sein? Ich war im Küchenzelt und hab eine Tonne Mohrrüben geschält und in Scheiben geschnitten.«

»Im Küchenzelt? Aber da bin ich doch gewesen . . .« Mutter fuhr sich mit gespreizten Fingern durch die Haare; eine Geste, die Serenity von sich selber gut kannte. Das machte sie auch, wenn sie nervös war. »Es ist unglaublich«, fuhr Mom fort. »Ein Camp, in dem keine drei Dutzend Leute leben und trotzdem ist man ständig dabei, jemanden zu suchen . . .«

Das war es nicht, was sie aufregte. Nicht wirklich. In Wirklichkeit ärgerte sich Mom über Melanie, Dads Freundin. Sie wollte es nur nicht zugeben.

»Wieso denn?«, fragte Serenity. »Spätestens beim Mittagessen triffst du doch alle, die da sind.«

Ihre Mutter machte eine wegwerfende Handbewegung. »Ja, schon. Aber ich wollte dich eben so schnell wie möglich . . . Also, die Sache ist die, dass wir reden müssen. Dein Vater, du und ich. Über deine Zukunft.«

Serenity hatte das deutliche Gefühl, sich verhört zu haben. »Meine Zukunft? Was für eine Zukunft?«

»Na, die Schule natürlich. Dein Abschluss. Wenn du nicht mehr zurück auf deine Schule gehst, wie es ja offensichtlich der Wunsch deines Vaters ist, dann müssen wir etwas anderes organisieren, damit du zu einem Abschluss kommst. Einen

Heimunterricht beispielsweise. So, wie sie es in den Great Plains machen, wo die Schulwege zu weit sind.«

»Mom!«, erwiderte Serenity. »Meine Zukunft sieht so aus, dass ich irgendwann demnächst Teil der Kohärenz werde. Genau wie du, übrigens. Wie wir alle. Die *Schule* ist gerade echt meine kleinste Sorge.«

»Die Kohärenz!« Mom hatte sich bei dem Wort weggedreht, als wolle sie es gar nicht hören. Nun holte sie tief Luft und stieß hervor: »Das sind doch Spinner. Verrückte.«

»Diese Verrückten haben dich *überfallen*, Mom!«

Wieder fuhr sie sich mit den Händen durch die Haare, die sich davon genauso wenig bändigen ließen wie Serenitys Mähne. »Erstens, wenn du zu Hause geblieben wärst, dann hätte ich die gar nicht erst reingelassen –«

»Ach. Bin *ich* jetzt schuld?«

»Und zweitens kommt so was eben vor. Leider. Vorige Woche ist Maggie Clearwater überfallen worden – du kennst sie; sie kümmert sich bei uns in der Bibliothek um die Computer, wenn irgendwas ist – jedenfalls, sie ist überfallen worden, in ihrem Laden, mitten am helllichten Tag. Von drei Jugendlichen. Zum Glück ist ihr nichts passiert, sie ist mit dem Schrecken davongekommen. Und in der Tageskasse waren gerade mal tausend Dollar, von einem Laptop, den sie an dem Morgen verkauft hatte –«

»Das ist doch nicht dasselbe«, protestierte Serenity. »Dir wollten sie doch kein Geld stehlen. Die wollten dir einen Chip ins Hirn pflanzen!«

Mutter schien ihr gar nicht zuzuhören, oder wenn, dann jedenfalls nur sehr selektiv. »Auf jeden Fall«, erklärte sie, »greift das immer mehr um sich. Das liegt bestimmt am Fernsehen. Da kriegen es die Kinder vorgemacht – jeden Tag Mord und Totschlag von früh bis spät.«

»Kein Mensch, den ich kenne, schaut viel fern. Die meisten gar nicht mehr.«

»Das Internet ist auch nicht besser«, beharrte Mom. Sie machte eine Handbewegung, als wolle sie alle weiteren Einwände beiseitefegen. »Wie dem auch sei, wir drei setzen uns jedenfalls nach dem Mittag zusammen und sprechen durch, wie es mit dir und der Schule nun weitergehen soll.«

»Heute Nachmittag hab ich aber keine Zeit«, sagte Serenity.

Mom spähte zu den lichtdurchfluteten Baumwipfeln empor. »Das will ich jetzt überhört haben.«

Serenity sank seufzend in sich zusammen. Okay. Sie musste ja auch nicht mitkommen, wenn Christopher seine Hackertricks vollführen ging. Das konnte er ohne sie genauso gut. Womöglich sogar besser. Sie musste nur in Erfahrung bringen, wie man Madonnas Video eigentlich fand. Und sie musste mit Kyle reden, damit er Christopher in die nächste größere Siedlung kutschierte.

»Also gut«, sagte sie. »Von mir aus. Ich muss aber noch kurz mit Kyle reden. Weißt du zufällig, wo er steckt?«

Kyle saß mit Anthony Finney und zwei anderen Männern zusammen und war, genau wie diese, damit beschäftigt, ein in seine Einzelteile zerlegtes Gewehr zu reinigen, zu ölen und wieder zusammenzubauen.

»Keine Zeit«, erklärte ihr Bruder gelassen, nachdem sie ihr

Anliegen vorgetragen hatte. »Wir gehen nach dem Mittag los, unsere Fallen kontrollieren.«

»Kann das nicht jemand anders machen?«, wollte Serenity wissen.

Kyle hob die Augenbrauen. »Ich glaube, das Einfachste ist, wenn jemand anders *fährt.* Frag doch mal deine Freundin.«

»Wen? Madonna?«

»Klar. Oder hat die auch schon was anderes vor?«

Serenity schüttelte den Kopf. »Ich glaub nicht«, hörte sie sich sagen, »aber . . .« *Aber genau sie will ich nicht fragen!,* schoss ihr durch den Kopf. Was sie ihrem Bruder jetzt aber auf die Schnelle unmöglich erklären konnte. »Kann die denn Auto fahren?«, fragte sie stattdessen.

Kyle lachte nur kurz auf und fuhr fort, das Teil, das er in Händen hielt, mit einem öligen Lappen zu polieren. »In den Reservaten lernen die das alle mit dreizehn, vierzehn Jahren. Erstens, weil man dort an den meisten Autos nichts mehr kaputt machen kann, und zweitens, weil es anders nicht geht. Soweit ich weiß, hat Madonna den Führerschein, seit sie sechzehn ist.«

So blieb Serenity schließlich nichts anderes übrig, als Madonna doch alles zu erzählen.

Sie flippte schier aus vor Begeisterung. »Tolle Idee! Und das wolltest du heimlich machen?«

»Ja, ich . . .« Wie sollte sie das erklären? »Es ist irgendwie ein bisschen unfair, oder? Und ich dachte, da ist es besser, es macht jemand anders für dich . . .«

Madonna schüttelte entschieden den Kopf. »Nein, verstehst

du nicht? Ich will doch nur eine Chance. Ich will nur, dass die Leute sich den Song anhören. Wenn er dann niemandem gefällt, okay, dann ist das halt so. Dann muss ich eben versuchen, einen besseren zu schreiben. Aber dass mein Lied untergeht in all dem Zeug – *das* ist doch unfair!«

Serenity überlegte, ob man das so sagen konnte. Was Madonna sagte, stimmte natürlich. Aber andererseits gab es bestimmt Tausende anderer Sängerinnen, die Videos ins Internet stellten und eben niemanden kannten, der die Bewertungssysteme hacken konnte: Denen gegenüber blieb es zweifellos unfair, wenn man so etwas tat.

Sie seufzte. Sie wollte doch nur etwas tun, damit ihre Freundin ihren Traum wahr machen konnte, ehe die Kohärenz sie alle schluckte.

»Auf jeden Fall«, sagte Serenity schließlich, »scheint Christopher dein Lied gut gefallen zu haben.«

»Ehrlich?«, fragte Madonna mit großen Augen.

»Er war total begeistert von meiner Idee. Und er will das unbedingt machen. Je eher, desto besser, hat er gesagt.«

Madonna wirkte schwer beeindruckt. »Wow!«, meinte sie. »Hätte ich nicht von ihm gedacht.«

Serenity zuckte ratlos mit den Schultern. »Ja. Ich ehrlich gesagt auch nicht.«

23 | Es lief wirklich so ab, wie man es immer in Filmen sah: ein kahles Zimmer, ein Tisch, eine Lampe und ein Rekorder. Eine Handvoll grimmig dreinblickender Beamter auf der einen Seite des Tisches und der Verdächtige auf der anderen.

Blöd, wenn man selber dieser Verdächtige war.

Was er mit den Unterlagen gewollt habe? Wie lange er das schon treibe? Für wen er arbeite? Wer seine Hintermänner seien? Wer noch beteiligt sei?

Dylan konnte sich auf einmal gut vorstellen, dass man auf diese Weise mit der Zeit tatsächlich mürbe wurde.

Aber er hatte nicht vor, sich Zeit zu lassen. Mit jeder Minute, die verstrich, wuchs die Gefahr für Jeremiah Jones. Er musste versuchen, ihn zu warnen. Trotz aller Hindernisse.

»Das ist alles ein Missverständnis«, erklärte Dylan so oft, bis einer der Männer – er trug als einziger einen wirklich gut sitzenden Anzug und hatte eine tiefe, dunkle Stimme – sagte: »Na, dann klären Sie das doch mal auf. Dieses ... *Missverständnis.*«

»Weißt du, Junge, wir sind nämlich ziemlich einfach gestrickte Burschen«, sagte der Glatzkopf. »Wenn einer heimlich unsere vertraulichen Unterlagen liest, dann denken wir, das ist ein Spion. Und da wir zufällig nach einem Spion suchen, der *genau diese Art von Informationen* verrät, zählen wir zwei und zwei zusammen und, peng, bist du für uns dieser Spion.« Er lehnte sich zurück und grinste hämisch. »Und jetzt du.«

»Also«, begann Dylan, als koste ihn jedes Wort Überwindung, »die Sache ist die: Ich schreibe an einem Roman.«

Schweigen. Ausdruckslose Blicke. Sie warteten, dass er mehr sagte. Konnten sie haben. »An einem Thriller, um genau zu sein. Ehrlich gesagt habe ich den Job hier nur angenommen, um zu recherchieren. Um ein Gefühl dafür zu kriegen, wie es ist, beim FBI zu arbeiten.« Dylan räusperte sich. »Recherche ist wichtig für einen Roman, wissen Sie? Kann man in jedem Interview mit einem Schriftsteller lesen.«

»Ein Roman?«, wiederholte der Glatzkopf ungläubig.

»Ja«, sagte Dylan.

»Worum geht es in dem Roman?«, fragte einer der anderen Männer.

Dylan sah ihn an. »Um einen FBI-Agenten«, sagte er.

»Ach nee.«

»Er verdächtigt den Falschen, und weil ihm dadurch der Richtige durch die Lappen geht, bringt er das ganze Land in Gefahr«, setzte Dylan noch eins drauf.

»So ein Zufall«, meinte der Hagere mit den grauen Augen.

Die Männer auf der anderen Seite des Tisches wechselten skeptische Blicke. Die meisten von ihnen, das hatte Dylan aus ein paar aufgeschnappten Gesprächsfetzen herausgehört, hielten nichts von der Theorie des Glatzköpfigen. Jemand, der keinen Zugang zum Rechnersystem hatte, dachten sie, könne unmöglich der Maulwurf sein, den sie suchten.

»Okay«, sagte der mit der tiefen Stimme schließlich. »Wir werden das überprüfen. Dan«, wandte er sich an den Mann, der neben ihm saß, »nehmen Sie O'Grady und Wallace mit und gehen Sie mit Farrell in seine Wohnung. Lassen Sie sich diesen ... *Roman* zeigen.«

24 | Es war ungewohnt, neben einem so schönen Mädchen im Auto zu sitzen. Ungewohnt auch, dass ein so schönes Mädchen freundlich zu ihm war, ja, geradezu begeistert. Genau genommen hatte Christopher das noch nie erlebt.

Er hatte nicht wirklich verstanden, warum Serenity nun doch nicht mitgekommen war. Eigentlich war er davon ausgegangen, dass sie dabei sein wollte. Zumindest hatte es so geklungen.

Wahrscheinlich würde er die Frauen nie verstehen.

Während der Fahrt plapperte Madonna Two Eagles in einem fort. Es war fast, als trieben ihre Worte den Wagen an, nicht der Motor. Christopher hatte die Karte auf dem Schoß, um sie zu dirigieren, aber es gelang ihm nur mit Mühe, sich wenigstens durch Hinweise wie »da vorne rechts« oder »geradeaus« an der Unterhaltung zu beteiligen.

Sie schien sich verpflichtet zu fühlen, ihm ihre gesamte Lebensgeschichte nahezubringen, zumindest den Teil davon, der ihre Leidenschaft für die Musik betraf. Wie sie das Musizieren entdeckt hatte. Wann und bei wem sie das Gitarrespielen gelernt hatte. Auf welchen Konzerten sie gewesen war. Und vor allem erzählte sie ihm von ihrem Traum, eines Tages selbst auf einer großen Bühne zu stehen und für Zehntausende von Leuten zu singen und zu spielen. Ein besonders beeindruckendes Vorbild in dieser Hinsicht schien eine Sängerin namens Cloud zu sein, von der Christopher noch nie gehört hatte, die aber offenbar in den letzten Jahren in den USA ein großer Star geworden war und inzwischen mühelos Hallen füllte, wo immer sie auftrat. »Die ist einfach toll. Du weißt nie, was sie als

Nächstes macht, wenn sie ein neues Album rausbringt. Das ist aufregend.«

Natürlich besaß Madonna alles, was es von Cloud gab, und dazu noch ein paar Songs, die es offiziell nicht gab.

»Alle hier drauf«, sagte Madonna und zog für einen Moment ein goldglitzerndes kleines Gerät mit einem Paar Ohrstöpseln daran aus der Tasche. »Für Notfälle.«

»Verstehe«, meinte Christopher, obwohl er sich nicht sicher war, was für Notfälle sie meinte. Er deutete nach vorn. »Bei der Abzweigung da vorn musst du rechts.«

»Bist du sicher?« Das fragte sie bei jedem Richtungshinweis, den er ihr gab. Was erwartete sie eigentlich für eine Antwort? Er folgte der Karte. Falls die Karte stimmte, waren sie richtig. Falls nicht, dann fuhren sie in die Irre. So einfach war das.

Madonnas Orientierungsvermögen jedenfalls ließ nichts von jenen legendären Fähigkeiten erkennen, Fährten, Spuren und andere Hinweise zu lesen, die man ihren Vorfahren nachsagte. Christopher hatte den Verdacht, dass er sie auch im Kreis herum hätte dirigieren können, ohne dass sie es gemerkt hätte.

Immerhin: Die Schotterpisten lagen inzwischen hinter ihnen und allmählich auch die Wege, die zwar asphaltiert, aber so schmal waren, dass einem besser niemand entgegenkam. Die Straßen, auf denen sie nun fuhren, waren zwar immer noch äußerst sparsam beschildert, aber sie führten durch andeutungsweise bewohntes Gebiet.

Dann, endlich: eine Siedlung. Und es war tatsächlich der Ort Lanestoke, von dem es hieß, hier gäbe es ein Postamt mit einem öffentlichen Internet-PC.

Das Postamt gab es, aber es hing ein Schild an der abgeschabten braunen Holztür: *Heute geschlossen. Warten auf Geburt unseres Enkels. Viele Grüße, Ernest.*

»Okay«, meinte Christopher und faltete die Karte wieder auseinander. Drei weitere Orte standen zur Auswahl. »Wohin jetzt?«

Madonna deutete zielsicher auf einen Punkt, der »Perlet« hieß. »Dahin.«

Bis Perlet waren es noch einmal etwa zwanzig Kilometer, dafür machte der Ort richtig was her: Es gab ein Einkaufszentrum mit Tankstelle, eine Bank und ein Café mit zwei Billardtischen und vier Internet-PCs. An einem der Billardtische lungerten ein paar Jugendliche herum, die etwas älter als Christopher waren und ihnen Blicke zuwarfen, die man auch ohne Gedankenlesen verstand: *Was will so ein tolles Mädchen mit so einem Typen?*

Von den PCs war einer besetzt; eine alte Frau saß davor und schrieb E-Mails. Sie tippte so langsam, dass es wehtat, ihr zuzusehen.

Christopher wählte den Rechner, der am weitesten von ihrem entfernt stand.

»Etwa zwei Stunden«, sagte er dem jungen Typen, der hinter der Bar hervor und zu ihnen kam, um sich zu erkundigen, wie lange sie den PC brauchen würden.

Der Mann bot ihnen seine Hilfe an, falls sie nicht zurechtkämen, und es war leicht zu erraten, wem genau er gerne geholfen hätte. Aber Madonna lächelte ihn nur freundlich an und meinte, auf Christopher deutend: »Danke, aber er kennt sich echt super aus.«

Als sie endlich ihre Ruhe hatten, sahen sie sich zuerst mal Madonnas Video an.

»Wow!«, hörte sich Christopher unwillkürlich sagen, als es durch war. Er klickte auf *Play again*.

Es war gut. Richtig gut. Zwar war es total einfach gemacht – die meiste Zeit sah man Madonna Two Eagles mit ihrer Gitarre am Ufer eines Sees –, aber dazwischen waren sehr effektvoll ein paar kleine Sequenzen aus historischen Indianerfilmen geschnitten, was dem Video eine geradezu hypnotische Wirkung verlieh. »Wer hat das gemacht?«, wollte Christopher wissen.

»Carol, eine Cousine von mir«, sagte Madonna. »Sie fotografiert und hat eine ziemlich gute Videokamera. Wir haben es bei uns in der Gegend aufgenommen und sie hat es dann am Computer nachbearbeitet.«

»Nicht übel«, meinte Christopher.

Verzwickte Sache. Denn eigentlich hatte er gehofft, das Video wäre schlecht.

Noch während ihm Serenity ihre Idee vorgetragen hatte, war es Christopher klar geworden, dass es zu riskant sein würde, ausgerechnet Madonnas Video mit einer Massenmail zu bewerben: Über den Namen »Two Eagles« konnte die Kohärenz die Verbindung zu Jeremiah Jones herstellen und so vorzeitig dahinterkommen, dass sie etwas vorhatten.

Wäre Serenity mit ihm gefahren, hätte er ihr das erklären können. Doch als sich herausgestellt hatte, dass er mit Madonna fahren musste, hatte er es nicht übers Herz gebracht, ihr zu sagen, dass er die Aktion zwar durchführen wollte – aber mit irgendeinem anderen Video!

Ein richtig schlechtes Video wäre die Rettung gewesen. Dann hätte er Madonna empfehlen können, es zu löschen, anstatt sich damit weltweit lächerlich zu machen. Das hätte sie bestimmt eingesehen.

Aber so hatte er ein Problem.

Er schob den Gedanken beiseite. Da würde sich später schon eine Lösung finden. Erst einmal installierte er ein paar Tools, die er möglicherweise brauchen würde, und schickte anschließend eine Instant Message an den *Pentabyte-Man*.

»Mann, kannst *du* tippen!« Madonna stand so dicht neben ihm, dass er unwillkürlich zurückzuckte. Noch nie war ihm ein Mädchen so nahe gekommen.

Er musste ihr irgendwie klarmachen, dass er so nicht arbeiten konnte. Auch die ständigen Blicke vom Billardtisch waren nicht gerade das ideale Mittel zur Förderung seiner Konzentration.

Dann kam die Meldung *Pentabyte-Man is offline* und alles ringsum war schlagartig vergessen. Christopher saß da, starrte diese Zeile auf dem Schirm an und wartete darauf, dass sie sich als schlechter Scherz entpuppen würden.

Der Pentabyte-Man war *nie* offline. Sie hatten sich noch nie gesehen und Christopher wusste so gut wie nichts über den Pentabyte-Man, aber sie standen miteinander in Kontakt, seit Christopher zwölf Jahre alt war und es war sozusagen das Hauptmerkmal des Pentabyte-Man, dass er immer online war, Tag und Nacht, werktags wie feiertags, immer bereit zu einem kleinen Chat.

Dass er es ausgerechnet jetzt nicht war, war ausgesprochen beunruhigend.

25 | Sie packten Dylan auf den Rücksitz eines Autos. Je ein FBI-Agent setzte sich rechts und links von ihm; jede ihrer Bewegungen war eine deutliche Botschaft, dass sie ihm keinerlei Chance zur Flucht geben würden. Der Fahrer erkundigte sich noch einmal nach der Adresse von Dylans Appartement; der Typ auf dem Beifahrersitz las sie von einer Kopie von Dylans Anstellungsvertrag ab, dann ging die Fahrt los.

Unterwegs dachte Dylan über seine Chancen nach. Sie wollten seinen Roman sehen. Okay, das war kein Problem. Er hatte tatsächlich angefangen, einen Roman zu schreiben, war inzwischen bei Seite 45 und wusste gerade nicht, wie die Geschichte weitergehen sollte. Das Manuskript war schlecht, aber es war ein Manuskript. Er hatte es geschrieben für den Fall, dass er eines Tages eine Tarnung benötigen würde, aber inzwischen hatte es angefangen, ihm trotz allem Spaß zu machen.

Aber im Augenblick machte ihm der Roman keine Sorgen. Im Augenblick zählte nur sein Plan für den Notfall.

»Sag mal, wie fährst du eigentlich?«, fragte der Mann auf dem Beifahrersitz. Er hatte ein zernarbtes Kinn, als sei er mal damit in einem Haufen Glasscherben gelandet, und war eindeutig der Boss der Gruppe. »Hätten wir nicht auf die Georgia Avenue müssen?«

»Ich fahr so, wie's das Navi sagt«, erwiderte der Mann am Steuer. »Die ganzen Straßennamen konnt ich mir noch nie merken.«

»So ein Navi weiß auch nicht alles.«

»Meins schon.«

Der Wagen bretterte durch schmale Straßen, bog immer wieder scharf ab. Vom Stop-and-go-Verkehr der Rushhour, die anderswo herrschte, war tatsächlich wenig zu merken.

Umso besser, dachte Dylan. Die beiden Muskelprotze links und rechts von ihm ließen ihm kaum Platz zum Atmen.

Schließlich hielten sie vor dem Haus, in dem er wohnte. Es war ein graues, mehrstöckiges Gebäude, an dessen Front lange braune Roststreifen herabliefen. Von einem Mülleimer aus beobachtete eine Katze, wie Dylan und seine beiden Begleiter aus dem Wagen stiegen, und wandte sich erst ab, als feststand, dass ihr niemand den Platz auf dem Blechdeckel streitig machen würde.

Im Foyer roch es nach Zigarettenrauch. Die Treppe war mit uraltem Linoleum belegt, das unter ihren Schuhen quietschte.

»Es ist im vierten Stock und der Fahrstuhl ist kaputt«, sagte Dylan. Die beiden FBI-Agenten seufzten, wirkten aber, als beruhige sie diese Information: Keine Gefahr, dass ihr Verdächtiger aus dem Fenster sprang.

Als er den Schlüssel in die Wohnungstür steckte, bedeutete ihm einer der beiden, ein nahezu kahlköpfiger Schwarzer mit dem Körperbau eines Schwergewichtsboxers, zurückzutreten und öffnete an seiner Stelle.

Im nächsten Moment drehte er sich zu Dylan um und fragte vorwurfsvoll: »Wer ist das?«

Dylan spähte an ihm vorbei. Mr Townsend stand im Flur, noch in Schlafanzug und Bademantel, auf seinen Stock gestützt. Er hatte den Mund halb offen, so, als habe er ihn irgendwann zu schließen vergessen. Er wirkte verwirrt.

»Das ist Mr Townsend«, erklärte Dylan. »Mein Vermieter.«

Der FBI-Agent sah ihn misstrauisch an. »Und was macht Ihr Vermieter in Ihrer Wohnung?« Er warf einen Blick durch die Tür. »In diesem Outfit noch dazu?«

Dylan hob die Schultern. »Nun, es ist eigentlich *seine* Wohnung. Ich hab hier nur ein Zimmer. Ich wohne zur Untermiete.«

»Untermiete? Wieso haben Sie uns das nicht gesagt?«

»Sie haben nicht danach gefragt.«

Ein abschätziger Blick. »Kleiner Schlaumeier, was?« Er nickte in Richtung der Tür. »Also, los. Zeigen Sie uns Ihr . . . *Zimmer.*«

Mr Townsend stand noch immer am selben Fleck, als sie die Wohnung betraten. »Ah«, sagte er. »Dylan.« Dann musterte er die beiden FBI-Agenten. »Wen bringst du denn da mit?«

»Das sind Leute von der Polizei«, erklärte Dylan betont ruhig und langsam. »Ich muss denen nur schnell etwas zeigen. Wie geht es Ihnen, Mr Townsend? Was machen Ihre Augen?«

»Meine Augen?« Mr Townsend blinzelte, schien im ersten Moment nicht zu begreifen, wovon die Rede war.

»Ja. Heute Morgen haben Sie sich beklagt, dass Sie so schlecht sehen.«

Mr Townsend schüttelte den Kopf. »Nein, nein. Ich sehe gut. Meine Augen sind völlig in Ordnung.«

»Sind Sie sicher?«

»Ich hab vorhin die Zeitung gelesen. Dafür hat's jedenfalls gereicht.«

Einer der FBI-Agenten gab einen unwilligen Grunzlaut von sich.

»Okay«, sagte Dylan. Er ging zu dem alten Mann hin, fasste ihn am Arm und geleitete ihn ins Wohnzimmer. »Ich hab mir Sorgen gemacht, wissen Sie? Um Ihre Augen. Weil Sie gesagt haben, dass Sie nicht mehr gut sehen. Und jetzt sehen Sie wieder gut?«

»Ja.« Mr Townsend ließ sich bereitwillig in den kolossalen alten Sessel sinken, in dem er den größten Teil seiner Tage verbrachte. »Ich sehe alles, was ich sehen muss.«

»Gut. War die Krankenschwester schon da?«

»Ja, vorhin. Vor einer halben Stunde. Kann auch 'ne ganze gewesen sein.« Er rieb sich die Armbeuge. »Heute hat sie die Ader nicht getroffen. War ein richtiges Massaker, was die veranstaltet hat.«

»Na, Sie haben's ja überlebt. Das ist die Hauptsache.« Dylan nahm einen kleinen Notizblock und einen Kugelschreiber vom Tisch. »Brauchen Sie irgendwas, Mister Townsend? Soll ich Ihnen was Bestimmtes mitbringen, wenn ich morgen –?«

Er hielt inne, als ihm der FBI-Agent Stift und Block aus der Hand nahm. »Schluss jetzt. Versprechen Sie nichts, was Sie vielleicht nicht halten können.«

Mister Townsend hatte die Szene reglos beobachtet. Nun fuhr er sich mit der Hand über die dünnen, wild abstehenden Haare und meinte: »Ach was, ist schon in Ordnung. Ich ess einfach das, was da ist.«

»Da hören Sie's«, sagte der andere FBI-Agent. »Auf geht's, Pfadfinder. Ihre gute Tat für heute haben Sie erledigt. Lassen Sie uns Ihre literarischen Ergüsse genießen.«

26

»Beunruhigend? Wieso?«, wollte Madonna wissen. Erst da begriff Christopher, dass er laut gedacht hatte.

»Weil er immer online war, seit ich ihn kenne«, sagte er. »Und davor auch schon. Er ist legendär.«

Madonna runzelte die Stirn. »Immer online? Er muss doch auch mal schlafen.«

»Klar. Aber man muss ja nicht offline gehen, nur weil man schläft.«

»Stimmt.« Sie lachte. »Aber was bringt das?«

»Wenn man seinen privaten Code kennt und eingibt, weckt ihn sein Computer.«

»Und den Code kennst du?«

»Klar.« Christopher kratzte sich am Kinn. Das gefiel ihm jetzt gar nicht. Wenn der Pentabyte-Man untergetaucht war, dann war es gut möglich, dass die Kohärenz dahintersteckte. Genau wie Jeremiah Jones gesagt hatte.

Außerdem machte ihm das einen Strich durch die Rechnung. Er hatte fest damit gerechnet, auf die Ressourcen des Pentabyte-Man zugreifen zu können. Jetzt war er doch auf sich allein gestellt, was die Mailaktion betraf.

Wie immer eben. Wenn es um was Wichtiges ging, war er immer allein gewesen.

»Das heißt, das ist ein ziemlicher Freak, oder?«, fragte Madonna. »Dieser Pentabyte-Man, meine ich.«

Christopher suchte ein wenig umher und fand den Server eines großen Mailanbieters. Mit dessen Adressverzeichnis konnte er ja mal anfangen.

Er startete einen *smart-force*-Angriff auf den Admin-Zugang und meinte dann: »Weißt du eigentlich, was ein Pentabyte ist?«

»Ähm . . . nein.«

»Gigabyte? Sagt dir das was?«

»Ah, ja. Festplatten haben das. Das ist die Speicherkapazität. Je mehr, desto besser.«

Christopher nickte. »Es ist ein Maß für die Menge an Informationen, die ein Medium speichern kann. Ein Megabyte sind etwa eine Million Bytes. Ein Digitalfoto ist zwischen zwei und vier Megabyte groß. Die heutigen Speichermedien speichern meist mehrere Gigabyte, das ist etwa das Tausendfache – rund eine Milliarde Byte. Tausend Gigabyte sind etwa ein Terabyte und tausend Terabyte ein Pentabyte.«

»Oh. Also . . . ziemlich *viel* Speicherplatz.«

»Enorm viel.« Ah, das sah gut aus. Er hatte einen Fuß in der Tür. Immerhin schon mal rund vierzig Millionen Mailadressen in Reichweite. »Der Pentabyte-Man heißt so, weil er als Student ein schräges Experiment angefangen hat. Er hat sich vorgenommen, sein gesamtes Leben auf Video aufzunehmen. Jede einzelne Minute. Und das zieht er seither durch.«

Madonna rückte ein Stück von ihm weg. »Das ist jetzt ein Witz, oder?«

»Nein, ehrlich. Er hat damals Informatik am Caltech studiert, in Kalifornien. Er hat sich einen Hut konstruiert, auf dem eine Kamera montiert war, und das Bild der Kamera hat er rund um die Uhr ins Internet übertragen.«

»Nee, oder? Und wenn er aufs Klo ist?«

»Auch. Er hat sich halt angewöhnt, woandershin zu schauen.

Ich glaube, er hat den Helm nur zum Duschen und Schlafen abgelegt. Wenn er geduscht hat, hat man die Schale mit der Seife gesehen, und wenn er geschlafen hat, die Ziffern seines Digitalweckers.«

»Das ist das Schrägste, was ich je gehört habe. Dann hat der ja null Privatleben, oder?«

Christopher hob die Schultern, ein Auge auf dem Download der Mailadressen. »Wie man's nimmt. Man hat ja nur gesehen, was er sieht, aber nicht ihn selber. In seiner Wohnung und an der Uni hat er in den Räumen, in denen er sich regelmäßig aufgehalten hat, sämtliche Spiegel abgehängt oder zugeklebt. Irgendwie hat er es fertiggebracht, dass bis heute kein Bild von ihm bekannt ist. Ich hab keine Ahnung, wie er aussieht.« Nach dem, was über seinen Lebenslauf bekannt war, musste der Pentabyte-Man etwa vierzig Jahre alt sein: Das war mehr oder weniger schon alles, was man wusste.

»Vielleicht hat er es sich jetzt doch anders überlegt«, meinte Madonna. »Vielleicht hat er geheiratet und seine Frau will nicht, dass er mit dem Blödsinn weitermacht. Also, ich jedenfalls würde das nicht wollen.« Sie schüttelte sich. »Ganz bestimmt nicht.«

»Er ist nicht verheiratet. Und er überträgt die Aufnahmen seiner Webcam auch schon lange nicht mehr ins Netz; das hat er nur das erste halbe Jahr gemacht. Aber danach hat er angefangen, alles aufzuzeichnen; lückenlos. Zuerst mit Videorekordern und später, als die Festplatten größer wurden, direkt auf Platte. Er hat ausgerechnet, dass er, wenn er das sein ganzes Leben lang durchzieht, auf diese Weise ein Pentabyte Daten erzeugen kann. Daher der Name.«

Der Download war abgeschlossen. Nebenher hatte Christopher einen anderen Mailadressen-Server entdeckt, der noch schwächer gesichert war als der erste. Das würde zwar nicht der große Rundumschlag werden, aber zumindest keine Pleite.

»Aber er war immer online. Ich konnte ihn immer erreichen, wenn ich was wissen wollte. Wir haben uns gegenseitig weitergeholfen. Dass er nicht verfügbar ist, ist ... na ja. Beunruhigend eben.«

»Heißt das, dass du jetzt nichts machen kannst für mein Video?«

Es tat fast körperlich weh, die Enttäuschung in ihrer Stimme zu hören. »Doch, doch«, beeilte sich Christopher zu versichern. »Ich mach es halt anders, als ich es vorhatte. Auf eigene Faust.«

»Super«, sagte sie so erleichtert, dass Christopher sich wie ein Verräter vorkam.

Es war unfair, ihr nicht zu sagen, wie die Dinge wirklich standen. Klar. Aber er brachte es einfach nicht fertig. Fand keinen Anfang, hatte keine Ahnung, wie er es ihr schonend beibringen konnte.

Stattdessen machte er immer weiter. Ging daran, die eigentliche Mail zu verfassen. Dabei machte er mit jedem Schritt, den er tat, das Problem nur noch größer!

Währenddessen zog Madonna das glitzernde Teil von vorhin aus der Tasche und fragte: »Du, sag mal, wär das okay, wenn ich kurz meine Cousine anrufe? Ich hab gedacht, ich könnte sie doch bitten, das Video im Blick zu behalten und ein bisschen Buch zu führen, wie sich die Zahl der Zugriffe entwickelt. Das wäre doch interessant zu wissen, oder?«

Christopher hielt inne. Erst jetzt begriff er, dass das Gerät, das sie ihm vorhin im Auto gezeigt hatte und das aussah wie ein zu dick geratenes Schmuckstück, nicht einfach ein MP3-Player war, sondern ein Mobiltelefon. »Du weißt schon, dass alle Telefonate abgehört werden?«

Sie warf ihre langen schwarzen Haare zurück über ihre Schultern. »Ja, klar. Ich benutze es auch so gut wie nie. Wenn ich Musik damit höre, hab ich es immer im Fly-Mode, hundertprozentig. Aber manchmal muss ich einfach Musik hören, verstehst du? Damit ich nicht durchdrehe.« Eine besorgte Falte tauchte auf ihrer Stirn auf. »Du darfst niemand davon erzählen. Wenn mir mein Vater nicht den Kopf runterreißt, macht's mein Bruder.«

Christopher verzog das Gesicht. »Ich sag's niemandem, aber Sorgen mache ich mir trotzdem. Die Dinger sind tragbare Peilsender.« Andererseits wäre ein genaues Protokoll, wie sich die Zugriffszahlen entwickelten, *haargenau* das gewesen, was sie brauchten. Mist. »Aber hier wäre es, glaube ich, okay. Wir sind ja weitab vom Camp.«

»Super.« Sie klappte es auf, schaltete es ein – und seufzte. »Mist. Kein Netz. Null. Null Komma null.«

Als hätte er nur auf eine solche Gelegenheit gewartet, kam der junge Typ von der Theke herangeschossen und erklärte wortreich, sie hätten kein Netz, weil der für diese Region zuständige Mobilfunkmast vor ein paar Tagen ausgefallen sei.

»Aber«, fuhr er mit leuchtenden Augen fort, »heute ist das Reparaturteam gekommen. Die haben bei mir Kaffee getrunken und ich hab ihnen den Weg erklärt. Die sind dran. Das Netz kann buchstäblich jeden Moment wiederkommen.«

»Toll, danke«, sagte Madonna, sichtlich erfreut.

Christopher kam nicht dazu, sich zu entscheiden, ob er diese Information ebenfalls erfreulich finden sollte, denn in diesem Augenblick ging sein Instant-Message-Fenster auf und folgende Nachricht erschien:

*Hi, Computer*Kid. Was geht ab?* Absender war: Pentabyte-Man.

27 | Die Augen. Das durfte er nicht vergessen. Die Augen.

George Townsend angelte nach seinem Stock und stemmte sich, kaum dass die Tür hinter Dylan und den beiden Männern von der Polizei zugefallen war, wieder aus seinem Sessel hoch. Er tappte ans Fenster. Ein schwarz lackiertes Auto stand vor dem Eingang. Er wartete, bis die drei aus der Haustür kamen. Einer der Polizisten lud Dylans Computer und eine große Kiste in den Kofferraum, der andere hielt den Jungen am Arm. Die beiden nahmen ihn zwischen sich auf den Rücksitz, dann fuhr das Auto davon.

Der Junge. Hatte er also recht gehabt, sich Sorgen zu machen.

Die Augen. Ach ja. Jetzt durfte er nichts falsch machen.

George Townsend wandte sich vom Fenster ab, durchquerte das Zimmer, bis er die Kommode erreichte, auf der das Telefon stand. Er zog eine der Schubladen auf. Lauter Briefe von irgendwelchen Behörden, unwichtiges Zeug. Aber eben auch, ganz unten, die Liste. Die war wichtig.

Er zog sie heraus, ging die erste Spalte durch. Augen, aha. Sein Finger glitt hinüber in die zweite Spalte. Er las den Codesatz und musste unwillkürlich schmunzeln. Das war jetzt fast wie in den Kriminalromanen, die er früher so gern gelesen hatte.

Er nahm den Hörer ab, wählte die Nummer, die oben auf der Liste stand. Es klingelte dreimal, dann wurde abgehoben. Die Stimme einer Frau, die sich mit »Ja?« meldete.

»Hier das Amt für Wasserwirtschaft«, sagte George

Townsend. »Ihre Abwasserrechnung ist seit vierzehn Tagen überfällig.«

Er hörte, wie die Frau nach Luft schnappte. »Die Abwasserrechnung? Vierzehn Tage?«

»Genau.«

»Danke«, sagte die Frau und legte auf.

George Townsend hielt den Hörer noch einen Moment in der Hand. Schade, dass es so schnell gegangen war. Er hätte gern gewusst, was nun passierte. Und wozu das alles gut war. Darüber hatte ihm Dylan nichts erzählt, nichts erzählen dürfen. Das verstand er. Aber er fand es trotzdem schade.

Christopher beugte sich zu Madonna hinüber, raunte ihr ins Ohr: »Lenkst du den Typen ab? Er darf mir nicht auf den Schirm gucken.«

»Okay«, hauchte sie, stand auf und verschwand aus seinem Blickfeld.

Seine Finger huschten bereits über die Tastatur.

Du warst offline. Bist du krank? Brauche deine Hilfe, BTW.

Die Antwort kam sofort.

Schlimme Zeiten. Irgendjemand ist hinter mir her. Habe drei Minuten für dich, dann muss ich wieder untertauchen. Was brauchst du?

Christopher hatte auf einmal ein ganz mieses Gefühl. Konnte es tatsächlich die Kohärenz sein, die den Pentabyte-Man bedrängte? Christopher sah keinen Grund, warum sie das hätte tun sollen. Außerdem war es unmöglich, innerhalb von drei Minuten zu erklären, was es mit der Kohärenz auf sich hatte.

Muss zwei Mails an alle Welt verschicken, eine heute, eine in ein paar Wochen. Brauche deine MBM.

MBM stand für »Massen-Belästigungs-Maschine«. Christopher überlegte, dann setzte er hinzu: *Was deine Verfolger anbelangt: Nimm dich vor Leuten in Acht, die im Chor sprechen. Meide Krankenhäuser. Mehr Erklärungen, falls du mal länger Zeit hast. BTW, bin zurzeit auch meistens offline.*

Christopher sah sich nach Madonna um. Sie war mit dem Typen an die Theke gegangen und flirtete, was das Zeug hielt. Gerade herrschte dort großes Gelächter über irgendetwas, das Christopher nicht mitbekommen hatte und vermutlich ohnehin nicht verstanden hätte. Auf jeden Fall aber schaute gerade wirklich absolut niemand in seine Richtung.

Das war gut so, denn der Pentabyte-Man schickte ihm die aktuellen IP-Adressen, die Christopher brauchen würde, sowie die Zugangscodes. Beides zwar ROT13/ROT5-verschlüsselt, aber das war für professionelle Hacker fast so gut wie Klartext.

Christopher merkte sich die Angaben und löschte alles spurlos vom Rechner. *Danke!*, schrieb er zurück. *Pass auf dich auf.*

*Du auch, Computer*Kid*, kam zurück, gefolgt von: *Pentabyte-Man logged out.*

Madonna würde enttäuscht sein, klar. Wahrscheinlich würde sie ihn danach sogar hassen. Am besten, er versuchte gar nicht erst, es ihr zu erklären. Er würde einfach ein anderes Musikvideo suchen, eines, das mit Jones und seiner Gruppe nicht das Geringste zu tun hatte, und verfolgen, wie sich dessen Klickraten entwickelten. Das würde den Zweck genauso erfüllen.

Okay. An die Arbeit. Christopher löschte seine eigenen Mailadressenlisten wieder – Kinderkram, verglichen mit dem System, das der Pentabyte-Man über die Jahre errichtet hatte –, dann verfasste er die Mail, die an alle Welt gehen sollte. Auf der Herfahrt hatte er sich verschiedene Versionen durch den Kopf gehen lassen, nun entschied er sich für eine ganz einfache:

Hi,

den Song hier MUSST Du Dir anschauen. Ein Ohrwurm und der nächste große Hit, wetten?

http://www.youtube.com/watch?v=

Nun musste er nur noch ein passendes Video finden, dessen Code anfügen und die Mail abschicken. Pentabyte-Mans Programme würden automatisch eine Grußformel und noch ein paar Dinge einfügen, die auf die Empfängeradresse abgestimmt waren und die die Mail so aussehen lassen würden, dass die meisten Empfänger das Gefühl haben würden, den Absender zu kennen.

Bloß fiel es Madonna ausgerechnet jetzt ein, sich loszueisen und lässig zurückzuschlendern. Christopher ließ den Browser verschwinden und bereitete stattdessen die Löschprozeduren vor, die den PC wieder in den Zustand versetzen würden, in dem Christopher ihn vorgefunden hatte.

»Und?«, fragte sie. »Fertig?«

»Fast«, sagte Christopher. »Ein paar Minuten brauche ich noch.«

»Aber es klappt, oder?«

»Ich hoffe.« Er würde es ihr später erklären. Auch wenn das

jetzt feige war. War es, keine Frage. Falls sie ihm die Augen auskratzte, sobald sie die Wahrheit erfuhr, geschah ihm das recht.

Aber besser, sie tat das erst, wenn sie zurück im Camp waren. Wenn er jetzt damit herausrückte, machte sie ihm vielleicht eine Szene, von der man hier im Ort noch jahrelang erzählen würde.

Er zögerte. Sie stand hinter ihm, sah ihm über die Schulter. Irgendwas musste er tun, also fügte er eben den Link zu ihrem Video in die Mail ein.

»Und?«, meinte sie nervös. »Schick's schon ab!«

»Ich bin noch nicht so weit«, gab er murmelnd zurück.

Nein, es ging nicht. Das Risiko war nicht vertretbar. Er musste sie noch einmal fortschicken, irgendwie . . .

Madonna stieß einen abgrundtiefen Seufzer aus und ging ein paar Schritte weiter. »Ehrlich gesagt glaub ich das sowieso erst, wenn ich es sehe«, gestand sie und zog ihr Telefon aus der Tasche. »Ich versuch's noch mal bei meiner Cousine.« Sie schaltete es ein. »Immer noch kein Netz. Schade, jetzt erfahren wir doch nicht, wie . . . Halt. Da ist es. Volles Netz, hundert Prozent.«

Das war das Letzte, was Christopher hörte. Dann stieg brausende Schwärze um ihn herum hoch, saugte ihn auf, und dann wusste er nichts mehr.

Feindberührung

28 | Es war keine Bewusstlosigkeit. Der Film riss nicht, es wurde nur das Programm umgeschaltet. Und zwar auf einen ziemlich düsteren Kanal.

Das, was er für Realität gehalten hatte, verschwand, und Christopher, der in diesem Moment zu vergessen begann, dass dies sein Name war, fand sich in einem gewaltigen schwarzen Mahlstrom wieder, einem Ansaugtrichter aus Daten, einem alles verschlingenden Strudel, in dem man rudern und fuchteln konnte, wie man wollte, und doch immer tiefer und tiefer hinabgesogen wurde. Es war, als habe sich in seinem Inneren ein Verschluss geöffnet, aus dem dichte, undurchdringliche Schwärze herausquoll und ihn überflutete, ihn brausend umhüllte und in die Tiefe zu ziehen versuchte.

Wer war er? Christopher. Was bedeutete das? Ein Name. Sein Name. Aber was war das schon – ein *Name* . . .?

Irgendetwas bot ihm Halt, rettete ihn für den Moment, doch der Halt bröckelte. Es war nur eine Frage der Zeit, bis er nachgeben würde. Mittlerweile konnte er sehen, dass die Kräfte, die an ihm zerrten, eigentlich diesen Halt angriffen, nicht ihn. Diesen Halt, von dem Christopher wusste, dass es etwas sein musste, das es in Wirklichkeit nicht gab, denn er befand sich in seinem eigenen Inneren, in einem seltsam umgestülpten Kosmos, der nur aus verschiedenen Graden von Dunkelheit bestand.

Was war nur los? Es hatte mit der Kohärenz zu tun. Mit dem *Feld.* Er konnte spüren, wie es an ihm nagte und fraß, wie es versuchte, ihn mit sich zu reißen . . .

Diesmal, das wusste er plötzlich mit absoluter Gewissheit, würde er seine Eigenständigkeit nicht bewahren können. Diesmal drohte ihm die endgültige Auflösung, das Aufgehen im Verband der Kohärenz, der Verlust dessen, was ihn, Christopher Kidd, ausmachte . . .

Ein Verlust? War es das denn? Würde es wirklich so schlimm sein, wenn diese Existenz als einzelnes, einsames Wesen, das mit anderen Menschen nur mühsam bis gar nicht zurechtkam, endete und überging in eine andere, größere, unbeschreibliche Existenz, in ein Dasein, das jenseits von Gemeinschaft und Individualität stand?

Es war die alte Sehnsucht. Von Anfang an hatte Christopher sie empfunden, als er Teil der Kohärenz gewesen war, hatte ihr zuletzt, ehe er ganz ausgestiegen war, immer schwerer widerstanden.

Jetzt, so schien es, hatte er gar keine Wahl mehr. Er konnte nur noch warten, bis sein Widerstand brach, oder einfach loslassen und sich ins Unvermeidliche zu fügen. Geschehen würde es so oder so, kam es auf ein paar Sekunden an?

Er hörte sie schon, die unhörbare Stimme der Kohärenz, wie sie ihn durch all das dunkle Brausen und Toben hindurch rief.

Komm zurück – komm – komm – komm – komm . . .

Es war eine Verlockung wie keine andere, die er jemals verspürt hatte.

29 | Madonna Two Eagles wollte gerade die Telefonnummer ihrer Cousine Carol Morris wählen, deren Eltern nicht viel von indianischen Traditionen wie Kriegernamen hielten, als Christopher plötzlich einen glasigen Blick bekam. Das wäre für sich genommen noch nichts Bemerkenswertes gewesen, aber im nächsten Moment kippte er vom Stuhl wie ein nasser Sack. Mehr aus einem Reflex heraus, als dass sie verstanden hätte, was vor sich ging, streckte Madonna den Arm aus und konnte gerade noch verhindern, dass Christopher mit dem Kopf auf den nackten Kachelboden knallte.

Sie beugte sich über ihn. »Christopher! Hey! Was ist los mit dir?«

Er atmete noch, aber er hatte die Augen geschlossen, und als sie versuchsweise eines seiner Lider anhob, sah sie nur das Weiße seiner Augäpfel.

»He, könnt ihr mir mal helfen?«, rief sie zur Theke hinüber. Die Jungs dort hatten nicht mitbekommen, was passiert war, aber nun kam Jim, der Barkeeper, wie eine Rakete hinter seinem Tresen hervorgeschossen.

»Shit!«, rief er. »Was hat dein Freund?« Er warf einen Blick auf Christopher. »Sieht aus wie ein epileptischer Anfall. Pass auf, dass er nicht seine Zunge verschluckt. Ich rufe unseren Arzt.« Er machte auf dem Absatz kehrt, rannte zurück hinter die Theke, brachte ein gutes altes Telefon am Kabel zum Vorschein und begann zu wählen.

Und sie saß hier am Boden mit einem bewusstlosen Jungen im Arm. Konnte nur warten, bis dieser Arzt auftauchte. Was wer weiß wie lange dauern würde.

Sie sah auf Christopher hinab. Wenn sie ihn so hielt, merkte sie, dass es tief in seinem Körper vibrierte, als fänden irgendwo Kämpfe statt, von denen sie nur die Erschütterungen mitbekam, die die Schritte, Sprünge und Schläge der Kontrahenten erzeugten.

Sie studierte die blassen Züge seines Gesichts, denen man nichts ansah. Was war das für ein fernes Beben in seinem Leib? Es beunruhigte sie, das zu spüren.

»Ja, hallo? Doktor March?«, hörte sie Jim an der Bar. Jim, der Motorrad fuhr und von einer Tour den Transamerica Highway entlang träumte, von Alaska bis Feuerland. Jim, der gern Stoner Rock hörte, zwei Schwestern hatte und eine kranke Mutter und deswegen den Arzt gut kannte. »Wir haben hier einen Jungen, siebzehn Jahre alt, der irgendeine Art von Anfall hat . . .«

Das ist kein Anfall. Madonna wusste das plötzlich mit kristallklarer Gewissheit.

Und aus einem Impuls heraus, den sie später nie wirklich verstehen würde, beugte sie sich zu Christopher hinab und küsste ihn auf die Lippen, so fest und so zart, wie sie konnte.

Mit einem Schlag kehrte die Realität zurück. Auf einmal besaß Christopher wieder Lippen, spürte sie und spürte auch, wie andere Lippen die seinen berührten, weiche, warme, feuchte Lippen; er spürte einen fremden Atem auf seinem Gesicht und roch den Duft einer fremden Haut, fühlte kitzelnde Haare über seinem Gesicht und vergaß dann doch alles wieder, weil die Berührung dieser Lippen ihn durchzuckte wie ein elektrischer Schlag, der seine Kopfhaut kribbeln und seine Arme und Beine erzittern ließ.

Die Dunkelheit in seinem Inneren schlug Wellen, der digitale Sog verblasste zu schwarzem Nebelhauch, die ganze Maschinerie, die ihn eben noch in einem unentrinnbar scheinenden Griff gehabt hatte, kam durcheinander, geriet ins Stocken, knirschte, krachte, blieb einen Moment lang stehen. Einen Moment, den Christopher reflexartig ausnutzte, um die virtuelle Tür, durch die das Unheil in ihn eingedrungen war, zuzuschlagen und den Türgriff festzuhalten.

Dann öffnete er die Augen und blickte in das Gesicht der jungen Indianerin, die ihn erschrocken ansah.

»Christopher! Bist du okay?«

Die Tür war zu und blieb es. Gut. Christopher rappelte sich auf, stemmte sich blinzelnd in sitzende Position. Hatte er wirklich auf ihren Knien gelegen? Hatte sie ihn wirklich geküsst oder hatte er sich das nur eingebildet? Ihm war auf einmal entsetzlich heiß.

Egal. Hauptsache, er hielt diese Tür in seinem Inneren zu. Das war das Wichtigste.

»Christopher?« In Madonnas Stimme lag nun fast Panik.

»Die Kohärenz.« Seine Stimme fühlte sich seltsam rau an, wie eingetrocknet, so, als habe er jahrelang kein Wort gesprochen. »Sie hat versucht, mich zu überwältigen. Sie ... sie hätte es beinahe geschafft.« Er sah sich um, begriff wieder, wo er war, wäre gern aufgestanden und konnte es nicht.

Und die ganze Zeit spürte er dieses Vibrieren in seinem Geist. Als ränne die Kohärenz gegen den Widerstand an, den er in seinem Inneren aufgebaut hielt. Er durfte keinen Augenblick lang nachgeben, nicht eine Sekunde.

»Du bist plötzlich einfach umgefallen«, sagte Madonna.

Der junge Typ von der Bar kam herbei, ging vor ihnen in die Hocke, musterte Christopher mit aufmerksamer Besorgnis. »Hi«, sagte er. »Alles in Ordnung? Der Arzt ist unterwegs. Am besten, du bleibst hier einfach sitzen. Ruhst dich aus, okay?«

Ich darf nicht nachgeben, dachte Christopher. Die Tür verschlossen zu halten: Darauf galt es, sich zu konzentrieren. Alles andere musste nebenbei laufen. »Nein. Keinen Arzt«, zu sagen beispielsweise.

»Hey, du bist einfach umgekippt. Ist nicht so, dass ich noch nie jemanden hätte umkippen sehen; so was kommt in einer Bar schon mal vor. Aber so wie du kippen Leute selten um. Wie ein gefällter Baum. So was schafft nur massiv zu viel Alkohol – oder es ist etwas Krankhaftes.« Er tätschelte ihm den Oberarm. »Also, schön dableiben, okay?«

Ich darf nicht nachgeben, dachte Christopher. Die Tür in seinem Inneren zitterte. Nicht nachgeben. Der junge Mann mit dem Pferdeschwanz lächelte ihm aufmunternd zu und erhob sich wieder. Nicht nachgeben.

»Wann ist mir das passiert?«, fragte er Madonna. »Als ... das Mobilfunknetz wieder da war?«

Sie riss die Augen auf. »Ich glaube. Ja. Kann sein.«

Nicht nachgeben. Dem Ansturm standhalten. »Dann müssen wir zurück ins Camp. So schnell wie möglich. Ich muss raus aus dem Empfangsbereich. Mit meinem Chip ist irgendwas passiert und ich weiß nicht, wie lange ich ihn noch unter Kontrolle halten kann.«

30 | Alles in allem, sagte sich Serenity, fehlte ihr die Schule doch nicht so sehr, wie sie gedacht hatte. Sie hätte jedenfalls ohne Weiteres darauf verzichten können, sich jetzt nach dem Mittagessen, an einem strahlend schönen Tag, an dem man sonst was hätte machen können, mit ihren Eltern zusammenzusetzen, um zu besprechen, wie man einen Heimunterricht für sie organisieren konnte.

Sie suchten sich einen Platz abseits des Camps, an einem abgeschabten Campingtisch zum Zusammenklappen, der unter einem Baum stand. Ein Vogel hockte auf einem Ast und beäugte sie neugierig, zog es dann aber doch vor, sich eine andere Unterhaltung zu suchen. Genauso wie es Serenity am liebsten getan hätte.

Dad schien das alles auch nicht wirklich Spaß zu machen. Er setzte sich, legte sein Notizbuch vor sich hin und zwei Kugelschreiber daneben, sagte aber nichts. Er sah Serenity nicht an, nur Mom.

Serenity dachte an ihre neue Freundin Madonna. Die hatte solche Sorgen nicht. Sie war erst gar nicht auf die Highschool gegangen; in den Reservaten sei das nicht üblich, hatte sie ihr erklärt. Da mache man nach der Elementary School gleich eine Berufsausbildung – oder hänge eben rum, so wie sie. Wobei sie aber nicht wirklich herumhänge, jedenfalls nicht so, wie es viele taten; sie übe ja Gitarre und Singen, nähme ab und zu, wenn sie mit irgendwelchen kleinen Jobs mal wieder zu Geld gekommen war, Musikunterricht. Sie hänge sozusagen nur in den Statistiken der Behörden herum.

Kaum saßen sie, redete Mom drauflos wie ein platzender

Ballon. »Wir müssen uns dringend etwas überlegen wegen Serenity. Noch eine Woche länger hier und die schmeißen sie in Santa Cruz von der Schule. Entweder sie muss *schnellstens* zurück und sich eine *supergute* Ausrede einfallen lassen, wieso sie so viel Unterricht versäumt hat –«

»Sie wird nicht zurückgehen«, unterbrach Dad. »Denn sonst würde ihr nur das passieren, wovor wir dich in letzter Minute bewahrt haben.«

»Dann müssen wir uns etwas anderes einfallen lassen. So kann es jedenfalls nicht –«

»Lilian«, mahnte Dad.

Mom schüttelte heftig den Kopf. »Nein, so kann es nicht weitergehen. Serenity hat ohnehin nicht die Traumnoten und inzwischen –«

Dad beugte sich blitzartig vor, bekam ihre Hände zu fassen und sah sie eindringlich an. »Lilly – sieh mich an und sag mir, dass das wirklich die größte Sorge ist, die dich im Moment umtreibt!«

»Ihr gesamter Abschluss ist in Gefahr!« Mom zitterte, als sie das sagte.

»Serenity hat zwölf Jahre Schule hinter sich, da wird sie in den letzten zwei Monaten nichts verpassen, was im Leben wesentlich wäre.«

»Aber –« Diesmal war es Mom selbst, die sich unterbrach. Sie sah Dad an, mit geweiteten Augen, atmete immer tiefer, immer stockender. »Die wollten mir … die wollten mir so ein Ding einpflanzen … die hatten schon meinen Kopf festgeschnallt …«

Dad nickte. »Ja.«

Nun brach Mom in Tränen aus. Sie zog ihre Hände aus den seinen, schlug sie vors Gesicht und schluchzte hemmungslos. Serenity rückte neben sie, nahm sie in den Arm. Seltsamerweise hatte sie das Gefühl, dass es gut war, dass ihre Mutter weinte. Auf einmal kam es ihr vor, als habe sie seit dem Moment ihrer Ankunft im Camp auf eine Gelegenheit dazu gewartet.

So saßen sie eine kleine Ewigkeit, saßen einfach da, bis das Schluchzen irgendwann nachließ. Mom löste sich aus Serenitys Umarmung, ließ sich gegen die Lehne ihres Klappstuhls sinken und schaute mit nassen Augen ins Leere. Dann sagte sie: »Hat einer von euch ein Taschentuch?«

Dad hatte schon eines griffbereit. Er reichte es ihr. Sie nahm es wortlos, trocknete sich das Gesicht ab und meinte dann mit leiser, heiserer Stimme: »Es ist nicht nur wegen dem Überfall. Es ist auch wegen ... wegen früher. Wegen dem, was wir hatten und was wir verloren haben ...«

Serenity hatte das Gefühl, dass das jetzt nur noch ihre Eltern etwas anging. Sie machte gerade Anstalten, leise aufzustehen, um sich zu verdrücken, als Kyle durch die Büsche gestürmt kam. »Dad!«, rief er. »Notfall!«

Dad reckte den kahl geschorenen Schädel. »Was für ein Notfall?«

»Die Abwasserrechnung ist seit vierzehn Tagen überfällig«, stieß Kyle hervor.

»Verdammt!« Jeremiah sprang auf.

Serenity und ihre Mutter wechselten einen entgeisterten Blick. »Und *du* fragst mich, ob ich keine größeren Sorgen habe?«, stieß Mom hervor.

Dad stutzte, dann schüttelte er unwillig den Kopf. »Das ist ein Alarmcode. Er bedeutet, dass unsere Tarnung aufgeflogen ist. Das Camp kann jeden Moment entdeckt werden.«

31

Madonna half ihm auf, weil er es selber nicht schaffte. Seine Beine waren wie Gummi; sein ganzer Körper fühlte sich an, als sei die Mehrzahl der Muskeln daraus verschwunden. Es war seltsam und zugleich logisch: All seine Energie floss nach innen, in den Widerstand gegen die Versuche der Kohärenz, in seinen Chip einzudringen.

»Wäre es nicht doch besser, wir warten auf den Arzt . . .?«, schlug Madonna zaghaft vor.

»Nein.« Standhalten. »Ein Arzt kann mir nicht helfen.« Nicht nachgeben, um keinen Preis. »Ich muss raus aus dem Mobilfunkbereich. So schnell wie möglich.«

Und dann? Was wollte er dann tun? Sich den Rest seines Lebens in entlegenen Wäldern und unzugänglichen Schluchten verbergen?

Darüber konnte er jetzt nicht auch noch nachdenken. Er hatte genug damit zu tun, die Barriere aufrechtzuerhalten und einen Fuß vor den anderen zu setzen.

Das hieß . . . Halt. Da war noch etwas. Der PC. Spuren beseitigen.

»Warte«, stieß er hervor, drehte sich zum Computer um. Standhalten, er musste standhalten, über Details nachdenken konnte er jetzt nicht, musste er auch nicht, es war ja alles vorbereitet. Nur klicken, das machten seine Hände von alleine, die Mail abschicken, die Aufräumroutinen starten . . .

Der Typ von der Bar kam wieder an, redete auf sie ein. Christopher konnte ihm nicht zuhören, brauchte alle Kraft dafür zu widerstehen. Madonna schien ihn abzuwimmeln, jedenfalls ging er wieder.

Okay. Die Löschbefehle rauschten über den Schirm. Das war erledigt.

»Raus hier«, bat er.

Sie gingen. Zur Tür. Endlos. Sie stützte ihn; er kam sich groß und ungelenk und tonnenschwer vor. Standhalten: Das fiel leichter, wenn man tonnenschwer war.

Die Tür quietschte in den Angeln. Es roch nach Kaugummi und Staub, als sie hinaustraten. Einen Fuß vor den anderen, immer nur an den nächsten Schritt denken, und standhalten.

»Hoffentlich finde ich den Weg zurück«, bangte Madonna, während sie die Stufen auf die Straße hinab bewältigten. »Du siehst nicht so aus, als ob du jetzt Karten lesen könntest ...«

Nicht nachgeben. Ihn zupressen, den virtuellen Zugang in seinen Geist. Nichts hereinlassen.

»Na ja«, meinte sie seufzend. »Wird schon irgendwie gehen.«

Das Auto stand auf der anderen Straßenseite. Es herrschte nicht viel Verkehr, aber genug, dass sie warten mussten. Das Stehen fiel Christopher schwer; er musste seinen Kopf einen Moment auf Madonnas Scheitel legen, nur einen Moment lang. Ihr Haar roch gut, nach fremden Gewürzen und duftendem Holz. Warum auch immer. Vielleicht gab es eine Erklärung für diesen Geruch, aber die würde er jetzt nicht finden, jetzt, da er alle Kraft brauchte, um standzuhalten.

»Was ist denn jetzt?«, sagte Madonna plötzlich, mit einem alarmierten Ton in der Stimme.

Christopher sah sich schwankend um. Da war ein Wagen, der plötzlich aus dem Verkehrsstrom ausscherte und genau auf sie zuhielt.

32 | Dad und Kyle eilten davon und im nächsten Moment, so schien es Serenity, brach ringsum Aufregung und Hektik los. Kein planloses Durcheinanderrennen allerdings, vielmehr sah es aus, als wisse jeder seit Langem, was in so einem Fall zu tun war, und habe die dafür nötigen Handgriffe gründlich eingeübt. Zelte fielen in sich zusammen, wurden mit raschen Bewegungen zusammengepackt. Aus Luftmatratzen wurde die Luft abgelassen, Feldbetten wurden zusammengeklappt, Ausrüstungsgegenstände in Anhänger und Wohnwagen verladen. Alles schien seinen Platz zu haben.

»Lilian, Serenity, packt eure Sachen!« Dad tauchte wieder auf, schnappte sich sein Notizbuch und die Kugelschreiber und machte Anstalten, den Campingtisch zusammenzuklappen. »Und schnell. Serenity, weißt du, wo Christopher steckt?«

Serenity war es, als erwache sie aus einer Art Schockstarre. »Christopher? Der ist weggefahren. Mit Madonna. Einen Internetanschluss suchen.«

»Auch das noch. Wohin genau?« Er bedeutete ihr aufzustehen, weil er ihren Stuhl zusammenklappen wollte.

Serenity übernahm das Zusammenfalten selber. »Keine Ahnung. Sie haben eine Karte mitgenommen, so viel weiß ich.«

»Mist.« Dad nahm ihr den Stuhl ab, legte ihn zu dem zusammengelegten Tisch, machte sich an die anderen beiden Stühle. »Das heißt, die können sonst wo sein. Im Radius von dreißig Meilen kommen wenigstens fünf Siedlungen infrage . . .«

Stimmt, durchfuhr es Serenity, das war auf einmal ein echtes Problem. »Vielleicht kommen sie rechtzeitig zurück?«, schlug sie zaghaft vor, aber in Wirklichkeit glaubte sie das selber nicht.

Dad wischte sich mit einer Hand Schweiß vom Gesicht. »Wir können nicht warten. Wir müssen die beiden finden.«

Mom gab einen Laut von sich, der klang, als unterdrücke sie mit Mühe ein Schluchzen. »Wohin gehen wir überhaupt? Was habt ihr jetzt vor?«

Dad sah sie an. »Unser Notfallplan sieht vor, dass wir uns in kleine Gruppen aufteilen – ein paar werden auch ganz alleine aufbrechen – und uns sozusagen in alle Himmelsrichtungen zerstreuen. Jeder schlägt sich so gut wie möglich durch und versucht, Informationen zu sammeln, was überhaupt vor sich geht – was die Medien behaupten, was man von den Leuten erzählt bekommt, eigene Beobachtungen. In spätestens drei Tagen treffen wir uns wieder an einem bestimmten Punkt.« Er nahm die Stühle in die eine und den Tisch in die andere Hand. »Vielleicht können wir es so einrichten, dass jede Gruppe eine andere Siedlung anfährt und nach den beiden Ausschau hält. Mit welchem Auto sind sie unterwegs? Mit Georges braunem Ford?«

»George! Das ist die Idee!«, rief Serenity aus. »Er kann uns bestimmt sagen, wo Madonna steckt! Er weiß immer, wo seine Schwester ist und wie es ihr geht.«

Dad musterte sie irritiert. »Ah ja? Wie das?«

Serenity zuckte mit den Schultern. »Keine Ahnung, wie das funktioniert. Das ist irgend so ein Indianer-Ding, eine besondere Fähigkeit.«

»Auf so was würde ich mich aber nicht verlassen«, meinte Mom.

»Ich hab das selber mal erlebt«, erklärte Serenity. »Madonna und ich waren im Wald, um Kräuter zu sammeln, sie hat sich geschnitten – und im nächsten Moment ist George aus dem Gebüsch gekommen, um sie zu verbinden. Als ob er es geahnt hätte. Echt!«, fügte sie hinzu, als sie die Furchen auf der Stirn ihrer Mutter bemerkte.

»Okay«, sagte Dad. »Mit diesen Indianern erlebt man so manches, das man nicht recht versteht . . . Fragen wir ihn.«

Wie sich herausstellte, war George Angry Snake bereits in großer Sorge. Sie fanden ihn bei Kyle und seinem alten Geländewagen, wie er versuchte, Serenitys Bruder zu überreden, nach Madonna zu suchen.

»Irgendwas ist mit ihr! Sie braucht Hilfe«, erklärte er. Ihn so aufgewühlt zu sehen, der sonst immer seinen ganzen Stolz daransetzte, das sprichwörtliche reglose Indianergesicht zur Schau zu tragen, war furchteinflößender als alle Alarmrufe und Packaktionen zusammen.

»Weißt du denn, wo sie sich befindet?«, fragte Dad.

»Klar«, erklärte George und schränkte ein: »Das heißt, ich weiß, dass ich sie finden kann. Aber sie hat mein Auto.«

Kyle warf einen zu einem Bündel zusammengerollten Schlafsack in den Kofferraum und meinte: »Okay, dann fahren wir drei, Serenity, du und ich. Oder?« Er sah Dad an.

Der überlegte kurz. »Gut, aber ihr müsst die Sachen von Christopher und Madonna mit einladen. Lilly, du kommst mit mir, Bob und Christophers Vater.« Er nickte. »Beeilt euch. Wir treffen uns heute Abend am Ausweichlager und fahren morgen gemeinsam zum Treffpunkt.«

Kyle nickte. »Alles klar.«

»Gut. Macht, dass ihr fortkommt.«

Genau das taten sie. Serenity raffte in Windeseile all ihre Sachen zusammen und stopfte sie in ihre Tasche, dann tat sie das Gleiche mit Madonnas Gepäck, während Kyle sich um Christophers Klamotten kümmerte. Das alles dauerte gefühlte zwei Minuten, wobei die meiste Zeit damit draufging, dass sich der völlig unpraktische Reißverschluss an Madonnas völlig unpraktischer paillettenbesetzter Reisetasche im Futter verhakte und Serenity ihn erst mühsam freipfriemeln musste.

Ihre Mutter stand noch bei den Fahrzeugen. Sie kannte sich zu wenig aus, um sich am Zusammenpacken beteiligen zu können.

»Mir gefällt das gar nicht«, sagte sie, als Serenity sie zum Abschied umarmte.

»Kyle passt auf mich auf.«

Mom schien sie gar nicht mehr loslassen zu wollen. »Das hab ich ja gesehen. Das letzte Mal bist du mit ihm mitgefahren und nicht wiedergekommen.«

Kyle war noch mit dem Gepäck beschäftigt, aber das hatte er gehört. Er bekam die hintere Klappe endlich zu, kam herübergestapft und drückte Mom einen Kuss auf den Scheitel. »Wir müssen.«

Dann ging es los. Kyle fuhr, dirigiert von George Angry Snake, der sich ständig witternd nach allen Seiten umsah, mit seltsam entrücktem Blick, als lausche er einer Stimme in seinem Inneren. Serenity saß auf der Rückbank, eingezwängt zwischen all dem Gepäck.

Und sie fanden die beiden tatsächlich. Sie kamen gerade an, als sie aus einer Bar traten, wobei Madonna Christopher stützte, der schwankte, als sei ihm entsetzlich schlecht.

»Ist der betrunken oder was?«, murmelte Kyle und brachte den Wagen direkt vor den beiden zum Stillstand.

Serenity hörte ihn kaum. Die beiden so zu sehen – so *eng umschlungen!* – war beinahe ein Schock für sie.

War sie etwa eifersüchtig auf ihre Freundin? Nein, was für ein alberner Gedanke, sagte sie sich und versuchte, ihn nicht mehr zu denken.

Sie stiegen aus, umringten die beiden, alle redeten durcheinander – alle bis auf Christopher, der stieren Blicks dastand und geistig völlig weggetreten wirkte. Nicht wirklich wie ein Betrunkener, aber so, wie sich Serenity jemanden auf einem heftigen Drogentrip vorstellte.

Endlich gelang es Kyle, sich Gehör zu verschaffen. »Vielleicht sagt Christopher mal was dazu, was hier los ist!«

Christophers Blick irrte umher, als könne er keinen Punkt mehr fixieren. »Es ist der Chip«, erklärte er. »Er will . . . selber ins Feld. Er versucht, mich mit der Kohärenz zu verbinden, sobald Funkkontakt . . .« Er sprach seltsam ungenau und beiläufig, nuschelte, als denke er währenddessen über ganz andere und viel wichtigere Dinge nach. »Ich schaffe es grade . . . ihn davon abzuhalten. Muss so schnell wie möglich zurück ins Camp.«

»Tja, heut ist nicht unser Glückstag«, sagte Kyle und verzog das Gesicht. »Das Camp ist aufgelöst. Die Polizei ist uns auf der Spur. Die anderen zerstreuen sich gerade in alle Windrichtungen.«

Serenity erschrak, als sie sah, wie Christopher daraufhin regelrecht in Panik geriet. Seine Augen wurden so groß, als wollten sie aus den Höhlen springen, sein Atem ging auf einmal schnell und hektisch. »Ich darf nicht nachgeben«, keuchte er. »Ich muss standhalten. Standhalten! Ich darf sie nicht . . . reinlassen . . .«

»Was meinst du damit?«, rief Serenity besorgt.

Er keuchte eine Weile, ohne zu antworten, dann wurde sein Atem ein wenig ruhiger, sodass er sagen konnte: »Dann müsst ihr mich hierlassen. Geht. Ich bleibe hier und . . .« Wieder hob und senkte sich sein Brustkorb so schnell, dass man Angst um ihn bekam.

»Spinnst du jetzt?«

»Ist nur . . . eine Frage der Zeit, bis ich in der Kohärenz aufgehe«, stieß Christopher hervor, den Blick unverwandt in die Ferne gerichtet. »Und dann holt sie euch auch.«

Serenity war sich nicht sicher, ob sie wirklich verstand, was hier vor sich ging, aber so viel schien festzustehen: Christopher kämpfte dagegen an, von der Kohärenz übernommen zu werden, und die einzige Chance für ihn war, dass sie ihn rechtzeitig aus dem Bereich des Funknetzes schafften, ehe er den Kampf verlor.

»Kyle!« Sie drehte sich zu ihrem Bruder um. »Es muss doch noch andere Gegenden ohne Netzempfang geben! Jede Menge, oder?«

Kyle nickte fahrig. »Ja, klar. Halb Montana hat keine Netzabdeckung, der größte Teil von Idaho auch nicht . . .« Er überlegte. »Es gibt entsprechende Karten. Aber an die kommen wir so schnell nicht ran.«

»Und wenn wir fragen?«

»Wen?«

Madonna mischte sich ein, hielt ihnen ein glitzerndes kleines Ding hin. »Damit«, meinte sie. »Wir fahren einfach drauflos und prüfen mit meinem Telefon, ob das Netz schwächer wird.«

Serenity sah ihre Freundin mit offenem Mund an. »Du hast ein *Mobiltelefon?«* Das war in Dads Gruppe ein absolutes *No-go*. Und Serenity selber war – kein Wunder, bei der Erziehung! – am Schluss die Einzige in ihrer Klasse ohne so ein Ding gewesen.

»Na ja«, meinte Madonna schuldbewusst. »Für den Notfall halt.« Ihre Augen leuchteten auf. »Den haben wir ja jetzt, nicht wahr?«

Kyle hatte schon durch das Fahrerfenster die Karte vom Sitz gefischt und breitete sie mit raschen Bewegungen auf der Motorhaube aus, ohne sich um den Staub und Dreck darauf zu kümmern. »Okay, das versuchen wir. Weiße Zonen liegen auf jeden Fall abseits großer Siedlungen. Und je gebirgiger es ist, desto besser. Hmm . . .«, meinte er und versenkte sich in den Anblick der Striche und Linien, die Serenity ewig ein Rätsel bleiben würden.

33 | Was war nur passiert? Es lag an seinem Chip, so viel stand fest. Aber wie war das möglich? Es hatte sich doch nichts daran geändert! Er trug diesen Chip nun schon seit Monaten und es war nie ein Problem gewesen, ihn unter Kontrolle zu halten. Nie, nicht ein einziges Mal hatte der Chip Anstalten gemacht, sich von selber ins Feld einzuschalten, geschweige denn, ihn derart . . . *mitzunehmen! Wegzusaugen!*

Standhalten. Widerstand leisten. Es ermüdete, diesen verräterischen Zugang verschlossen zu halten, der sich so unvermutet aufgetan hatte.

Und dabei war erst höchstens eine Viertelstunde vergangen, seit das begonnen hatte.

Die anderen beugten sich über die Motorhaube von Kyles altem Geländewagen, studierten eine Karte, diskutierten. Christopher hörte Ortsnamen, die ihm nichts sagten, und Straßennummern, mit denen er noch weniger anfangen konnte. Und von was für einem *Ausweichlager* redeten sie?

Standhalten. Nicht nachlassen.

Es ging darum, wohin sie fahren konnten. Okay. Und es ging darum, dass sie es mit zwei Autos tun mussten und sich nicht aus den Augen verlieren durften.

Standhalten. Nicht müde werden. Christopher blinzelte in das trügerisch friedliche Blau des Himmels, holte tief Luft, spürte den seltsamen Druck im Inneren seines Geistes. Es ging schon besser. Er gewann allmählich so etwas wie Übung. Vielleicht war auch einfach nur die anfängliche Panik abgeklungen, die das Erlebnis, in virtueller Schwärze zu versinken, ausgelöst hatte. Er konnte die Kohärenz draußen halten. Es war anstrengend, das schon, aber er schaffte es.

Noch jedenfalls.

Wäre trotzdem nicht schlecht gewesen, wenn sie endlich aufgebrochen wären. »Wie sieht's aus?«, sagte er, mehr aber nicht, weil er merkte, wie sein Widerstand wackelte, wenn er zu mehreren Leuten sprach. Mehrere Leute, das war ihm noch nie geheuer gewesen. Er hatte schon immer am liebsten nur einen Gesprächspartner gehabt, alles andere war Stress.

Offenbar schwächte Stress seine Widerstandskraft. Wichtige Erkenntnis.

Die Mail. Madonnas Video. Nun hatte er sie doch abgeschickt. Aus Versehen sozusagen.

Na ja. Egal. Das war jetzt wirklich das kleinste Problem.

Es schien endlich loszugehen. Gepäck wurde umgeladen, um in Kyles Wagen Platz zu schaffen. Schlafsäcke, Zelte, Luftmatratzen, dies und das. Wie viel Geld sie noch hatten und wo sie unterwegs Lebensmittel kaufen würden, wurde diskutiert.

»Okay«, sagte Kyle schließlich. »Schwesterherz, du fährst am besten mit George. Christopher und Madonna kommen mit mir. Madonna auf den Beifahrersitz; du musst regelmäßig die Netzstärke prüfen.«

Standhalten. Einsteigen und standhalten. Den Gurt anlegen und standhalten.

Noch einmal lief Kyle zu George hinüber, sie besprachen etwas. Madonna richtete sich auf dem Beifahrersitz ein, wandte den Kopf. »Alles okay?«, fragte sie besorgt.

»Ja«, sagte Christopher. »Alles okay so weit.«

Sie zückte ihr Telefon. Ihre tragbare Peilstation. Wenn der Geheimdienst ihre Nummer hatte und wusste, dass sie mit Jeremiah Jones in Verbindung stand, dann würde ihnen die Kohärenz ganz bequem folgen können.

Aber es ging nicht anders, sagte sich Christopher und konzentrierte sich darauf standzuhalten.

Kyle kam zurück und schwang sich hinter das Lenkrad. Der Wagen schaukelte, beruhigte sich gleich wieder. Er ließ den Motor an, der unangenehme, schabende Geräusche machte.

»Was sagt das Ding?«, wollte Kyle von Madonna wissen.

»Vier von fünf Strichen. Super Empfang.«

»Das heißt, wir müssen weit fahren«, meinte Kyle und machte eine unwillige Bewegung mit dem Kopf. Von hinten sah Christopher seine sandbraunen Locken, mit einem Haargummi zu einem Büschel zusammengebunden, über der Kopflehne hin und her wippen.

Endlich ging es los. Die Autos fuhren und Christopher hielt stand. Einmal drehte er sich um und sah den Wagen mit George Angry Snake am Steuer hinter ihnen. Serenity saß neben ihm und wirkte unzufrieden: Kein Wunder, George war nicht gerade das, was man unter einem lebhaften Gesprächspartner verstand.

Christopher wusste, dass er das auch nicht war, jetzt gerade weniger denn je. Obwohl es allmählich Routine wurde standzuhalten. Er gewöhnte sich daran wie an ein Loch im Zahn.

Aber natürlich würde das nur funktionieren, solange er wach war. Wachposten durften nicht schlafen, nirgends und niemals, und er war jetzt ein Wachposten, ein Wachposten in seinem eigenen Inneren. Schlafen durfte er erst wieder, wenn sie eine weiße Zone erreicht hatten.

Fahren. Standhalten. Fahren. Sich widersetzen. Wenn der Gedanke, mit dem er den Zugang verschlossen hielt, ein Daumen gewesen wäre, wäre die Haut inzwischen wund, dachte er irgendwann.

»Noch zwei Striche«, sagte jemand und jemand anders: »Ist ja unglaublich.«

Christopher hatte keinen Blick für die Landschaft, keinen für die Siedlungen, die sie passierten. Nur am Rande bekam er mit, dass die Siedlungen immer kleiner wurden, die Abstände zwischen ihnen immer größer, die Straßen immer schlechter.

»Christopher!«

Er fuhr hoch. Es war Madonna, die sich zu ihm umgedreht hatte, ihr Telefon in der Hand. »Das Netz ist runter bis auf einen Strich! Und selbst der flackert schon!«

Christopher kniff die Augen zusammen, fühlte den Schmerz, den das verursachte. »Das nützt nichts«, stieß er hervor.

Hätte er sonst nichts zu tun gehabt, hätte er ihr das erklären können: Das Problem war, dass er verhindern musste, dass sich der Chip ins Netz einklinkte. Das war ein digitaler Vorgang: Entweder der Chip tat es oder er tat es nicht. Solange er auch nur eine geringe Feldstärke maß, versuchte er es. Und da es sich um eine digitale Verbindung handelte, spielte es auch keine Rolle, ob sie bei minimaler oder optimaler Feldstärke zustande kam: Es genügte, *dass* sie zustande kam, um der Kohärenz Tür und Tor in seinen Geist zu öffnen.

»Es muss auf null sein«, sagte Christopher mühsam.

So fuhren sie und fuhren. Irgendwann schaltete Kyle das Radio ein, weil er hoffte, auf diesem Weg etwas über eventuelle Polizeieinsätze zu erfahren. »Ist okay, oder?«, fragte er, an Christopher gewandt.

Christopher nickte nur. Musik, warum nicht? Ob er die Gespräche der anderen hörte oder das Geräusch des fahrenden Autos oder Musik, was machte das schon für einen Unterschied?

Oh – und *was* für einen Unterschied das machte! Musik war etwas, das einem reinfahren konnte. Musik konnte Gefühle aufwühlen. Musik konnte einen packen, aufregen, nerven. Das hatte Christopher bloß noch nie zuvor so deutlich, so körperlich gespürt wie jetzt.

So fuhren sie und fuhren und die Musik dudelte und dudelte, fraß sich in Christophers Hirnwindungen, ätzte sich in seine Gedanken, trieb ihn langsam, aber sicher in den Wahnsinn. Doch er war nicht mehr imstande, etwas zu sagen, konnte nur noch dasitzen, die Stirn gegen das kühle Glas des Seitenfensters gelehnt, es über sich ergehen lassen und einfach nur hoffen, dass er lange genug durchhielt.

34 | Jemand musste nach Patricia sehen. Das hatte sich Neal Lundkvist den ganzen Weg über immer wieder gesagt. Und es war ihm richtig vorgekommen, der richtige Anlass. Sie hatten das Camp aufgelöst, hatten sich in alle Himmelsrichtungen verstreut, um sich drei Tage später an einem bestimmten Punkt wieder zu treffen. Er musste die Zwischenzeit sowieso überbrücken, warum sollte er also nicht solange seine Tochter besuchen?

Doch als er schließlich auf die Schotterpiste abbog, die zu Patricias Haus führte, musste er den Wagen an den Straßenrand lenken, den Motor abstellen und, die Arme über dem Lenkrad zusammengelegt, noch einmal gründlich nachdenken.

Es dämmerte schon. Der Himmel über dem einsamen Tal war von gläsernem Dunkelblau, ein paar Sterne glänzten daran wie festgepinnt. Die Bäume hoben sich nur noch als schwarze Scherenschnitte ab.

War das wirklich eine gute Idee? Was sollte er Patricia denn anbieten? Jeremiah hatte seine Exfrau ins Camp mitgenommen, um sie in Sicherheit zu bringen. Das konnte er mit Patricia nicht machen. Dass es gerade kein Camp gab, wäre nur vorübergehend ein Problem gewesen. Aber da war eben Eric, der an einer nicht unproblematischen Form von Diabetes litt. Neal Lundkvist ließ sich alles, was er über die Krankheitsgeschichte seines Enkels wusste, durch den Kopf gehen. Natürlich, er war Arzt und kein schlechter, in aller Bescheidenheit: Zweifellos hätte er sich genauso gut um Eric kümmern können wie der Arzt vor Ort.

Das Problem waren die Medikamente. Sie waren verschreibungspflichtig und sie waren teuer. Zwei echte Hindernisse, wenn man auf der Flucht vor dem FBI in den Wäldern lebte und selber kaum noch Geld hatte.

Was also erhoffte er sich von seinem Besuch hier? Sich zu vergewissern, dass es Patricia gut ging, war nur ein vorgeschobener Grund. In Wirklichkeit trieb ihn der verzweifelte Wunsch, das Zerwürfnis zwischen ihm und seiner Tochter zu überwinden. Sie war alles, was er noch an Familie hatte. Das musste sie doch verstehen!

Aber warum sollte es ihm ausgerechnet jetzt gelingen, sich mit Patricia auszusöhnen? Er hatte es schon so oft vergeblich versucht. In den letzten Jahren hatte sie ihn manchmal schon mit Vorwürfen und Wehklagen überhäuft, ehe er zur Tür herein war, und einmal hatte es ihn so getroffen, dass er auf dem Absatz kehrtgemacht hatte und wütend wieder davongefahren war. Wieso sollte es ihm diesmal anders ergehen?

Vielleicht, sagte er sich, weil diesmal er es war, der Hilfe brauchte. Er war auf der Flucht, und wenn ihm seine leibliche Tochter keinen Unterschlupf gewährte, dann würde er drei Nächte in seinem Wagen schlafen müssen.

Vielleicht machte das einen Unterschied. Dr. Neal Lundkvist griff nach dem Zündschlüssel und ließ den Motor wieder an. Er würde es auf jeden Fall versuchen.

Das Haus war ein anheimelnder Anblick, wenn man aus der anbrechenden Nacht darauf zufuhr. Aus dem Küchenfenster fiel Licht und unter dem Vordach über der Haustür leuchtete eine Lampe, die den Vorplatz in sanften Schimmer tauchte.

Es war eine magische Stunde, hierher zu kommen. Man fühlte sich ganz der Welt entrückt. Aber dass sie so einsam leben konnte!

Dass sie überhaupt so einsam lebte . . .

Erinnerungen überwältigten ihn für einen Moment. Patricia war ein lebhaftes Kind gewesen, immer mit Freunden zusammen, immer fröhlich und ausgelassen. Kaum zu glauben, dass sie sich zu so einer verbitterten, verhärmten Frau entwickelt hatte. Wie war das nur gekommen?

Lundkvist wusste es nicht. In seiner Erinnerung klafften Lücken, weil er in dieser Zeit in seinem Beruf aufgegangen war, mehr, als seiner Familie gutgetan hatte. Nach seinem Eindruck war Patricias Wandlung auf der Highschool passiert. Dass sie dort vielleicht die falschen Freunde gehabt hatte.

Nun ja und natürlich Marens Tod. Der unerwartete, plötzliche Tod seiner Frau, Patricias Mutter, hatte sie beide furchtbar getroffen. Und die Vorwürfe, die ihm Patricia gemacht hatte – dass er die Symptome doch hätte erkennen müssen, dass man noch etwas hätte machen können, wenn er Marens Beschwerden nur rechtzeitig ernst genommen hätte, dass er sie auf dem Gewissen hatte –, diese Vorwürfe machte er sich ja selber. Es war ein Schock gewesen, der ihrer beider Leben aus der Bahn geworfen hatte. Er hatte seinen Job in der Klinik aufgegeben und versucht »auszusteigen«, wie man so sagte. Seine Tochter hatte sich einem Mann an den Hals geschmissen, von dem jeder außer ihr gewusst hatte, dass er nicht der richtige für sie war.

Und nun saß sie hier, in der Einsamkeit.

Er parkte sein Auto neben dem ihren, stieg aus und ging mit schweren Schritten auf das Haus zu. Insekten aller Art umschwirrten die Lampe über der Haustür. Es gab keine Klingel, keine Glocke.

Es war auch keine nötig. Neal war noch drei Schritte vom Fuß der kleinen Holztreppe entfernt, die zum Haus hinaufführte, als ihm Patricia schon öffnete.

Sie musterte ihn schweigend. Ein wenig Verwunderung las er in ihrem Gesicht, aber auch, ja, Spuren von Freude. Sie betrachtete ihn, wie man eine angenehme Überraschung betrachtet.

»Mit dir hatte ich nicht gerechnet«, sagte sie schließlich.

War das nun doch wieder ein Vorwurf? Dass er sich nicht viel um sie gekümmert habe in letzter Zeit? Sie hatte ja recht, so recht ... Obwohl er zu seiner Entschuldigung tausend gute Gründe hätte vorbringen können – das letzte Camp war ziemlich weit entfernt gewesen, man hatte ihn dort gebraucht und so weiter, und so weiter –, wusste er, dass das nur vorgeschobene Gründe gewesen wären. In Wirklichkeit hatte er sich nicht hergetraut. In Wirklichkeit hatte er es vermieden, überhaupt an seine Tochter zu denken, weil ihm das Zerwürfnis mit ihr auf der Seele lag und er keinen Weg sah, es zu beheben.

Wenn sie ihn nur verstehen könnte! Wenn er es nur schaffen würde, ihr seine Sicht der Dinge auf eine Weise darzulegen, die es ihr ermöglichen würde, die Sache von seinem Standpunkt aus zu sehen! Dann, so sagte er sich, dann würde sie nicht anders können, als ihm zu verzeihen. Weil sie dann erkennen würde, dass er sie trotz allem liebte, immer geliebt hatte.

Aber so zu reden, seine Gefühle mitzuteilen – das war ihm einfach nicht gegeben.

»Wir mussten das Camp auflösen«, erklärte er und breitete die Arme aus, in einer unwillkürlichen Geste der Wehrlosigkeit. »Die Bundespolizei. Sie sind uns auf den Fersen, haben uns irgendwie aufgespürt . . . Es ist uns nichts anderes übrig geblieben, als uns erst mal in alle Winde zu zerstreuen. Na ja und da dachte ich, vielleicht kannst du deinem alten Vater ein paar Tage Unterschlupf gewähren.«

Sie nickte bedächtig, schien nicht überrascht, weder von dem, was er berichtet hatte, noch von seinem Wunsch. Sie trat beiseite und sagte: »Komm herein.«

Neal Lundkvist zögerte. »Ähm . . . wäre es in Ordnung, wenn ich gleich eine Tasche mit ein paar Sachen aus dem Auto hole?«

»Ja, natürlich.«

Immerhin, sagte er sich, während er zum Wagen zurückeilte und seine kleine, inzwischen reichlich abgeschabte Reisetasche mit den nötigsten Sachen vom Beifahrersitz nahm, waren bereits mehrere Minuten vergangen, ohne dass ein böses Wort gefallen war. Damit hatten sie einen neuen Rekord aufgestellt.

Er holte noch einmal tief Luft, ehe er die Stufen zu ihrer Haustür hinaufging. Ruhe bewahren. Er wollte sich nicht zu früh freuen, aber die Hoffnung, dass sie wieder zueinanderfanden, wollte er auch nicht aufgeben.

Patricia war in der Küche, rührte in einem Topf. »Willst du mit uns essen?«, fragte sie, ohne sich umzudrehen.

»Oh ja«, beeilte er sich zu sagen. »Sehr gern.« Tatsächlich merkte er erst jetzt, was für einen Hunger er hatte. Er war die ganze Strecke gefahren, ohne etwas zu sich zu nehmen. Er war zu angespannt gewesen, um seinen Hunger zu spüren.

Eric saß ruhig am Tisch, beobachtete ihn schweigend und mit kindlichem Ernst. Lundkvist strich ihm über den Kopf, unwillkürlich lächelnd. »Na, Eric. Willst du deinem Opa nicht Hallo sagen?«

»Hallo«, sagte Eric gehorsam, mehr aber auch nicht. Wie groß er geworden war! Lundkvist musste sich auf die Lippen beißen, um das nicht zu sagen. Kinder hassten diesen Spruch, das wusste er.

Aber er war wirklich groß geworden. Groß und ernst. Das lag bestimmt an dem einsamen Leben hier draußen. Ihm fehlten die Freunde. »Wie geht's in der Schule?«, fragte er.

»Gut«, sagte Eric.

»In welche Klasse gehst du denn jetzt?«

»In die zweite.«

»In die zweite Klasse schon. Wie die Zeit vergeht. Ich weiß noch wie gestern, als du –« Lundkvist hielt inne. Jetzt fing er doch noch mit diesem Opa-Gebabbel an! Er sah sich hilflos um, wünschte sich, Patricia hätte ihm nicht den Rücken zugekehrt. »Kann ich etwas helfen? Den Tisch decken?«

»Gern. Wir brauchen tiefe Teller und Löffel.«

Lundkvist stand auf, musterte die Schränke. »Wenn du mir noch einen winzigen Tipp gibst, wo –«

»Da oben«, sagte Eric und deutete mit ausgestrecktem Zeigefinger auf einen der oberen Küchenschränke. »Dort sind die Teller. Die Löffel sind in der Schublade in der Mitte.«

»Ah.« Lundkvist lächelte, während er sich an die Arbeit machte. »Du kennst dich aus, was?«

»Ja«, sagte Eric. »Wir brauchen auch einen Untersetzer. Der ist in der rechten Schublade.«

»Rechte Schublade.« Er zog sie auf, stieß auf etliche dicke Korkplatten und legte eine davon auf den Tisch. »Du kennst dich wirklich gut aus.«

Patricia stellte den Topf auf den Tisch und schöpfte die drei Teller voll. Dann begannen die beiden, ohne ein weiteres Wort zu essen.

»Guten Appetit«, sagte Lundkvist unbehaglich und griff nach seinem Löffel.

Es schien Patricia doch zu stören, dass er gekommen war. Sie hatte wohl einfach nur gelernt, es sich nicht so stark anmerken zu lassen wie früher.

»Wenn es dir nicht recht ist, dass ich hier bin, dann kann ich auch woanders –«

»Doch«, sagte Patricia. »Es ist mir sogar sehr recht. Ich würde mich gern ausführlich mit dir unterhalten.«

Lundkvist hielt, den Löffel immer noch in der Hand, überrascht inne. »Tatsächlich? Das ist ja wunderbar. Ich hatte dasselbe gehofft. Dass wir mal in aller Ruhe über alles reden können . . .«

»Ich habe Zeit«, sagte Patricia.

Das Essen war warm und bestimmt nahrhaft, aber das war

auch schon alles, was sich Lobendes darüber sagen ließ. Es war ein dickflüssiger Brei aus verschiedenen Gemüsen, Getreideflocken und ein wenig Fleisch, der schlicht und einfach nach nichts schmeckte. Tapetenkleister wäre verglichen damit eine kulinarische Offenbarung gewesen.

Aber Lundkvist war nicht bereit, die sich anbahnende Versöhnung an einer solchen Lappalie scheitern zu lassen. Tapfer schaufelte er sich das Zeug in den Mund, kaute so wenig wie möglich in dem Bemühen, die Geschmacksknospen seiner Zunge nicht mit dem Zeug in Berührung zu bringen, und als der Teller leer war, bat er verwegen um einen Nachschlag.

Immerhin, es sättigte.

»Schickt dir Brian noch regelmäßig Unterhalt?«, musste er schließlich doch fragen. Vielleicht nagte sie am Hungertuch und war nur zu stolz gewesen, ihn um Hilfe zu bitten. »Kommst du zurecht?«

»Geld ist kein Problem.«

»Weißt du, ich . . .« Er hielt inne. Wie anfangen? Wieder einmal peinigte ihn das Gefühl, trotz all seiner Bemühungen wie durch eine unsichtbare Mauer von seinen Mitmenschen getrennt zu sein. »Ich habe in letzter Zeit oft an deine Mutter denken müssen. Ich hab dir das nie gesagt, aber ich habe mich damals nur aus dem Grund so in meine Arbeit gestürzt, weil ich wollte, dass es uns gut geht. Es war eine wirtschaftlich schwierige Zeit, so viele Familien hatten Probleme –«

Sie schnitt ihm mit einer knappen Geste das Wort ab. »Das ist nicht mehr relevant«, erklärte sie.

Lundkvist sah sie überrascht an. Nicht mehr relevant? Über

dieses Thema hatten sie erbittert gestritten, sich angeschrien, genug Tränen vergossen, um einen See damit zu füllen.

Und überhaupt ... was war das eigentlich für eine eigenartige Wortwahl? So kannte er Patricia gar nicht. Seit wann verwendete seine Tochter Formulierungen wie ›nicht mehr relevant‹?

»Das ... überrascht mich jetzt«, räumte er ein. »Ehrlich gesagt hatte ich kaum mehr zu hoffen gewagt, dass du und ich je wieder so vernünftig miteinander reden würden. Aber trotzdem, Patricia, ich möchte, dass du weißt, dass ich –«

»Du brauchst deine Argumentation nicht weiter fortzusetzen, Neal Lundkvist«, sagten Patricia und Eric wie aus einem Mund. *»Die hier anwesenden Personen sind nicht mehr die, für die du sie hältst.«*

Evolution

35 | Sie fuhren und fuhren, die Musik spielte und spielte und es nahm und nahm kein Ende. Wie lange waren sie inzwischen eigentlich unterwegs? Er drehte allmählich wirklich durch.

»Dauert es noch lange?«, fragte Christopher irgendwann, als er das Gefühl hatte, dass ihm jeden Moment der Kopf platzen musste.

Worauf Kyle fragte: »Was sagt das Gerät?«

Worauf Madonna sagte: »Zwei Striche. Oder anderthalb, einer kann sich nicht entscheiden.«

Worauf Kyle sagte: »Mist.«

So, wie er das sagte, hätte er auch sagen können: *Ich bin mir inzwischen nicht mehr sicher, ob es hier überhaupt irgendwo eine weiße Zone gibt.*

Sie würden nie mehr aus dem Feld herauskommen. Nie wieder. Selbst wenn sie es heute noch schaffen sollten – die Kohärenz würde nicht nachlassen, ihren Einfluss weiter und weiter in unerschlossene Gebiete voranzutreiben. Sie würde Funkmasten überall dort aufstellen lassen, wo noch keine standen, in entlegenen Tälern wie in Wüsten, am Nordpol wie am Südpol, überall. Sie würde auch einen Weg finden, die Ozeane ins Mobilfunknetz einzubinden, bis es schließlich keinen Fleck mehr gab, den das Feld nicht erreichte, bis kein Ort auf Erden mehr den Upgradern verwehrt war.

Es gab kein Entrinnen.

Christopher hatte inzwischen immer stärker das Gefühl, dass der Chip in seinem Kopf angefangen hatte zu pulsieren. Ein dumpfes, mühsam schlagendes, fremdes Herz, so fühlte es sich an. Und sobald er losließ, würde es explodieren und –

Stopp. Genug. Er ruckte hoch, atmete scharf ein, blinzelte heftig.

»Was ist?«, fragte jemand. Madonna. Prüfende Blicke aus unergründlich schwarzen Augen.

»Nichts«, sagte Christopher. »Geht schon.«

Dabei hätte er schreien mögen. Hätte schreien mögen, *lasst mich hier raus, setzt mich irgendwo ab und fahrt weg, so schnell ihr könnt – ich halte nicht mehr lange durch! Bringt wenigstens ihr euch in Sicherheit!*

Es war nur so, dass er es sich nicht einmal mehr zutraute, so viele Worte hintereinander auszusprechen. Oder gar darüber zu diskutieren, falls sie widersprachen. Nur deshalb schrie er nicht. Nur deshalb sah er weiter wortlos aus dem Fenster, zwang sich, seinen Blick auf die Bäume zu richten und auf den von wildem Gras bewachsenen Straßenrand, zwang sich, weiter durchzuhalten.

Weiter durchhalten. Noch zehn Minuten. Zehn Minuten, das würde gehen. Und dann würde er schreien. Vielleicht fiel ihm bis dahin ein, wie man es kürzer sagen konnte. In einem Satz, gegen den es keinen Widerspruch gab.

»Probieren wir es dort drüben«, meinte Kyle irgendwann und riss den Wagen unvermittelt herum, lenkte ihn auf einen kaum sichtbaren Waldweg, der schräg von der Straße abwärtsführte.

Der Weg war voller Schlaglöcher und dicker Steine, sie alle wurden heftig durchgeschüttelt. Madonna sagte irgendwas von wegen, ob das Auto ihres Bruders da wohl durchkommen würde, das sei schließlich kein Geländewagen. Berg und Tal, links und rechts, Bäume, die immer höher wurden, ein Bach in der Tiefe, glitzernd, Sonnenlicht durch Geäst gefiltert, grün schimmernd in der Höhe, träumerisches Licht erzeugend.

»Und?«, fragte Kyle.

»Ha!«, jauchzte Madonna. »Kein Netz. Christopher! Das Netz ist weg!«

Er starrte sie an, brauchte eine Weile, bis er begriff, was sie sagte. Und dann wagte er es kaum, ihr zu glauben. Das Netz weg? Kein Feld? Tatsächlich, er spürte es auch. Er konnte loslassen, wagte es nur zögernd, aber ja, es passierte nichts, der Chip blieb ruhig, hatte es aufgegeben, kein schwarzer Strudel, nichts. Alles in Ordnung.

»Ja«, flüsterte er. »Wir haben es geschafft. Wir sind draußen.« Jetzt, da er nicht länger standhalten musste, spürte er grenzenlose Erschöpfung, eine Müdigkeit, die ihm ausreichend schien für eine ganze Woche Schlaf. Er würde sich nur einen Moment hinlegen, gleich hier auf der Rückbank, dagegen war sicher nichts einzuwenden, nur einen kurzen, winzigen Moment lang . . .

Und wenn das Netz nur momentan ausgefallen war? Wenn es zurückkam, während er schlief?

Würde er je wieder als er selbst aufwachen?

Diese Frage ging ihm noch durch den Kopf, dann war der Schlaf stärker.

36 | Neal Lundkvist ließ den Löffel langsam sinken. Er spürte auf einmal sein Herz heftig schlagen.

»Spreche ich noch mit meiner Tochter«, fragte er mühsam, »wenn ich mit dir spreche?«

»Du sprichst mit der Zukunft«, erklärten ihm die beiden Münder.

Er schloss für einen Augenblick die Augen. Auf einmal hatte er das Gefühl, keinen Bauch mehr zu besitzen. Als sei dessen Unterseite herausgefallen und verschwunden.

Ob ein Tier, das in eine Falle geraten war, sich wohl auch so fühlte? Wenn es begriff, dass es keine Rettung mehr gab?

»Könnt ihr . . . kannst du das bitte lassen?«, bat er. »Im Chor zu sprechen, meine ich. Das irritiert unglaublich.«

»Es ist einfacher für mich«, sagte Eric, und obwohl er mit seiner hellen Kinderstimme sprach, klang es bitterernst. »Aber wenn es dich so irritiert, ist es kein Problem, es zu lassen.«

Es war kaum weniger irritierend, sein achtjähriges Enkelkind vor sich zu sehen und es wie einen Erwachsenen reden zu hören. Aber Neal Lundkvist wagte es nicht mehr, weitere Einwände vorzubringen.

»Was wirst du jetzt tun?«, fragte er stattdessen. »Mir auch einen Chip einpflanzen?«

»Nicht gegen deinen Willen.«

»Was heißt das? Könnte ich jetzt einfach aufstehen und gehen?«

Die Kinderaugen musterten ihn eindringlich, während Patricia . . . oder besser gesagt, der *Körper* von Patricia fortfuhr, den geschmacklosen Brei in sich hineinzuschaufeln. *»Willst* du denn gehen?«, fragte die Kohärenz durch Erics Mund. »Interessiert es dich nicht, was ich dir zu sagen hätte?«

Tja. Das war die Frage. Wollte er wirklich gehen?

Nein. Es mochte die Kohärenz sein, die zu ihm sprach, aber sie tat es durch seine Tochter und seinen Enkelsohn. Unmöglich, die beiden einfach zurückzulassen: Es hätte bedeutet, sie aufzugeben.

»Kann ich dich überreden, diese beiden Menschen hier freizugeben?«, fragte er.

Nun war es Patricia, die ihm antwortete. »Du kannst es ja versuchen. Ich bin rationalen Argumenten durchaus zugänglich. Nenne mir eines, warum ich das tun sollte.«

»Du hast genug andere Menschen unter Kontrolle. Du brauchst diese beiden hier doch gar nicht.«

»Oh, oh, Dr. Neal Lundkvist«, kam es tadelnd aus Patricias Mund. »Was du sagst, lässt mich befürchten, dass dies keine wirklich intelligente Unterhaltung werden wird. Du solltest inzwischen wissen, dass ich nicht Menschen *unter Kontrolle habe*, sondern aus Menschen *bestehe*. Patricia und Eric sind nun ein Teil von mir, ein Teil der Zukunft.«

»Sind die beiden vorher zumindest gefragt worden, ob sie das möchten?«

»Die wenigsten Menschen wären zu einer solchen Entscheidung imstande. Kreatürliche Ängste hindern sie daran und nicht zuletzt ein bedauerlicher Mangel an Fantasie.«

»Dann könnte man sie doch jetzt fragen, ob sie ein Teil von . . . *dir* bleiben wollen, oder?«, schlug Lundkvist vor.

»Ich fürchte, das ist nicht möglich. Das, was die beiden ausgemacht hat, ist im großen Ganzen aufgegangen. Zwei Wassertropfen, die ins Meer gefallen sind, kann man auch nicht mehr zurückholen. Man könnte eine entsprechende Menge Wasser herausschöpfen, gewiss, aber es wären nicht die ursprünglichen Tropfen.«

»Das heißt, du hast ihre Persönlichkeiten zerstört.«

»Persönlichkeit, Individualität . . . das wird alles sehr überschätzt. Im Grunde sind das nur angenehm klingende Bezeichnungen für einen zutiefst unangenehmen Zustand – den der Einsamkeit.« Die beiden blickten ihn an, legten die Köpfe beide leicht schief dabei. *»Bist du nicht manchmal einsam, Neal Lundkvist?«*

Die Frage ging ihm durch und durch. Ja, er war einsam. Oft. Fast immer. War es zeit seines Lebens gewesen. Einsame Nächte in seinem Studentenzimmer, über Büchern und Aufschrieben, einsame Nächte im Krankenhaus, einsame Entscheidungen über Leben und Tod.

Er zwang einen weiteren Löffel des geschmacklosen Gemüsepamps hinab, um Zeit zu gewinnen. Nachzudenken. Die Situation war völlig irritierend: Er saß zwei Menschen gegenüber, die er so gut kannte wie niemanden sonst, Menschen von seinem Fleisch und Blut – und doch spürte er in jeder Sekunde, dass er nicht allein mit ihnen war, dass eine überwältigende Macht durch sie sprach, durch sie handelte. Die Anwesenheit dieser Macht – der Kohärenz – fühlte sich an, als hätte sich, seit er das Haus betreten hatte, ein gewaltiger Berg darüber getürmt, ein Berg aus magnetischem Eisen, das ihm die Haut kribbeln und die Nerven beben ließ.

War dies seine einzige Chance? Zu versuchen, sich aus der Falle herauszu*reden?*

»Einsamkeit«, erklärte er schließlich, »ist der natürliche Zustand des Menschen. Viele Philosophen haben darüber geschrieben. Wir träumen allein, wir sterben allein ... und letztlich *leben* wir auch allein. Alles, was wir tun können, ist, die Nähe zu anderen zu suchen. Das ist nun einmal so. Das Spannungsfeld des Lebens.«

»Mag sein, dass Einsamkeit der natürliche Zustand des *Menschen* ist«, sagte nun wieder Erics Mund. Wie bizarr, einen Achtjährigen solche Sätze formulieren zu hören! »Aber ich bin mehr als ein Mensch, auch mehr als die Summe vieler Menschen. Ich bin eine neue Daseinsform, für die die Regeln der alten nicht mehr gelten.«

»Aber du bist eine Einheit, oder? Du empfindest dich als eine Art einheitliche Person? Oder wie kann ich mir das vorstellen?«

»Du kannst dir das *überhaupt nicht* vorstellen.«

Die unüberhörbare Arroganz ärgerte Lundkvist. »Aber wenn du eines Tages alle Menschen in dich aufgenommen hast, was dann? Dann bist du doch genauso einsam. Nein, noch viel einsamer, denn es wird niemanden mehr geben außer dir!«

Schweigen. Ausdruckslose Blicke. Hatte er ins Schwarze getroffen?

»Ich bin die nächste Stufe der Evolution«, erklärte der Mund seines Enkels schließlich. »So, wie sich einst einzelne Zellen zu einem komplexen Organismus vereinigt und dadurch dem Leben ganz neue Möglichkeiten erschlossen haben, schließen sich in mir komplexe Organismen zu etwas zusammen, das so noch nie zuvor existiert hat. Und damit eröffnen sich dem Leben wieder neue Möglichkeiten – Möglichkeiten, die du dir auszumalen überhaupt nicht imstande bist.«

»Aber die Individuen, die du hierfür heranziehst, verlieren ihre Individualität. Jeder Mensch ist die Summe seiner Erfahrungen, seine Persönlichkeit formt sich im Lauf seines Lebens – doch all das verschwindet.« Lundkvist sah an, was einmal seine Tochter gewesen war, richtete den Finger auf sie. »Das hier war Patricia Batt, geborene Lundkvist. Wo ist sie hin? Es ist nur noch der Körper übrig. Ihre Person, ihre . . .« – er zögerte, das Wort auszusprechen – »ihre *Seele* ist verschwunden.«

Ihre Augen blickten ihn an. Eben noch ausdruckslos, trat auf einmal wieder ein Glanz in sie, den er kannte. Ein abschätziger Blick, ein missbilligender Ausdruck um die Mundwinkel – genau so hatte Patricia immer ausgesehen, wenn ein neuer Streit begonnen hatte.

»Glaubst du, das ist ein Verlust?«, fragte sie spitz. »Patricia war unglücklich, ihr Leben lang. Was hat sie verloren? Ihr Unglück. Alles andere ist im großen Ganzen aufgegangen, Teil geworden von etwas, das zu beschreiben menschliche Worte nicht ausreichen.«

Lundkvist schluckte, erschüttert bis auf den Grund seines Wesens. »Patricia? Bist du das jetzt?«

»Nein. Ich will dir nur zeigen, dass nichts von dem, was du verloren glaubst, verloren ist.«

»Aber . . .« Ihm fiel wieder ein, was James Kidd gesagt hatte.

Teil der Kohärenz zu sein, ist, als wäre man tot – und trotzdem bei Bewusstsein. Man ist ein Geist, der vergessen hat, wer er im Leben war. »Ich würde das gerne glauben können. Dass es Patricia noch gibt. Nicht nur ihren Körper.«

»Du hast den begrenzten Horizont eines Wesens, das in einen einzigen Körper eingeschlossen ist. Deswegen identifizierst du dich vollständig mit diesem. Doch für mich ist ein Körper nicht mehr wichtig.« Patricias Hände deuteten auf ihre Brust. »Der Tod dieses Körpers wäre für mich nur wie der Verlust einer Körperzelle für dich – schmerzhaft, aber nicht weiter tragisch. Es wäre nicht schlimmer, als wenn du dich beim Rasieren schneidest.«

»Ich rede doch nicht vom Körper. Ich rede von der Persönlichkeit eines Menschen!«

»Dann mach dir klar, dass das, was du als deine Persönlichkeit, deinen Geist, dein Bewusstsein empfindest, aus dem Zusammenschluss von Milliarden einzelner Nervenzellen entsteht.« Patricias Zeigefinger deutete auf ihn. »Wo ist die Individualität des einzelnen Neurons? Es gibt sie nicht mehr. Trauern deine Nervenzellen der Vergangenheit nach? Nein – *denn sie sind jetzt du!*«

»Aber dieser Zusammenschluss ist über Jahrmillionen hinweg erfolgt. Durch Evolution. Schrittweise«, sagte Lundkvist. »Du dagegen machst es mit technischen Hilfsmitteln. Neuralchips, Mobilfunknetze, Computer, was weiß ich alles.«

»Na und? Hattest du je etwas dagegen, dass zwischen dem Mund der einen Person und dem Ohr einer anderen ein Telefonsystem geschaltet ist? Nein. Also – was ist der Unterschied, die beiden Personen direkt miteinander zu verbinden und auf den umständlichen, fehleranfälligen Umweg über Sprechen und Zuhören ganz zu verzichten?«

»Der Unterschied ist der, dass es die beiden Personen danach nicht mehr gibt. Dass sie eines werden.«

Auf einmal sprachen sie wieder beide im Chor, sprach die Kohärenz wieder durch ihrer beider Münder zu ihm. *»Jenseits dessen, was eine Person ist, gibt es Perspektiven, von denen du dir keine Vorstellung machst. Du bist Mediziner, du solltest es wissen, was für einen Unterschied es macht, ob das Nervensystem eines Lebewesens aus ein paar Hundert, ein paar Millionen oder vielen Milliarden Neuronen besteht. Noch bestehe ich nur aus ein paar Hunderttausend Individuen, doch meine Möglichkeiten und Fähigkeiten sprengen bereits alle menschliche Vorstellungskraft. Aber dabei wird es nicht bleiben. Ich spüre schon, dass ich mich einem Schwellenwert nähere, der eine Transformation bedeuten wird. Nicht einmal ich ahne, was dann geschehen wird. Nicht einmal ich ahne, wie es danach sein wird.«*

Lundkvist hatte das Gefühl, kaum noch Luft zu bekommen. Es war, als drücke ihn etwas Unsichtbares, Gewaltiges in den Stuhl, auf dem er saß.

Die Kohärenz. Ihre Gegenwart war Ehrfurcht gebietend.

»Was«, fragte er mühsam, »für eine Transformation?«

»Das menschliche Bewusstsein erwachte, als die Zahl der miteinander vernetzten Neuronen eines Gehirns einhundert Milliarden erreichte«, sagten die beiden Münder, der des Kindes und der der Frau. *»Die nächsten Entwicklungssprünge lie-*

gen näher. Ich habe einen Bewusstseinswandel durchlaufen, als mehr als tausend Gehirne miteinander in Einklang standen. Ich werde die nächste Stufe irgendwann zwischen einer und zehn Millionen verbundenen Gehirnen erreichen. Das Endziel, davon bin ich überzeugt, ist, dass die Menschheit auf zehn Milliarden Köpfe angewachsen ist, die alle miteinander vernetzt sind und im Einklang stehen: Dann werde ich zu kosmischem Bewusstsein erwachen, zu einem Wesen, das selbst mir in meiner heutigen Form wie ein Gott vorkommen würde. Meiner Geistesmacht wird dann nichts mehr unmöglich sein. Ich werde die Abgründe zwischen den Sternen überwinden und auf Wesenheiten treffen, die meinesgleichen sind.«

Dr. Neal Lundkvist zuckte zusammen, als der Stuhl unter ihm wegzukippen drohte; er konnte sich gerade noch fangen. Der Schreck, ganz klar. Das war alles ein bisschen viel auf einmal.

Das Gesicht seiner Tochter sah ihn so verständnisvoll an, wie Patricia ihm gegenüber nie gewesen war. »Du bist müde«, sagte ihr Mund sanft. »Du solltest nun schlafen. Auch diese Körper benötigen Ruhe. Wir können morgen weiterreden.«

37 | Als er auf dem Bett seines Enkelsohns Eric saß, war Dr. Neal Lundkvist so ratlos wie noch nie zuvor in seinem Leben. Das Zimmer war dunkel, nur die Nachtlampe in der Steckdose verbreitete einen goldenen, kaum wahrnehmbaren Lichtschein. Wenn man hier saß, konnte es einem so vorkommen, als habe man alles nur geträumt. Schlecht geträumt, um genau zu sein.

Er starrte ins Leere und fühlte sich wie eine ausgepresste Orange. Hatte er wirklich am Tisch seiner Tochter gesessen und mit der *Kohärenz* gesprochen? Ein unwirklicher Gedanke. Eine Erfahrung, von der man niemandem so erzählen konnte, dass er imstande sein würde zu verstehen, wie es ihm jetzt ging.

Er verstand es ja selber nicht mal.

Er sah hinab auf den Waschbeutel, den er in der Hand hielt. Er war damit im Bad gewesen war, als Erster, zum Zähneputzen, das war bestimmt eine Viertelstunde her. Er hielt ihn immer noch in der Hand.

Jetzt stellte er ihn beiseite, auf den Nachttisch. Dort hatten früher Comics gelegen, nun war er leer.

Womit beschäftigte Eric sich jetzt, wenn er mit seiner Mutter allein war? Lundkvist hatte keine Vorstellung, was ein Kind, das zur Kohärenz gehörte, den ganzen Tag über tun mochte. Er sagte sich, dass es Eric in der Form, wie er ihn kannte, sowieso nicht mehr gab, aber das beantwortete die Frage nicht. Saß der kindliche Körper etwa den ganzen Tag still in der Ecke, weil er zu nichts zu gebrauchen war? Das wäre ja auch nicht gesund gewesen.

Überhaupt: Bekam er seine Medikamente noch? Der Diabetes würde ja nicht verschwunden sein, nur weil Eric in der Kohärenz aufgegangen war. Eine Krankheit gehörte zu einem Körper, so war das nun einmal.

Lundkvist öffnete die Reisetasche, holte den Schlafanzug heraus, der obenauf lag. Würde er wirklich schlafen können? Würde er die Augen schließen können in einem Haus, das vollständig in der Hand der Kohärenz war?

Und selbst wenn – was würde morgen sein?

Würde *er* morgen noch sein?

Keine Sorge, hatte die Kohärenz ihn durch Erics Mund wissen lassen. *Ich werde dich nicht in der Nacht überfallen.*

Warum nicht? Warum verschonte sie ihn, wo sie doch die beiden an sich gebracht hatte?

Vielleicht war es ja auch gelogen. Was wollte er denn machen, wenn sie dennoch kamen?

Er legte den Schlafanzug zurück, legte sich angezogen aufs Bett, ließ die Beine über das untere Ende hinausragen, weil er noch seine Schuhe trug. Er sah an die Decke, lauschte den Geräuschen im Haus. Die Toilettenspülung. Laufendes Wasser. Es kam aus dem nahezu versiegten Bach; deswegen lief immer, wenn der Tank sich weit genug geleert hatte, eine Weile die Pumpe, mit einem leisen Jammern, das bei seinem letzten Besuch noch nicht zu hören gewesen war.

Türen, die geschlossen wurden. Das kaum wahrnehmbare Knarren eines Bettgestells.

Aber kein Wort. Die beiden redeten nicht miteinander. Wozu auch?

Morgen früh ... Gerade konnte er sich nicht vorstellen, dass es je wieder Tag werden würde. Er schloss die Augen, lauschte in sich hinein, suchte nach Müdigkeit, aber er fühlte sich, als hätte er zwanzig Tassen starken Kaffees getrunken. Sein Puls raste. Sein Innerstes bebte vor Anspannung. Kein Gedanke an Schlaf.

Er setzte sich wieder auf, blickte zum Fenster. Der Mond schien, die Sterne auch. Man sah nicht viel draußen, aber es war nicht völlig dunkel.

Den anderen würde es genauso gehen. Die Kohärenz holte sich die Angehörigen der Leute um Jeremiah Jones, einen nach dem anderen. Vermutlich als Rache für die Aktion in San Francisco. Seltsam, dass sie nun ausgerechnet ihn verschonte ...

Lundkvist fuhr hoch, schnappte nach Luft. Er war ein Idiot!

Dass ihm das erst jetzt wieder einfiel! Christopher hatte ihnen doch erzählt, wie der Chip eingepflanzt wurde. Das Gestell für den Kopf. Diese Injektionspistole, die man durch die Nase in den Kopf schieben musste, um den Chip in unmittelbarer Nähe des *Nervus olfactorius* einzupflanzen.

So ein Gerät war hier nicht verfügbar, das war der Grund. Und selbst wenn es verfügbar gewesen wäre, wären Patricia und Erich gemeinsam nicht stark genug gewesen, ihn zu bändigen.

Was, wenn die Kohärenz auf Zeit spielte? Was, wenn sich in der Zwischenzeit andere Upgrader hierher aufgemacht hatten, große, kräftige Männer?

Sobald sie mit ihrer Ausrüstung hier waren, würde die Kohärenz nicht mehr reden, sondern ihn sich einfach nehmen.

Ja, er war wirklich ein Idiot.

Hastig legte Lundkvist seinen Schlafanzug zurück in die Reisetasche, stopfte den Waschbeutel hinterher. Es hatte keinen Sinn hierzubleiben; es war der reine Wahnsinn, genauer gesagt. Patricia und Eric konnte er nicht mehr helfen. Der Einzige, dem er noch helfen konnte, war er selber.

Leise. Er musste vor allem leise sein. Er glitt zum Fenster, schob es hoch. Kühle Luft strömte herein. Er fröstelte; erst jetzt wurde ihm bewusst, dass er schwitzte.

Egal. Er nahm die Tasche, hielt sie hinaus, ließ sie ins Dunkel fallen. Er atmete auf, als er das leise, raschelnde Geräusch hörte, mit dem sie im Gras aufkam. Hinterher. Er vergewisserte sich, dass er seinen Autoschlüssel griffbereit in der Tasche hatte, dann kletterte er so geräuschlos wie möglich aus dem Fenster und sprang ebenfalls.

Es war nicht tief und das dichte Wildgras dämpfte den Aufprall. Schnell jetzt. Er tastete umher, bekam seine Tasche zu fassen. Die Geräusche der Nacht umgaben ihn – fernes Zirpen irgendwelcher Insekten, vereinzelte Rufe von Nachtvögeln, leises Rauschen von Baumwipfeln im Wind –, ansonsten war es still. Das Haus lag dunkel und ahnungslos, er musste es nur noch umrunden.

Und dann durfte nichts mit seinem Auto sein . . .!

Während er an der Hauswand entlangschlich, darauf bedacht, nicht gegen irgendwelche Gartengeräte zu treten, die umfallen und einen Höllenlärm machen würden, überlegte er fieberhaft, ob die beiden irgendwann Gelegenheit gehabt hatten, seinen Wagen funktionsunfähig zu machen. Ihm die Luft aus dem Reifen zu lassen, die Zündkerzen rauszudrehen oder sonst irgendwas, es gab da ja hundert Möglichkeiten.

Nein, sie waren beide den ganzen Abend in der Küche gewesen. Und danach in Patricias Schlafzimmer. Die Haustür hätte er gehört; das feine Quietschen, wenn man das Mückengitter davor öffnete, kannte er.

Mit pumpendem Herzen erreichte er den Vorplatz. Alles war dunkel, die beiden Autos standen da wie kleine schwarze Hügel, kaum voneinander zu unterscheiden. Zum Glück hatte er noch einen Wagen, den man auch mit dem Schlüssel öffnen konnte – das muntere Blinken, mit dem das Auto einen begrüßte, wenn man es per Fernsteuerung öffnete, wäre jetzt verräterisch gewesen und viel zu grell.

Seine Hände bebten, fanden das Schlüsselloch kaum. Seine Nerven waren nicht für solche Abenteuer gemacht, ganz eindeutig.

Dann endlich schwang die Tür auf. Er warf die Tasche auf den Beifahrersitz, ließ sich hinter das Lenkrad fallen, steckte den Schlüssel ins Schloss des Anlassers und dachte in letzter Sekunde daran, die Tür nur heranzuziehen, bis sie mit einem leisen Klacken notdürftig einrastete: Sie richtig zuschlagen konnte er, wenn der Motor lief.

Atem anhalten, Zündschlüssel drehen und . . . ja. Der Motor sprang an, schnurrte diensteifrig, bereit, ihn hinzubringen, wohin immer er wollte. Neal Lundkvist zögerte keinen weiteren Augenblick, sondern schaltete in den Rückwärtsgang, gab Gas, schlug die Wagentür im Rückwärtsstoßen richtig zu und fuhr dann davon, dass der Kies unter den Reifen spritzte.

Die Kinderaugen hinter einem der Fenster, die ihn die ganze Zeit beobachtet hatten, hatte er nicht bemerkt.

Infektion

38 | Christopher erwachte ganz plötzlich, fuhr hoch, versuchte zu kapieren, wo er sich befand und was los war. Im Auto. Er hatte in Kyles Wagen gelegen, auf dem Rücksitz.

Er war allein, es war kalt und draußen waren Bäume zu sehen. Ein seltsam graues, müdes Licht, wie früh am Morgen. Christopher sah an sich herunter. Ihm fiel wieder ein, wie er umgekippt war, völlig erschöpft. Jemand hatte ihn zugedeckt und die Schuhe ausgezogen hatte man ihm auch. Er begriff, dass er die ganze Nacht hier im Auto geschlafen hatte.

Kopfweh hatte er. Durst auch. Und er musste pinkeln.

Mist, das alles. Er hatte irgendwas geträumt, von früher, als noch alles in Ordnung gewesen war. Leider nur ein Traum. Die Wirklichkeit war das hier. Die Kohärenz, die Flucht, der chancenlose Kampf gegen eine Übermacht.

Dann fiel ihm ein, was gestern passiert war, als sein Chip versucht hatte, sich selbstständig zu machen. Immerhin, er war noch er selber. Er hatte nur ein taubes Gefühl im Kopf, nichts weiter. Kein Feld zu spüren. Sie hatten es also tatsächlich in eine weiße Zone geschafft.

Christopher fröstelte. Es war unangenehm, in seinen Klamotten geschlafen zu haben; er fühlte sich schmutzig und verklebt, irgendwie juckte und ziepte alles. Er hätte viel für eine heiße Dusche gegeben, aber darauf durfte er vermutlich so schnell nicht wieder hoffen. Heiße Duschen gehörten auch eher in die Vergangenheit, von der er heute Nacht geträumt hatte, als in die Zukunft, die auf ihn wartete.

Jedenfalls ließ sich das mit dem Pinkeln nicht länger hinausschieben. Er setzte sich vollends auf, suchte seine Schuhe. Sie standen im Fußraum, ordentlich nebeneinander. Wer sie ihm wohl ausgezogen hatte? Kyle vermutlich.

Er schob die Decke von sich, die ziemlich müffelte, und zog die Schuhe an. Dann öffnete er die Tür.

Trockene Blätter raschelten unter seinen Füßen, kleine Äste knackten – Geräusche, die in der Stille des Waldes geradezu dröhnten. Ein Stück weiter, halb unter den weit ausragenden, tiefen Wedeln mächtiger Fichten, standen zwei Zelte. Wahnsinn – er hatte nicht das Geringste davon mitbekommen. Sie mussten den Kofferraum hinter ihm ausgeräumt, die Tür wieder zugeschlagen haben, aber er erinnerte sich an nichts.

Okay, die Blase forderte ihr Recht. Christopher wandte sich in die entgegengesetzte Richtung und stapfte auf ein Gebüsch zu.

Als er zurückkam, hörte er von irgendwoher leise Stimmen. Und jetzt roch er auch auf einmal Rauch. Er drückte die Wagentür zu und folgte den Stimmen und dem Rauch. Es ging an den Zelten und den Fichten vorbei auf eine kreisrunde, irgendwie verzaubert wirkende Lichtung, auf der die anderen um ein kleines Feuer herumsaßen, auf dem ein Kaffeekessel stand.

»Guten Morgen«, sagte er. Dann erst sah er das Misstrauen in ihren Blicken.

Ah ja. Klar. Sie hatten allen Grund, misstrauisch zu sein. An ihrer Stelle wäre er es auch gewesen.

»Ich bin's noch«, beeilte er sich also hinzuzufügen. »Hier ist kein Feld. Der Chip rührt sich nicht.«

Kyle, der gerade dabei gewesen war, das Feuer zu schüren, räusperte sich. »Dann ist es ja gut.« Er schob ein paar Äste in die Flammen. »Setz dich. Willst du auch einen Kaffee?«

»Ähm . . . nein, danke.« Kaffee! Christopher würde nie verstehen, wie jemand das bittere Zeug freiwillig trinken konnte. Aber er setzte sich, spürte seine steifen Glieder. Es tat auf jeden Fall gut, ein wenig von der Wärme des Feuers zu spüren.

Serenity reichte ihm eine metallene Schüssel und einen Löffel. »Wir haben nur Cereals«, sagte sie.

Cornflakes. Das war okay. Christopher griff nach der Schachtel, die ihm George reichte – wie üblich ohne ein Wort zu sagen –, und schüttete sich reichlich davon ein. Die Milch sah dünn aus, die übliche entrahmte Brühe, von der sie hier in Amerika glaubten, sie könnte verhindern, dass man dick wurde.

»Du hast geschlafen wie ein Toter«, sagte Kyle. »Wir haben ehrlich gesagt angefangen, uns Sorgen zu machen.«

Christopher nickte kauend. »Ich hab nichts mehr mitgekriegt. Bis eben gerade.«

Er sah kurz zu Madonna hinüber. Die saß da wie eine Statue,

starrte vor sich hin, eine Blechtasse in Händen, schien nichts und niemand wahrzunehmen. Dass sie ihn geküsst haben sollte . . . seltsamer Gedanke. Christopher war sich einen Moment lang nicht sicher, ob er das nicht auch nur geträumt hatte.

Kyle goss sich Kaffee nach, trank ihn schwarz, wie er war. »Ist wirklich alles in Ordnung mit deinem Chip?«, wollte er wissen.

»Im Moment ja«, sagte Christopher.

»Irgendeine Idee, was da gestern überhaupt passiert ist?«

Christopher überlegte kauend. Er hatte mächtig Hunger, das merkte er erst jetzt so richtig. »Ich weiß es nicht. In dem Moment, in dem der Chip das Feld registriert hat – also, das Mobilfunknetz –, hat er versucht, sich selber einzuschalten. Keine Ahnung, warum. Das hat er noch nie gemacht.«

Und so spektakulär. Der Chip hatte nicht einfach nur versucht, sich zu aktivieren, er hatte regelrecht versucht, ihn zu überwältigen. Das war das Rätselhafteste daran. Christopher konnte sich nicht vorstellen, wozu in einen normal funktionierenden Upgrade-Chip eine solche Funktion eingebaut sein sollte.

Okay, sein Chip funktionierte nicht normal. Hatte er noch nie. Aber trotzdem.

»Könnte es irgendeine Sicherheitsschaltung sein?«, fragte Kyle. »Dass so ein Chip sich nach Ablauf einer bestimmten Frist selbstständig macht?«

Christopher schüttelte den Kopf. »Wenn, dann wäre die Frist nicht so lang. Dann würde der Chip nach ein paar Stunden aktiv, nicht erst nach Monaten. Das ergibt keinen Sinn.«

»Vielleicht hast du dir einen Computervirus eingefangen«, meinte Serenity.

Christopher wollte diese Idee schon genauso abtun wie den Erklärungsversuch ihres Bruders, doch dann hielt er inne – im Kauen, Sprechen, Denken.

Das war nämlich gar kein so dummer Gedanke. Jetzt, da er wieder imstande war nachzudenken, erschien ihm das sogar die einzig plausible Erklärung.

Nicht nur das – es würde sogar ein paar Dinge erklären, die ihm bis jetzt Rätsel aufgegeben hatten.

Dieser Überfall in der Wüste von Nevada beispielsweise, auf ihrer ersten Fahrt zum Camp. Er hatte sich seither immer gefragt, was diese Attacke eigentlich bezweckt hatte. War es wirklich die Absicht der Kohärenz gewesen, ihn umzubringen? Nein, seinem Eindruck nach war es ihr darum gegangen, ihn dazu zu zwingen, zurück ins Feld zu kommen.

Sie hatte ihn dann ja auch gejagt und er war entkommen, aber war er das wirklich? Was, wenn sie nur auf diese Gelegenheit gelauert hatte, um die Zeit des Kontaktes dazu zu nutzen, seinen Chip unauffällig zu testen, abzuprüfen, worin er sich von einem ordnungsgemäß funktionierenden Chip unterschied?

Und was, wenn sie aufgrund der dabei gewonnenen Erkenntnisse tatsächlich einen Computervirus programmiert und bereitgestellt hatte, für Christophers nächsten Feldkontakt? Was, wenn die Kohärenz sogar vorausgesehen hatte, was er mit der Aktion in Silicon Valley bezweckte, und er gar nicht sie ausgetrickst hatte, wie er bis jetzt geglaubt hatte, sondern umgekehrt die Kohärenz ihn? Wenn sie nur zum Schein mitgespielt hatte, damit er wieder ins Feld ging und sie ihm den Virus verpassen konnte?

Er sah Serenity an, schluckte den Kloß aus Getreideflocken hinunter, der sich bei all dem Nachdenken in seinem Mund gebildet hatte, und sagte: »Ja. Das ist die wahrscheinlichste Erklärung.«

Kyles Stirn runzelte sich, was immer die seltsame Narbe darauf hervortreten ließ. »Ein Virus? Bei einem Chip? Ich dachte immer, da ist alles fest verdrahtet?«

»Bei modernen Chips schon lange nicht mehr. Man nennt das Mikroprogrammierung; eine Programmierung unterhalb des Levels der Maschinenbefehle.«

»Shit.«

Christopher sah auf seine Schüssel hinab, verscheuchte ein träge darüber kreisendes Insekt und dachte: *Ja. Das kann man wohl sagen.*

Auf einmal kam ihm alles so aussichtslos vor.

All die Monate, die er gebraucht hatte, um seine Flucht aus der Kohärenz vorzubereiten. All die mühsame Arbeit im Schutz der Barriere seines defekten Chips, all das Grübeln, bis er einen Weg gefunden hatte, der es ihm erlauben würde, um die halbe Welt zu flüchten, weil das die einzige Chance war, den verdammten Chip loszuwerden.

Und dann?

Dann hatte er es verbockt.

Er hätte darauf bestehen sollen, dass man ihm den Chip ebenfalls entfernte, spätestens, als sie den seines Vaters herausoperiert hatten. Er hätte es einfach einfordern sollen. Notfalls mit irgendetwas drohen.

Aber er hatte sich anstecken lassen von Jeremiah Jones und seiner Idee, dass er, Christopher Kidd, so etwas wie der vom Schicksal ausersehene Retter der Menschheit sei. So ein *Quatsch*. Er hatte von der ersten Sekunde an gewusst, dass es Quatsch war. Es gab keine Retter der Menschheit. Es gab vielleicht manchmal Helden, je nach Situation, und manchmal Leute, die Änderungen bewirkten . . . aber das war es dann auch schon. Darüber hinaus hatte man die Dinge nicht mehr im Griff; niemand hatte das.

Er hatte eigentlich auch nur mitgemacht, weil Serenity ihn darum gebeten hatte und er es irgendwie nicht geschafft hatte, Nein zu sagen. Aber spätestens nach der Aktion im Silicon Valley hätte Schluss sein müssen. Dann hätte ihm die Kohärenz hundert Viren in den Chip pflanzen können, er hätte es nicht mal mehr mitgekriegt. Weg das Ding und er hätte Ruhe gehabt. Zumindest so lange, bis die Kohärenz beschloss, zum ganz großen Schlag auszuholen. Dann hätte er natürlich auch keine Chance mehr gehabt, genauso wenig wie sonst irgendjemand.

Aber das wären dann wenigstens noch ein paar Monate gewesen. Vielleicht sogar Jahre.

Und jetzt? Jetzt stand er wieder genau da, wo er am Anfang seiner Flucht gestanden hatte.

Nein, schlimmer. Denn damals hatte er noch gewusst, wo er Dr. Connery finden würde. Jetzt wusste er nicht einmal mehr das.

Serenity fand es immer noch gewöhnungsbedürftig, wie Christopher bisweilen minutenlang in Grübeleien versank und so aussah, als habe er die Existenz aller Menschen um ihn herum völlig vergessen. Sie schrak zusammen, als er in einer plötzlichen Bewegung seine Schüssel auf den Boden stellte und erklärte: »Ihr müsst ohne mich weiterfahren. Ich gefährde euch nur.«

Die anderen sahen Christopher verdutzt an. Kyle hob die Augenbrauen: »Ah ja? Und was willst du alleine machen?«

»Keine Ahnung«, sagte Christopher, ohne ihn anzuschauen. »Mir wird schon was einfallen. Bisher ist mir immer was eingefallen.«

Es klang alles andere als überzeugend. Es klang, als glaube er das nicht mal selber. Aber – Serenity konnte es kaum fassen – Kyle schien sich das im Ernst durch den Kopf gehen zu lassen!

»Kommt nicht infrage!«, platzte es aus ihr heraus. »Auf keinen Fall fahren wir ohne dich weiter.«

Madonna schlang die Arme um ihren Oberkörper, als sei ihr auf einmal kalt. »Aber es stimmt doch, oder? Er gefährdet uns tatsächlich.«

Waren denn jetzt alle dabei durchzudrehen? »Das ist mir egal«, fauchte Serenity. »Ich lass ihn nicht zurück. Eher bleibe ich auch da. Ich könnte ja sonst mein Leben lang nicht mehr in den Spiegel schauen.«

Christopher sagte nichts, saß nur da, mit krummem Rücken, den Kopf zwischen die Schultern gezogen.

Kyle räusperte sich. »So was machen wir auch nicht. Wir halten zusammen.«

»Ich bin eine Gefahr für euch«, wiederholte Christopher störrisch.

George Angry Snake hob ruckartig den Kopf. »Wir haben's *gehört«*, blaffte er, worauf Christopher noch ein Stückchen mehr in sich zusammensank.

Kyle stellte seinen Kaffeebecher beiseite. »Okay. Lasst uns überlegen, wie wir weiter vorgehen.« Er zog eine Straßenkarte aus der Innentasche seiner Jacke, faltete sie auf und legte sie dann in die Mitte, dass alle sie sehen konnten. »Unsere Planung ist natürlich völlig durcheinandergekommen. Hierher wollte ich gestern«, sagte er, deutete auf einen Punkt und verschob den Finger dann ein gutes Stück Richtung Westen. »Und hier sind wir jetzt. Mit anderen Worten, wir schaffen es heute unmöglich bis zum Treffpunkt. Was nicht so tragisch ist; dann kommen wir eben morgen an. Ich werde unterwegs versuchen, Dad eine Nachricht zukommen zu lassen.«

Serenity überlegte, wie er das machen wollte. Vermutlich lief das so ähnlich wie damals, als sie das erste Mal das Camp gesucht hatten: über Mittelsmänner und geheime Zeichen, die nur deuten konnte, wer in den Code eingeweiht war.

Niemand sagte etwas, während Kyle überlegte. »Ich denke, am besten halten wir uns heute noch so weit wie möglich im Schutz der Rocky Mountains«, entschied er schließlich. »Wir fahren auf kleinen Straßen hier nordwärts« – er deutete die Route mit vagen Handbewegungen an – »bis etwa hierher. Dort sollte sich ein funkfreies Tal finden lassen, wo wir übernachten können, und mit etwas Glück haben wir auch unterwegs manchmal Funklöcher.« Er sah Christopher an. »Was für ein Gefühl hast du? Wird es heute schwieriger oder leichter, den Chip im Griff zu behalten?«

Christopher hob die Schultern. »Weiß ich nicht. Möglich, dass ich es heute besser kann als gestern. Gestern hat mich das alles ziemlich kalt erwischt. Aber das muss man sehen.«

»Davon hängt viel ab«, erklärte Kyle. »Denn morgen« – er deutete eine geradezu gigantische Strecke an – »morgen müssen wir praktisch den ganzen Tag durch besiedeltes Gebiet fahren, mit vermutlich hervorragendem Mobilfunkempfang. Der Treffpunkt liegt wieder in einer weißen Zone, das weiß ich sicher, aber bis dahin ...« Er tippte auf die Karte. »Zehn Stunden Fahrt. Wenn es gut läuft.«

Christophers Augen wurden groß. »Puh«, sagte er.

»Was meinst du? Schaffst du das?«

»Keine Ahnung.«

Serenity hielt es nicht mehr aus, dieses ständige Wenn und Aber. »Ach was«, meinte sie munter. »Das wird schon nicht so schlimm werden.«

Christopher drehte den Kopf und bedachte sie mit einem düsteren Blick. »Doch«, prophezeite er. »Das wird schlimm. Dagegen war alles bisher noch gar nichts.«

39 | Auch Dr. Neal Lundkvist erwachte an diesem Morgen in seinem Auto. Benommen von der schlechten Luft, die sich im Inneren des Wagens angesammelt hatte, lag er erst einmal eine ganze Weile mit offenen Augen da, ohne zu begreifen, was eigentlich passiert war. Dann fiel es ihm bruchstückweise wieder ein. Der gespenstische Abend bei seiner Tochter und seinem Enkelsohn, die beide nun zur Kohärenz gehörten und ihr als Sprachrohr gedient hatten. Die Flucht aus dem Fenster. Die Irrfahrt durch die Nacht, bis er nicht mehr konnte und auf irgendeinem Feldweg hinter Büschen und Bäumen angehalten hatte. Die Ängste vor wilden Tieren und, schlimmer noch, aggressiven Menschen, die ihn beflügelt hatten, seinen Schlafsack in Windeseile aus dem Kofferraum zu holen und sich anschließend wieder einzuschließen, den schweren Wagenheberschlüssel griffbereit an der Seite, falls sich jemand von verriegelten Türen nicht abhalten ließ und die Scheiben einschlug.

Nichts dergleichen war passiert. Im Licht des Tages waren ihm diese Ängste eher peinlich.

Er schälte sich, am ganzen Körper verspannt, mühselig aus dem Schlafsack und musste anschließend erst einmal Atem holen, ehe er in seine Hosen und den Pullover schlüpfen konnte. Er war zu alt für solche Verrenkungen. Außerdem waren die Autos, die sie heutzutage bauten, auch nicht mehr so geräumig wie die in seiner Jugend; das kam erschwerend hinzu.

Endlich war er so weit, hinausspähen zu können.

Niemand zu sehen. Keine Tiere, keine Spuren von Tieren. Und keine Straße weit und breit. Er stand tatsächlich mitten im Wald, so tief, dass er sich fast Sorgen machen musste, wie er hier wieder herauskommen sollte. Zum Glück hatte es nicht geregnet. In dem Fall wäre der Boden nämlich zu Matsch geworden und die Reifen darin versunken.

Er öffnete die Tür, sog begierig die frische Luft ein und fühlte sich gleich besser. Er hatte mit der Kohärenz gesprochen. Irrsinn, wenn man darüber nachdachte. Irgendwie war es gewesen, als spreche man mit einer antiken Gottheit oder so etwas. Jedenfalls hatte man nicht das Gefühl, einem Menschen gegenüberzustehen, wirklich nicht. Es stimmte schon: Die Kohärenz war nach menschlichen Maßstäben nicht zu begreifen.

Er ging zum Kofferraum, holte eine seiner Wasserflaschen heraus, goss sich etwas Wasser in die hohle Hand und wusch sich damit notdürftig das Gesicht. Die minimalste Form der Morgenwäsche, aber was wollte er machen? Sein Kinn kratzte. Vielleicht fand er unterwegs eine Raststätte, wo er sich rasieren konnte. Auf jeden Fall brauchte er einen Kaffee, bei der nächsten Gelegenheit. Frühstück konnte warten.

Er räumte alles zurück, stellte die Sitze wieder aufrecht und steuerte das Auto schließlich behutsam aus dem Versteck heraus zurück auf den Feldweg, dem er bis zu einer Straße folgte, von der er keine Ahnung hatte, woher sie kam und wohin sie führte. Er würde sich anhand der Karte orientieren müssen, sobald er das erste Ortsschild sah.

Während er aus dem Feldweg auf die Straße abbog, beschloss er, den anderen nichts von seiner Begegnung mit der Kohärenz zu sagen. Nicht, wenn es nicht sein musste.

40

Kyle bestand darauf, alle Spuren ihrer Anwesenheit zu beseitigen, ehe sie weiterfuhren. Also schütteten sie die Feuerstelle zu, verwischten die Erde dort, wo die Zelte gestanden hatten, vergruben die Abfälle, die verrotten würden, und packten alles andere sorgfältig ein. Spätestens nach dem nächsten Regen würde nichts mehr auf ihre Anwesenheit hindeuten.

Dann verteilten sie sich auf die Autos. Christopher meinte, es sei unnötig, weiter mit eingeschaltetem Mobiltelefon durch die Gegend zu fahren – unnötig, in dieser Hinsicht weitere Risiken einzugehen –, er würde es merken, wenn sie wieder in eine Gegend mit Empfang kamen.

»Okay, dann bin ich heute dran«, sagte Madonna und schnappte ihrem Bruder den Autoschlüssel aus der Hand. »Komm, Serenity. Mädchenauto!«

Also fuhren Christopher und George Angry Snake mit Kyle in dessen Geländewagen. Sie sollten beide auf den Rücksitz, bat Kyle, er brauche den freien Beifahrersitz, um jederzeit auf die Karte schauen zu können. George bot ihm an, das Kartenlesen zu übernehmen, aber Kyle sagte nur: »Ich bin das so gewöhnt. Und ich brauch grad was, an das ich gewöhnt bin.«

Es ging eine ganze Weile über Stock und Stein. Das war für Kyles Wagen kein Problem, aber George drehte sich doch ab und zu um, besorgt, wie die Mädchen mit seinem Wagen zurechtkamen. Gut offenbar. Madonna kurbelte heftig am Lenkrad, um den schlimmsten Löchern und Steinen auszuweichen, aber man sah sie gleichzeitig unbekümmert auf Serenity einreden. Schien alles im grünen Bereich zu sein.

Christopher blieb so ruhig wie möglich sitzen und versuchte, sich zu konzentrieren, sich gegen den Schock zu wappnen, wenn sie wieder ins Feld eintauchten. Für die Landschaft, die draußen vorbeizog, hatte er kaum einen Blick übrig und abgesehen davon war die auch nicht so bemerkenswert. Bäume halt, Hügel, die Straße. Immer das Gleiche. Ein einziges Auto begegnete ihnen im Verlauf der ersten Stunde, ein blauer Pick-up, auf dessen Ladefläche zwei riesige Schäferhunde hockten und eine festgezurrte Waschmaschine zu bewachen schienen. Der Fahrer hob grüßend die Hand, als freue er sich, sie zu sehen. Kyle grüßte zurück und weiter geschah nichts.

Dann, ganz plötzlich, war der Druck im Kopf wieder da. Das Feld. Doch zu Christophers Überraschung war es überhaupt kein Problem, den Chip schon im Ansatz zu stoppen. Ein Gedanke und er hatte das Ding im Griff. Keine Chance für den schwarzen Strudel.

»Wir sind übrigens wieder im Feld«, sagte Christopher nach einer Weile.

»Und?«, wollte Kyle wissen.

»Nicht so schwer, wie ich dachte«, erwiderte Christopher.

»Gestern warst du ziemlich fertig. So tief, wie du geschlafen hast, habe ich mich gefragt, ob du womöglich ins Koma gefallen bist.«

»Heute geht es viel besser.«

»Gut«, sagte Kyle.

Es stimmte: Es ging viel besser. Christopher musste daran denken, wie er als Kind einmal einen losen Zahn gespürt und dann, in der Hoffnung, er würde wieder anwachsen, den ganzen Tag darauf geachtet hatte, nichts damit zu beißen und nicht mit der Zunge dagegenzustoßen: So ähnlich war es, den Chip im Zaum zu halten. Es würde gehen. Gut sogar. Besser als befürchtet auf jeden Fall.

Er durfte eben nur nicht schlafen, solange sie sich im Bereich des Mobilfunks befanden. Aber das sollte kein Problem sein.

An einer schmierigen kleinen Raststätte hielten sie das erste Mal, um sich die Beine zu vertreten. Kyle ging telefonieren. Es gab eine Telefonzelle, an der zwei Glasscheiben durch Holz ersetzt waren.

»Und?«, fragte Serenity ihren Bruder, als er ernsten Gesichts zurückkam.

»Hab niemanden erreicht«, sagte er.

»Wen wolltest du denn erreichen?«, fragte Madonna.

»Ich hab so eine Art Notrufnummer in Dads Kontaktnetz. Jemand, dem man codierte Nachrichten für Dad diktieren kann und der sie dann über Kuriere und auf anderen Wegen weiterleitet. Aber es war niemand da.« Kyle zuckte mit den Schultern. »Ich hab's jedenfalls probiert. Ist auch nicht so wichtig; dass wir gestern Abend nicht aufgetaucht sind, haben sie ja gemerkt.«

Sie fuhren schweigend weiter. George sagte nichts, wie immer, Kyle redete halb laut mit sich selbst, murmelte Sätze vor sich hin wie »Hmm, hier müsste es abgehen« oder »Demnächst sollte – ah, da!« und dergleichen mehr, und Christopher wusste nicht, was er sagen sollte. Ein paarmal schaute er nach hinten; die Mädchen schienen sich gut zu amüsieren. Irgendwann machte Kyle das Radio an; heute störte es Christopher nicht.

Countrymusik dudelte, ziemlich eintönig, und ein brummiger Ansager versuchte, Witze zu reißen, deren Pointe Christopher entging.

»Der hat den falschen Beruf«, brummte Kyle irgendwann und drehte weiter, auf der Suche nach einer anderen Station.

Kurz vor Mittag gerieten sie wieder aus dem Bereich des Mobilfunks. Das tat gut. Auch wenn er mit dem Chip zurechtkam: Es strengte auf die Dauer doch spürbar an, ihn kontrollieren zu müssen.

Sie nutzten die Gelegenheit und machten an einem Waldparkplatz Rast, wo sie den restlichen Proviant auspackten. Das Brot ging zur Neige; Kyle zählte sein Geld durch. »Wir müssen wohl oder übel noch einkaufen«, meinte er.

Christopher hatte unglaublichen Hunger, so sehr, dass ihm sogar das labberige Weißbrot schmeckte. Während er kaute, beobachtete er verstohlen Madonna, verfolgte, wie sie auf Serenity einredete, wie sie lachte, wie sie gestikulierte. Dass sie ihn geküsst hatte, ging ihm nicht aus dem Kopf.

Noch nie hatte ihn ein Mädchen geküsst. Küssen, das war irgendwie immer nur was für andere gewesen, etwas, das mit ihm nichts zu tun hatte. Und nun war es ihm doch passiert. Er verstand bloß nicht so richtig, wieso ihm das keine Ruhe ließ.

Als ihr Blick zufällig in seine Richtung ging, sah er rasch weg, tat so, als interessiere er sich brennend für eine weiße Blume, die unweit des aus groben Balken gezimmerten Tisches wuchs.

Natürlich war es kein richtiger Kuss gewesen, nicht in dem Sinn, dass sie ihm damit ihre besondere Zuneigung ausdrücken hatte wollen. Er war ja sozusagen auch nicht bei sich gewesen; wenn er versuchte, sich den Moment ins Gedächtnis zurückzurufen, in dem ihre Lippen die seinen berührt hatten, dann wusste er nur, *dass* sie es getan hatte, aber nicht mehr, wie es sich angefühlt hatte. Nur, dass es irgendwie gut gewesen war. Aber das Erlebnis als solches schien nicht speicherbar zu sein.

Er nickte dankend, als Serenity ihm einen Fruchtjoghurt und einen Löffel anbot. Mann, er hätte fünf davon essen können. Es war fast, als sauge der Chip ihn aus.

Madonna beachtete ihn gar nicht. Er betrachtete sie wieder heimlich. Wie ihr Haar fiel, faszinierte ihn. Wie sie es ab und zu über ihre Schulter zurückwarf, wenn es sie störte: Das hatte etwas unglaublich Lässiges an sich. Er hätte nichts dagegen gehabt, wenn sie ihn noch einmal geküsst hätte, und gleichzeitig wunderte er sich, wieso er das auf einmal wollte. Das war ihm doch früher immer total egal gewesen! Aber ja, er wollte es. Er verspürte richtiggehendes Verlangen danach. Wie brodelndes Wasser in seinem Inneren fühlte sich das an, dieser Wunsch.

Aber er hatte keine Ahnung, wie das passieren sollte. Er kannte sich mit Mädchen nicht aus, schon gar nicht mit solchen wie Madonna. Überhaupt hatte er Probleme mit allem, für das es kein Handbuch gab. Es war ihm auch schleierhaft, wie andere mit solchen Angelegenheiten zurechtkamen. Mädchen waren kein System, waren eher das Gegenteil davon, und folglich nützten ihm seine Hackerfähigkeiten auf diesem Gebiet absolut nichts.

Blieb dieser Kuss. Und sein eigentümlicher Wunsch danach, ihn zu wiederholen.

Ob das wohl gemeint war, wenn man davon sprach, jemand sei »verliebt«?

Er ließ sich diese Frage durch den Kopf gehen, während er den Deckel des Joghurts abzog, eine Fliege verscheuchte und den Löffel in die rötliche Masse in dem Becher eintauchte. War er *verliebt* in Madonna Two Eagles? Nein. Nicht wirklich. Er wollte einfach nur, dass sie ihn noch einmal küsste. Was sie vermutlich nicht tun würde, schon klar, aber das änderte nichts daran, dass er es sich eben wünschte.

Ganz ohne Zweifel war auch Madonna umgekehrt nicht verliebt in ihn. Sie nahm ihn nicht zur Kenntnis, ging völlig darin auf, Serenity irgendwelche Geschichten von irgendwelchen Leuten zu erzählen. Wenn er hier so saß und auf seinen Joghurtbecher hinabsah, hörte er nur Satzfetzen, die sich stark nach Klatsch und Tratsch anhörten. Absolut uninteressant. Doch wenn er den Blick hob und Madonna betrachtete, dann kam sie ihm vor wie ein fremdes, schönes Wesen von einem anderen Stern, und hier zu sitzen war, als träume er nur.

Er begann zu begreifen, warum so viele Leute sich romantische Liebesfilme ansahen, die er bis jetzt immer einfach nur langweilig gefunden hatte. Vermutlich suchten sie in solchen Geschichten nach Anleitungen dafür, wie man mit einem solchen Dilemma umging.

Was, überlegte Christopher, wenn Liebesfilme und Liebesromane etwas waren, das man, übertragen in die ihm vertraute Sprache, den Entwurf eines Handbuchs nennen konnte? Interessanter Gedanke. Vielleicht musste er sich solche Filme doch mal genauer anschauen.

Als sie wieder ins Auto einstiegen und weiterfuhren, musste Christopher herzhaft gähnen. Jetzt merkte er, dass er nicht wirklich gut geschlafen hatte da auf dem Rücksitz. Das war schlecht. Auf keinen Fall durfte er auch nur kurz einnicken!

Er öffnete das Fenster einen Spaltbreit. Sauerstoff half, wach zu bleiben. Er bemühte sich auch, mehr Interesse für die Landschaft zu entwickeln, hielt Ausschau nach Gebäuden, nach Hinweisschildern, um nicht einzudösen.

Das Feld kehrte zurück, legte sich wie ein Druck auf seinen Kopf. »Wir sind wieder im Funkbereich«, sagte Christopher. Kyle nickte nur.

Christopher atmete ein paar Mal tief durch. Es ging schon. Doch. In gewisser Weise hielt es ihn sogar wach.

Er beugte sich zur Seite, erhaschte im Rückspiegel einen Blick auf die Mädchen im Auto hinter ihnen. Sie schienen lauthals zu singen, hatten wahrscheinlich gerade das Radio laufen. Und er staunte einmal mehr über Madonna. All das, womit er sich abplagte – nicht zuletzt der Kampf gegen die Kohärenz –, schien sie überhaupt nicht zu berühren.

Er bemerkte, dass George ihn argwöhnisch musterte, und richtete sich wieder auf. »Wollte nur sehen, ob ... egal«, murmelte er. »Alles okay.«

George sagte nichts, wie immer.

Christopher sah aus dem Fenster. Bäume und Wiesen, Wiesen und Bäume. Wenigstens hatte Kyle darauf verzichtet, das Radio wieder einzuschalten. Christopher seufzte, aber so, dass es niemand hörte. Er hätte sich gerne die Schläfen massiert. Doch dann würde George ihn wahrscheinlich wieder misstrauisch anschauen und darauf legte er keinen Wert.

Auf jeden Fall konnte es so nicht weitergehen. Das zumindest war sonnenklar. Wenn sie die anderen wieder trafen, dann würde er darauf bestehen, dass man ihm den Chip entfernte. Klar, es würde ein Problem sein, einen geeigneten OP zu finden und so weiter, aber erstens hatte Dr. Lundkvist gesagt, jetzt, da sie wüssten, worauf zu achten sei, würde die nächste Operation schneller und einfacher verlaufen und weniger Narben hinterlassen, und zweitens gab es keine andere Alternative: Unmöglich konnte er noch Wochen oder Monate so leben wie jetzt, die ganze Zeit nur damit beschäftigt, den Chip unter Kontrolle zu halten. Irgendwann würde er einen Fehler machen, einen Moment lang nicht aufpassen, im falschen Augenblick einschlafen, und dann war es um ihn geschehen. Dieses Risiko würde Jones nicht eingehen.

Oder . . .

Ein flüchtiger Gedanke, der Hauch einer Idee.

Wenn es wirklich ein Virus war, den ihm die Kohärenz in den Chip geschmuggelt hatte? Mit Viren kannte er sich aus. Viren ließen sich entfernen.

Wobei das in diesem Fall technisch natürlich nicht so leicht war. Er konnte ja nicht einfach eine Tastatur und einen Monitor an den Chip in seinem Riechnerv anschließen.

Obwohl . . . so ausgeschlossen war das auch wieder nicht. Der Chip war bluetoothfähig. Vielleicht ließ sich das am Ende drahtlos ganz simpel bewerkstelligen?

Christopher hatte keine Gelegenheit, diesen Gedanken weiterzuverfolgen, denn in diesem Moment passierten mehrere Dinge gleichzeitig. Zuerst bemerkte er, wie sich George bolzengerade aufsetzte, sich umdrehte und an ihm vorbei durch die Rückscheibe starrte.

Dann sah Christopher, wie Madonna hupend und mit aufgedrehten Scheinwerfern dazu ansetzte, sie zu überholen.

»Sag mal –«, begann Kyle, doch da unterbrach ihn George schon: »Halt an. Irgendwas ist passiert.«

Kyle bremste, lenkte den Geländewagen an den Straßenrand, kam hinter dem anderen Wagen zum Stehen. Vorn wurde die Fahrertür aufgerissen, Madonna sprang aus dem Auto und hüpfte schreiend auf und ab, als wäre sie von einem ganzen Schwarm Wespen gestochen worden.

»Was ist denn jetzt los?« Kyle riss seine Tür ebenfalls auf. Christopher und George folgten ihm hinaus.

Madonna flippte schier aus. »Mein Lied!«, schrie sie immer wieder. »Die spielen mein Lied *im Radio!*«

Rückzugsgebiet

41 | Serenity hatte das Gefühl zu träumen. Das war Madonnas Stimme, die da aus dem Radio kam, eindeutig! Und es war ihr Lied; das Lied, das sie am Lagerfeuer gesungen hatte.

»No longer lonely,
no longer lonely,
I'm no longer lonely
because of you . . .«

Erst hatte sie gar nicht mitbekommen, was los war. Sie hatten geredet, über alles Mögliche, das Radio hatte vor sich hin gedudelt und plötzlich hatte sich Madonna aufgeführt wie eine Verrückte. »Wow!«, hatte sie geschrien und: »Hörst du das?«, aber Serenity hatte gar nichts gehört, hatte nicht begriffen, was eigentlich los war und wieso Madonna auf einmal hupte und Gas gab, als wolle sie Kyles Wagen rammen.

Erst als sie die anderen überholten, hatte Serenity das Lied erkannt.

Madonna hatte auf den Seitenstreifen ausgeschert, damit die anderen anhielten, genau so, wie es Polizeiautos in Fernsehfilmen immer machten. Zack, schon war sie draußen, flippte schier aus, rannte zu ihrem Bruder, zerrte ihn an die offene Wagentür, damit er es hörte, und schrie die ganze Zeit: »Mein Song! Das ist mein Song, erkennst du ihn nicht?« Sie machte solch einen Lärm, dass es fast unmöglich war, irgendwas zu erkennen.

Kyle und Christopher kamen gerade noch rechtzeitig, um die letzten Takte des Lieds zu hören. Dann meldete sich der Radiosprecher und Madonna verstummte schlagartig. »Wieder einmal hat uns das Internet einen neuen Hit beschert«, erklärte die Stimme aus dem Radio. »Diesmal einen, der von einem richtiggehenden Geheimnis umwittert ist. Vor sieben Monaten hat eine gewisse Madonna Two Eagles ein Video ins Internet gestellt, auf dem sie dieses Lied singt – und ehe Sie fragen: Nein, mit der Madonna, die Sie alle kennen, hat sie nichts zu tun. Das Video blieb unentdeckt – bis gestern. Gestern brach eine Welle von Mails los, wie ich es noch nie erlebt habe. Jeder, der diesen Song entdeckt, scheint das dringende Bedürfnis zu verspüren, dem Rest der Welt davon zu erzählen. Mir ging es genauso: Ich konnte nicht widerstehen, das Video herunterzuladen, die Tonspur herauszunehmen und sie Ihnen mitzubringen, hier in die *Mountain News Show* auf KMTC.«

Serenity merkte, dass ihr die Kinnlade herabgesunken war, und schloss den Mund rasch wieder. Das war ja unglaublich. Was ging da ab?

Sie sah ihre Freundin an. Deren Augen waren unnatürlich groß geworden; man musste sich Sorgen machen, dass sie herausfielen.

»Sieben Millionen Klicks auf das Video, als ich das letzte Mal nachgesehen habe«, fuhr der Kommentator fort, »es ist kaum zu fassen. Doch das Geheimnisvolle ist: Niemand kennt diese Sängerin, niemand weiß, wie man sie erreichen kann. Dabei bin ich mir sicher, dass eine Menge Leute sie heute erreichen wollen, denn dieses Mädchen – merken Sie sich meine Worte – hat das Zeug, der nächste große Popstar zu werden. Doch einstweilen haben wir nur ihr Bild im Internet. Madonna Two Eagles selbst scheint wie vom Erdboden verschwunden.«

Madonna gab ein Kreischen von sich, fiel ihrem Bruder um den Hals, umarmte Christopher und rief: »Das warst du! Das warst du! Was sagst du *dazu?«*

Christopher nickte ernst. »Das ist ein sehr gutes Resultat. Das heißt, dass die Botnetze noch funktionieren.«

Serenity musste grinsen. Das war typisch Christopher – in so einer Situation so einen Kommentar zu bringen!

»Mann!«, rief Madonna aufgeregt, hob die Fäuste, als wolle sie ihm auf die Brust trommeln. »Ich bin *berühmt!* Und jetzt steh ich hier in einer Gegend, wo *niemand* ist! Ist das nicht zum Verrücktwerden?«

Sie warf sich auf den Fahrersitz. »Kommt es in anderen Sendern auch?« Sie drehte wild an den Reglern des altertümlichen Radios. Die Musik verschwand und machte einem Rauschen Platz.

»Wo sind denn all die anderen Sender?«, rief sie aus. Dann fand sie etwas, das klang, als höre man ein Klassikorchester hinter einem Wasserfall spielen. Hinter einem weit, weit entfernten Wasserfall.

»Wir sind in einer Gegend, wo nur Mittelwelle zu empfangen ist«, erklärte Christopher. »Deswegen gibt es hier auch keinen Mobilfunkempfang. Mobilfunk findet in einem Frequenzbereich oberhalb von UKW statt, im sogenannten UHF-Bereich.«

Serenity sah, wie Madonna auf diese Auskunft hin die Augen verdrehte. Das war eindeutig nicht die Art von Antwort, die sie brauchte.

Aber das war eben Christopher.

»Kyle«, wandte Serenity sich an ihren Bruder. »Du hast mal erzählt, dass du in Seattle einen Musikproduzenten kennst. Den könnte Madonna doch kontaktieren, oder?«

Madonna riss die Augen auf. »Was? Echt?«

Kyle kam ins Grübeln. »Ach ja«, meinte er. »Stimmt. Der Typ von diesem Konzert. Wie hieß der noch mal? Horn. Genau. Zack van Horn.«

Madonna stieß ein ungläubiges Kieksen aus, starrte Kyle an wie eine Erscheinung. »Zack van Horn? Das ist der Produzent und Manager von *Cloud!* Den *kennst* du?«

Kyle hob die Schultern. »Kennen ist vielleicht zu viel gesagt. Ich hab ihn halt mal getroffen. Ich mach manchmal Sanitätsdienst bei Konzerten und . . . Ja, jetzt wo du's sagst: Das war tatsächlich bei einem Cloud-Konzert. In San Francisco. Ihr Gitarrist war in eine Glasscherbe getreten und wir haben ihn verbunden, damit er auf die Bühne konnte.« Er nickte. »Cloud, ja. Die ist eigentlich ganz nett. Denkt man gar nicht, wenn man sie so im Fernsehen sieht.«

Madonna sah aus, als wolle sie jeden Moment in Ohnmacht fallen. »Die kennst du *auch?*«

»Sie war halt dabei. Sie und der Produzent. Der Gitarrist konnte ja nicht laufen, verstehst du? Er hat übel aus dem Fuß geblutet; jemand musste ihn stützen.« Er machte eine wegwerfende Handbewegung. »War aber nur eine simple Fleischwunde. Ausspülen, Spannpflaster drauf und gut. Die beiden sind dann direkt auf die Bühne marschiert und ich hab mich noch eine Weile mit diesem Zack van Horn unterhalten. Ja, der ist in Ordnung, glaube ich.«

»Ich flipp aus«, flüsterte Madonna. »Und das erfahr ich erst jetzt?«

»Vielleicht werden die Zeiten ja irgendwann wieder normaler. Dann stell ich dich ihm vor«, meinte Kyle gönnerhaft. »Aber jetzt sollten wir weiterfahren.«

Bestimmt war ihm nicht klar, was für einen Schlag er Madonna damit versetzte, aber Serenity sah die Bestürzung ihrer Freundin so deutlich, als könne sie sie selber fühlen.

Denn: Würden die Zeiten jemals wieder *normal* werden?

42 | Jeremiah Jones hockte vor dem Kamin und mühte sich mit dem Feuer ab. Ab und zu warf er einen Blick zu seiner Frau hinüber. Lilian stand am Fenster – einem der wenigen Fenster dieser Bruchbude von einem Haus, in der sie alle untergekommen waren, dessen Scheiben noch heil waren – und starrte hinaus in die Einöde.

»Es wird bald dunkel«, sagte sie.

»Dann kommen sie eben morgen«, erwiderte er.

»Ich sag doch gar nichts.«

»Ich weiß, dass du dir Sorgen machst.«

Sie antwortete nicht, drehte sich auch nicht um. Als müsse sie Wache halten. Dabei gab es genug andere, die das schon taten.

Hier im Haus war es kühl und klamm, trotz des sommerlichen Wetters, das den ganzen Tag über geherrscht hatte. Wahrscheinlich hatten sich die Wände des Hauses, das schon lange leer und verlassen stand, über den Winter mit Feuchtigkeit vollgesogen, und wahrscheinlich würde diese Feuchtigkeit auch bis zum nächsten Winter nicht vollständig wieder verschwunden sein. Es ging jedenfalls nicht anders, als in den alten Wandkaminen Feuer zu machen.

»Wieso denkst du eigentlich, dass wir hier sicher sind?«, wollte Lilian wissen.

»Weil es hier weit und breit keine Mobilfunkantenne gibt.«

»Ja, und?«

Das Holz, das sie vorgefunden hatten, war auch nicht gerade das trockenste. Er schob ein Scheit zur Seite, das die Glut nicht zu beeindrucken schien. »Die Upgrader können nirgendwohin, wo es kein Mobilfunknetz gibt. Ihre Chips müssen ständig miteinander kommunizieren.«

»Aber sie könnten jemanden schicken. Normale Leute. Die Polizei.«

»Ja. Deshalb stellen wir Wachposten auf und halten die Autos abfahrbereit.«

Sie schwieg eine Weile, schien zu überlegen. »Wie viele solcher Gebiete gibt es? Ohne Mobilfunk?«

»Es werden immer weniger«, gab er zu und pustete in die Glut. Asche stob auf. »Aber noch sind es zu viele, als dass man sie einfach alle nach uns absuchen könnte, falls du das meinst.«

»Hmm.« Sie schwieg einen Moment, dann hob sie den Kopf. »Da kommt ein Auto.« Man hörte ihrer Stimme an, dass sie es vermeiden wollte, hoffnungsvoll zu klingen.

»Ein Auto wäre zu wenig«, sagte Jones und stand auf. »Es müssten schon zwei sein.«

Er trat neben sie. Tatsächlich, auf der schnurgeraden Piste, die irgendwo hinter dem Horizont in eine einigermaßen befestigte Straße mündete, näherte sich ein Paar Scheinwerfer.

»Das ist Neals Wagen«, sagte Jones, als das Auto nahe genug war, dass man Einzelheiten erkennen konnte. Er fügte hinzu: »Dr. Lundkvist. Er kommt erst heute, weil er nach seiner Tochter sehen wollte.«

»Kyle wollte auch nur nach jemandem sehen.«

Jones seufzte. »Ich weiß nicht, was sie aufgehalten hat. Vielleicht haben sie länger als gedacht nach Christopher und Madonna suchen müssen. Auf jeden Fall würde ich mir keine

Sorgen machen; unser Sohn ist ein Mensch, auf den man sich verlassen kann.«

Lilian schlang die Arme um ihren Oberkörper. Es fröstelte sie, klar. Das klamme Haus. »Mir gefällt das alles nicht«, sagte sie leise. »Woher wissen wir, wenn sie morgen ankommen, dass diese Kohärenz sie nicht übernommen hat?«

»So schnell geht das nicht. Einen Menschen aufzunehmen, dauert etwa eine Woche. Heute ist erst der zweite Tag unserer Flucht. Morgen wird der dritte sein. Du brauchst wirklich keine Angst zu haben.«

Sie warf ihm einen prüfenden Blick zu. »Und wenn eine Woche vergangen ist und sie immer noch nicht wieder da sind?«, fragte sie und es klang, als halte sie den Atem an dabei. »Was dann?«

Jones seufzte. »Sie werden kommen.«

»Und wenn nicht?«

»Sie kommen«, beharrte er. »Beruhige dich.«

Neal Lundkvist fragte sich, wie Jeremiah Jones immer solche Verstecke ausfindig machte.

Falls das der Treffpunkt war und er sich nicht einfach grandios verfahren hatte. Er hatte sich genau an die Beschreibung gehalten, aber während er über den Feldweg holperte, der schnurgerade über eine ausgedörrte, von grauem, trockenem Gras bewachsene Ebene auf ein einsam dastehendes Haus zuführte, war er sich nicht mehr sicher, dass er sich an alle Einzelheiten erinnert hatte.

Und außerdem: *schon wieder* ein einsam in der Landschaft stehendes Haus!

Er musterte das Anwesen. Es wurde schon dunkel, viel sah man nicht – ein großes, verlassen wirkendes Haus, ein paar Nebengebäude, Stallungen oder dergleichen: Das musste einmal eine Farm gewesen sein. Viehzucht, wahrscheinlich.

War er hier wirklich richtig? Es war niemand zu sehen. Kein Licht in den Fenstern, kein Fahrzeug . . .

Da trat, zu seiner grenzenlosen Erleichterung, eine Gestalt aus der Tür und schwenkte eine Taschenlampe. Im Näherkommen erkannte er Nick Giordano. Er kurbelte die Scheibe herab.

»Hi, Doc«, sagte der untersetzte Mann, der für sein jugendliches Alter schon ziemlich viele Haare verloren hatte. »Ich muss dich auf Peilsender checken, sicherheitshalber.« Er zog ein knallgelbes Gerät aus einer der hunderttausend Taschen seiner Jacke, schaltete es ein und ging damit langsam um das Auto herum, fuhr die Karosserie ab und besonders die Bereiche rund um die Räder. »Okay«, meinte er schließlich. »Dein Wagen ist sauber. Am besten, du stellst ihn dort drinnen ab; bei den anderen.« Er deutete auf eine niedrige Scheune.

»Und sonst?«, fragte Lundkvist. »Hat alles geklappt?«

Nick verzog das Gesicht, war plötzlich schrecklich mit seinem Spürgerät beschäftigt. »Ja, so weit alles okay. Die Kinder fehlen noch. Und . . .« Er presste die Lippen zusammen, machte diese nervtötenden Zischgeräusche, die er immer machte, wenn er nachdachte oder nervös war.

Lundkvist runzelte die Stirn. »Und – was?«

Nick räusperte sich. »Also . . . ich glaube, du solltest Jeremiah besser nicht fragen, wo Brian ist.«

»Brian?«, wiederholte Lundkvist. »Brian Dombrow? Was ist mit ihm?«

Das Thema war Nick sichtlich unangenehm. »Er wollte irgendwas Dringendes nachprüfen. Das war zumindest das Letzte, was man so von ihm gehört hat. Keine Ahnung, was das sein sollte. Er . . . also . . .« Nick wand sich spürbar. »Ich meine, ich kann's verstehen, wenn's einem jetzt zu heiß geworden ist und er sich lieber absetzt. Aber ich glaube, Jeremiah ist tierisch verletzt.«

»Ah«, machte Lundkvist. »Verstehe.« Und gleichzeitig verstand er es nicht. Brian Dombrow war einer der ältesten Freunde von Jeremiah Jones; die beiden kannten sich praktisch seit ihrer Schulzeit. Was mochte den Mann, der manchmal fuhr wie ein Henker, dazu bewogen haben, ausgerechnet jetzt das Weite zu suchen?

Lundkvist fragte sich unwillkürlich, ob Brian etwas erfahren hatte, von dem sie alle nichts wussten.

Ob die Gefahr, in der sie alle steckten, größer war, als er dachte.

43 | Schon interessant, wie sich Melanie neuerdings von Jeremiah fernhielt. Lilian Jones beobachtete die New Yorkerin während des gemeinsamen Abendessens, das im Schein von Kerzen und der Flammen des Gasherds vor sich ging, der den nur mäßig gelungenen Eintopf warm hielt. Wie sie da saß, neben dem bärtigen englischen Neurologen, auf ihn einredete und dabei immer wieder ihre langen weißblonden Haare zurückstrich. Affig. Man konnte es nicht anders sagen. Und es war schon auffallend, wie sie Jeremiah demonstrativ ignorierte. Wie sie gar nicht zuzuhören schien, wenn er etwas sagte.

Sie waren eifersüchtig, beide! Lilian seufzte, als ihr das klar wurde. Hatte es nicht auch einen heftigen Wortwechsel zwischen den beiden gegeben, heute Nachmittag, hinter den ehemaligen Ställen? Sie meinte, so etwas gehört zu haben.

Eine Fotografin! Aus New York! Was fand so eine Tussi überhaupt an jemandem wie Jeremiah? Das ging Lilian nicht in den Kopf. Wie hatten die beiden sich überhaupt kennengelernt? Bestimmt während eines Fotoshootings für irgendein mondänes Glamourmagazin, das mal was ganz Ausgefallenes zwischen seine Anzeigen für Parfüm, teure Klamotten und Diamantringe setzen wollte: einen echten Aussteiger und Selbstversorger.

Demütigend, falls sich Jeremiah für so etwas hergegeben haben sollte.

Lilian schüttelte den Kopf, als ihr die kleine Frau mit dem faltigen Gesicht, die so was wie die Küchenchefin der Gruppe war – *Irene!*, fiel ihr wieder ein –, einen Nachschlag anbot.

»Nein, danke.« Solange Serenity und Kyle nicht wieder da waren, brachte sie keinen Bissen herunter.

Irene schien die Ablehnung auf ihre Kochkunst zu beziehen. »Wird Zeit, dass wir wieder ein ordentliches Camp aufschlagen«, sagte sie missmutig. »Irgendwo, wo man frische Kräuter findet. Sonst schmeckt's einfach nicht.«

Lilian antwortete nicht. Die Frau tat, als sei es ausgemachte Sache, dass sie von nun an Teil von Jeremiahs Wanderzirkus sein würde. Und nichts wollte sie weniger. Sie musste an ihren Job denken, an die Bücherei, die sie zu Hause in Santa Cruz leitete – was die dort wohl gerade machten? Sie hatte sich nicht einmal verabschieden können, hatte nur von unterwegs aus einer Telefonzelle eine Nachricht auf den Anrufbeantworter gesprochen, dass sie wegen einer Familiensache dringend die Stadt verlassen müsse und alles erklären werde, wenn sie zurück sei . . .

Wahrscheinlich hatte sie geklungen wie ein Entführungsopfer. Vielleicht suchte die Polizei inzwischen schon nach ihr.

Und sie hatte keine Ahnung, was sie, gesetzt den Fall, sie würde in den nächsten Tagen zurückkehren, erzählen sollte. Was konnte sie über diese ominöse *Kohärenz* sagen, ohne dass es klang, als sei sie ein Fall für die Irrenanstalt?

Wie man es auch drehte und wendete: Sie hatte ihr Leben verloren. Schon wieder.

Und sie wurde das entsetzliche Gefühl nicht los, dass sie dabei war, auch noch ihre Kinder zu verlieren.

Sie horchte auf. Jeremiah sprach gerade davon, dass die Satellitenfahndung wieder lief und dass sie deshalb spätestens übermorgen weiterziehen mussten, zum nächsten Versteck.

»Und was ist mit Kyle und Serenity?«, rief sie dazwischen.

Er sah sie an. »Ich gehe davon aus, dass sie morgen im Verlauf des Tages eintreffen.«

»Und wenn nicht?«

Er hob nur ratlos die Schultern.

44

Sie schlugen ihr Lager an einem See auf, an dem es von Mücken nur so wimmelte. Aber es gab kein Mobilfunknetz und das war wichtiger.

Madonna war völlig aufgelöst und mehr im Weg als eine Hilfe, als es darum ging, die Zelte aufzubauen. Ihr Lied war während der Fahrt noch weitere drei Mal im Radio gekommen, auf zwei verschiedenen Sendern, und ein Moderator hatte Anrufe von Hörern angenommen, die alle ausnahmslos begeistert gewesen waren von dem Song, der Stimme, dem Video. »Und ich bin auf der Flucht!« Sie ging jammernd auf und ab, während Serenity Zeltheringe in den Boden hämmerte. »Dabei müsste ich jetzt auf einer Bühne stehen! Oder in einem Aufnahmestudio!«

Zum Abendessen machten sie eine große Dose Bohneneintopf über einem kleinen Feuer warm, dazu gab es mal wieder Weißbrot. Das Feuer rauchte ziemlich, was den Vorteil hatte, dass es die Mücken eine Weile fern hielt. Das Gespräch drehte sich fast ausschließlich um Musik; Madonna schien von nichts anderem mehr reden zu können. Sie erzählte, dass Cloud genauso angefangen hatte – selber Lieder geschrieben, kleine Auftritte hier und da in Seattle und Umgebung, Videos ins Internet gestellt, Aufnahmen an alle möglichen Studios geschickt ... bis dann dieser Zack van Horn sie entdeckt hatte, der damals noch ein kleiner Independent-Musikverleger gewesen sei. Er habe Cloud zum großen Star gemacht.

All diese Informationen registrierte Christopher eher beiläufig; sie interessierten ihn nicht besonders. Aber dadurch, dass Madonna so viel redete, konnte er sie in Ruhe ansehen.

»Ist alles okay mit dir?«, fragte ihn Serenity zwischendurch. Er nickte, wobei ihm schleierhaft war, was sie auf die Idee brachte, das wäre nicht der Fall.

Kurz darauf stand Serenity auf und übernahm es, das Geschirr zu spülen. Sie veranstaltete dabei, wie es ihm schien, mehr Krach mit den metallenen Schüsseln als sonst.

Dunkelheit brach an und Kyle schlug vor, sie sollten sich hinlegen. Diese Nacht würde er im Wagen schlafen und Christopher bei George im Zelt. »Ruh dich gut aus«, riet er Christopher. »Morgen haben wir die große Etappe durch funkbestrahltes Gebiet, ohne Erholungspause. Und früh raus müssen wir auch.«

Odyssee

45 | Serenity schlief wieder wie ein Stein. In einem so kleinen Zelt wie diesem zu schlafen, erinnerte sie an ihre Kindheit, an die Sommer im Wald und die Abenteuer in der Natur, die sie damals erlebt hatten, sie und Kyle, Mom und Dad. Obwohl die Plane über ihr müffelte, fühlte sie sich geborgen wie schon lange nicht mehr.

Trotzdem erwachte sie irgendwann ganz plötzlich, fuhr regelrecht hoch und brauchte erst mal ein paar Sekunden, um sich zu orientieren. Es war noch nicht hell, aber auch nicht mehr tiefe Nacht. Früher Morgen. Madonna war nicht da. Ihr Schlafsack lag aufgeklappt, das Zelt stand offen, die Plane bewegte sich sachte hin und her.

Mit anderen Worten, ihre Freundin war pinkeln gegangen. Serenity gähnte, legte sich wieder hin, mummelte sich gemütlich in ihren Schlafsack und schloss die Augen, als sie die Stimmen hörte.

Aufgeregte Stimmen, die im Flüsterton stritten.

Serenity hob den Kopf wieder, robbte nach vorn und spähte zum Zelt hinaus, suchte die Richtung, aus der die Geräusche kamen. Da, drüben bei den Autos. Zwei Gestalten, Schattenrisse vor den dunklen Bäumen und Büschen.

Serenity kniff die Augen zusammen, gab ihnen Zeit, sich an das Licht zu gewöhnen. Die eine Gestalt war Madonna, eindeutig. Bei der anderen, breitschultrigen Person konnte es sich nur um ihren Bruder George handeln. Die beiden standen neben seinem Auto und George redete auf seine Schwester ein, war regelrecht aufgebracht, was bei ihm einiges hieß. Madonna hatte den Kopf zwischen die Schultern gezogen und wagte nur ab und zu eine kleinlaute Entgegnung. Die George nur zu noch schärferen Erwiderungen reizte, wie es aussah.

Serenity hatte nicht den Hauch einer Ahnung, worum es gehen mochte. Sie spitzte die Ohren, aber obwohl es ansonsten völlig still war, verstand sie nichts. Konnte es sein, dass die beiden in der Sprache ihres Stammes miteinander stritten? Wie immer die heißen mochte; Serenity hatte bis jetzt nie erlebt, dass Madonna oder George etwas anderes als Englisch gesprochen hatten.

Mit anderen Worten: Worüber auch immer sie stritten, es ging niemanden sonst etwas an. Serenity robbte wieder rückwärts, verkroch sich in ihren Schlafsack und stellte sich, als Madonna wenig später zurück ins Zelt kam, schlafend. Madonna sagte nichts, brauchte nur ewig lange, bis sie endlich ruhig lag. Und irgendwann schlief Serenity wieder ein.

46 | Ein ungemütlicher Morgen, fand Christopher. Kyle weckte sie alle früh, das Wasser im See war noch kälter, als es ausgesehen hatte, das Lagerfeuer gab vor allem Rauch von sich, aber keine Wärme und die Cornflakes gingen zur Neige. Und Kyle schien es nicht erwarten zu können, dass sie aufbrachen.

»Wie gesagt, heute wird's keine Funkpause geben«, erklärte er eindringlich. »Wir müssen durch Städte, über flaches Land – Mobilfunknetze überall. Stehst du das durch?«

Christopher hob die Schultern. »Muss ja.« Eine Antwort, mit der Kyle nicht zufrieden zu sein schien, so, wie er ihn ansah, also setzte er hinzu: »Ich denke schon.«

Allerdings hatte er in dieser Nacht ziemlich schlecht geschlafen, wenn er ehrlich war. In dem Schlafsack, mit nichts als einer dünnen Isomatte unter sich, hatte er lange kein Auge zugetan. Während George dagelegen hatte wie ein Stein, hatte er sich ohne Ende hin und her gewälzt auf der Suche nach einer bequemen Position. Die er aber nicht gefunden hatte; eingeschlafen war er vermutlich irgendwann aus purer Erschöpfung.

Na ja. Jetzt war er eben ein wenig verspannt. Aber es würde schon gehen. Es musste ja schließlich; er wäre sich blöd vorgekommen, wenn er jetzt gesagt hätte, *ach nein, ich fühle mich nicht so toll, lasst uns noch einen weiteren Tag unterwegs verplempern.*

Beim Aufbruch gab es eine kurze Auseinandersetzung zwischen Madonna und ihrem Bruder; George bestand darauf, seinen Wagen heute selber zu fahren.

»Dann fahre ich bei Kyle mit«, erwiderte Madonna schnippisch. Sie wandte sich an Kyle: »Ist doch kein Problem, oder?«

Der hob nur die Augenbrauen. »Für mich nicht.«

Christopher überlegte kurz. »Dann fahr ich mit George«, erklärte er.

Dagegen hatte niemand etwas, nur Serenity sah ihn irgendwie seltsam an. Mal wieder; irgendwas schien sie seit Neuestem gegen ihn zu haben. Er hatte nur keine Ahnung, was das sein mochte.

Auf alle Fälle war es besser, als Madonna die ganze Fahrt über vor Augen zu haben. Das würde ihn nur unnötig ablenken. Er würde genug damit zu tun haben, seinen Chip im Zaum zu halten.

Und vielleicht ließ sich George dazu überreden, das Radio ausgeschaltet zu lassen.

47

Neal Lundkvist hatte auch diese Nacht schlecht geschlafen. Das lag an dem alten Haus, in dem es überall muffig roch, was nur heißen konnte, dass die Wände, Decken und Böden alle feucht waren. Das reizte seine Neigung zum Rheumatismus. Von wann dieses Haus wohl stammte? Es musste hundert Jahre alt sein, in der Zeit gebaut worden sein, als die USA noch ein weitgehend landwirtschaftlich geprägtes Land gewesen waren.

Im Wald, in den Camps, kam er einigermaßen zurecht; da gab es frische Luft anstatt dieser Atmosphäre von Verrottung und Zerfall, die alten Häusern irgendwann zu eigen wurde. Aber gut tat ihm das Leben in den Wäldern auch nicht. Bislang hatte er die damit verbundenen Unbequemlichkeiten hingenommen und sich gesagt, dass es gesund sei, seinen Körper an den Widrigkeiten von Wind und Wetter zu stählen – aber irgendwie war ihm die Bereitschaft dazu in den letzten Tagen abhandengekommen. Stattdessen fragte er sich, was sie hier eigentlich taten. Was das werden sollte. Was ihre Flucht eigentlich war außer einem verrückten Trip ohne jede Zukunftsperspektive.

Zum Glück hatte jemand in einem der Kamine ein großes Feuer gemacht. Es tat gut, vor den Flammen zu stehen, sich zu wärmen und darauf zu warten, dass die Wärme den Schmerz aus den Gliedern vertrieb.

Jeremiah und die anderen standen um einen Tisch, auf dem Landkarten ausgebreitet lagen, und besprachen das weitere Vorgehen. Welche Routen sie nehmen, wie sie sich aufteilen und wen sie alles kontaktieren wollten. Das hatte er zunächst nicht verstanden: Wen wollten sie kontaktieren und wozu?

Bis er begriffen hatte, dass Jeremiah nicht von seinem Plan abgerückt war, alles, was sie über die Kohärenz wussten, ans Licht der Öffentlichkeit zu bringen.

Neal Lundkvist starrte ins Spiel der Flammen und fragte sich, wie das gehen sollte. Ihre Geschichte war so unglaubwürdig, dass es den Medien, die die Kohärenz unter Kontrolle hatte – sämtliche Zeitungen und Fernsehsender, kurz gesagt, die von der Bevölkerung als relevant angesehen wurden –, ein Leichtes sein würde, das Ganze als haltlose Verschwörungstheorie abzutun. Zumal es sich nicht würde verbergen lassen, dass hinter der Veröffentlichung der polizeilich gesuchte Terrorist Jeremiah Jones stand: Auch das würde nicht gerade das Vertrauen der Menschen wecken.

Er wandte den Kopf. Jemand redete von einer Radiostation, die »geschätzt fünfzig- bis hunderttausend Hörer« hatte.

»Na, das ist doch schon mal was«, sagte Jeremiah und schrieb etwas auf einen Zettel. Vermutlich die Routenplanung für eine der Gruppen, die unter anderem diese Radiostation aufsuchen und überreden sollte, an der Kampagne teilzunehmen.

Fünfzig- bis hunderttausend Hörer. Wahrscheinlich waren es in Wirklichkeit kaum zehntausend. Egal. So oder so nur ein Tropfen auf den heißen Stein.

Seltsam. Neulich, im alten Camp, als Jeremiah diesen Plan präsentiert hatte, da war es ihm noch wie eine ziemlich gute Idee vorgekommen, wie eine Möglichkeit, den Feind wenn schon nicht ins Herz, so doch zumindest an einer empfindlichen Stelle zu treffen. Doch seit er mit der Kohärenz gesprochen hatte, seit er ihre Präsenz gespürt und ihre Macht erahnt hatte, kam ihm das Ganze kindisch vor. Es war, als versuchten sie Panzer aufzuhalten, indem sie mit faulen Eiern warfen. Als wollten sie einen Waldbrand mit einer Flasche Mineralwasser löschen. Aussichtslos, von vornherein. Genau, wie es dieser Junge – Christopher Kidd – von Anfang an prophezeit hatte und wie es ihm bloß niemand hatte glauben wollen: Sie hatten keine Chance gegen die Kohärenz. Keine.

»Wer fehlt noch?« Aus irgendeinem Grund stach diese Frage aus der allgemeinen Gesprächskulisse heraus, veranlasste Neal Lundkvist unwillkürlich dazu nachzudenken, ja, wer denn noch fehlte von der Gruppe.

»Nur noch die Kinder«, sagte jemand und niemand widersprach.

Niemand sagte: »Brian Dombrow.« Niemand sagte: »Jeremiah, einer deiner ältesten Freunde hat sich schon abgesetzt.«

Neal Lundkvist hielt seine Handflächen den Flammen entgegen und fragte sich zum ersten Mal, ob Jeremiah Jones womöglich an Realitätsverlust litt.

48 | Während der Fahrt bemerkte Christopher irgendwann, dass George einen Stapel selbst gebrannter CDs in dem Fach unter dem CD-Player liegen hatte, die mit Stichworten wie »Spring Pow Wow« oder »Sun Dance« handbeschriftet waren. Erfreulicherweise machte George keine Anstalten, eine davon einzulegen; er fuhr einfach Kyles staubigem Geländewagen hinterher, schweigsam wie eh und je.

Christopher betrachtete das Gebilde, das vom Rückspiegel herabhing und das ihm schon aufgefallen war, als Madonna ihn zu dem Internet-Café gefahren hatte: Es war ein filigranes Geflecht aus Holzperlen, bunten Schnüren und Vogelfedern; zweifellos ein indianischer Kunst- oder Kultgegenstand.

Ein Aufkleber mit der Aufschrift »Freedom for Leonard Peltier« reichte quer über das halbe Armaturenbrett. Christopher hatte keine Ahnung, wer das sein mochte.

Er warf George einen kurzen Blick zu. Der sah stur geradeaus, steuerte den Wagen mit eiserner Ruhe und beachtete ihn nicht.

Christopher stieß unzufrieden den Atem aus, den er aus irgendeinem Grund angehalten hatte. Er verstand nichts von diesen Dingen. Es gab so vieles im *real life,* das er nicht verstand. Er hatte bis jetzt mit den Computern genug zu tun gehabt.

Er schaute aus dem Fenster, versuchte herauszufinden, wo sie sich überhaupt befanden. Im Moment hatte er keinerlei Vorstellung. Irgendwo in den nördlichen Staaten eben. Es interessierte ihn auch nicht wirklich. Auf jeden Fall blieben die Wälder hinter ihnen zurück und vor ihnen wurde das Land immer flacher und weitläufiger, wurde die Vegetation immer kümmerlicher. Das war es wohl, was man Prärie nannte.

»Kann ich dich was fragen?«, meldete sich George plötzlich zu Wort.

Christopher zuckte richtiggehend zusammen. »Ja«, sagte er. »Klar.«

»Ist das anstrengend? Diesen Chip zu kontrollieren?«

»Es geht.« War es anstrengend? Nicht mehr. Es war ein bisschen so, als drücke man den Finger auf ein Loch in einer Wasserleitung, um sie am Tropfen zu hindern: Man musste nichts weiter machen, als den Finger lassen, wo er war – aber man durfte ihn auch nicht wegnehmen. »Es geht schon automatisch.«

»Es ist also kein Problem, wenn du dich nebenher unterhältst?«

»Bis jetzt nicht.«

»Und wenn es eine schwierige Unterhaltung werden würde?«

Christopher hob die Schultern. »Ich weiß nicht. Müsste auch gehen. Im Moment jedenfalls. Es könnte sein, dass es anders wird, wenn ich müde werde.«

»Ich würde dich nämlich gern etwas fragen.«

»Ja?«

George hielt den Blick unverwandt auf die Straße gerichtet und ließ ein paar Sekunden verstreichen, ehe er fragte: »Kann es sein, dass du in meine Schwester verliebt bist?«

»Was?« Christopher hatte das Gefühl, knallrot anzulaufen. Auf jeden Fall wurde ihm auf einmal unglaublich heiß. »Wie kommst du auf die Idee?«

Jetzt bedachte ihn George doch mit einem knappen Seitenblick. »Alles okay mit deinem Chip?«

»Ja«, sagte Christopher. Tatsächlich hatte er den Chip einen Sekundenbruchteil lang losgelassen, aber instinktiv reagiert, als dieser sofort versucht hatte, sich ins Netz einzuklinken. »Alles okay.«

»Ich komme auf die Idee, weil du sie die ganze Zeit anschaust.«

»Wieso soll ich sie nicht anschauen?« Was sollte das jetzt werden? Der große Bruder, der die Ehre der Schwester bewahren will, oder was? »Sie hat von ihrer Musik erzählt. Es ist doch ganz normal, dass man jemanden anschaut, der redet.«

»Ja, schon. Aber du schaust sie immer dann an, wenn sie woandershin schaut, und wenn sie den Kopf in deine Richtung dreht, siehst du schnell weg.«

Christopher wusste nicht, was er darauf sagen sollte. Es stimmte. Er hatte darauf geachtet, dass sie es nicht bemerkte. Dass es jemand anders bemerken könnte, daran hatte er nicht gedacht.

»Ich wollte dir bloß sagen«, fuhr George fort, »dass du dir keine Hoffnungen machen solltest. Madonnas Herz ist nicht offen für diese Art Freundschaft, zumindest nicht zur Zeit. Ihr Herz gehört der Musik und nur der Musik. Sie hat einen Weg zu gehen, und solange sie ihn nicht bis zum Ende gegangen ist, zählt nichts anderes für sie.«

Christopher wusste, dass George damit recht hatte. Er hätte sich das alles auch schon selber sagen können, er hatte nur nicht gewollt. Obwohl er nicht verstand, *wieso* er nicht gewollt hatte.

»Sie hat mich geküsst«, sagte er. Es rutschte ihm einfach so heraus. Vielleicht war es nicht sehr sinnvoll, das ihrem Bruder zu erzählen, aber irgendwie ließen sich die Worte nicht aufhalten. »Als mich der Virus im Chip überwältigt hat, hat sie mich geküsst, und das hat mich gerettet.«

Das brachte ihm einen langen, sehr nachdenklichen Seitenblick Georges ein.

»Das hat nichts zu bedeuten«, urteilte er schließlich und schaute zu Christophers Erleichterung wieder auf die Straße.

»Aber es ist die Wahrheit.« Er wollte nicht, dass es nichts zu bedeuten hatte.

George schwieg. »Sie bemerkt nicht einmal, dass du sie ansiehst«, sagte er schließlich. »Und wenn eine Frau das nicht bemerkt, dann ist das ein mehr als deutliches Zeichen.«

49 | Jeremiah Jones war weit weniger zuversichtlich, als er sich den Anschein zu geben bemühte. Die anderen erwarteten von ihm, dass er die Führung übernahm; es war ihnen nicht damit gedient, wenn er sich seine Zweifel anmerken ließ.

Außerdem war es seiner Erfahrung nach besser, zu handeln als zu zweifeln, insbesondere, wenn man sich gar keine Chancen ausrechnete. Nur wenn man handelte, bestand die Aussicht auf einen glücklichen ... nun ja, Zufall. Ein Wunder, im Grunde. Das war es, was sie brauchten.

Wunder waren nichts, was man planvoll herbeiführen konnte, gewiss. Aber manchmal ereigneten sie sich. Nicht selten dann, wenn man mit anderen Dingen beschäftigt war.

Sie hatten nun immerhin klare Pläne für insgesamt vier Routen, die vier Gruppen nehmen würden, und wenn alle Zeitungen, Zeitschriften, Radiosender, Druckereien, Kulturvereine und so weiter mitmachen sollten, würden sie bis zu zwei Millionen Leute erreichen. Nicht viel, verglichen mit der Gesamtbevölkerung, aber man durfte davon ausgehen, dass Leute, die unkonventionelle Medien bevorzugten, geistig reger und aktiver waren als der Durchschnitt: Sie würden weitererzählen, was sie gehört hatten, und im besten Fall damit eine Welle von Mundpropaganda auslösen. Was die dann bewirken würde, nun, das musste man abwarten. Auf jeden Fall würden sie einen ersten Schritt tun.

Wenn er sich das alles vor Augen hielt, war es nicht so schwer, Zuversicht zu zeigen. Er spürte sie beinahe selber. Und endeten nicht alle schlimmen Geschichten damit, dass am Ende doch das Gute siegte? Man durfte immer hoffen.

»Ein Auto kommt!« Es war die Wache, die das rief.

Lilian sprang auf. »Die Kinder?«

»Keines von unseren«, kam der zweite, warnende Ruf.

»Okay«, sagte Jeremiah und sah in die Runde. »Ihr wisst alle, was zu tun ist.«

Sie hatten für einen solchen Fall – dass ein Fremder des Wegs kommen würde – verabredet, dass alle, deren Gesichter schon in Form von Fahndungsfotos im Fernsehen gezeigt worden waren, sich versteckt hielten. Die anderen standen bereit einzugreifen, falls es nötig wurde; sie waren gegenüber den Insassen eines einzelnen Fahrzeugs in der Überzahl und sollten diese notfalls überwältigen und fesseln können.

Jeremiah beobachtete das Geschehen durch einen Spalt in einem grauen, ranzig riechenden Vorhang. Es war ein hellblauer Pick-up, der da vor dem Haus hielt.

Richard Blyne übernahm es, dem Auto entgegenzutreten, ein blonder junger Mann, der einst seiner damaligen Freundin zuliebe zu ihnen auf die No-Nonsense-Farm gekommen und dageblieben war, im Gegensatz zu dem Mädchen, das ihn kurz darauf verlassen hatte. Er hatte eine Kamera über der Schulter hängen und lächelte; zufälligen Passanten würde er erzählen, dass er *Location Scout* einer Filmgesellschaft sei und man dieses Haus daraufhin untersuche, ob es sich als Drehort für einen Spielfilm eigne – über den, das müsse man verstehen, er nichts Näheres sagen dürfe.

Die Fahrertür ging auf. Eine grauhaarige Frau stieg aus, die derbe Stiefel und ein grob kariertes Hemd trug. Sie wechselte ein paar Worte mit Richard, dessen Lächeln erstarb. Er nickte ernst. Die Frau verabschiedete sich mit einem kurzen Heben der Hand, stieg wieder ein, wendete den Wagen und fuhr davon.

Gleich darauf kam Richard die Treppe hochgerannt. »Es war eine Frau aus dem Kontaktnetzwerk«, berichtete er atemlos. »Mit einer Botschaft.«

Das Kontaktnetzwerk bestand aus Freunden von Jeremiah Jones, die über die ganzen USA verstreut lebten und über die er den Kontakt mit der Welt aufrechterhielt. Bis jetzt hatte sich das System aus Codes, geheimen Signalen und Kurieren bewährt. Ohne diese Leute wären sie aufgeschmissen gewesen, da alle Telefonate überwacht wurden.

»Und wie lautet sie, die Botschaft?«, fragte Rus ungeduldig.

»›Die Aufsicht über die Abwasserentsorgung musste endgültig eingestellt werden‹«, zitierte Richard. »›Die Hausbewohner waren nicht einverstanden mit der Art und Weise der Durchführung. Die Aufsichtsperson ist wohlauf, wird aber nicht mehr an ihren Arbeitsplatz zurückkehren.‹« Er hüstelte. »Ende der Nachricht. Klingt nicht gut, oder?«

Jeremiah spürte seinen Mut sinken. Auch das noch. Ihnen blieb auch nichts erspart. Was hatten sie denn getan, um das Schicksal so gegen sich aufzubringen?

»Das ist nicht gut, nein«, erklärte er. »Es bedeutet, dass unser Kontaktmann beim FBI aufgeflogen ist.«

50 | »Ich kenn mich mit so was nicht aus«, gestand Christopher. »Mädchen, meine ich.« Das hatte er noch nie jemandem anvertraut, aber irgendwie war es hier und jetzt, in dieser Situation, kein Problem. In seinem alten Leben, in dem noch Schule und Klassenkameraden eine Rolle gespielt hatten, wäre es undenkbar gewesen. Wobei er damals niemanden gekannt hatte, dem er so etwas hätte sagen können, und es war auch nicht wirklich ein Problem gewesen. Er hatte nie besonders viel mit Mädchen zu tun gehabt. Mädchen waren irgendwie nicht wichtig gewesen.

George nickte nur grimmig. »Ja«, sagte er, »das merkt man. Du bist nämlich das Musterbeispiel des weißen Mannes. Du lebst nur in deinem Kopf. Du spürst weder deinen Körper noch die Welt, die dich umgibt.«

Das sagte er so knallhart, dass Christopher einen Moment die Luft wegblieb. Sofort spürte er, wie der Chip wieder zuckte, musste den geistigen Griff verstärken.

Als er endlich imstande war, George eine Antwort zu geben, hatte sich der Impuls, alles von sich zu weisen und George, grob ausgedrückt, deutlich zu sagen, wohin er sich seine Weisheiten stecken konnte, schon wieder verflüchtigt. Denn ... so ganz unrecht hatte er damit gar nicht. Dass Christopher hauptsächlich in seinem Kopf lebte, war eine Beschreibung, die ihm vielleicht nicht schmeichelte, aber absolut zutraf. Er lebte in seinem Kopf und in der Welt der Computer. Alles andere waren eher ... *Störungen.*

Wobei er sich bis jetzt nie Gedanken darüber gemacht hatte, ob es eigentlich so gut war, so zu leben.

Er seufzte. »Ich weiß auch nicht . . . Man lebt eben so, wie man aufwächst. Oder? Das wird bei dir auch nicht anders gewesen sein.«

»Das ist eine Erklärung«, meinte George kühl. »Aber keine Entschuldigung, so weiterzumachen.«

»Wie meinst du das?«

»Hat dir schon mal jemand gesagt, du seist sehr intelligent?«

Christopher musste sich räuspern. »Ähm . . . ja.« *Dauernd* wäre die richtige Antwort gewesen, aber als Angeberei missverstanden worden.

»Klang es wie ein Lob?«

»Das ist doch eins, oder?«

George hob die Augenbrauen. »Hast du dir schon mal überlegt, ob Intelligenz vielleicht eine *Krankheit* sein könnte?«

Christopher stutzte. »Ehrlich gesagt, nein.«

»Dann denk mal drüber nach.« George deutete mit einer knappen Bewegung hinaus, auf die karge Landschaft, die sie umgab. »Indianer haben hier jahrtausendelang gelebt. Nicht immer friedlich, zugegeben – aber immer im Einklang mit der Natur, im Einklang mit *Niiitsiitapi,* dem Großen Ganzen. Dann sind die Europäer gekommen. Vor ein paar Hundert Jahren erst. Der weiße Mann mit seiner Intelligenz, die ihn Feuerwaffen und Maschinen hat erfinden lassen. Der weiße Mann ist unglaublich stolz auf seine Intelligenz. Aber was hat er damit hervorgebracht? Nichts als Probleme. Ich will gar nicht erst anfangen von all den Morden an den indianischen Völkern, die begangen wurden, um uns das Land wegzunehmen. Aber was hat der weiße Mann in seiner Intelligenz aus dem

Land gemacht, das er erobert hat? Er hat es ausgelaugt mit seinen angeblich modernen Anbaumethoden, er hat es mit Chemikalien vergiftet, mit radioaktiver Strahlung verseucht, es zugebaut und zubetoniert, es hässlich gemacht und krank. Und dabei ist er selber nicht mal glücklich geworden – schau dir doch an, wie die Leute in den großen Städten leben! Wie sie ihre Tage, wie sie ihre Leben verbringen! Sie arbeiten in hässlichen Fabriken, um hässliche Dinge herzustellen, die man gar nicht braucht – deswegen muss man überall riesige Werbeplakate aufstellen, um die Leute zu hypnotisieren, damit sie denken, sie benötigen all diese Dinge. Über meine Ahnen wird in den Schulen der Weißen erzählt, dass sie ihre Feinde skalpiert haben, und das wird als grausam bezeichnet. Der weiße Mann dagegen hat mit seiner Intelligenz Bomben erfunden, die er aus Flugzeugen abwirft, Bomben, die ganze Städte in Schutt und Asche legen – ist das etwa nicht grausam? Ist es nicht viel grausamer, solche Massaker per Knopfdruck zu begehen, anstatt sich einem ehrlichen Kampf Mann gegen Mann zu stellen?« Er lehnte sich zurück. »Ein Mann muss klug sein, natürlich. Und wenn er lange genug lebt, wird er vielleicht irgendwann weise. Aber Klugheit, das ist etwas anderes als das, was ihr Intelligenz nennt. Klugheit sitzt im ganzen Körper. Klugheit muss auch das eigene Herz kennen, muss mit der Kraft des eigenen Körpers vertraut sein. Intelligenz dagegen sitzt nur im Kopf. Sie ist wie ein Fieber. Eine Krankheit.«

Christopher war wie erschlagen von dieser Ansprache. Noch nie hatte er den schweigsamen jungen Indianer vom Stamm der Piegan-Blackfeet so viel reden hören; erst recht nicht am Stück.

Und er konnte ihm nicht mal widersprechen! Er hatte sich das nie zuvor so überlegt, aber tatsächlich war es, wenn er nun zurückdachte, schon immer so gewesen, dass er das Gefühl gehabt hatte, sich bremsen zu müssen in dem, was er tat. Dass er immer die Sorge gehabt hatte, er könnte sich völlig verlieren in der Welt der Computer und Netzwerke, wenn er nicht die Kontrolle über sich behielt. Wie oft hatte er sich regelrecht betrunken gefühlt nach seinen stundenlangen Ausflügen in den Cyberspace! Klar, es war nicht wirklich gesund, acht, zehn oder fünfzehn Stunden ohne Unterbrechung an einem Computer zu sitzen, völlig angespannt, alles um sich herum vergessend, auch den eigenen Körper, nicht zu merken, dass man Hunger hatte, fror oder schwitzte . . . Der einzige Interrupt, der auch in der heftigsten Session noch gegriffen hatte, war der, aufs Klo zu müssen. Selbst das hatte er nicht selten aufgeschoben, bis es wirklich nicht mehr ging. Und wenn er schließlich die Tastatur losgelassen hatte und aufgestanden war, hatte er sich oft benommen gefühlt, war mehr getorkelt als geradeaus gelaufen.

Er hatte das bisher nur nie als Problem betrachtet. Er kannte es nicht anders; die Idee, dass man auch anders leben könnte, war ihm nicht gekommen.

Fieber im Kopf? Ja, das kannte er. Dass sein Geist brannte, während der Körper zu verkümmern drohte.

»Darüber muss ich nachdenken«, erklärte er.

Worauf George etwas tat, was er noch nie getan hatte: Er lachte. »Siehst du?«, sagte er dann. »Genau das meine ich.«

51

Kyle hatte es eilig. Das war umso irritierender, weil er sonst nie Eile an den Tag legte. Serenity hatte ihren Bruder immer als den Inbegriff des coolen Typen gesehen, der sich niemals hetzen ließ. Aber heute war er es, der sie alle hetzte. Er weigerte sich, Rast zu machen, wurde unleidig, wenn jemand pinkeln musste, und raste auch mal über eine Ampel, die gerade rot wurde. Obwohl das völlig unsinnig war, denn danach musste er an den Straßenrand fahren und warten, bis George und Christopher aufholten.

Irgendwann wollte niemand mehr aufs Klo, wollte jeder nur noch, dass sie endlich ankamen und diese anstrengende Fahrerei ein Ende hatte.

Madonnas Lied kam immer öfter im Radio. Die ganze Welt schien von nichts anderem mehr zu reden. Leute riefen bei Sendern an und ergingen sich in Mutmaßungen darüber, was es mit dem Verschwinden der Sängerin auf sich habe, behaupteten, sie zu kennen, oder gar, es selber zu sein. Was Madonna fassungslos kichern ließ.

Anfangs war sie noch jedes Mal begeistert gewesen, hatte »Mein Lied! Mein Lied!« gerufen, hatte mitgesungen. Irgendwann hatte die Begeisterung aber nachgelassen. Sie hatte nur noch die Augenbrauen gehoben, bald gar nicht mehr reagiert und schließlich hatte sie Kyle gebeten, das Radio auszuschalten. Was Kyle nur widerwillig getan hatte. »Für Verkehrsnachrichten wäre es schon wichtig«, hatte er gemeint.

»Es nervt aber allmählich«, hatte Madonna gefaucht.

»Ich wäre eben gern bald da«, hatte Kyle eingewandt. »Möglichst ohne Stau und ohne Baustellen unterwegs.«

»Bitte.«

Da hatte er nachgegeben und seither herrschte Ruhe.

Die Strecke zog sich. Und irgendwie sah hier in der Gegend alles gleich aus. Zwischendurch fragte sich Serenity, ob sie womöglich im Kreis herumfuhren.

Schließlich bog Kyle in eine Tankstelle ein. »Letzter Halt, bevor wir da sind«, erklärte er, als George und Christopher hinter ihnen ausstiegen. »Es ist nicht mehr weit.«

Christopher wirkte irgendwie bedröppelt, sagte kein Wort.

»Wenn wir ankommen, werden sie sich alle auf uns stürzen«, fuhr Kyle fort. »Also, Mädels: letzte Gelegenheit, euch die Nase zu pudern. Ich muss auf jeden Fall –«

Er hielt inne, hob den Kopf, riss die Augen auf. Serenity wandte beunruhigt den Kopf.

Und dann sah sie, was ihn so aus der Fassung brachte.

Es war eine Kolonne dunkelblauer Panzerfahrzeuge, die die Straße entlanggedonnert kam. Auf allen Wagen stand in fetten Lettern: POLICE. Durch die schmalen, abgedunkelten Scheiben erhaschte man flüchtige Blicke auf grimmig dreinblickende Männer, die klobige Gewehre in Händen hielten, dann waren die Fahrzeuge vorbei.

»Puh!«, stieß Madonna hervor.

»Was *machen* die hier?«, hörte Serenity ihren Bruder murmeln, als habe er sie alle vergessen und rede mit sich selbst.

Jetzt erst begriff Serenity: Die Panzerwagen waren in dieselbe Richtung gefahren, in die sie unterwegs waren.

52

Eine Nacht noch. Jeremiah beharrte darauf, dass es zu gefährlich sei, länger zu bleiben.

Das war Lilian egal. Sie lehnte es ab, sich an den Vorbereitungen zum Aufbruch zu beteiligen, die jetzt schon begannen, am hellen Nachmittag. »Ich gehe erst von hier fort, wenn Serenity und Kyle da sind!«, erklärte sie, als Jeremiah sie darauf ansprach, und sie ließ sich auch von seinem »Sie werden jeden Augenblick kommen, da bin ich mir sicher« nicht umstimmen.

So blieb sie allein in dem kahlen, düsteren Raum im Obergeschoss des alten Hauses, ging, die Arme um ihren Körper geschlungen, unruhig auf und ab und beobachtete, wie das Feuer im Kamin allmählich erlosch. Sie hörte die anderen geschäftig hin und her eilen, hörte sie lachen und reden. Ab und zu spähte sie aus dem Fenster, sah zu, wie Kisten mit Proviant, Kochgeschirr, das sie nicht mehr brauchen würden, und dergleichen mehr hinüber in den Anbau getragen wurden, wo die Autos standen. Eine Nacht noch. Und wenn ihre Kinder und deren Freunde dann auch noch nicht da waren? Sie sah auf die Uhr. Die Zeiger schienen zu rasen.

»Ein Auto!«

Endlich, der ersehnte Ruf des Spähers, der mit einem Fernglas auf dem Dachboden Wache hielt.

Aber wieder nur ein Wagen. Nur einer. Lilian war es, als schlösse sich eine eiserne Klammer ihr Herz.

Jeremiah kam die Treppe hoch. »Scheint noch mal jemand aus dem Kontaktnetz zu sein«, erklärte er. »Vielleicht hat Kyle eine Panne gehabt und schickt uns eine Nachricht, wo wir sie abholen sollen.«

»Meinst du?« An diese Möglichkeit hatte sie noch gar nicht gedacht. Fast wünschte sie es sich. Eine Panne, ja, das konnte doch sein, so alt, wie Kyles Wagen war . . . und der von diesem Indianerjungen hatte auch nicht gerade rasend zuverlässig ausgesehen, wenn sie sich recht erinnerte . . .

Es war tatsächlich jemand aus dem Kontaktnetz.

Nur brachte er keine Nachricht von Kyle, Serenity und den anderen.

»Polizei ist unterwegs hierher«, erklärte der Kurier, ein hagerer Mann mit dünnrandiger Brille, der aussah und sprach wie ein Lehrer. »Bewaffnete Spezialeinheiten für Terrorbekämpfung. Weiße, neutral lackierte Mannschaftswagen, in denen je zehn Mann sitzen, bewaffnet bis an die Zähne. Und wir haben auch von schweren Polizeieinheiten weiter im Süden gehört. Eine riesige Aktion, die da im Gange ist.«

»Wie sicher ist es, dass sie hierher wollen?«, fragte Jeremiah mit einer Ruhe, die Lilian in diesem Moment geradezu unheimlich vorkam.

»Der Konvoi hat an einer Tankstelle haltgemacht, die einer unserer Freunde führt. Er hat den Namen *Albert Locust Road* aufgeschnappt – das ist die Straße, von der der Weg hierher abzweigt. Es ist die einzige Straße im Umkreis von dreihundert Meilen, die so heißt.«

»Wie viel Zeit bleibt uns?«

»Eine Stunde, höchstens.«

Lilian spürte ihr Herz wie wild schlagen. Sie starrte Jeremiah an, genau wie alle anderen.

»Wir brechen sofort auf«, entschied er mit steinerner Miene.

»Beeilt euch bitte. In zehn Minuten ab jetzt sind wir unterwegs.«

Er sah sie nicht an, aber Lilian war, als habe sie diese Szene kommen sehen, ach was, als habe sie sie *schon einmal erlebt!*

»Und die Kinder?«, stieß sie hervor, während alle anderen davonstoben, Dutzende Stiefel die Treppe hinabpolterten, es in den Tiefen des riesigen alten Hauses zu poltern und zu klappern anfing, als stürze es gleich ein. »Wie sollen uns Kyle und Serenity finden?«

»Lilian!« Jeremiah fuhr herum. »Ich mach mir genauso große Sorgen wie du. Aber wir können nicht länger warten. Es hilft den Kindern nichts, wenn wir im Gefängnis landen.«

»Aber wie sollen sie uns dann *jemals* wiederfinden?«

Er gab einen ächzenden Laut von sich. »Wir hinterlassen ein Geheimzeichen«, sagte er. »Kyle kann es lesen. Darüber wird er Kontakt mit uns aufnehmen.« Er nahm sein unvermeidliches schwarzes Notizbuch vom Tisch. »Komm jetzt.«

»Shit«, sagte Kyle und reichte das Fernglas an George weiter.

Der nahm es, spähte hindurch und sagte nichts. Natürlich nicht.

Serenity war ganz zappelig vor Ungeduld. Sie standen mit ihren Autos am Straßenrand, in der Deckung einiger verkrüppelter Bäume. Weiter vorne zuckte Blaulicht und staute sich eine Menge Autos auf der Straße.

George setzte das Fernglas ab. Serenity riss es ihm förmlich aus der Hand, richtete es auf die Straßensperre. Tatsächlich, überall Polizisten, wo man auch hinsah. Die meisten bewaffnet. Sie kontrollierten jedes Auto, das passieren wollte, egal in welche der beiden Richtungen; ließen sich vom Fahrer die Papiere zeigen, inspizierten den Kofferraum ...

»Da kommen wir nicht durch, oder?«, vergewisserte sich Serenity.

»Ich werd es jedenfalls nicht ausprobieren«, hörte sie ihren Bruder sagen, während sie zusah, wie ein Polizist die Daten aus einem Führerschein in einen Laptop eintippte, der auf einer Motorhaube stand. »Dazu haben unsere Eltern uns etwas zu eigenwillige Namen verpasst.«

»Du meinst, die würden herauskriegen, wer wir sind?«

»Na klar. Was glaubst du, wie viele Leute sonst noch Kyle Forrester Jones heißen? Ganz zu schweigen von *Serenity* Jones?«

Serenity spürte, wie sich ein Kloß in ihrem Hals bildete. »Denkst du, sie haben Dad erwischt?«

»Tja«, sagte Kyle. »Wenn ich das wüsste.«

Serenity setzte das Fernglas ab, ließ es sich von Madonna aus der Hand nehmen. »Und was *machen* wir jetzt?«

Christopher war der Einzige, den das Treiben da vorne nicht zu interessieren schien. Er schüttelte nur den Kopf, als ihm Madonna das Glas zuerst anbot.

»Jedenfalls nicht weiterfahren. Nicht hier.« Er nickte George zu. »Wir drehen um und schauen, ob wir auf einer anderen Route um die Sperren herumkommen. Schließlich kann es sein, dass das alles doch nichts mit uns oder Dad zu tun hat.«

Eine gute Stunde und zwei weitere Straßensperren später war kaum noch ein Zweifel möglich. Die ganze Aktion galt

Dad und seinen Leuten. Auf keiner Route war mehr ein Durchkommen in Richtung Treffpunkt.

»Du bist doch nicht auf Straßen angewiesen«, sagte Christopher unwirsch. An seinem Unterkiefer zuckte ein Muskel. »Das ist ein *Geländewagen.«*

Kyle musterte Christopher skeptisch, deutete auf Georges Wagen. »Aber das da ist keiner.«

»Den stellen wir irgendwo ab und fahren mit deinem Wagen weiter.«

In diesem Augenblick hörten sie Rotorenlärm, hoben die Köpfe und sahen den Hubschrauber. Er flog in großer Höhe und folgte ungefähr jener Linie, die die Straßensperren miteinander verband.

»Tja.« Kyle schob das Fernglas zurück in sein Etui. »So viel dazu.«

Christopher biss sich auf die Lippen, dann stieß er angehaltenen Atem aus und meinte nur: »Mist.«

Serenity fiel etwas ein. Etwas, das ihr Hoffnung machte. »Wenn sie Dad schon hätten, dann bräuchten sie doch keine Straßensperren mehr, oder?«, sagte sie. »Das heißt, Dad und die anderen müssen ihnen entwischt sein.«

Kyle spitzte nachdenklich die Lippen. »Da ist was dran.«

»Ja, und? Habt ihr irgendwas ausgemacht für so einen Fall, Dad und du? Wie wir in Verbindung mit ihnen bleiben?«

Er nickte mürrisch. »Ausgemacht war, dass wir in einem solchen Fall warten, bis die Polizei wieder abgezogen ist, und dann am Treffpunkt nach Codezeichen suchen, die uns verraten, wohin wir müssen.«

»Codezeichen?« Serenity schüttelte den Kopf. »Die Polizei wird den Treffpunkt doch bestimmt überwachen, oder? Sie werden sich doch sagen, dass noch Nachzügler kommen könnten.«

»Die Zeichen sind natürlich nicht *direkt* dort angebracht.« Kyle kniff die Augen zusammen. »In diesem Fall würden wir sie an der Abzweigung von der Straße finden, die zu dem alten Haus führt.«

»Was sind das für Zeichen?«, wollte Madonna wissen.

»Na, ein Code eben. Zeichen, die man nicht ohne Weiteres als Nachrichten erkennt. Kerben in Baumästen, Markierungen mit Farbspray, Striche auf Steinen. Sie zeigen an, wo ein Behälter mit genaueren Informationen vergraben ist.«

»Gut«, sagte Madonna hörbar erleichtert. »Dann brauchen wir ja einfach nur zu warten, bis sie wieder abziehen.«

Irgendwas stimmte mit diesem Argument nicht, aber Serenity wusste einen Moment lang nicht, was. Dann wechselte sie einen Blick mit Christopher und begriff.

»Wir haben noch Netz hier, oder?«, fragte sie beklommen.

Christopher nickte nur.

»Ehrlich?« Kyle sah ihn bestürzt an. »Wir sind nur ein paar Meilen vor dem Treffpunkt und der liegt in einer weißen Zone. Ganz sicher.«

Christopher massierte sich eine Schläfe. »Kann ja sein. Aber hier haben wir jedenfalls Netz.«

»Shit.« Kyle zog die große Übersichtskarte heraus, breitete sie auf der Motorhaube aus. »Ich hab keine Ahnung, wo hier eine andere weiße Zone sein könnte.«

In Christophers Augen flackerte Panik. »Wir können doch nicht die ganze Strecke wieder *zurück*fahren!?«

Kyle presste die Kiefer zusammen, während er die Karte studierte. Serenity sah die Narbe auf seiner Stirn rot werden. Das war immer ein schlechtes Zeichen.

»George«, stieß er hervor. »Wenn wir nach Norden fahren, in Richtung des Blackfeet-Reservats? Wie sieht es dort aus mit Mobilfunk?«

George trat näher. »Gibt es dort natürlich nur stellenweise; Indianer sind keine guten Kunden. Aber in Browning und Umgebung funktioniert es.« Er starrte reglosen Gesichts auf die Karte. »Nein. Ich glaub nicht, dass wir heute noch bis in die Bereiche des Reservats kommen, in denen es kein Netz mehr gibt. Das ist einfach zu weit.«

Serenity beugte sich über die Karte, versuchte zu verstehen, was die beiden besprachen. Aber mit Karten hatte sie noch nie viel anfangen können. »Wieso denn? Wie groß ist das Reservat?«

»Etwas über zweitausend Quadratmeilen«, sagte George und deutete auf ein großes, grau unterlegtes Areal im nördlichen Montana, das bis an die Grenze zu Kanada reichte. »Nicht viel, verglichen mit den alten Zeiten. Aber für unser momentanes Problem *zu* groß.«

Kyle klatschte mit der Hand auf die Karte, an einer Stelle, die vorwiegend braun gefärbt war. »Dann müssen wir wieder in Richtung der Rockies. Es geht nicht anders.«

Er warf einen kurzen Blick in Richtung Christopher, einen eigentümlichen Blick, den dieser nicht bemerkte, Serenity dagegen durchaus: Es wäre nämlich schon anders gegangen. Sie hätten sich einfach von Christopher und seinem gefährlich verräterischen Chip trennen können.

53 | Sie fuhren und sie fuhren und sie fuhren. Es nahm kein Ende. Sie fuhren und es dämmerte. Sie fuhren und es wurde dunkel. »Komm, setz dich zu mir nach vorn«, sagte Kyle irgendwann und Christopher setzte sich nach vorn. »He, nicht einschlafen«, sagte er später und Christopher bemühte sich, nicht einzuschlafen.

»Es wäre wirklich gut, wenn wir bald da wären«, erklärte er, als das Gefühl, mitten in seinem Gehirn stecke ein glühender Eisenklumpen, unerträglich wurde.

»Tja ...«, konnte Kyle nur sagen und: »Kommt, Leute. Unterhalten wir uns. Reden hilft gegen Einschlafen. Oder soll ich Musik anmachen? Irgendwas Hartes? Metal?«

»Oh, bitte nicht«, bat Christopher entsetzt.

Sie waren zu viert im Wagen – Kyle, Serenity, Madonna und er. George fuhr allein hinterher.

Ihm. Dem weißen Mann. Dem Musterbeispiel. Dem mit der Intelligenzkrankheit, dem Hirnfieber, der Pseudo-Klugheit. Der über alles nachdenken musste, ja – aber nachdenken, das konnte Christopher nicht mehr. Er war zu sehr damit beschäftigt, die Augen offen zu halten.

Madonna erzählte, wie schwierig es gewesen war, Gitarre zu lernen, weil jeder nur gesagt habe: »He, du bist doch ein Indianermädchen, warum spielst du keine indianischen Instrumente? Spiel doch Flöte! Spiel doch Trommel! Hauptsache, nicht das Instrument der *Cowboys!*«

»Und? Wie hast du dich durchgesetzt?«, wollte Serenity wissen.

»Meine Mutter arbeitet für das Amt für indianische Angelegenheiten, als Übersetzerin und Sachbearbeiterin. Sie hat mir einen Musiklehrer besorgt. War immer eine halbe Weltreise zu den Unterrichtsstunden.«

Irgendwann hörte Christopher nur noch mit halbem Ohr zu. Wie man Songs schrieb. Wie es war, sie erst genial zu finden und nach einer Weile langweilig, blöde, einfallslos ... schlecht eben. Dass Madonna sich deswegen nie getraut hatte, ihre Lieder jemandem vorzusingen. Dass sie schon überlegt hatte, das Video wieder aus dem Internet zu löschen. Dass sie es nur deshalb nicht getan hatte, weil dann ihre Cousine, die sich so viel Mühe mit dem Schnitt gegeben hatte, sauer gewesen wäre. Und so weiter.

»Sag mal«, fragte Kyle irgendwann, »möchtest du vielleicht einen Kaffee?«

Christopher brauchte eine Weile, um zu begreifen, dass er gemeint war. »Ich mag keinen Kaffee.«

»Was anderes, was wach hält? Eine Cola?«

»Ja. Cola wäre gut.«

Er bekam die letzte Dose aus dem Proviant. Später hielten sie und Kyle besorgte mehr davon. Tankte. Alle vertraten sich die Beine, weil es guttat, sich mal die Beine zu vertreten. Und das Ding in seinem Schädel pulsierte, wehrte sich gegen seine Kontrolle, lauerte auf den Moment, in dem er nicht mehr aufpasste, einnickte, einschlief.

Wieso ließ er nicht einfach los? Ließ es einfach geschehen? Am Ende würde ihn die Kohärenz ja doch kriegen, also warum es hinauszögern?

Wieder eine dieser Tankstellen ... Wie viele gab es von denen eigentlich in diesem ganzen verdammten Amerika? Milliarden, so kam es ihm vor. Und alle sahen sie gleich aus. Gleich hässlich. George hatte recht. Der weiße Mann hatte das Land hässlich gemacht. Überall, wo etwas hingebaut worden war, drehte sich einem der Magen um, wenn man sich umschaute und vorzustellen versuchte, wie die Gegend davor ausgesehen haben mochte.

Wach bleiben. Widerstand leisten.

Aber es wurde zu viel, zu viel, zu viel . . .

Kyle tankte immer noch. Die anderen standen herum, beugten halbherzig die Knie, dehnten sich. Christopher stand abseits, sah in die Dunkelheit und überlegte, einfach da hinauszugehen, im Dunkeln zu verschwinden, sie alleine weiterfahren zu lassen. Sich dann irgendwohin zu setzen und den Widerstand aufzugeben, nicht länger standzuhalten. Ein letztes Mal einzuschlafen als Christopher Kidd und aufzuwachen als Teil der Kohärenz.

Wieder mächtig zu sein! Allwissend, gigantisch, glühend, intelligent wie eine Supernova . . . und scheiß auf die ganze Individualität. Wer war schon Christopher Kidd? Ein bleicher, schlaksiger Freak, den Mädchen nicht mal ansahen, es sei denn, er konnte ihnen zufällig zu fünf Minuten Ruhm verhelfen. Und zu Recht, dachte er, als er sich in einem der nachtdunklen Fenster der Tankstelle gespiegelt sah, eine merkwürdige, schiefe Gestalt im fahlen Licht der Neonbeleuchtung. Wenn er ein Mädchen gewesen wäre, er hätte sich selbst auch links liegen gelassen.

Bester Hacker der Welt. Drauf geschissen.

Das alles konnte er hinter sich lassen. Das war das Verlockende. Er konnte es einfach hinter sich lassen, ohne Mühe, ohne Umstände, ohne Arbeit, ohne Anstrengung. Er brauchte einfach nur den Chip aus seiner Kontrolle zu entlassen und abzuwarten. Der schwarze Strudel würde zurückkommen und ihn wegsaugen, ihn davontragen in das übermenschliche Reich der Kohärenz, das die ganze Welt umspannte und das eines Tages alle Menschen umfassen würde. Ein Reich, in dem die Sonne niemals unterging.

Eine Sache von einer Sekunde. Er musste sich nur entscheiden, es zu tun.

Und warum nicht? Was hatte er davon, sich zu wehren? Schmerzen. Anstrengung. Ein einsamer Kampf, den er kämpfte – wofür?

Was hatte er eigentlich damals so schlecht, so abstoßend, so widernatürlich daran gefunden, Teil der Kohärenz zu sein? Was hatte ihm Angst gemacht? Er wusste es nicht mehr.

Das ließ sich alles wiedergutmachen. Er musste sich nur entscheiden, es zu tun . . .

»Christopher?«

Er drehte sich um. Das war Serenity.

»Kommst du?«, rief sie. »Wir fahren weiter.«

Ihre sandbraunen Haare glänzten im Licht eines der Scheinwerfer, die die Zapfsäulen anstrahlten. Bleich war sie. Sie wirkte müde. Und einsam.

»Ja«, sagte Christopher und setzte sich in Bewegung. »Ich komme.«

Cola half. Mehr Cola half noch besser. Bald war die ganze Packung weg und ihm war ein bisschen seltsam zumute. Wach konnte man das nicht nennen. »Vielleicht sollte ich doch mal einen Kaffee probieren«, sagte er irgendwann.

Serenity war gerade dabei zu erzählen, was sie als Kinder im Wald erlebt hatten.

»Kaffee«, wiederholte Kyle. »Machen wir doch glatt.«

Ein paar Kilometer weiter kam ein Drive-through. Eine strohblonde Frau, die hellwach wirkte, reichte Kyle ein Plastiktablett mit sechs verschiedenen Kaffeebechern, das dieser an Christopher weitergab. »Hier. Probier dich durch.«

Puh. Wie das schon roch! Christopher entschied sich zunächst für den kleinsten Becher, nahm den Deckel ab, nippte daran. Bitter!

Egal. Runter damit. Viel war es ja nicht.

Er setzte den Becher an und stürzte das schwarze Gebräu todesmutig hinab.

Mann, Mann. Es schüttelte ihn, aber ja, es weckte ihn auf.

»Gleich den Espresso?«, meinte Kyle mit anerkennendem Grinsen, nachdem er gezahlt hatte. »Wenn schon, dann richtig, hmm? Finde ich auch. Aber du kannst dir auch Zucker und Milch reintun, das macht es leichter. Und am Koffeingehalt ändert es nichts.«

Christopher schaffte noch drei Becher, dann konnte er nicht mehr. Tatsächlich war ihm schlecht.

»Auch gut«, meinte Kyle. »Dann nehme ich die anderen. Kann es auch vertragen.«

Und wieder fuhren sie und fuhren und fuhren. Christophers

Gefühl nach mussten sie demnächst am Pazifik sein, ach was, in Alaska. Wenn nicht in Russland.

Die Mädchen auf dem Rücksitz waren längst eingeschlafen. Serenity hatte den Kopf in ihre Jacke vergraben, die neben ihr an einem Haken hing, Madonnas Gesicht war hinter ihren langen schwarzen Haaren verschwunden. Eine der beiden schnarchte leise.

Christopher übernahm das Kartenlesen. Das hielt auch wach. Seine Augen brannten, der Chip in seinem Kopf glühte immer noch, aber sollte er, es machte ihm nichts mehr aus. Er folgte ihrer Route mit dem Finger auf der Karte, hielt Ausschau nach Straßenschildern, schloss die Augen, wenn entgegenkommende Autos ihn blendeten –

»Hey!« Jemand rüttelte ihn. Kyle. »Nicht einschlafen, Chris! Hallo? Bist du okay?«

Christopher blinzelte. Eingeschlafen, er? »Alles okay«, beeilte er sich zu versichern. »Ich schlaf nicht.«

»Sah aber verdammt echt aus.«

»Ich hab nur einen Moment die Augen –« Aber ja, er spürte es. Diese bleierne Schwere, die an ihm zog, an jeder Faser seines Körpers. Als hätten sich seine Muskeln in Blei verwandelt. Und diese Trägheit in seinen Augenlidern, die nur darauf zu lauern schienen, dass er nachgab, damit sie vollends zufallen konnten. »Aber es wäre wirklich gut, wenn wir bald da wären.«

»Immer noch Netz?«

»Ja.«

»Es lebe der Fortschritt.«

Kyle gab sich wirklich Mühe, ihn durch Gespräche wach zu halten. Er erzählte Witze, brachte Anekdoten von seinen Rotkreuz-Einsätzen, versuchte, ihn in eine Diskussion über Umweltschutzthemen zu verwickeln, sein Studienfach. Aber Christopher konnte nicht mehr. Jedes Wort, das er sprach, war pure Folter.

»Wir brauchen etwas Stärkeres für dich«, entschied Kyle irgendwann und folgte einem Straßenschild in eine größere Stadt. George holte auf, ließ sein Seitenfenster herab und wollte wissen, was los sei.

»Ich suche einen Drugstore, der noch aufhat«, sagte Kyle. »Wir brauchen was für Christopher, damit er nicht einschläft.«

»Okay«, sagte George.

Sie fuhren. Die Straßen waren leer und dunkel. Wie spät war es eigentlich? Christopher hätte es nicht sagen können. Nein, er würde schon nicht einschlafen. Jetzt nicht mehr. Irgendwie fühlte er sich darüber hinausgewachsen. Nein, jetzt war die Gelegenheit, über gewisse Dinge nachzudenken, auf die George ihn aufmerksam gemacht hatte . . .

»Ich bin gleich wieder da.« Kyles Stimme. Er schlug die Autotür zu, dass der ganze Wagen dröhnte, aber die Mädchen wachten nicht mal eine Sekunde lang auf.

Christopher beugte sich vor, beobachtete, was geschah. Ein Laden, hell erleuchtet hinter riesigen Scheiben, aber total leer. Nur Kyle, der an einer Theke stand und auf den Mann dahinter einredete, der unzufrieden aussah und immer wieder den Kopf schüttelte. Seltsam – die Theke war von Gittern umgeben, konnte das sein? Kyle redete weiter auf den Mann ein, gestikulierte heftig. Endlich wechselten ein Geldschein und eine kleine Schachtel den Besitzer.

»Hier. Nimm davon zwei«, sagte Kyle, als er zurück in den Wagen stieg, und warf Christopher die Schachtel zu. Irgendein medizinisch klingendes Wort stand darauf. Christopher öffnete die Schachtel, drückte zwei Tabletten aus dem Blister, spülte sie mit einem Schluck aus der Wasserflasche runter.

Und weiter ging es durch die Nacht. Endlich ließen sie die bewohnten Gegenden hinter sich, tauchten ein in kosmische Schwärze. Sie waren gar nicht mehr auf der Erde unterwegs, das erkannte Christopher jetzt, sondern aufgebrochen in die Tiefen des Universums. Der Geländewagen hatte sich in ein Raumschiff verwandelt, der Motor in ein Triebwerk, das unirdische Melodien sang, mit Stimmen aus Fusionsenergie und Strahlkraft. Er konnte es hören, es klang wie der Gesang maschineller Engel.

»Du redest ziemlich wildes Zeug«, sagte Kyle irgendwann und erst da kam Christopher zu Bewusstsein, dass er tatsächlich redete, dass er versuchte, sich mitzuteilen. Es war ihm ein Bedürfnis, seine Mitmenschen teilhaben zu lassen an dem, was in ihm vorging; das war doch nichts Schlechtes, oder?

»Mann, Mann, ich versteh nicht mal die Hälfte«, kam als nächste Reaktion. »Was hat denn der mir für Zeug verkauft, sag mal . . .?«

Wieso? Er dachte doch nur nach. Dieser Raumflug war eine gute Gelegenheit, sich mal grundsätzlich über ein paar Dinge klar zu werden. Zum Beispiel über das, was George Angry

Snake ihm gesagt hatte. Weißer Mann und Intelligenz und so. Das Fieber im Kopf.

Zum Beispiel konnte es gut sein, dass er, Christopher Kidd, über die Linie seines Vaters mit jemandem verwandt war, der vor Jahrhunderten in dieses Land gekommen war und vielleicht, wer wusste das schon, gegen Vorfahren von George gekämpft hatte. Okay, er konnte sich auf den Standpunkt stellen, dass ihn persönlich keine Schuld traf. Genau genommen war das ja auch nur eine Theorie; er wusste nicht mal, wie seine Urgroßeltern geheißen hatten, geschweige denn, dass er seinen Stammbaum so weit hätte zurückverfolgen können. Aber irgendwie war der Gedanke trotzdem wichtig, denn er zeigte, dass alles mit allem in Zusammenhang stand, dass jeder Mensch mit jedem verbunden war, auch wenn man das meistens nicht so sah.

»Junge, Junge«, war Kyles Kommentar. »Ich hoffe bloß, du hast diesen Chip noch im Griff.«

Der Chip? Ach was. Klar hatte er den im Griff. Der zuckte nicht mal mehr. Aber das brachte ihn auf eine andere Einsicht: Die Kohärenz übertrieb es, schlicht und einfach. Wenn alle Menschen sowieso mit allen anderen verbunden waren, war es hirnrissiger, blödsinniger, voll beknackter Quatsch, das Ganze noch mal technisch nachzubauen. Ungefähr so, als setze man jeden Menschen in einen Rollstuhl, auch die, die selber laufen konnten: Die würden es dann bald auch nicht mehr können, weil die entsprechenden Muskeln verkümmerten, wenn man sie nicht benutzte. Fieber im Kopf, so eine Idee. Man musste schön blöd sein, wenn man derart intelligent war.

Und irgendwann, während sie so durch die Tiefen der Galaxis brausten, war von hinten plötzlich ein Geräusch zu hören, ein Rascheln, ein Seufzen, und Serenity tauchte zwischen ihnen auf, lehnte sich mit den Ellbogen auf die beiden Vordersitze und fragte schlaftrunken: »Fahren wir immer noch?«

Christopher wandte den Kopf, sah sie an, las die geheimen Botschaften, die in den Mustern ihrer Sommersprossen verborgen lagen, und erkannte in einem einzigen, gleißenden, endlosen Moment, dass es Menschen gab, mit denen man aus rätselhaften Gründen mehr verbunden war als mit anderen, dass es in seinem Fall Serenity war, mit der er verbunden war, Serenity, jawohl, und dass es nichts Wichtigeres für ihn geben konnte, als sie vor der Kohärenz zu beschützen, ganz egal, was das bedeutete, und ganz egal, was es ihn kosten würde.

Demoralisierung

54 | Wenn man nicht gewusst hätte, dass Brendan Davenport Herausgeber einer Fachzeitschrift für die Aufzucht von Garnelen und Krebsen war, man hätte es geahnt, sobald man sein Büro betreten hatte. Man war darin umringt von Aquarien, in denen rötliche, seltsam filigrane Wesen über grauen Sand wanderten und zu verfolgen schienen, was sich an dem schweren Schreibtisch abspielte, der in der Mitte des Raumes stand.

Die Wände über den Aquarien hingen so voller Bilder von Krebsen, Hummern und dergleichen oder von gerahmten Titelbildern vergangener Ausgaben der Zeitschrift, dass man nur ahnen konnte, wie die Tapete darunter aussah, und im Teppichmuster waren – wie konnte es anders sein – zahllose Krebse eingewebt.

Brendan selber hatte, wenn er in seinem Sessel saß, auch eine gewisse Ähnlichkeit mit einem Krebs. Die spiegelglatte, gerötete Glatze, die gedrungene Gestalt, dazu die seltsame Jacke, die sich in seinem Nacken ausbeulte, wenn er saß, und der flusige Bart entlang seiner Kinnpartie – Brendan Davenport war nicht gerade das, was man eine unauffällige Erscheinung nannte.

Und er rührte sich praktisch nicht, während Jeremiah sprach. Beobachtete ihn nur ausdruckslos.

»Hmm«, machte er, als Jeremiah geendet hatte. »Seltsame Geschichte.«

»Kann man wohl sagen.« Jeremiah versuchte, die Reaktion einzuschätzen. »Und deswegen wollen wir alles tun, um die Öffentlichkeit davon in Kenntnis zu setzen.«

Jeremiah Jones war gemeinsam mit Russel Stoker gekommen. Es war ihr drittes Gespräch heute. Die beiden Termine davor waren nicht wirklich gut verlaufen. Ihre erste Gesprächspartnerin, Herausgeberin einer Obdachlosen-Zeitung, hatte nach fünf Minuten erklärt, für so einen Unsinn keine Zeit zu haben, und sie hinausgeworfen.

Inzwischen hatte Jeremiah Jones, so hoffte er zumindest, seinen Vortrag über die Geschichte der Kohärenz und die Gefahr, die sie darstellte, erheblich verbessert.

»Ich gebe ein Magazin heraus, das sich mit Fragen der Aufzucht gewisser Zehnfußkrebse beschäftigt«, erklärte Brendan Davenport bedächtig und begann, seine Hände zu massieren. »Ein Artikel, wie er Ihnen vorschwebt, wäre thematisch . . . hmm, äußerst gewagt.«

»Nun, wie ich Ihnen erklärt habe, ist uns der Weg zu den großen Medien leider versperrt.« Jeremiah legte ihm ein Foto hin. »So sieht übrigens der Chip aus.« Er hätte ihm auch einen echten Chip zeigen können – sie hatten fast zwei Dutzend davon erbeutet und im Grunde keine Verwendung dafür –, aber noch wollte er nicht so weit gehen.

Davenport nahm das Foto in die Hand, betrachtete es. »Mmmh. Ja. Also, ganz ehrlich, Mr Jones – ich bin kein Fachmann. Sie könnten mir hier sonst was zeigen und behaupten, das sei ein Wunderchip, ich müsste es Ihnen einfach glauben.«

»Beunruhigt Sie dieser Gedanke nicht? Dass jemand kommen und Ihnen einen solchen Chip einpflanzen könnte?«

Der Mann schob den Unterkiefer nach vorn, machte einige mahlende Bewegungen damit, ehe er antwortete. »Im Nachbarort wohnt einer, der erzählt allen, die ihm nicht rechtzeitig aus dem Weg gehen, dass die Welt von reptilienartigen Aliens regiert wird, die sich nur als Menschen verkleiden. Sämtliche Präsidenten, Generäle, Konzernbosse ... alles Aliens, sagt er.« Er reichte ihm das Foto zurück. »Verstehen Sie mich nicht falsch – es ist nicht so, dass ich Ihre Geschichte in dieselbe Kategorie einordne. Aber er kommt schon seit Jahren an und will einen Artikel über seine Theorie in meinem Blatt veröffentlichen. Seit Jahren. Bisher hab ich ihn immer damit abwimmeln können, dass seine Aliens nun mal nichts mit Garnelen und Krebsen zu tun haben. Aber wenn ich jetzt Ihre Geschichte bringe, die ja nun auch nichts mit Garnelen oder Krebsen zu tun hat, was sag ich ihm dann?«

Jeremiah wechselte einen hilflosen Blick mit Rus, dann seufzte er. »Das weiß ich auch nicht, Brendan. Beim besten Willen nicht. Ich kann Sie nur bitten, meine Situation zu verstehen. Diese Wesenheit – die Kohärenz, wie wir sie nennen –

verfolgt mich und meine Leute. Die einzige Chance, die wir haben, ist die, uns zu wehren. Dafür brauchen wir Menschen, die bereit sind, uns zu helfen.«

»Das habe ich schon verstanden. Ich schätze auch Sie und Ihre Arbeit, Mr Jones, missverstehen Sie mich da nicht. Ich hab zwei von Ihren Büchern gelesen und verdanke Ihnen zum Beispiel, dass ich kein Mobiltelefon mehr habe. Paradiesisch, das Leben ohne, ganz klar. Aber ich fürchte, dass Sie meine Möglichkeiten ziemlich überschätzen. Wie gesagt – Zehnfußkrebse. Garnelen. Die Liebhaber dieser Art Tiere sind nicht gerade die mächtigste Einflussgruppe in diesem Land.«

»Ich verlange ja nicht, dass Sie es allein tun«, erklärte Jeremiah mit aller Eindringlichkeit, zu der er imstande war. »Was ich organisieren will, ist eine große Aktion. Möglichst viele unabhängige kleine Medien, die alle am gleichen Tag denselben Artikel publizieren. Sie können sich gern im Editorial von meinem Text distanzieren, wenn Sie thematische Bedenken haben – Hauptsache, Sie publizieren ihn. Hauptsache, Sie helfen mit, dass die Wahrheit bekannt wird.«

Brendan Davenport knetete seine Hände heftig. Dann gab er sich einen Ruck und erklärte: »Also, das wäre meine Bedingung. Dass auch andere mit dabei sind. Ich will nicht der Erste sein, der mitmacht, und der Einzige schon gar nicht. Aber wenn Sie genug andere auftreiben, bin ich dabei.«

»Neunzehn Zeitungen und Zeitschriften haben wir schon, dazu sechs Radiostationen. Was sagen Sie dazu?«

Der Mann mit dem krebsroten Kugelkopf verzog den Mund. »Zu wenig. Dreißig bis vierzig sollten es schon sein.«

»Hab ich wahrscheinlich bis zum Ende der Woche zusammen«, erklärte Jeremiah.

»Gut. Dann melden Sie sich einfach noch mal.«

So verblieben sie. Die Garnelen in den Aquarien standen Spalier und schienen sich zu wundern, dass sie schon gingen.

»Neunzehn Zeitungen und Zeitschriften, sechs Radiostationen?«, wiederholte Rus, als sie wieder im Auto saßen. »Hab ich was verpasst?«

Jeremiah schob den Schlüssel ins Schloss. »Wenn du Leute anrufst, die dir beim Umziehen helfen sollen, dann sagst du denen auch nicht, ›du bist der Erste, aber ich hoffe, ich kann noch jemanden organisieren‹. Nein, du sagst jedem, dass vermutlich fünf bis zehn Leute kommen – dann sagt sich jeder, ›okay, das ist zu schaffen‹, und kommt und am Schluss hast du wahrscheinlich fünfzehn Helfer. So läuft es nun mal.« Er ließ den Motor an. »Und wir ziehen die Aktion sowieso nur durch, wenn wir wirklich genügend finden, die mitmachen. Ein paar Artikel in ein paar kleinen Zeitschriften würden nur Schaden anrichten.«

»Aber das muss mir trotzdem nicht gefallen«, sagte Rus. »Dass wir Leute anlügen, die uns helfen wollen.«

»Nein, muss es nicht. Ich entschuldige es vor mir auch nur damit, dass wir in einem Krieg stehen«, sagte Jeremiah und fädelte den Wagen in den Verkehr ein. »Und einen Krieg gewinnt man nicht nur mit Handlungen, die einem gefallen.«

55 | Christopher erwachte mit grässlich trockenem Mund. Er schlug die Augen auf, sah diffuses Dunkelgrün und war sich sicher, dass sein Kopf auf doppelte Größe angeschwollen war. Auch seine Erinnerungen waren höchst diffus. Sie waren ewig lang durch die Nacht gefahren und er hatte allerhand geniale Erkenntnisse gewonnen, an die er sich nur nicht mehr erinnerte. Überhaupt erinnerte er sich ab einem bestimmten Punkt an gar nichts mehr. Zum Beispiel war es ihm rätselhaft, wie er in diesen Schlafsack gelangt war.

Schon wieder. Er wünschte sich, mal wieder aufzuwachen und sich frisch und erholt zu fühlen. Oder einfach nur normal. Gern auch müde. Hauptsache, nicht dauernd so, als habe er eins mit einer Bratpfanne vor den Kopf bekommen.

Er drehte sich mühsam zur Seite. Der andere Schlafsack war leer. Okay, das überraschte ihn jetzt nicht wirklich. Die anderen waren also schon auf. Wobei es dafür ziemlich still war draußen. Keine Frühstücksgespräche am Lagerfeuer heute?

Er sammelte noch mal Kräfte, wälzte sich dann auf den Bauch und stemmte sich hoch, um den Reißverschluss zu öffnen. Helles Licht drang herein. *Ziemlich* helles Licht. Er schlug die Plane zurück, sah Gras und Bäume und Insekten, die im Sonnenlicht umherschwirrten.

Ein ganz normales Bett in einem ganz normalen Haus wäre auch mal wieder eine nette Abwechslung gewesen. Wenn er schon dabei war, sich was zu wünschen.

Schritte. Jemand kam. Serenity. Stand da im flirrenden Licht, sah auf ihn herab und fragte: »Na? Ausgeschlafen?«

Christopher konnte ein Stöhnen gerade noch vermeiden.

»Geht so«, meinte er. Worte zu formulieren, war anstrengender, als er gedacht hatte. »Ist schon spät, oder?«

»Kann man so sagen«, erwiderte sie. »Halb vier Uhr nachmittags.«

Als Kind hatte Serenity in dem Wald, der damals an ihr Elternhaus grenzte, ganze Tage einfach damit verbracht, nichts zu tun. Sie hatte nur dagesessen, in das Helldunkel der Bäume und Sträucher geschaut und den Geräuschen gelauscht – dem Zwitschern der Vögel, dem hastigen Rascheln der Mäuse im Unterholz, dem düsteren Knarren der Bäume, dem Rauschen ihrer Wipfel im Wind. Sie hatte verfolgt, wie eine Gruppe Ameisen irgendwelche Tannennadeln oder Holzspäne scheinbar sinnlos hin und her zerrten, hatte Vögel beobachtet, die durchs Geäst turnten, hatte Zeit und Raum vergessen.

Seltsam, dass ihr das erst jetzt wieder einfiel.

Als die anderen zum Einkaufen aufgebrochen waren, hatte sie sich freiwillig gemeldet, im Lager zu bleiben. Sie hatte sich in dem Moment nicht klargemacht, wie weit die anderen würden fahren müssen und wie lange sie unterwegs sein würden. Serenity war kalifornische Verhältnisse gewöhnt, wo man an jeder Straßenecke einen gigantischen Supermarkt fand.

Es hatte sich gezeigt, dass Kyle recht behalten sollte mit seiner Vermutung, Christopher würde so schnell nicht aufwachen. Serenity hatte das Geschirr vom Frühstück abgewaschen, ein bisschen aufgeräumt und dann ... nichts mehr. Im ersten Moment hatte sie Panik bekommen: Nichts zu tun! Nichts zu lesen! Kein Mensch, mit dem sie sich unterhalten konnte!

Sie würde sich *langweilen!*

Aber dann hatte sie sich einfach hingesetzt und es war wieder gewesen wie früher. Friedlich. Sie hatte ganz vergessen gehabt, wie friedlich das Leben sein konnte.

Das kam vom Leben in der Stadt. Und davon, dort auf eine Schule zu gehen. Da kam es einem irgendwann normal vor, dass ständig Unruhe herrschte, dass immer was los sein musste, dass etwas nicht in Ordnung war, wenn man sich langweilte.

Und dabei, fiel Serenity ein, galt sie bei ihren Mitschülerinnen als diejenige, die nur schwer auf Touren kam. Als diejenige, die bremste, die langsam war . . . Ein bisschen altmodisch halt.

Und dann vergaß sie auch ihre Mitschüler, saß einfach nur da und genoss es, wie es war.

Irgendwann hörte sie vom Zelt der Jungs Geräusche, die darauf schließen ließen, dass Christopher aufwachte. Serenity sah auf die Uhr. Halb vier.

Sie stand langsam auf und ging zu ihm hinüber.

»Ich fühle mich schrecklich«, brabbelte Christopher, als er es endlich geschafft hatte, zur Gänze aus dem Zelt zu kriechen. Er blieb auf dem Boden sitzen, sah sich blinzelnd um, hatte offensichtliche Probleme, sich ans Tageslicht zu gewöhnen. »Und mir fehlt irgendwie ein Stück Erinnerung.«

»Du bist quasi umgekippt, als wir die funkfreie Zone erreicht hatten«, sagte sie. »Und davor hast du reichlich wirres Zeug geredet.«

»Was für Zeug zum Beispiel?«

»Du hast mich angestarrt, mit dem Finger auf mich gezeigt und immer wieder gesagt: ›Du bist es.‹«

»Ah«, machte er. »So ein Zeug zum Beispiel.« Er blickte betreten zu Boden, schien nachzusehen, ob er die entsprechende Erinnerung doch noch irgendwo fand. »Aber *was* du bist, das hab ich nicht gesagt?«

»Nein. Du hast irgendwas von Mustern in meinen Sommersprossen gesagt und dass . . . ähm, ich glaube, dass man mit manchen Menschen mehr verbunden ist als mit anderen und dass das alles äußerst rätselhaft ist . . . und so was in der Art. Und schließlich hast du angefangen, Deutsch zu sprechen, und davon habe ich natürlich kein Wort mehr verstanden.«

Er seufzte, ohne aufzusehen. »Und wie bin ich in meinen Schlafsack gekommen?«

»Als wir gehalten haben, bist du aufgewacht, hast erklärt, du seist gar nicht müde und wir sollten gemeinsam auf den Sonnenaufgang warten. Aber als George und Kyle das Zelt aufgestellt hatten, bist du ohne ein weiteres Wort reingekrochen und warst weg.«

»Oh, Mann.« Er zog den Kopf ein. Das Ganze schien ihm entsetzlich peinlich zu sein. Er räusperte sich, sah sich um. »Wo sind die anderen?«

»Einkaufen gefahren. Wir haben ja so gut wie nichts mehr.«

»Verstehe.«

»Hör mal«, sagte sie, »das muss dir nicht peinlich sein. Kyle hat dir irgendwelche Pillen gegeben. Die waren das. Und auch wenn Kyle Sanitäter ist und sich mit Medizin ein bisschen auskennt, fand ich es ehrlich gesagt ziemlich daneben, dich dieses Zeug schlucken zu lassen.«

»Es hat mich wach gehalten. Besser so, als wenn die Kohärenz uns erwischt hätte.« Er sah hoch, sein Blick wurde mit einem Mal klar, als erinnere er sich plötzlich doch. Er betrachtete sie, als suche er jetzt nach diesem Muster in ihren Sommersprossen.

»Was?«, wollte sie wissen und hoffte inständig, dass er sie jetzt nicht enttäuschen und womöglich einen blöden Witz über ihre Sommersprossen machen würde. Sie kannte sie alle, diese Witze, und sie hatte sie so satt.

Doch dann sagte Christopher: »Es stimmt irgendwie. Es gibt tatsächlich Menschen, mit denen man mehr verbunden ist als mit anderen. Ich weiß nicht, warum das so ist. Es hat nichts damit zu tun, wie lange man jemanden kennt. Man kann jemanden treffen und sofort diese Verbindung haben . . . oder nach einer Weile. Bei anderen funktioniert es vielleicht nie.«

Serenity starrte ihn an. Das war jetzt . . . nicht das, was sie erwartet hatte.

Sie konnte nicht stehen bleiben und auf ihn herabsehen, sie musste sich setzen, musste auf Augenhöhe mit ihm sein. Das geschah ohne Überlegen, fast wie von selbst.

Er sagte nichts, sah stattdessen zu Boden und begann, an irgendwelchen Grashalmen herumzuzupfen. Es war fast so wie damals an dem Nachmittag am Strand von Santa Cruz, als er plötzlich aufgetaucht war.

»Okay«, sagte Serenity schließlich. »Und das heißt?«

Womöglich, fiel ihr plötzlich ein, war das eine besonders umständliche Weise, auf die Christopher ihr beizubringen versuchte, dass er sich in Madonna verliebt hatte? Schließlich hatte sie die Blicke gesehen, die er ihr zuwarf.

Und wennschon. Dachte er etwa, das würde ihr etwas ausmachen?

Christopher warf einen abgerissenen Grashalm fort. »Also, was ich dir eigentlich sagen wollte . . .«, begann er und hielt wieder inne, suchte nach Worten.

Das Problem war, dass es ihr tatsächlich was ausmachte. Verdammt.

Christopher ließ die Schultern sinken wie zum Zeichen dafür, dass er die Worte, die er suchte, nicht gefunden hatte. »Ich weiß nicht, wie ich das jetzt ausdrücken soll.« Er hob den Kopf und sah sie an. »Jedenfalls habe ich versprochen, dafür zu sorgen, dass die Kohärenz dich nicht kriegt. Ich hab es mir selber versprochen und ich werd tun, was ich kann, um dieses Versprechen zu halten. Serenity, ich . . .«

Er brach ab und schwieg wieder. Serenity wartete atemlos.

In diesem Moment hörte sie hinter sich im Wald Motorengeräusche. Christopher sah über ihre Schulter. »Aha«, sagte er und seine Stimme klang ganz flach. »Sie kommen zurück.«

Ausgerechnet jetzt, dachte Serenity.

Christopher blickte sie an. »Ausgerechnet jetzt«, sagte er.

56 | Der Motor von Kyles Wagen hatte den Vorteil, dass man ihn schon von Weitem am Geräusch erkannte. So mussten sie sich keine Sorgen machen, als sie es in der Ferne brummen hörten, sondern konnten ruhig abwarten, bis der Geländewagen aus dem grün-silbernen Halbdunkel des Waldes auftauchte und knirschend zum Stillstand kam, ein gutes Stück näher bei den Zelten als Georges Auto. Das hätte die letzten paar Meter über Stock und Stein nicht mehr geschafft und stand deswegen weiter vorne geparkt, dort, wo der Waldweg endete.

Irgendwas war mit Madonna; sie hüpfte auf dem Beifahrersitz auf und ab wie nicht ganz gescheit. Und kaum stand der Wagen, sprang sie schon heraus und rief: »Ich hab Straßenmusik gemacht! Ich hab mein Lied gesungen und stell dir vor, die Leute kannten es! Es haben sogar welche mitgesungen!«

Und dann sprudelte sie die ganzen Einzelheiten heraus: Wie die Mall ausgesehen hatte, dass George mit einem leeren Colabecher herumgegangen war und dass sie hundertdreißig Dollar zusammenbekommen hatten – »Hundertdreißig! Stell dir vor!« Und eben, dass die Leute ihr Lied gekannt hatten. Dass ihr ein Mädchen bescheinigt hatte, sie singe es *total echt!* »Ist das nicht krass? Kein Einziger ist auf die Idee gekommen, dass ich es selber sein könnte!«

George verzog, wie üblich, keine Miene. Er stand einfach nur da und sah zu, wie seine Schwester schier ausflippte.

»Mein erster großer Auftritt vor Publikum«, erklärte Madonna aufgeregt. »Es war *großartig!*«

Christopher sah zu Serenity hinüber. Sie schien die Begeisterung ihrer Freundin auch nicht so richtig teilen zu können.

»Ja, ich musste sie fast mit Gewalt davonschleppen«, warf Kyle grimmig ein. »Die würde immer noch dort stehen und singen.« Er ging um den Wagen herum und öffnete die Heckklappe. »Und wer musste die ganzen Einkäufe machen? Ich natürlich.«

»Dafür hab ich sie bezahlt!«, triumphierte Madonna. Sie machte sich von Serenity los, tänzelte um Kyle herum und holte ihre Gitarre aus dem Kofferraum. »Hundertdreißig Dollar! Es ist sogar noch was übrig.« Sie klimperte ein paar Akkorde. »Das sollten wir morgen gleich noch mal machen.«

»Hauptsache, heute Abend nicht mehr«, meinte Kyle, worauf Madonna sofort mit dem Klimpern aufhörte.

»Da war übrigens«, fuhr Kyle fort und sah Christopher an, »ein Elektronikladen. Eine Kaschemme, vollgestopft mit Krimskrams, und mittendrin zwei abgeranzte Typen in Holzfällerhemden mit Brandlöchern. Vom Löten, nehme ich mal an. Jedenfalls, das sah alles so vertrauenerweckend aus, dass ich mir gesagt habe, da geh ich jetzt mal rein und frage, wie man ein Mobiltelefon abschirmen kann.«

Christopher runzelte die Stirn. »Wieso das denn?«

»Weil ich so was wie gestern nicht noch mal mitmachen will, wenn sich's vermeiden lässt«, sagte Kyle. »Ganz einfach. Deswegen bin ich da rein und hab gesagt, *hey guys*, ich würde gern ein Mobiltelefon so abschirmen, dass es kein Netz mehr empfangen kann, auch wenn eins da ist, wie macht man das?«

Christopher versuchte, sich die Szene bildhaft vorzustellen. »Fanden sie das nicht eine seltsame Idee?«

»Klar. Der eine meinte, ich solle das Telefon doch einfach ausschalten. Der andere hat mir erklärt, dass moderne Telefone einen Fly-Mode haben, bei dem der Funkteil abgeschaltet bleibt, auch wenn das Gerät selber an ist. Weiß ich alles, hab ich gesagt. Schließlich haben sie nachgedacht und gemeint, das Beste wäre eine Dose aus dickem Eisen, innen mit Silber oder Kupfer beschichtet, dazu einen Schraubdeckel mit metallisierter Dichtung.«

»Oh«, meinte Christopher. »Toll.«

»Ja, klar.« Kyle winkte ab. »Ich hab ihm gesagt, dass das nicht geht. Dass man unter der Abschirmung atmen können muss.«

»Denkst du nicht, dass das denen komisch vorgekommen sein muss? Dass die längst die Polizei angerufen haben?«

Kyle schüttelte den Kopf. »Ich hab ihnen 'ne wilde Story erzählt, wozu ich das brauche. Ich hab gesagt, ich hätte einen Freund, den seine Freundin telefonisch überwacht, wenn er ohne sie unterwegs ist. Gibt es ja, solche Leute – führen sich auf, als seien sie Notärzte in Einsatzbereitschaft, und in Wirklichkeit haben sie nur eine eifersüchtige Freundin. Ich hab behauptet, ich wollte diesen fiktiven Freund in eine abgeschirmte Hütte lotsen, wo wir dann unsere Ruhe hätten, während seine Freundin durchdrehen soll, weil sie ihn nicht erreicht. Weil die Hütte eben abgeschirmt ist.«

»Und das haben sie geschluckt?«

»Die kennen beide auch so Leute. Fanden das eine Super-

Idee.« Kyle holte ein rot-golden schimmerndes, netzartiges Gewebe aus dem Kofferraum, das aussah wie Fliegengitter für Millionäre. »Hier. Weiches Abschirmgitter aus einer Kupferlegierung. Wir haben es mit seinem Telefon ausprobiert. Es eingewickelt und dann versucht, es von dem Telefon auf seiner Theke aus anzurufen. Es hat nicht geklingelt. Keine Verbindung.« Er hielt es Christopher triumphierend hin.

Christopher nahm es und breitete es aus. Das Drahtgeflecht war etwa sechzig auf sechzig Zentimeter groß. »Für eine Hütte würde das aber nicht reichen.«

»War teuer genug. Ich hab gesagt, ich muss das erst testen.« Kyle grinste. »Richtig cool aussehen wird es nicht, klar. Aber wenn du es dir über den Kopf legst und mit irgendwas locker um den Hals herum zubindest ... Es geht ja nur darum, dass du notfalls auch außerhalb einer ›weißen Zone‹ schlafen kannst.«

Christopher rief sich in Erinnerung, was er über Mobilfunktechnik wusste. Er seufzte. »Das wird nicht funktionieren.«

»Doch, das *hat* funktioniert. Wir haben's ausprobiert!«

»Mobilfunknetze benutzen Frequenzen mit Wellenlängen im Zentimeterbereich. Das heißt, dass die Abschirmung nur funktionieren kann, wenn sie keinerlei Spalt aufweist.« Christopher legte sich das Netz über den Kopf und zog es um den Hals herum zu. »Siehst du? Der ganze Halsbereich bleibt frei.«

»Okay. Aber es wäre ein bisschen viel verlangt, dass du dir den Kopf abschneidest.«

»Der Punkt ist, dass es schon genügt, wenn eine Öffnung nur fingerbreit ist, um eine Abstrahlung zu ermöglichen und damit Funkkontakt herzustellen. Deshalb funktionieren Mobiltelefone innerhalb von Autos. Eine Karosserie wirkt gegenüber einem Blitz als faradayscher Käfig und schirmt einen ab – aber telefonieren kann man trotzdem. Weil der Käfig an den Fenstern unterbrochen ist. Diese Art Wellen kommen da durch.«

Kyle furchte die Augenbrauen. Die Narbe auf seiner Stirn rötete sich, was immer ein schlechtes Zeichen war, was seine Laune anbetraf. »Was willst du damit sagen?«

»Dass es nicht funktionieren wird. Vielleicht, wenn man meinen ganzen Körper in so ein Geflecht einwickeln würde, keine Ahnung – aber *so* wird es nicht funktionieren.«

»Mann!« Kyle kickte einen Stein fort, tat ein paar Schritte zur Seite. »Weißt du, was allein dieses blöde Stück Draht gekostet hat? Und jetzt soll das . . .? Mist, nein, das glaub ich nicht einfach so. Das probieren wir aus.«

Er ließ sich nicht davon abbringen. Also blieb Christopher keine andere Wahl, als zu ihm ins Auto zu steigen, das Abschirmnetz und ein Stück Schnur in der Hand.

»Ihr könnt ja schon mal das Abendessen vorbereiten«, rief Kyle den anderen zu. »Wir sind in einer Stunde wieder zurück.«

Damit wendete er in einer weiträumigen, ungeduldigen Bewegung und gab Gas, dass Steinchen und Unterholz unter den Reifen wegspritzten.

»Ist doch ein aussagekräftiger Test, oder?«, vergewisserte er sich, während sie an Georges Wagen vorbei auf den Waldweg einbogen und es rasant hügelan ging. »Wir fahren, bis du das

Funknetz spürst – oder dein blöder Chip, genauer gesagt –, dann legst du dir das Gitter über den Kopf, und wenn die Abschirmung funktioniert, spürst du das Funknetz nicht mehr. Oder?«

»Ja«, sagte Christopher unglücklich, weil er sich sicher war, dass es so nicht ablaufen würde. »Wenn die Abschirmung funktioniert, würde der Chip wieder Ruhe geben.«

»Genau«, sagte Kyle zufrieden und schaltete einen Gang höher.

Sie brauchten etwa eine halbe Stunde, bis Christopher das Netz spürte, der Chip aktiv wurde und er ihn wieder unter Kontrolle bringen musste.

»Wir fahren noch ein bisschen weiter«, meinte Kyle, als Christopher ihm das sagte.

Nach weiteren zehn Minuten kam ein Parkplatz für Lastwagen. Zwei Sattelschlepper mit Baumstämmen standen schon nebeneinander, die beiden Fahrer unterhielten sich, jeder eine Dose Bier in der Hand. Platz war noch für ein Dutzend weiterer Trucks dieser Größe.

»Die kommen aus Kanada, übernachten hier«, meinte Kyle, während er seinen Wagen ans entgegengesetzte Ende der riesigen Asphaltfläche steuerte. Er stellte den Motor ab. »Also, wie sieht's aus? Haben wir Netz?«

Christopher nickte. »Ziemlich stark sogar.«

»Dachte ich mir, denn da vorne an dem Klohaus scheint mir ein Repeater installiert zu sein. Okay. Versuch es.«

Es blieb ihm nichts anderes übrig. Christopher faltete das schimmernde Gewebe auseinander und legte es sich über den

Kopf. Es fiel von alleine herab, tauchte alles, was er ringsum sah, in einen goldenen Schimmer. Er zog es unter dem Kinn zusammen und band es mit der Schnur so eng zusammen, wie es ging, ohne dass ihn das Ganze würgte.

»Und?«, fragte Kyle hoffnungsvoll.

Es tat ihm so leid, ihn enttäuschen zu müssen.

»Nach wie vor Empfang«, gestand er leise und fragte sich, wie er wohl von außen aussehen mochte. Er wollte nicht in den Spiegel schauen, aber bestimmt wäre es nicht gerade unauffällig gewesen, so kostümiert herumzufahren.

Kyle überlegte, das Gesicht in grimmige Falten gelegt. Sein Unterkiefer machte mahlende Bewegungen, als müsse er das Problem zerkauen. »Okay. Dann fahren wir an die Stelle zurück, an der du das Netz zum ersten Mal gespürt hast. Vielleicht funktioniert es dort. Das wäre auch schon mal eine Hilfe, wenn wir wenigstens nur Stellen mit schlechtem Empfang finden müssten.«

Es würde auch dort nicht funktionieren. Aber das wagte Christopher ihm nicht zu sagen.

So war es dann auch. Die Abschirmung wurde auf den letzten zwanzig, dreißig Metern wirksam, und auch nur, wenn Christopher den Kopf in die richtige Richtung hielt. Sich im Schlaf herumzuwälzen, wäre selbst hier verhängnisvoll gewesen.

»Das darf nicht wahr sein«, meinte Kyle erbittert. »Was sollen wir denn dann machen? Den ganzen Kofferraum mit dem Zeug auskleiden und dich da drin spazieren fahren?« Er schüttelte den Kopf. »Das geht sowieso nicht. Da müsste Madonna viel singen, ehe wir das Geld für so viel Abschirmfolie zusammenhätten. Außerdem müssten die Typen die erst bestellen und sie haben gemeint, das dauert wenigstens zwei Wochen.«

»Vielleicht fällt uns was anderes ein«, meinte Christopher zaghaft und eigentlich auch nur, um was Beruhigendes zu sagen.

»Verstehst du das Problem?«, fragte Kyle. »Wir müssen Verbindung mit dem Kontaktnetzwerk meines Vaters aufnehmen, um rauszufinden, wohin sie gegangen sind. Und die meisten dieser Leute leben nun mal in ziemlich dicht besiedelten Gegenden. Du hast es ja damals auf der ersten Fahrt ins Camp miterlebt, wie so was geht. Wo die sind, werden wir keine weißen Zonen mehr finden.«

»Ja«, sagte Christopher. »Ich verstehe.«

Es war ja auch nicht schwer zu verstehen: Sie würden es nicht schaffen. Ganz einfach.

57 | Für diese Nacht fand die Gruppe um Jeremiah in einem alten Hangar Unterschlupf, der früher einmal Flugzeuge für den Einsatz in der Landwirtschaft beherbergt hatte, die Unkrautvernichtungsmittel und Schädlingsbekämpfungsmittel über den riesigen Feldern versprüht hatten. Der Flugplatz wurde schon lange nicht mehr benutzt, der Hangar stand leer und verlassen und aus ein paar Spuren konnte man herauslesen, dass sich hier ab und zu Jugendliche trafen, um Unfug anzustellen. Dabei schienen Motorradrennen von einem Ende der Halle zur anderen ein beliebtes Freizeitvergnügen zu sein, und den Ausbeulungen an der Wellblechwänden und den Spuren abgeschabten Lacks nach zu urteilen, wurde dabei gern mal zu spät gebremst. Das Dach wies einige Rostlöcher auf, aber es regnete nicht, sodass nur Mondlicht hereinsickerte.

Natürlich war dies so ziemlich das Gegenteil einer anheimelnden, gemütlichen Unterkunft. Sie hatten zwar die Fahrzeuge zu einer Art Wagenburg geparkt und den Grill in der Mitte aufgestellt, aber irgendwie riefen die flackernden, riesigen Schatten, die das Grillfeuer in den Hintergrund der Halle warf, nur noch mehr das Gefühl hervor, einsam und verloren in der Welt zu stehen.

Sie waren den ganzen Tag kreuz und quer gefahren, von einem Kontakt zum nächsten, und die Gespräche waren alle mehr oder weniger gleich verlaufen. Sie waren auf sehr große Skepsis gestoßen, auf äußerste Zurückhaltung, und sie hatten keine festen Zusagen bekommen. Nicht eine einzige, obwohl Jeremiah das Risiko eingegangen war und trotz der FBI-Fahndung zu den meisten Treffen selbst mitgegangen war.

»Melden Sie sich noch mal, wenn genügend andere mitmachen«, war das beste Ergebnis geblieben, und selbst das nur bei so wenigen, dass es Jeremiah Jones mittlerweile aussichtslos vorkam, auch nur eine Mindestmenge an Veröffentlichungsmöglichkeiten zusammenzubekommen.

Hinzu kam, dass er sich allmählich ersthaft Sorgen um Serenity, Kyle, Christopher und George machte. Ihm fielen kaum noch glaubhafte Erklärungen für Lilian ein, warum die vier sich noch nicht gemeldet hatten. Von Informanten wussten sie, dass die Straßensperren noch am selben Abend wieder aufgehoben worden waren. Kyle hätte die Zeichen finden, hätte längst die Gelegenheit finden müssen, zu ihnen zu stoßen oder wenigstens über das Netzwerk Kontakt mit ihnen aufzunehmen. Warum diese Verzögerung? Warum dieses Schweigen?

Es gab eine logische Erklärung dafür, natürlich gab es die, aber dass einem seiner Kinder etwas zugestoßen sein könnte, diese Vorstellung verbot er sich einfach.

Jeremiah Jones sah, die Gabel in der Hand, in die Runde und hatte das Gefühl, dass er etwas sagen musste. Etwas, das die anderen aufbaute. Das ihnen Kraft und Zuversicht gab.

Er wusste nur nicht, was.

Er hätte gerade selber jemanden brauchen können, der ihn aufbaute, ihn Zuversicht empfinden ließ. Brian hatte das oft getan, auf seine brummige, wortkarge Art. Und Melanie, die ihm in manchen Momenten einfach nur mit einer Berührung, einem Blick, einem kurzen Lächeln das Gefühl geben konnte, auf dem richtigen Weg zu sein.

Aber Brian war sonst wo und Melanie ging, seit er Lilian ins Camp geholt hatte, nur noch förmlich mit ihm um.

Er hatte diese Rolle nie gewollt. Die Rolle des Anführers. Alles, was er gewollt hatte, war, im Kreis von Freunden und in Harmonie mit der Natur zu leben. Er war da irgendwie hineingerutscht. Und jetzt gerade hatte er einen Punkt erreicht, an dem er einfach nicht mehr konnte.

Ausgerechnet in diesem Moment hob Neal Lundkvist sein weißhaariges Haupt und fragte mit dünner Stimme in die schweigsame Runde: »Habt ihr euch schon mal überlegt, ob wir überhaupt auf der richtigen Seite stehen?«

58 | Tatsächlich wartete ein Abendessen auf sie, als sie zurück im Wald waren. Und endlich einmal gab es keine Bohnen aus der Dose und kein labberiges Weißbrot, sondern frischen Salat und kaltes Brathähnchen.

Aber das war so ziemlich der einzige Lichtblick.

»Ich werde es erst einmal weiter über die Notfallnummer versuchen«, war Kyles Resümee. »Vielleicht meldet sich ja doch noch jemand.«

»Wie oft hast du es heute in der Stadt probiert?«, wollte Serenity wissen.

»Oft«, sagte Madonna. »Er hat keine Telefonzelle ausgelassen.«

»Vier, fünf Mal«, sagte Kyle, aber es klang eher so, als sei es öfter gewesen.

»Und wenn sich niemand mehr meldet?«, fragte Serenity.

»Dann müssen wir uns was ausdenken.«

Christopher sagte nichts, stocherte nur in seinem Salat. Auf der ersten Fahrt ins Camp hatte er miterlebt, wie die Kontaktaufnahme mit dem Netzwerk von Serenitys Vater vor sich ging: Sie würden an mehreren Stellen Informationen sammeln, die zusammengesetzt eine Adresse eines Hauses ergaben, in dem sie darauf warten mussten, bis sich jemand meldete. Das konnte Tage dauern, in der jetzigen Situation bestimmt eher eine Woche.

Mitten in einer Stadt. Mitten im Mobilfunknetz.

Ausgeschlossen.

Er betrachtete Serenity, wie sie mit ihrem Bruder Strategien diskutierte, in denen Zeltplätze und Vorräte eine Rolle spielten, und musste an vorhin denken, kurz bevor die anderen zurückgekommen waren. Er hatte gerade das Gefühl gehabt, ihr etwas sagen zu können, von dem er selber nicht genau wusste, was es war. Nur dass er es bei ihr gut aufgehoben gewusst hätte.

Schade und jetzt war es irgendwie wieder vorbei. Verpasst. Jetzt war es wieder schwierig. Er musterte sie, sah einen müden Zug um ihre Augen, hörte Erschöpfung in ihrer Stimme. Er wollte sie immer noch beschützen ... aber er wusste gerade nicht mehr, wie.

Madonna sagte etwas, was beide Jones-Geschwister gleichermaßen zum Kopfschütteln brachte. Irgendwas mit Seattle.

Sie hatte wirklich nur ihre Musik im Kopf. Inzwischen nervte es, dass sie von nichts anderem redete.

Aber sie hatte ihn geküsst. Das war schwer zu vergessen.

Er stellte den Teller beiseite. Salat wärmte nicht. Ihm war kalt, trotz des Lagerfeuers. Bestimmt eine Nachwirkung dieser verrückten Nacht. Bloß wurde ihm davon, dass er sich das sagte, auch nicht wärmer.

Irgendwo musste er doch noch den dünnen Pullover haben; den konnte er drüberziehen. Er ging zum Zelt, wühlte in seinem Kleiderbeutel, stieß aber immer wieder auf die gleichen Klamotten. So ein Sack war praktisch, wenn man packte – einfach alle Sachen reinschmeißen und fertig –, aber sobald man etwas Bestimmtes suchte, kämpfte man mit dem Chaos. So verschwand sein Arm immer tiefer in dem Gewühl, kramte und tastete, zog heraus und stopfte zurück ...

... und auf einmal bekam er etwas zwischen die Finger, das

sich seltsam anfühlte. Eine kleine Plastikschachtel. Was war das?

Er zog es heraus, betrachtete seinen Fund im sterbenden Licht der einbrechenden Dämmerung. Sieh an: einer der Chips, die sie in Silicon Valley erbeutet hatten. An den hatte er gar nicht mehr gedacht. Er hatte die meisten Chips Serenitys Vater gegeben, aber einen hatte er behalten, für alle Fälle.

Die Plastikschachtel bestand aus einem weichen Material, das unter Druck nicht gleich zerbrechen würde. Der Chip war nicht groß – vier davon hätten auf dem Nagel seines kleinen Fingers Platz gefunden – und schwamm mit seinen ausgestreckten Füßchen in einer leicht grünlich schimmernden Gallerte: Das war eine bioaktive Substanz, die dafür sorgte, dass sich die nötigen Verbindungen zwischen den Anschlüssen des Chips und dem Nervengewebe des Körpers rasch bildeten. Ohne dieses Gel wäre es schwierig gewesen, die Chips zu implantieren.

»Christopher?«, rief jemand vom Feuer her. Serenity. »Alles okay?«

»Ja!«, rief er zurück.

Er betrachtete den Chip genauer. Dieses verdammte Stück Technik, das ihnen das alles hier eingebrockt hatte. Das die Menschheit bedrohte wie nichts je zuvor.

Das Plastik der Verpackung war an ein paar Stellen so verdickt, dass es als Lupe dienen konnte, um den Chip auf sichtbare Mängel zu überprüfen. Das Etui war ringsum versiegelt; Christopher wusste, dass es luftdicht und mit Stickstoff gefüllt war. Die bioaktive Substanz durfte erst kurz vor der Implantation mit Sauerstoff in Berührung kommen.

Er drehte das Etui, wollte es schon wieder wegpacken, als ihn etwas stutzen ließ. Er griff nach der Taschenlampe, die zwischen seinem und Georges Schlafsack lag, schaltete sie ein und richtete ihren Strahl auf den Chip. Was war das . . .?

»Christopher? Wir verteilen den restlichen Salat. Willst du noch was?«

»Komme gleich!«

Er knipste die Lampe wieder aus, stopfte das Plastiketui mit dem Chip zurück in seinen Kleidersack und stand auf. Während er zum Lagerfeuer zurückging, nahm ein Plan in seinen Gedanken Gestalt an.

Vielleicht, sagte er sich, würde seine von George so geschmähte Intelligenz doch noch zu etwas nutze sein.

59 | Lilian Jones war es, als spüre sie etwas wie einen elektrischen Schlag, den die Worte des weißhaarigen Arztes in der kleinen Runde auslösten. Sie senkte ihren Teller und sah auf, sah ihn an – genau wie alle anderen.

»Wir gehen so selbstverständlich davon aus, dass die Kohärenz der Bösewicht ist und dass wir die Guten sind, wenn wir sie bekämpfen«, fuhr Neal mit dünner Stimme fort. »Aber mal angenommen, es ist nicht so?«

»Neal«, wandte Melanie Williams ein, »du sprichst von Leuten, die anderen gewaltsam ein Gerät einpflanzen, das sie ihrer Persönlichkeit beraubt. Das ihre Persönlichkeit praktisch auslöscht!«

»Gewaltsam, ja – aber vom *Auslöschen* der Persönlichkeit kann doch keine Rede sein. Wie wir an ihm sehen.« Neal deutete auf James Kidd, der ihn mit großen Augen anschaute. »Ein Schlaganfall richtet mehr Schaden in einem Gehirn an als so ein Chip, das kannst du mir glauben.«

Lilian musste wieder daran denken, wie es gewesen war, in ihrem eigenen Haus überfallen zu werden von Leuten, die im Chor sprachen. Wie es sich anfühlte, wenn einem der Kopf in eine Halterung gespannt wurde. Sie träumte fast jede Nacht davon.

Sie blickte zu Jeremiah hinüber. Warum griff er nicht ein? Warum sagte er nichts? Aber auch er saß nur da und sah den Arzt fassungslos an. Ihr wurde eiskalt.

»Nein, ganz im Ernst. Das ist eine Frage, der wir uns meines Erachtens stellen müssen«, erklärte Lundkvist. »Kann es nicht sein, dass die Kohärenz schlicht und einfach der nächste

Schritt in der menschlichen Evolution ist? Denkt mal darüber nach. Das ist eine wichtige Frage. Denn wenn das so sein sollte . . . dann kämpfen wir einen sinnlosen Kampf. Dann ist alles, was wir tun, zum Scheitern verurteilt. Dann sind wir die Affen, die ein paar seltsame Artgenossen daran hindern wollen, aufrecht gehen zu lernen.«

Lilian hielt den Atem an. Ihr war, als wirkten diese Worte wie Schläge gegen das Fundament der Gruppe. Als zeigten sich schon erste Risse darin.

»Du kannst doch nicht wirklich glauben, dass die Menschheit sich durch das Einpflanzen von Chips . . . von *Prothesen* . . . fortentwickeln könnte«, meldete sich, endlich, Jeremiah zu Wort. »Das ist doch völlig absurd.«

»Was ist daran absurd? Das kommt dir nur so vor, weil du moderne Technik verdammst –«

»Ich *verdamme* sie doch nicht! Ich versuche nur, den Punkt zu bestimmen, ab dem wir unsere Menschlichkeit an die Technik zu verlieren beginnen. Ab dem nicht mehr die Technik *uns* dient, sondern wir der Technik.«

Neal Lundkvist seufzte. »Darüber haben wir schon so oft gestritten. Was soll ich anderes sagen als das, was ich schon immer gesagt habe? Einen solchen Punkt gibt es nicht. Es gibt nur einen fließenden Übergang. Selbst wenn du nur, sagen wir, ein Feuer machst – eine denkbar einfache Form von technischem Hilfsmittel, oder? –, dann benutzt du einerseits das Feuer, andererseits zwingt dich aber der Wunsch, ein Feuer zu benutzen, zu bestimmten Zugeständnissen. Du musst Zeit damit verbringen, Brennmaterial zu sammeln. Du musst das

Feuer hüten, damit es nicht auf den Wald überspringt. Das Feuer dient dir, aber damit es das tut, musst du auch ihm dienen. Das hat immer diese zwei Seiten.«

»Die irgendwann so gewichtet sein können, dass du der Technik mehr dienst als sie dir.«

»Das kommt doch ganz auf die Situation an.« Der Arzt hob die Hände. »Wenn du ganz ehrlich wärst, müsstest du zugeben, dass Mensch und Technik schon seit Urzeiten in Symbiose leben. Das letzte Mal, dass ein Mensch . . . ach was, dass ein *Primat* ohne jegliche Hilfsmittel ausgekommen ist, liegt Jahrmillionen zurück. Heutzutage kann niemand mehr ohne technische Hilfsmittel überleben – niemand. Technik gehört zu unserem Menschsein, ob dir das gefällt oder nicht. Und ob man irgendwann körperlich damit verschmilzt, ist nur noch ein gradueller Unterschied.«

»Also, ich habe einen Neffen«, warf Finn ein, »bei dem man erst mal nachsehen müsste, ob sein Telefon nicht schon mit seiner Hand verwachsen ist.«

Keiner lachte.

»Jeremiah, du kannst nicht so tun, als sei Evolution etwas, das sich auf körperliche Veränderungen beschränkt«, fuhr Lundkvist unbeirrt fort. »Es gibt Vogelarten, die Werkzeug benutzen, um an ihr Futter zu kommen. Wie man das macht, lernen sie nicht von ihren Eltern, das ist instinktives Verhalten – mit anderen Worten, die Evolution hat es hervorgebracht. Technik! Okay, es ist eine simple Technik – abgebrochene Stacheln, mit denen sie nach Maden stochern und dergleichen –, aber so haben unsere Vorfahren auch mal angefangen.«

Lilian sah zu Jeremiah. Warum überließ er Neal die Bühne? Warum ließ er zu, dass jemand derartige Gedanken verbreitete? Das, was der Arzt da sagte, klang logisch, klang überzeugend – aber es kam ihr vor wie reines Gift.

»Überlegt doch selber«, forderte Neal die Runde auf. »Einer der wichtigsten Schritte in der Entwicklung des Lebens auf der Erde war der Übergang vom Einzeller zu Organismen, die aus mehreren Zellen bestehen. Für die einzelne Zelle hat das damals auch bedeutet, ihre Eigenständigkeit zu verlieren – natürlich. Aber dafür hat sie Möglichkeiten hinzugewonnen, die sie allein niemals hätte haben können. Und ich meine, man muss sich schon fragen, ob sich mit der Entstehung der Kohärenz nicht vielleicht etwas ganz Ähnliches vollzieht. Klar, wenn alle Menschen zu einer Ganzheit zusammenfinden, verlieren sie ihre bisherige Eigenständigkeit, das stimmt. Aber ist das schlimm? Es kommt uns, aus unserer Sicht als Einzelwesen, so vor. Aber was sind wir denn als Einzelwesen? Wer bin ich? Ich, Neal Lundkvist, bin doch auch schon ein Zusammenschluss von Zellen, ein Gebilde aus Billionen von Organismen, die vor Jahrmillionen unabhängige Lebewesen gewesen wären. Aber trauert deswegen nun irgendeine Nervenzelle in meinem Gehirn um ihre verlorene Eigenständigkeit? Nein, tut sie nicht. Sie ist ja jetzt Teil eines großen Ganzen. Sie ist ein Teil von *mir!* Es gibt *mich* überhaupt nur deshalb, weil Billionen einzelner Zellen auf ihre Eigenständigkeit verzichten.«

»Neal«, meldete sich Dr. Connery zu Wort, »es tut mir leid, das ausgerechnet dir sagen zu müssen, aber du hast eine ziemlich naive Vorstellung davon, was der Begriff Evolution bedeutet. Damit ist ein Entwicklungsprozess gemeint und die Regeln, nach denen er abläuft. Aber wenn man hört, wie du das Wort verwendest, könnte man meinen, du sprichst von einer Göttin.«

»Was willst du damit sagen?«

»Dass dein Gerede vom nächsten Schritt der Evolution Unfug ist. Evolution hat kein Ziel. Evolution probiert aus und behält das, was funktioniert – das ist alles. Die Theorie der Evolution erklärt nur, woher wir kommen, aber sie kann nichts darüber aussagen, wohin wir gehen.« Er hob die Hand, als Melanie sich in die Diskussion einmischen wollte. »Wartet. Ein Freund von mir, ein Biologe, vergleicht die Evolution in seinen Vorlesungen immer mit einer abgehenden Lawine, aus der sich ein Stein löst, der einen Wanderer erschlägt: Den Wanderer zu erschlagen, war keine *Absicht* der Lawine. Lawinen sind nur Steine in Bewegung, sie können keine Absichten haben und haben auch keine. Die Bewegungen der einzelnen Steine gehorchen physikalischen Gesetzen – dem Impulsgesetz, dem Stoßgesetz zum Beispiel –, Gesetzen, die völlig eindeutig und im Einzelfall auch berechenbar sind. Trotzdem hätte die ganze Abfolge von Bewegungen und Stößen, die dazu geführt hat, dass ein Stein den Wanderer erschlagen hat, auch anders ablaufen können. Der Stein hätte an einer anderen Stelle aufkommen können, der Wanderer hätte mit dem Schrecken davonkommen können und auch dieser Ablauf wäre physikalisch vollkommen erklärbar gewesen. Nur der *Vorausberechenbarkeit* solcher Abläufe sind Grenzen gesetzt, das ist alles.«

Neal richtete den ausgestreckten Zeigefinger auf den Neurologen, dessen Forschungen überhaupt erst zum Entstehen der Kohärenz beigetragen hatten. »Du sagst es – die Evolution probiert aus und behält, was funktioniert. Mit anderen Worten, wenn die Kohärenz funktioniert, dann müsstest selbst du mir zustimmen, dass wir es tatsächlich mit dem nächsten Schritt der menschlichen Evolution zu tun haben!«

Auf einmal redeten alle durcheinander. Und es war nicht mehr wie sonst, wenn alle durcheinanderredeten. Die Worte flogen heftig, hatten einen scharfen Klang.

Lilian sah von einem zum anderen. Wenn es jemals einen Moment gegeben hatte, in dem die Gruppe in der Gefahr stand auseinanderzubrechen, dann war es dieser.

Da endlich hob Jeremiah die Arme, wartete, bis Ruhe einkehrte. Und sie kehrte ein. Immerhin. Sie hörten noch auf ihn.

»Sollte jemand in dieser Runde ernsthaft der Überzeugung sein, dass die Kohärenz die unausweichliche Zukunft der menschlichen Spezies darstellt, hat er selbstverständlich das Recht, das zu denken«, erklärte Jeremiah entschieden. »Aber dann muss er diese Gruppe verlassen. Nicht als Strafe, nicht als Repression, sondern ganz einfach, weil wir dann nicht mehr auf derselben Grundlage stehen. Bestimmte Überzeugungen zu teilen, ist das, was eine Gruppe definiert. Jemand, der, sagen wir, Eishockey nicht leiden kann und für Zeitverschwendung hält, hätte im Fanklub einer Eishockeymannschaft auch nichts verloren.«

Die ersten Köpfe in der Runde nickten.

»Es ist mir egal, ob die Evolution Absichten hat oder nicht«, fuhr Jeremiah fort. »Wir Menschen haben auf jeden Fall welche. Wir haben Wünsche, Träume, Ziele. Und die Person sein zu dürfen, die man ist; der Mensch bleiben zu können, der man ist – das ist die Grundlage von allem. Ohne das lebt man nicht, man existiert bloß. Eine Kohärenz mag anders darüber denken, das kann ich nicht beurteilen, aber für einen einzelnen Menschen kann es nach meiner Auffassung keine andere Haltung geben als die, gegen das Stellung zu beziehen, was die Kohärenz verkörpert. Die Kohärenz ist nicht die nächste Stufe in unserer Evolution, sondern das Ende von allem, was Menschsein ausmacht.«

Nun nickten sie alle.

Sogar Neal Lundkvist.

60 | Christopher blieb an diesem Abend wach, starrte an das dunkle Zeltdach und lauschte den Geräuschen der Nacht. Er hörte den Wind in den Baumwipfeln, hörte den lang gezogenen, klagenden Ruf irgendeines Tiers, das ihm schon öfter aufgefallen war und das nur abends Laute von sich zu geben schien. Weiter weg hörte er die Stimmen der Mädchen, wie sie in ihrem Zelt miteinander flüsterten, wie die Pausen immer länger wurden und wie schließlich Stille einkehrte.

Er wartete noch eine Weile. Dann wisperte er: »George?«

Einen Herzschlag lang blieb es so still, dass Christopher schon befürchtete, der junge Indianer sei bereits eingeschlafen. Dann kam die genauso leise, glasklare Antwort: »Ja?«

»Ich hab einen Entschluss gefasst.«

George erwiderte nichts, aber Christopher wusste, dass er zuhörte.

»Ich bin ein zu großes Risiko für die Gruppe«, fuhr er fort. »Wir haben ein paar Tage lang Glück gehabt, aber ich glaube nicht, dass wir das noch lange durchhalten. Deshalb gehe ich heute Nacht fort. Ich sag dir das, weil du es sowieso mitgekriegt hättest, wenn ich mich nachher wieder anziehe und ein paar Sachen packe. Dann seid ihr frei und könnt zu Jeremiah und den anderen stoßen.«

»Und du? Wo willst du hin?«

»Weiß ich noch nicht. Zuerst mal fort. Raus aus dem Wald, zur nächsten Straße . . .« Er sprach von einem Fußmarsch von mehreren Kilometern durch den Wald. Das würde hart werden. Zum Glück hatten sie beinahe Vollmond und der Himmel war klar. Das musste er nutzen. »Und irgendwann per Anhalter weiter. So, wie ich von Mexiko aus nach Santa Cruz gekommen bin.«

»Okay«, sagte George. »Und was hast du *wirklich* vor?«

Irgendwie entwaffnete Christopher diese Frage. Es hatte offenbar keinen Zweck zu versuchen, George Angry Snake etwas vorzumachen.

Also erzählte er ihm von seinem Plan.

»Vergiss es«, war Georges Kommentar. »Das schaffst du alleine nicht.«

Stoßtrupp

61 | »Serenity!«

Jemand rüttelte sie an der Schulter. Aber das war nicht schlimm. Nichts, das man nicht hätte ignorieren können.

»Serenity!«

Sie stöhnte. Hatte man denn nie seine Ruhe? Sie wollte doch nur schlafen, einfach nur schlafen. Seit wann war denn das verboten?

»Serenity, wach auf!«

Serenity öffnete ein Auge, nur eines, und das auch nur ein kleines bisschen, denn wenn man die Augen gleich wieder zumachte, gelang es vielleicht weiterzuschlafen ...

Es war Madonna. Natürlich. Seltsam aufgeregt sah sie aus.

»Was ist denn?«

Madonnas Augen waren groß wie Kanalschächte. Na gut, fast so groß. »Das Zelt der Jungs ist weg«, sagte sie.

Na, so was. Gab es das, dass man meinte, geweckt worden zu sein, und dann war es doch nur wieder ein Traum? Ulkig. Das hatte sie jetzt auch noch nie erlebt.

»He!« Schon wieder dieses Rütteln. »Schlaf nicht wieder ein! Hast du nicht gehört? Das Zelt ist weg!«

Serenity starrte die Freundin an und hatte immer noch keine Lust, sich der Realität zu stellen. Die Realität, das hieß bloß wieder flüchten, sich verstecken, Probleme haben . . . Da war es entschieden angenehmer, einfach weiterzuschlafen.

»Das Zelt der Jungs?«, wiederholte sie.

»Sag ich doch.«

Okay. Also kein Traum. Schade. Serenity raffte sich auf, krabbelte zum Zeltausgang, spähte hinaus.

Tatsächlich. Der Platz, an dem das Zelt von Christopher und George gestanden hatte, war leer. Und es war noch ziemlich früh am Morgen. Zwischen den Bäumen herrschte dämmrige Finsternis, während hoch über ihnen erste blaue Schimmer zwischen den Wipfeln sichtbar wurden.

»Ich musste nur mal raus«, erzählte Madonna beunruhigt, »und da . . . war es weg.«

Serenity hob den Kopf. Kyles Wagen zumindest war noch da.

»Warst du drüben?«, fragte sie. »Sieht man irgendwelche Spuren?«

»Was für Spuren denn?«

»Was weiß ich . . . Wo sie hin sind, halt.«

»Ich war noch nicht draußen. Ich wollte bloß, aber dann . . .« Madonna schien in sich zusammenzusacken. »Mir ist das unheimlich.«

Serenity angelte nach ihren Jeans. »Komm.«

Wenig später schritten sie um den verlassenen Zeltplatz herum. Klar sah man Spuren. Spuren, dass hier ein Zelt gestanden hatte. Flach gedrücktes Gras, in den Boden gepresste Steine und Zweige, Löcher, wo die Heringe gesteckt hatten.

Serenity fröstelte; sie wusste nicht, ob von der Morgenkühle oder von dem unheimlichen Gefühl, das nun auch sie beschlich.

»Geh nicht fort«, murmelte Madonna und verdrückte sich ins Gebüsch.

War Kyle wenigstens noch da? Serenity stapfte hoch zu seinem Wagen, sah erleichtert seine wuschelige Mähne hinter dem Fenster. Den Beifahrersitz ganz nach hinten gekippt lag er da, in seinen graugrünen Schlafsack gemummelt, und schlief wie ein Baby.

Sie musste mehrmals kräftig klopfen, ehe er hochfuhr.

»Was ist denn los?« Zerknittert und verschlafen hockte er auf seinem schiefen Nachtlager und hielt die Wagentür fest, als hätte er sie am liebsten einfach wieder zugezogen.

Sie sagte ihm, was los war. Kyle blinzelte auch erst ungläubig, aber er fragte nicht dumm nach: Er brauchte ja nur den Kopf zu heben und runter auf die Lichtung zu schauen, um zu sehen, dass es stimmte, was sie sagte.

»Shit«, stieß er hervor. »Was soll denn das jetzt?« Jetzt wurde er hektisch. Er warf sich herum, kramte nach seinen Klamotten. »Warte, ich komme. Das ist ja . . . oh, Mann! Nichts als Ärger mit den –«

Er hielt inne, was so seltsam klang, dass sich Serenity unwillkürlich zu ihm umdrehte, eine Gänsehaut im Nacken. »Was?«

»Da«, sagte Kyle und streckte die Hand aus. »Was ist das da?«

Sein ausgestreckter Zeigefinger wies auf die Windschutzscheibe. Jetzt erst entdeckte Serenity, dass unter einem der Scheibenwischer ein zusammengefaltetes Stück Papier steckte.

Sie rannte um den Wagen herum, zog den Zettel heraus, klappte ihn auf.

»Wir haben einen Plan«, las sie laut vor. Es war Christophers Handschrift. *»Aber es ist besser, ihr wisst keine Details. Fahrt nach Seattle und macht Madonna weltberühmt! Und wenn sie im Fernsehen ist, dann soll sie von der Kohärenz erzählen. Bis irgendwann, Christopher und George.«*

»Einen Plan! Na, toll«, ächzte Kyle, nachdem er den Zettel ebenfalls gelesen hatte. »Dann bin ich ja völlig beruhigt.« Er schnappte sich den nächstbesten Gegenstand – seinen Pullover in diesem Fall – und pfefferte ihn wutentbrannt quer durch den Innenraum seines Wagens. »Diese Vollidioten!«

Madonna tauchte wieder auf, bleich und verstört. Als sie von der Nachricht erfuhr, schlug sie die Hände vor den Mund. »Nach Seattle!« Ihre Augen wurden riesig. »Wie stellen die sich das vor? Ich kann doch nicht einfach Lieder singen, während George und Christopher ... während die weiß der Himmel was machen ... irgendwo sind, und ich hab keine Ahnung, ob die Kohärenz George schon ...«

»Funktioniert das denn umgekehrt nicht? Dass du auch weißt, wo George ist und wie es ihm geht?«

Madonna schüttelte den Kopf so heftig, dass ihre Haare flogen. »Nein. Nein, ich versteh von solchen Sachen nichts.«

Inzwischen hatte sich Kyle in seine Kleidung gezwängt und kletterte aus dem Auto. Man meinte fast, seine Mähne Funken sprühen zu sehen, so wütend war er. Ohne ein Wort zog er seine Stiefel an und marschierte dann los, nach vorn ans Ende der Straße, wo Georges Wagen gestanden hatte.

»Sie müssen schon eine ganze Weile weg sein«, sagte er, als Serenity und Madonna zu ihm stießen. Er saß in der Hocke, befühlte die Abdrücke im Boden. »Auf den Reifenspuren hat sich Tau gebildet.«

»Und was machen wir jetzt?«, fragte Serenity.

Kyle stand auf, wischte sich die Hände ab. »Tja, das ist die Frage. Es hat wahrscheinlich wenig Zweck, ihnen nachzufahren. Wenn sie erst mal aus dem Wald raus und auf der Straße sind, dann können sie nach Süden oder nach Norden gefahren sein, und wenn sie schon mehr als eine Stunde weg sind, dann . . . haben wir keine Chance.« Er überlegte. Seine Wut schien dabei zu verrauchen. »Zu euch haben sie nichts gesagt? Keine Andeutungen? Irgendwas?«

Serenity konnte sich beim besten Willen an nichts erinnern und Madonna schüttelte auch nur stumm den Kopf.

»Wir können den Zeltplatz absuchen«, sagte Kyle. »Vielleicht finden wir einen Hinweis. Wahrscheinlich aber nicht. Und in dem Fall . . .« Er hob die Schultern.

»Vielleicht sollten wir tatsächlich einfach nach Seattle fahren«, sagte Serenity. »Wenn Christopher schreibt, dass er einen Plan hat, dann hat er bestimmt auch einen. Der sagt das nicht einfach so.«

»Ja, eben. Ich weiß nicht, ob ich das gut finden soll, dass er mal wieder einen Plan hat, den er mit niemandem abspricht . . .« Kyle fuhr sich mit beiden Händen übers Gesicht. »Aber es wird uns nichts anderes übrig bleiben, als zu tun, was er sagt. Wenn die beiden nämlich je wieder auftauchen sollten, dann finden wir sie, wenn überhaupt, nur dort.«

»Wir fahren nach Seattle?«, vergewisserte sich Madonna ungläubig. »Du meinst: Zu Zack van Horn?«

Kyle nickte grimmig. »Auf jeden Fall wirst du mal später in Interviews eine ziemlich ausgefallene Story zu erzählen haben, wenn man dich fragt, wie deine Karriere angefangen hat.«

62 | Am nächsten Morgen in dem Hangar aufzuwachen, war, als sähe man den Sternenhimmel über sich. Das hatten sie am Abend zuvor gar nicht mitbekommen: Wie viele Löcher der Rost schon in das riesige Wellblechdach gefressen hatte, durch die die Morgensonne nun Hunderte dünner Lichtstrahlen schickte. Nein, es war mehr als ein Sternenhimmel, dachte Jeremiah Jones. Es sah aus wie ein Meteoritenschwarm, der in der Zeit festgefroren war.

Während sie für die Weiterfahrt packten, hatte er das Gefühl, dass die Stimmung, die am Abend zuvor gefährlich gekippt war, sich wieder stabilisiert hatte. Natürlich, niemand war euphorisch, nicht einmal besonders zuversichtlich – aber sie hatten den Mut nicht sinken lassen. Sie hatten nicht aufgegeben: Darauf kam es an.

Er ging mit Russell die Route für den Tag durch und die Liste der Leute, die sie besuchen wollten. Vielleicht würden sie heute mehr Erfolg haben, meinte Russel und es klang irgendwie nicht so, als sage er das nur, um sich Mut zu machen.

Vielleicht hatten sie das Schlimmste schon überstanden. Vielleicht war das gestern Abend einfach ein Tiefpunkt gewesen, wie er ab und zu unvermeidlich war.

»Jerry?« Das war Neal, der sich ihnen scheu auf ein, zwei Meter genähert hatte.

»Hi, Neal. Was gibt's?«

»Kann ich dich mal kurz sprechen?« Der Arzt, dessen Haar damals, als sie sich kennengelernt hatten, schon fast genauso weiß gewesen war wie heute, nickte in Richtung des Hallentores. *Unter vier Augen,* hieß das wohl.

»Klar.« Jeremiah klopfte Rus auf die Schulter, überließ ihm die Karte und ging mit Neal Lundkvist ein paar Schritte abseits ihrer kleinen Wagenburg. »Was gibt's?«

Neal mied seinen Blick. »Ich hab mir das noch mal durch den Kopf gehen lassen. Was du gestern Abend gesagt hast. Was ich denke. Und ...« Er hielt inne.

»Und?«

»Tja, wie soll ich das ausdrücken? Es stimmt, was du gesagt hast. Darüber, was eine Gruppe zusammenhält. Dass man in bestimmten Dingen der gleichen Meinung sein muss, weil es sonst keinen Sinn macht.«

Jeremiah war auf einmal, als berühre ihn ein kalter, dünner Finger im Nacken und fahre langsam am Rückgrat abwärts.

»Was willst du damit sagen, Neal?«, fragte er und wusste, noch während er die Frage stellte, dass ihm die Antwort nicht gefallen würde.

Neal sah hoch, blickte ihn an. »Ich gehöre nicht mehr dazu, Jerry. Es ist einfach so. Ich weiß nicht, ob ich recht habe. Ich weiß nicht, ob die Kohärenz tatsächlich die nächste Etappe der menschlichen Evolution sein könnte ... Aber ich glaube nicht mehr, dass wir etwas gegen sie ausrichten können. Ich *glaube* es einfach nicht mehr, verstehst du? Ich bin sozusagen vom Glauben abgefallen und ich wüsste nicht, wie ich ihn zurückgewinnen könnte.«

»Du denkst, wir haben keine Chance mehr?« Er musste es einfach so geradeheraus fragen.

Der Arzt schüttelte den Kopf. »Keine.«

»Und was heißt das? Was willst du tun?«

Neal Lundkvist schien im ersten Moment mit etwas herausplatzen zu wollen, das ihm die ganze Zeit auf der Seele gelegen hatte, aber dann presste er doch bloß die Lippen zusammen, sah einen Moment grüblerisch zur Seite und meinte: »Ich kann nicht bleiben. Es ist so, wie du gesagt hast. Ich muss die Gruppe verlassen.«

Jeremiah Jones konnte kaum glauben, dass das hier wirklich geschah. All die Jahre, die sie schon befreundet waren, und nun das . . .

Man kannte einen anderen Menschen eben nie ganz.

»Das wird ein schwerer Verlust für uns, Neal.«

»Ihr habt ja noch einen Arzt. Bob ist nicht so unerfahren in der Allgemeinmedizin, wie er immer tut.«

»Das ist es nicht.« Jeremiah schüttelte den Kopf. »Es trifft uns nicht nur, weil wir einen Arzt verlieren.« *Es demoralisiert uns, wenn du gehst,* wollte er sagen, doch er ließ es. Was für einen Zweck hätte es gehabt? Er würde Neal nicht halten können, wenn dieser gehen wollte.

»Ich wollte es dir vorher sagen, ohne dass es die anderen mitkriegen«, erklärte Neal Lundkvist. »Ich werd mich im Lauf des Tages absetzen. Woandershin fahren. Ich weiß noch nicht, wohin, aber . . . Ich muss mir über ein paar Sachen klar werden, glaube ich.«

Jeremiah tat einen langsamen Atemzug, ehe er antwortete. »Danke. Dass du mich vorgewarnt hast, meine ich.« Er spürte, wie sich etwas in ihm verkrampfte. Angst, vermutlich. Angst, dass er am Ende allein dastehen würde, wenn das so weiterging. »Aber eins noch, Neal . . .«

»Ja?«

»Du wirst nicht ohne Weiteres zurückkommen können, falls du es dir in einer Woche anders überlegt hast.«

Neal nickte steinern. »Ist mir klar.«

Jeremiah hasste es, das zu sagen. Am liebsten hätte er einen Treffpunkt ausgemacht, falls Neal in den nächsten Tagen zurückkehren wollte, aber er wusste, dass er das nicht tun durfte. Was ihre weiteren Pläne anbelangte, musste er die Geheimhaltung aufrechterhalten. Das war er den anderen schuldig. Denn falls in den Fernsehnachrichten der nächsten Tage die Meldung kommen sollte, dass man den gesuchten Dr. Neal Lundkvist verhaftet habe, war es besser, er wusste nicht, wohin Jeremiah und die anderen gegangen waren.

So sagte er nur: »Das tut mir sehr leid, Neal.«

»Mir auch«, sagte der alte Arzt.

Sie umarmten sich kurz und es fühlte sich an wie ein Abschied für immer.

63 | »Und das ist wirklich eine schnelle Internetverbindung, die dein Bekannter da hat?«, vergewisserte sich Christopher zum dritten Mal, seit sie unterwegs waren. »Dein . . . Stammesbruder. Oder wie man das nennt.«

»Ja«, sagte George. George war wieder eingefallen, dass er ja eigentlich ein schweigsamer Krieger war. Er schien nichts dabei zu finden, hundert Meilen zurückzulegen, ohne ein einziges Wort zu wechseln.

Ja. Was fing er mit dieser Antwort jetzt an? Hieß das, ja, der Begriff Stammesbruder ist richtig? Oder hieß das, ja, er hat eine schnelle Internetverbindung?

»Es sollte eine wirklich schnelle Internetverbindung sein, sonst brauchen wir ewig«, sagte Christopher ohne viel Hoffnung auf eine Antwort.

Sie waren mitten in tiefster Nacht aufgebrochen und so leise, dass Christopher sich immer noch wunderte, wie sie das fertiggebracht hatten.

Nun, hauptsächlich hatte es George fertiggebracht. Er hatte gesagt: »Bleib hier stehen, ich baue ab«, und Christopher hatte nichts weiter tun müssen, als zu beobachten, wie der dunkle Schatten ihres Zeltes lautlos in sich zusammengesunken war.

Seither fuhren sie. Das hieß, George fuhr. Er schien keine Pause zu brauchen, also machten sie auch keine. Einmal hatten sie getankt, was eine Gelegenheit gewesen war, auf die Toilette zu gehen, und er hatte mitbekommen, dass George bar bezahlt hatte. Wie man es tat, wenn man keine Spuren hinterlassen wollte.

»Ich habe auch noch etwas Bargeld«, hatte Christopher gesagt. »Das nächste Mal zahle ich.«

»War nicht mein Geld«, hatte George erwidert.

»Sondern?«

»Hat mir Jeremiah gegeben.«

Das hatte Christopher Stoff zum Nachdenken gegeben, der locker noch mal hundert Meilen gereicht hatte. Jeremiah Jones war im Prinzip ein wohlhabender Mann – er hatte etliche erfolgreiche Bücher geschrieben, und seit er als Terrorist gesucht wurde, hatten, oh wundersames Amerika, zwei davon erneut die Bestsellerlisten erklommen und hielten sich auf ziemlich hohen Plätzen. Sein Verlag verdiente also gutes Geld an ihm. Doch Jones hatte keinen Zugriff auf dieses Geld. Seine Konten waren eingefroren, seine Kreditkarten gesperrt. Woher also kam das Geld, das die Gruppe trotz all ihrer Überlebenskünste, trotz ihrer Jagd- und Selbstversorgerfähigkeiten benötigte? Außer allgemeinen Warnungen, dass sie sparen müssten, war über dieses Thema nicht viel zu erfahren gewesen.

Und dann, nach weiteren schweigsamen Meilen, fing George auf einmal zu reden an.

»Das alles hier«, sagte er unvermittelt und wies auf die Landschaft jenseits der Windschutzscheibe, »war in alten Zeiten Blackfeet-Land. Im Süden lebten die Absarokee und die Shoshonen, im Westen die Bannock und die Flatheads, im Osten die Crow und Cheyenne und im Norden – weit im Norden, im heutigen Kanada – lebten die Cree. Unser Land war insgesamt etwa so groß wie Montana heute und es lebten ungefähr fünfzehntausend Blackfeet darin.«

»Fünfzehntausend?«, staunte Christopher. »Das ist nicht viel.«

»So viele, wie wir heute auch wieder sind. Nur dass unser Land – das Reservat – nur noch ein winziger Teil unseres früheren Landes ist. Und natürlich der schlechteste Teil davon. Karges Land, mit dem man nicht viel anfangen kann.«

»Wir haben in der Schule etwas darüber gelernt«, sagte Christopher und versuchte, sich zu erinnern. »Aber ich weiß keine Einzelheiten mehr. Es war auch ziemlich schnell abgehandelt, glaube ich.«

George nickte. »Die Verlierer der Geschichte bekommen in den Geschichtsbüchern nicht viel Platz.«

»Denkst du, dass ihr das seid? Verlierer der Geschichte?«

»In den Geschichtsbüchern des weißen Mannes? Klar. Andererseits – was heißt das schon? Die Blackfeet haben schon vor zehntausend Jahren hier gelebt, sind seit zehntausend Jahren ein Stamm. Wir haben bereits existiert, als das Römische Reich noch nicht gegründet war, und als es untergegangen ist, haben wir immer noch hier gelebt. Das sagen übrigens nicht nur unsere Überlieferungen, sondern auch Archäologen, die sich mit unserer Stammesgeschichte befasst haben. Wir Blackfeet haben viele schwere Zeiten überstanden, wir werden auch die Invasion der Weißen überstehen. Der weiße Mann – das sind gerade mal zweihundert Jahre!« So, wie er es sagte, klang das wie eine lächerlich kurze Zeitspanne. Ungefähr so, wie man sagte: *Ein Schnupfen? Ist nächste Woche auskuriert.*

Christopher starrte aus dem Fenster. Dachte George ernsthaft, dass alles da draußen – all die Straßen, Gebäude, Stromleitungen und Werbeplakate und schließlich auch all die anderen *Leute,* die hier lebten – eines Tages verschwunden sein und die Blackfeet wieder über die Prärie reiten würden, wie sie es vor der Ankunft des weißen Mannes getan hatten?

Das konnte er unmöglich erwarten. Nicht zuletzt würde es daran scheitern, dass – so viel fiel ihm jetzt doch wieder ein aus jener lange zurückliegenden Geschichtsstunde – die weißen Siedler die Büffel ausgerottet hatten, die wesentliche Ernährungsgrundlage der Indianer.

Nach diesem Ausbruch versank George wieder in Schweigen. Irgendwie schien die Landschaft gemeinsam mit ihm zu schweigen; sie wurde immer kahler, flacher, langweiliger. Eine Straße durch graugrünes Grasland, darüber ein Himmel, an dem Wolken zogen, die auf seltsame Weise größer und bedrohlicher aussahen als die, die Christopher aus Europa kannte. Es war ein Land, das ihm das Gefühl vermittelte, ein starker Wind könnte ihn davonwehen und über den Rand der Welt hinaustragen ins Unbekannte.

64 | Was ihre Besuche bei Zeitschriftenverlegern, Radiomachern und Kulturbeauftragten aller Art anging, spielte sich allmählich eine gewisse Routine ein. Wenn Rus und Jeremiah von einem Termin zurückkehrten, fragten die anderen: »Und?«

Worauf Jeremiah stets antwortete: »Wie immer.«

Was nur ein anderer Ausdruck dafür war, dass sie wieder keinen Erfolg gehabt hatten. Niemand wollte der Erste sein, der mitmachte. Und man konnte es den Leuten nicht einmal verdenken.

»Wenn ihr wenigstens mit einer halbwegs glaubwürdigen Geschichte ankommen würdet«, sagte Anthony Finney. »So was wie: Die Mondlandung hat nie stattgefunden, die Aufnahmen sind alle im Filmstudio entstanden. Oder: Die Regierung verschweigt uns seit fünfzig Jahren die Landung von Aliens. Stattdessen erzählt ihr den Leuten von Computerchips in Köpfen, von Upgradern und Kohärenz . . . Das mit dem Gemeinschaftsbewusstsein kapiert sowieso kein Mensch. Es wäre besser, ihr würdet einfach sagen, die Leute würden über den Chip ferngesteuert. Darunter kann man sich was vorstellen.«

»Ich werde nichts behaupten, was nicht stimmt«, erwiderte Jeremiah. »Es gibt schon genug Leute, die sich hirnverbrannte Geschichten aus den Fingern saugen.«

Der einzige Lichtblick des Tages war, dass sie über Mittag bei Freunden zu Gast waren: Peter und Jacqueline Harper. Jacqueline war zu Zeiten, als Jeremiah noch Architektur unterrichtet hatte, eine seiner Studentinnen gewesen und hatte seinen Entwicklungsweg fast von Anfang an mitbekommen.

Sie war unter denen gewesen, die ihm bei seinen ersten Experimenten, die alte Gartenbaukunst wiederzubeleben, geholfen hatte: Ihre ersten Versuche, Obst und Gemüse ohne Industriedünger, genmanipuliertes Saatgut und dergleichen zu ziehen, kamen ihm aus heutiger Sicht geradezu rührend unbeholfen vor. Aber es war ein Anfang gewesen.

Ihr Mann Peter war damals total gegen ihren »Trip« gewesen, wie er sich ausgedrückt hatte. Er und Jeremiah hatten sich ausgiebig gestritten, was oft eine gute Basis für lebenslange Freundschaften ist. Nach dem Studium war er als Börsenmakler nach New York gegangen, bis ihn ein mittelschwerer Herzinfarkt aus dem Gleis geworfen und gezwungen hatte, sein Leben neu zu überdenken. Danach waren sie in den Westen gezogen; Peter reparierte heute Haushaltsgeräte und Traktoren und Jacqueline züchtete in ihrem großen Garten so viel Gemüse, dass sie das meiste davon verkaufen musste.

Natürlich kam Jeremiah nicht darum herum, diesen Garten zu besichtigen und angemessen zu würdigen. Während sich die anderen noch an den Resten des Nachtischs gütlich taten, folgte er seiner ehemaligen Studentin durch die Bohnenspaliere und Tomatenstöcke, bewunderte Hügelbeete, die Kartoffelzucht in Fässern und den geradezu mustergültig angelegten Kompost.

»Bis letztes Jahr hatte ich außerdem noch zwei Ziegen«, erzählte Jacqueline, während sie das von Bäumen und Büschen bewachsene Freigehege der Hühner entlangspazierten, argwöhnisch beäugt von den Bewohnern auf der anderen Seite des Maschendrahtzauns. »Aber die eine Ziege ist krank geworden. Ich musste sie schlachten lassen. Daraufhin wurde die andere seltsam . . . Ich habe mir gedacht, ich probiere es demnächst mal mit ein paar Schafen.«

»Das ist alles wirklich großartig«, sagte Jeremiah und meinte es auch so. Er hätte alles dafür gegeben, wenn sich das Dilemma, in dem er steckte, einfach in Luft aufgelöst hätte und er einfach auf seine Farm hätte zurückkehren können, um wieder Beete umzugraben, Möhren einzusäen oder Kartoffeln zu setzen. Was die Tiere der No-Nonsense-Farm wohl inzwischen machten? Ob sie sich bei ihren neuen Besitzern eingelebt hatten? Es war einer der Momente, in denen ihn die Ausweglosigkeit ihrer Situation regelrecht ansprang. Wenn er nicht so viele gute Freunde gehabt hätte, er hätte sich in der Zwischenzeit wahrscheinlich schon längst den Behörden gestellt, einfach nur, damit der Albtraum ein Ende hatte . . .

Doch dieser Albtraum würde so schnell kein Ende finden. Tatsächlich hatte er gerade erst angefangen.

»Vermisst Peter die Wall Street nicht ab und zu?«, fragte er, um sich auf andere Gedanken zu bringen.

Jacqueline schüttelte den Kopf. Sie war immer noch so grazil wie damals und hatte auch noch diese langen, leicht gewellten Haare. Nur dass sie inzwischen grau waren statt braun. »Ich glaube nicht. Inzwischen sind schon die Hälfte seiner ehemaligen Kollegen tot – Herzinfarkt die meisten, einer an Lungenkrebs, einer sogar an einer Überdosis Kokain. Von den übrigen haben zwei den Absprung geschafft; einer lebt in Las Vegas und verspielt das Geld, das er verdient hat, und der andere hat ein Restaurant in Florida. Hank. Mit dem telefoniert er ab und zu. Aber ansonsten –«

Sie hielt inne, einen überraschten Ausdruck im Gesicht. Jeremiah fuhr herum. Hinter ihm stand John Two Eagles, als sei er urplötzlich aus dem Boden gewachsen.

»Jeremiah«, sagte der Indianer mit seiner tiefen Stimme, die an das Organ eines Bären denken ließ.

»Hi, John«, stieß Jeremiah hervor. Er hatte Two Eagles nicht kommen hören, was ihn immer wieder erschreckte, aber inzwischen nicht mehr wunderte.

»Ich muss meine Kinder suchen gehen«, erklärte der Blackfeet mit stoischem Gesicht. »Sie sind in Gefahr.«

Jeremiah war perplex. John Two Eagles sagte nicht viel, aber wenn er einmal etwas sagte, dann ließ es einen in zwei von drei Fällen fast aus den Schuhen kippen.

In diesem Fall veranlasste es Jeremiahs Fantasie, Bilder von Unfällen, von Verbrechern, von seinen Kindern in den Händen der Upgrader zu produzieren.

»Gefahr?«, wiederholte er. »Was für eine Gefahr?«

»Das weiß ich nicht«, sagte der Indianer.

»Weißt du denn, wo sie sind?«

»Nein.«

Schade. Er hätte Lilian nur zu gern sagen können, wo sich Kyle und Serenity befanden.

Er hätte es auch selber gerne gewusst. Dafür hätte er sogar Indianer-Hokuspokus in Kauf genommen.

»Und wie willst du sie dann finden?«

»Indem ich sie suche«, antwortete John Two Eagles mit entwaffnender Schlichtheit.

»Sie suchen? Okay. Aber du musst doch zumindest eine Vorstellung davon haben, wo du sie suchen willst. Ich meine, Amerika ist ein riesiges Land –«

»Ich werde meinem Herzen folgen«, sagte der Indianer. »Aber ich muss gehen. Jetzt sofort.«

Jeremiah schluckte. Noch einer, der ihn verließ. »Okay«, sagte er und versuchte, sich auf praktische Fragen zu konzentrieren. »Welches Auto willst du nehmen?« Das würde knifflig werden, aber irgendwie würden sie zurechtkommen.

»Kein Auto«, sagte Two Eagles.

»Kein Auto?« Was dann? Ein Pferd? Das hatten sie nicht.

Der fast zwei Meter große Indianer trat einen Schritt vor und legte Jeremiah eine Hand auf die Schulter. »Lebe wohl, mein Freund. Wir werden uns wiedersehen.«

»Ich hoffe es«, brachte Jeremiah mühsam hervor. »Leb wohl.«

Damit ging John Two Eagles. Er drehte sich um, verließ den Garten und wanderte ruhig davon, ohne sich noch einmal umzudrehen, ohne Gepäck, ohne Rucksack, mit nichts als dem, was er am Leibe trug.

65 | Sie hielten einmal kurz, um etwas zu essen – dubios aussehende Hamburger von einem dubios aussehenden Stand am Straßenrand, an dem das Vertrauenerweckendste die großen Schilder waren, mit denen er für sich warb.

George schien das egal zu sein und Christopher wollte sich keine Blöße geben, indem er die Mimose spielte, also zwang er sich auch so ein Teil hinein und hoffte, dass er sich damit keine Lebensmittelvergiftung zuzog.

»Was macht dein Chip?«, fragte George kauend.

»Alles okay«, sagte Christopher. Es ging heute besser als die letzten Tage, was vielleicht doch etwas damit zu tun hatte, dass die Funknetze hier in dieser Einöde weitmaschiger und dadurch schwächer waren. Aber einschlafen durfte er trotzdem nicht. Und er wurde allmählich müde.

Sie fuhren schweigend weiter, während Christopher überlegte, ob es wirklich eine gute Idee gewesen war, sich George anzuvertrauen. Natürlich, allein und zu Fuß wäre er nicht weit gekommen. Mit etwas Glück hätte ihn jemand als Anhalter mitgenommen, doch ob er rechtzeitig wieder in eine weiße Zone gelangt wäre, war fraglich.

Immer, wenn Christopher überzeugt war, dass die Landschaft nun wirklich nicht mehr karger werden konnte, wurde er eines Besseren belehrt: Es ging noch flacher, noch fader, noch trockener. Schon längst waren die Straße selber und eine parallel dazu laufende Reihe von Telefonmasten die einzigen Anzeichen von Zivilisation. Ansonsten gab es nur niedrige Büsche und dieses trockene, leblos aussehende Gras.

Und so gut wie keinen Verkehr mehr. Dafür, dass es so aussah, als benutze außer ihnen niemand diese Straße, war sie verdammt gut ausgebaut.

Christopher blinzelte. Es wäre wirklich hilfreich gewesen, wenn George mit ihm geredet hätte. So schweigend zu fahren, war, als würde man hypnotisiert, und er merkte, dass er kurz davor war einzunicken.

In diesem Moment bog George schwungvoll von der Straße ab auf etwas, das wie ein Parkplatz aussah. Doch am Rand dieser Haltebucht stand ein Kunstwerk, das zwei Indianer zu Pferde darzustellen schien, rechts und links davon wehten die US-amerikanische und die kanadische sowie zwei weitere Fahnen, die Christopher nicht kannte, und ein buntes Schild, auf dem ein Adler über Baumwipfeln kreiste, verkündete: *Welcome to the Blackfeet Nation.*

»Hier beginnt das Reservat?«, vergewisserte er sich.

George deutete mit einem Kopfnicken in die Richtung, aus der sie kamen. »Eigentlich ein Stück weiter vorne, aber mit den Indianern nimmt man es ja nie so genau. Ja, das Reservat. Willkommen.«

»Aha«, sagte Christopher und sah sich um. Irgendwie hatte er so etwas wie eine Grenze erwartet, zumindest eine Art Kontrollposten, der nach dem Woher und Wohin fragte. »Da kann jeder rein und raus, wie er will?«

»Dies ist ein freies Land.«

Christopher horchte in sich hinein. »Aber das Funknetz ist immer noch spürbar.«

»Das wird sich auch bis Browning nicht ändern. Wir müssen noch ein Stück weiter.«

»Und wohin genau?«

George legte den Gang wieder ein und gab wieder Gas. »Der Mann, zu dem wir fahren«, erklärte er, »heißt Jack Rising Dawn, was in dem Fall übrigens nicht sein Kriegername ist, sondern der Name, der tatsächlich in seinem Pass steht. Jack ist so was wie ein Genie. Er hat es geschafft, ein Vollstipendium für eine der großen Universitäten an der Ostküste zu kriegen – Columbia? Yale? Keine Ahnung. Er hat dort Betriebswirtschaft studiert und mit derart fantastischen Noten abgeschlossen, dass sich zwei Dutzend Unternehmen um ihn beworben haben – aber er ist zurück ins Reservat gekommen und versucht seither, hier was auf die Beine zu stellen. Ist die größere Herausforderung, sagt er.« George schnaubte unwillig. »Womit er leider recht hat.«

»Wieso? Klappt es nicht?«

»Kommt drauf an. Die Navajo zum Beispiel betreiben Spielkasinos und machen damit Geld wie Heu, andere Stämme haben es hingekriegt, neu entdeckte Bodenschätze selber auszubeuten ... aber Bodenschätze haben wir nicht und Spielkasinos wollen wir nicht. Bleibt ehrliche Arbeit. Na ja, du wirst es sehen.«

Das klang ziemlich rätselhaft.

»Ach ja«, fügte George noch hinzu, ehe er für weitere endlose Meilen durch endlose Einöde welligen Niemandslandes wieder in indianisches Schweigen versank, »und von Computern versteht Jack eine Menge. Dort, wo er ist, gibt's zwar kein Mobilfunknetz, aber er hat einen Server, der am Internet hängt, über eine T1-Standleitung, was dir sicher was sagt.«

Christopher nickte. »Tut es.«

»Und? Wird das reichen?«

»Ja.« Eine T1-Leitung bot keinen weltbewegenden Datendurchsatz, aber auf jeden Fall erwartete ihn keine Tröpfelleitung per Modem, über die jeder ernsthafte Download Tage gedauert hätte. »Das sollte reichen.«

Es war ein ausgesprochen unbeeindruckender Anblick, sich Browning zu nähern: Die Stadt sah von Weitem aus wie ein Abstellplatz für nicht mehr gebrauchte Fertighausbauteile. Obwohl sie das mit dem Großteil aller amerikanischen Städte gemein hatte, lag die Hauptstadt des Reservats am untersten Ende der ästhetischen Skala.

Christopher hatte damit gerechnet, dass George irgendwo einen Zwischenstopp einlegen würde, um sich bei Freunden oder Verwandten zu melden, aber er schien nichts dergleichen vorzuhaben. So rollten sie über rissigen Asphalt, an rostigen Straßenlaternen, halb zertrümmerten Basketballkörben und billig aussehenden Häusern vorbei, passierten weitläufige Schrottplätze und trostlose Wohnsilos, Brachland und ein paar Viehweiden ohne Vieh und verließen die Stadt wieder in Richtung Norden.

Es wurde hügliger, die Straße wurde schmaler, es tauchten mehr Büsche auf als je zuvor, bisweilen sogar ein paar Bäume – allerdings wäre es übertrieben gewesen, die Gegend »bewaldet« zu nennen –, und es wurde, soweit das möglich war, noch einsamer.

Und irgendwann spürte Christopher erleichtert, dass auch das Mobilfunknetz verschwunden war. Es tat gut, den Chip loslassen zu können.

66 | Es gab Streit um den Beifahrersitz. Kyle wollte auf einmal wieder, dass sie beide hinten saßen, damit er den Sitz freihatte für seine dämliche Karte. »Wenn keine von euch imstande ist, mich zu dirigieren, dann brauch ich das so«, beharrte er.

»Christopher hat dich auch nicht dirigiert«, entgegnete Serenity, die gerne vorne gesessen wäre auf der Fahrt durch die Rocky Mountains. »Er hat nur die Karte auf dem Schoß gehabt. Du bist gefahren, ohne dass er dir irgendwas sagen musste.«

»Gestern kannte ich den größten Teil der Strecke, wir sind ja hauptsächlich wieder zurückgefahren. Und außerdem hätte er mich dirigieren *können!* Im Gegensatz zu euch beiden.«

Dagegen ließ sich schwer etwas sagen und so blieb es dabei, dass sie beide auf den Rücksitz verbannt waren, als sie in Richtung Seattle aufbrachen.

Wie lange sie brauchen würden, wollte Madonna nur wissen.

»Ich denke, morgen sind wir da«, meinte Kyle. »Heute packen wir die Rockies, durchqueren Idaho und dann ist es nicht mehr weit. Heute Abend brauchen wir zur Abwechslung ja mal keine weiße Zone, um übernachten zu können. Das wird es einfacher machen.«

Es klang fast, als sei er froh, Christopher los zu sein.

»Was ist mit Mom und Dad?«, fragte Serenity. »Können wir die nicht doch irgendwie benachrichtigen, dass wir okay sind? Mom macht sich bestimmt tierisch Sorgen.«

Kyle nickte. »Dad auch, ganz bestimmt. Ja, müssen wir sehen. In Seattle hab ich noch zwei Adressen, über die ich ihn kontaktieren kann. Falls die noch aktuell sind.«

»Und wenn nicht?«

Kyle knurrte unwillig. »Darüber zerbreche ich mir den Kopf, wenn es so weit ist, okay?«

Eine Weile fuhren sie schweigend. Irgendwann machte Kyle das Radio wieder an. Fast das erste Lied, das kam, war Madonnas *No Longer Lonely*.

»Wow!«, rief sie.

»Allmählich kann man Verfolgungswahn kriegen«, meinte Kyle.

Natürlich hatten sie beim Frühstück nur über ein Thema diskutiert: das Verschwinden von Christopher und George. Wieso sie einfach abgehauen waren, ohne ihnen was zu sagen. Wie sie es geschafft hatten, so leise zu sein. Wo sie hingefahren sein mochten. Was sie vorhaben konnten. Ob das stimmte mit dem Plan oder ob das nur ein Vorwand war, beispielsweise dafür, dass Christopher sie nicht länger in Gefahr bringen wollte mit seinem verräterischen Chip.

»Aber dein Bruder ist mit ihm gegangen«, hatte Serenity gesagt. »Das spricht dafür, dass Christopher tatsächlich etwas vorhat.«

»Mein Bruder«, hatte Madonna erwidert, »hat meinem Vater versprochen, auf Christopher aufzupassen. Deswegen ist er mitgekommen. Das Ehrenwort der Krieger bindet ihn.« Und dann hatte sie etwas zuversichtlicher hinzugefügt: »Aber ich glaube, wir müssen uns keine Sorgen machen. George ist ziemlich gut im Aufpassen.«

Im Grunde wussten sie gar nichts. Und in gewisser Weise waren sie nun auch raus aus dem Spiel: Was immer an weltbewegenden Dingen geschehen mochte, es würde woanders geschehen.

Was irgendwie ein seltsames Gefühl war. Serenity hatte sich das bisher nicht bewusst gemacht, aber bei allen Strapazen, die sie mitgemacht hatten, hatte sie sich doch immer sagen können, dass sie mit dabei war, wenn sich das Schicksal der Menschheit entschied. So etwas konnten nicht viele von sich sagen. Das war schon etwas Besonderes gewesen.

Doch das war nun vorbei. Nun waren sie nur noch zwei Mädchen und ein Mann, die in einem Auto eine Straße entlangfuhren. Was ungefähr so bedeutsam war, wie wenn der berühmte Sack Reis in China umfiel.

»Wo sie wohl gerade sind?«, fragte Serenity.

Kyle gab nur ein beleidigtes Schnauben von sich. Er war immer noch stinksauer mit den beiden.

Sie fuhren bergan. Die Sonne schimmerte durch die Wipfel der mageren Nadelbäume rechts und links der Straße. In der Ferne sah man eine Kette schneebedeckter Rocky-Mountains-Gipfel.

Serenity konnte nicht anders, als an Christopher zu denken. Darüber zu grübeln, was ihn zu diesem Schritt bewogen haben mochte. Was er vorhatte.

Und ob sie sich je wiedersehen würden. Ja, das auch. Das war fast ihre größte Sorge.

Christopher war so unvermutet in ihr Leben getreten, ein komischer Kauz, der sich mit Computern besser verstand als mit

Menschen, der entweder wie ein Wasserfall redete oder gar nicht, der manchmal abweisend, manchmal zutiefst einsam wirkte und nicht selten beides zugleich. Es hatte Momente gegeben, in denen sie das Gefühl gehabt hatte, dass sich etwas zwischen ihnen entwickelte – nicht, dass er der Märchenprinz auf dem weißen Ross gewesen wäre, wahrhaftig nicht – aber doch irgendwie ... eine Verbindung. Nähe. Etwas Besonderes.

Zusammen mit ihm war sie sich selber weniger fremd in der Welt vorgekommen, weniger wie der Außenseiter, als den sie sich sonst immer empfand. Christopher und sie, sie waren beide Außenseiter, jeder auf seine Art, aber dass sie beide das Gefühl kannten, nicht dazuzugehören, verband sie.

Und sie hatte nie, nicht eine einzige Sekunde lang, das Gefühl gehabt, dass Christopher von ihr erwartete, anders zu sein als so, wie sie war. Das unterschied ihn von allen Jungs, mit denen sie es je zu tun gehabt hatte.

Zuletzt hatte sie eine regelrechte Allergie entwickelt gegen diese irritierten Blicke, wenn sie etwas anderes sagte oder tat als das, was der Junge, mit dem sie aus war, erwartet hatte.

»Wie, du hast kein Handy?« Typen, die so was fragten, bekamen eine Abfuhr und danach kein weiteres Wort mehr. Mit denen konnte es sowieso nichts werden. Ab und zu – selten, aber es kam vor – fragte mal einer: »Und wieso? *Wieso* hast du keins?« Immerhin eine Frage, über die man sich unterhalten konnte. Seine Standpunkte darlegen. Argumentieren. Es war ja nicht so, dass sie darauf bestand, dass andere auch kein Mobiltelefon haben sollten. Das war ihr doch völlig egal. Das konnte jeder machen, wie er wollte. So, wie der eine lieber Brokkoli aß und Paprika hasste und der andere umgekehrt.

Aber leider liefen derartige Diskussionen immer darauf hinaus, dass man sie überzeugen wollte. Überreden, dass ihr Paprika doch schmecken müsse, wenn er jedem anderen auch schmeckte. Wie blöd war das denn? Anstatt einfach nur ihre Sicht der Welt erzählen zu können, kam es immer so weit, dass sie sich verteidigen musste, sich und ihr Recht, nicht so zu sein wie alle anderen. Offenbar war dieses Recht irgendwann abgeschafft worden, ohne dass sie es mitgekriegt hatte. Und wenn sie darauf beharrte, sie selber zu sein, sie, Serenity Jones, siebzehn Jahre alt, hieß es irgendwann, sie sei dickköpfig, unbelehrbar und überhaupt könne man mit ihr nicht diskutieren.

Nichts dergleichen hatte sie mit Christopher erlebt. Wenn er mal seine Schutzhülle öffnete, dann schien er sich aufrichtig für sie zu interessieren. Neugierig zu sein, wer sie war. Wie sie dachte. Wie sie die Welt sah.

Und nun war er fort. Womöglich krallte ihn sich die Kohärenz in nächster Zukunft – vielleicht schon heute Nacht, wenn er Pech hatte –, und dann? Dann würde er irgendwohin verschwinden und abgesehen davon sowieso nicht mehr Christopher sein, sondern eben ein weiterer Körper dieser unheimlichen Macht, die da im Dunkeln heranwuchs.

67 | Die Sonne senkte sich schon im Westen, als sie ein Sägewerk passierten, das in einem Tal lag. »Eine von Jacks Investitionen«, erklärte George unvermittelt. »Das Holz wird aus Kanada geliefert. Sie stellen hier die besten Bretter her, die man im Umkreis von tausend Meilen kaufen kann. Vieles ist automatisiert, Bandstraßen, Sägewerk und so weiter, aber sie schauen sich genau an, wozu sie welchen Stamm verarbeiten. Die sind nämlich nicht alle gleich. Das macht den Unterschied aus.«

»Aha«, machte Christopher. Er hätte lügen müssen, um zu behaupten, dass ihn die Fabrikation von Holzbrettern irgendwie interessiert hätte. Er betrachtete das Gelände nur höflichkeitshalber. Unter von Säulen getragenen Dächern lagerten Bretter, sorgfältig zu hohen Stapeln aufgeschichtet, sodass die Luft von allen Seiten an das Holz herankonnte: um es zu trocknen, durfte man vermuten. Mittendrin stand eine Halle, durch deren Fenster man die Umrisse von Maschinen erahnte. Und dann waren sie schon vorbei.

»Ziemlich wenig los«, meinte Christopher, um etwas zu sagen. Wenn schon mal so etwas wie ein Gespräch zustande kam. »Ist wohl schon Feierabend.«

»Vor allem ist heute Samstag«, erwiderte George.

Samstag! Christopher hob die Augenbrauen. Er hatte überhaupt keine zeitliche Orientierung mehr. Wenn man so unterwegs war, spielt das auch keine Rolle.

Es ging wieder aufwärts. Durch das niedrige Gestrüpp hindurch sah er wirklich und wahrhaftig *Tipis* auftauchen, die typischen Zelte der Indianer, die er bisher nur auf Fotos gesehen hatte oder in Filmen. Hier standen sie wie selbstverständlich, allerdings nicht alleine: Zwischen ihnen, nur niedriger und unauffälliger, standen noch einmal genauso viele Häuser aus Holz, mit Fenstern, Türen, herumliegendem Kinderspielzeug und Satellitenschüsseln. Ein paar Trailer vervollständigten das Bild. Die traditionelle Lebensweise schien es noch schwer zu haben, sich wieder durchzusetzen.

George lenkte den Wagen vor eines der Häuser und stellte den Motor ab.

»Bleib du erst mal hier«, sagte er. »Ich geh rein und erklär Jack, was los ist und was wir brauchen.«

»Okay.« Christopher sah George hinterher, der das Gebäude mit einer Selbstverständlichkeit betrat, die darauf schließen ließ, dass er hier nicht das erste Mal war.

Es dauerte. Christopher wäre gern ausgestiegen, um sich ein wenig die Beine zu vertreten, aber stattdessen reckte er den Kopf nach allen Seiten. Hier lebten also Blackfeet-Indianer, vermutlich welche, die für diesen Jack arbeiteten, und ihre Familien. Wie die Kinder wohl zur Schule kamen? Ob hier ein Schulbus fuhr? Woher bezogen sie ihre Lebensmittel? So etwas wie einen Laden konnte er ebenfalls nicht entdecken.

Die Tür ging wieder auf. George trat in Begleitung eines Mannes heraus, der Mitte dreißig sein mochte. Er trug ein Bündel Federn in seinen schwarzen, nach hinten gekämmten und zum Zopf geflochtenen Haaren. Ansonsten bestand sein Outfit aus Jeans, Stiefeln, einem weißen Hemd und darüber ein Jackett, das seltsam deplatziert wirkte an diesem Ort und trotzdem zu dem Mann passte, der es trug: Jack, zweifellos. Jack, der Blackfeet-Unternehmer. Jack, das Genie.

Jack Rising Dawn begrüßte Christopher mit herzhaftem Handschlag. »Hallo, Christopher«, sagte er und spendierte ein knappes Lächeln. »George sagt, du brauchst einen Internetzugang?«

»Wäre hilfreich. Ja.«

»Okay. Da seid ihr hier richtig.« Er warf George einen Seitenblick zu. »Wollt ihr erst was mit uns zu Abend essen oder willst du gleich an die Maschine?«

»So schnell wie möglich«, bat Christopher.

»Verstehe. Also, dann zeig ich dir mein Büro und George soll mir währenddessen erzählen, worum es überhaupt geht.« Er hüstelte. »Ich weiß immer gern, gegen welche Paragrafen ich verstoße, wenn ich es tue. Gibt ja so viele davon, da verliert man leicht den Überblick.«

»Brauchst du noch irgendwas?«, erkundigte sich George, während sie Jack ins Haus folgten.

Christopher schüttelte nur den Kopf. Nein, alles, was er jetzt brauchte, war eine Tastatur und ein Bildschirm. Er spürte richtig, wie sehr ihm das gefehlt hatte. Er konnte es kaum erwarten, vor dem Rechner zu sitzen und ihn für sich zu haben. Seine Finger bewegten sich schon wie von selbst, streckten und beugten sich, um sich warm zu laufen.

Jack öffnete eine Tür zu einem verblüffend kleinen, ringsum mit Holz verkleideten und bis unter die Decke mit Aktenordnern vollgestopften Büro. Mittendrin stand ein Schreibtisch, der im Gegensatz dazu praktisch leer war, darauf ein ziemlich leistungsfähig aussehender PC. Neben dem Schreibtisch war eine ganze Auswahl verschiedener Drucker aufgebaut: ein Laserdrucker, ein Farbstrahldrucker und sogar ein dicker Plotter für richtig große Formate. »Brauch ich für Konstruktionszeichnungen«, erklärte Jack, der Christophers erstaunten Blick offenbar bemerkt hatte. Er machte eine einladende Geste zum Schreibtisch hin. »Fühl dich wie zu Hause. Ich hoffe, die Kiste reicht dir.«

»Sieht gut aus«, sagte Christopher.

»Passwörter findest du unter der Tastatur, wie sich's gehört«, fuhr Jack fort, hielt dann inne und setzte hinzu: »Wobei du so was ja vielleicht gar nicht brauchst, nach allem, was George mir erzählt hat.« Er grinste flüchtig. »Jedenfalls, wenn du irgendwas brauchen solltest, Fragen hast, was auch immer, wir sind vorne im Aufenthaltsraum. Erste Tür rechts von der Haustüre. Dort, wo's nach Tabak stinkt.«

»Okay«, sagte Christopher.

Dann schloss sich die Tür endlich und er war allein. Konnte sich auf den ledernen Schreibtischsessel setzen, die Tastatur zu sich heranziehen und loslegen.

68 | Man hatte tatsächlich den Eindruck, als sei in den Radiostationen des Landes die reinste Manie ausgebrochen. Die Moderatoren schwärmten nicht mehr nur von diesem Song und spielten ihn bei jeder sich bietenden Gelegenheit, sie telefonierten mit Zuhörern darüber und forderten auf, man solle anrufen, wenn man etwas über die Sängerin wisse. Und mittlerweile wusste man schon einiges: Dass es sich um eine Blackfeet-Indianerin handelte, von der manche sagten, sie heiße Madonna Two Eagles, andere, Madonna Graham; dass sie die Napi Elementary School in Browning besucht, die Schule aber abgebrochen hatte; dass ihre Mutter als Übersetzerin für das Amt für Indianerangelegenheiten arbeitete; man hatte herausgefunden, wo das Video aufgezeichnet worden war – nämlich am Ufer des Lower Saint Mary Lake –, und kannte die Marke ihrer Gitarre.

Und immer wieder kam das Lied. Als wollten sie austesten, wie oft sie es bringen konnten, ehe es den Leuten zum Hals heraushing.

Die reinste Manie, wirklich wahr. Mit den Mails, die Christopher verschickt hatte, konnte das schon längst nichts mehr zu tun haben. Es war der Song selber, der das bewirkte, zusammen mit dem Geheimnis darum herum. »Ich dreh noch durch!«, jammerte Madonna, als sie irgendwo in den Rockies Mittagspause machten. »Können wir diesen Zack van Horn nicht wenigstens schon mal anrufen? Dass er weiß, dass wir zu ihm unterwegs sind? Nicht, dass wir in Seattle ankommen und der ist gerade, was weiß ich, mit Cloud zu einer Welttournee aufgebrochen.«

Kyle seufzte. »Schätzchen, wir haben Wochenende. Morgen ist Sonntag. Meinst du nicht, dass auch so ein Musikproduzent ab und zu ein bisschen Wert auf Privatleben, Freizeit und Familie legt?«

Worauf Madonna unglücklich in sich zusammensackte.

Kyle wechselte öfter den Sender, aber es war überall das Gleiche. Ein Moderator hatte sogar Madonnas Cousine ans Telefon bekommen, die davon berichtete, wie sie das Video gedreht hatten, und in höchsten Tonen davon schwärmte, was für eine tolle Stimme Madonna habe, wie großartig sie spiele und wie viele wunderbare Songs sie schon geschrieben habe.

»Woher will die denn das wissen?«, sagte Madonna verdutzt. »Sie kennt doch bloß das eine Lied.«

Das Telefonat war eine Aufzeichnung, die der Moderator immer wieder stückweise abspielte und kommentierte, um anschließend ebenfalls seine Zuhörer aufzufordern, sich zu melden, wenn sie *sachdienliche Hinweise* hätten, wie er sich ausdrückte. Worauf sich einer meldete, der behauptete, Madonnas Boyfriend zu sein.

»Wie bitte?«, rief Madonna entgeistert. »Ein Anruf aus der Zukunft?«

Der Anrufer klang auch nicht wie ein Junge in ihrem Alter, eher wie ein älterer Typ, der seine Stimme verstellte. Er wollte schon damit anfangen, Einzelheiten über ihr angebliches Liebesleben zum Besten zu geben, als ihn der Moderator elegant abblockte und mit der Frage, welches denn nun eigentlich Madonnas richtiger Nachname sei und wieso zwei Varianten im Umlauf seien, aufs Glatteis führte. »Kann es sein, dass Sie sie überhaupt nicht kennen?«, fragte er schließlich geradeheraus, worauf der Anrufer wortlos auflegte.

Madonna war kreidebleich. »Da hab ich mich auf was eingelassen«, murmelte sie und bat: »Kannst du das Radio nicht eine Weile ausschalten?«

Kyle schüttelte den Kopf. »Ich brauch die Verkehrsdurchsagen. Und die Nachrichten.«

Serenity hatte ihren Bruder allerdings im Verdacht, dass er die Situation insgeheim genoss.

»Mach dir nichts draus«, meinte sie zu Madonna. »Das geht bestimmt allen Stars so. Auch der anderen Madonna. Und deiner Cloud bestimmt auch.«

Ihre Freundin starrte aus dem Fenster. »Leute können *so blöd* sein«, murmelte sie und nach einer Weile dumpfen Brütens setzte sie hinzu: »Ich weiß nicht, wieso die Kohärenz darauf aus sein soll, alle Menschen aufzunehmen. Da kriegt sie doch bloß die ganze Blödheit auf einem Haufen.«

Am späteren Nachmittag wurde es besser; zeitweise bewegten sie sich im Gebiet eines Senders, der nur Oldies brachte. Der Sprecher erzählte aus dem Leben verschiedener altgedienter oder schon verstorbener Country-Sänger, von denen Serenity noch nie gehört hatte, und irgendwie war es tröstlich, diese Lebensgeschichten zu hören, in denen Geldnöte, Krankheiten, tragische Liebesaffären und betrügerische Plattenproduzenten eine große Rolle spielten: Früher hatten es Künstler also auch schon nicht leicht gehabt.

Abends passierten sie Spokane und zelteten schließlich an einem der Seen an der Interstate-90. Kurz vor dem Einschlafen gestand Madonna flüsternd: »Vorgestern, als wir an dem See mit den vielen Mücken gezeltet haben – da wollte ich in der Nacht heimlich abhauen.«

»Was?« Serenity war mit einem Mal hellwach.

»Ja. Ich hatte plötzlich das Gefühl, ich muss sofort nach Seattle, um jeden Preis. Ich hab mitten in der Nacht meine Tasche gepackt und bin zum Wagen. Aber George hat gemerkt, was ich vorhatte – wie immer halt –, und er hat mich davon abgehalten.«

Serenity war perplex. Darum also war es bei dem Streit am frühen Morgen gegangen, den sie mitgekriegt hatte!

»Und jetzt? Jetzt sind George und Christopher abgehauen und wir sind doch noch unterwegs nach Seattle«, fuhr Madonna leise fort. »Ist das nicht seltsam, was im Leben manchmal passiert?«

Serenity räusperte sich. »Du hättest uns einfach zurückgelassen?«

»Ich hab gedacht, das ist meine Chance; wenn ich die nicht nutze, krieg ich keine zweite«, wisperte Madonnas Stimme in der Dunkelheit. »Ihr hättet ja alles gehabt, was ihr braucht. Vier Leute, die passen in einen Wagen; ihr hättet beide Zelte gehabt und so weiter . . . Ich wollte nur das Auto. Ich wollte nur nach Seattle.«

»Deswegen hat George am Morgen darauf bestanden zu fahren«, erkannte Serenity. »Er hat Angst gehabt, du haust doch noch ab.«

»Ich hab ihn angebettelt, er soll mich wenigstens zu einer Busstation bringen, aber das wollte er auch nicht.«

Serenity ächzte. »Du hättest mich wenigstens einweihen können. Vielleicht wär ich ja mitgekommen.«

»Du?« Madonna lachte leise und wehmütig. »Du doch nicht. Um nichts in der Welt hättest du Christopher zurückgelassen.«

»Christopher?« Gut, dass es dunkel war. Serenity war sich nicht sicher, ob sie womöglich gerade rot wurde. »Wie kommst du denn darauf?«

»Ach, tu nicht so«, meinte Madonna schläfrig und drehte sich raschelnd zur Seite. »Das sieht doch ein Blinder . . .« Gleich darauf zeugten gleichmäßige Atemgeräusche davon, dass sie eingeschlafen war.

Serenity aber lag noch lange wach.

69 | Die erste halbe Stunde tippte Christopher einfach drauflos. Wie ein junger Hund, der zu lange eingesperrt gewesen war und sich austoben musste, stürzte er hinaus in die Weiten des Internets, surfte ziellos umher, klapperte altbekannte Punkte ab, um gleich wieder weiterzuspringen ins Unbekannte, aufs Geratewohl.

Irgendwann hielt er inne, mit schmerzenden Fingerspitzen, erschöpft und ratlos. Irgendwo lachte jemand und man hörte immer wieder seltsame, dumpfe Schläge, als hacke jemand Holz.

Christopher betrachtete den Rechner. Irgendwie war er enttäuscht. Wieder einmal. Seit er Teil der Kohärenz gewesen war, seit ihm Gedanken genügt hatten, die Welt zu umrunden, sich in fremde Köpfe, fremde Rechner, fremde Netze hineinzubeamen, war es nicht mehr dasselbe, es mit Fingern und Tasten zu tun und alles nur durch einen Bildschirm zu sehen. Die Kohärenz war eine Erfahrung, die ihn für das normale Leben eines Hackers verdorben hatte.

Seither fühlte es sich an wie Arbeit.

Was er sich ja eigentlich auch vorgenommen hatte: zu arbeiten. Bloß war es so, dass sein Plan wieder einmal die Hilfe des Pentabyte-Man erforderte. Und der war wieder einmal offline.

Das wurde allmählich zur schlechten Gewohnheit.

*Computer*Kid ruft Pentabyte-Man.* Die Zeile stand unbeantwortet, seit Christopher am Computer saß. Der Cursor im Message-Feld blinkte reglos. Was jetzt?

Er starrte die Regale an der Wand vor sich an, all die Ordner, auf deren Rücken »Rechnungen« stand, »Projekte A–L« oder

»Steuern«. Ein angenehmer Duft nach Holz erfüllte den Raum. Hinter der Wand mit den Ordnern ertönten wieder diese seltsamen Geräusche. *Klack, klack, klack.* Irgendjemand johlte ausgelassen.

Was trieben die da in dem Aufenthaltsraum? Christopher starrte auf den Bildschirm, lauschte den rätselhaften Lauten und konnte sich keinen Reim darauf machen, was da vor sich ging.

Wieder einmal kam er sich ausgeschlossen vor. Wieder einmal war er derjenige, der es nicht blickte, was normale Leute taten; der keine Ahnung hatte, wie das normale Leben ablief.

Wieder einmal sehnte er sich, trotz allem, zurück in die Kohärenz, in der all das kein Problem mehr gewesen war.

*Hi, Computer*Kid. Wen willst du heute weltberühmt machen?*

Es gab ihn also noch. Erleichtert tippte Christopher: *Der Song war gut. Daran lag's, nicht an meiner Mail.*

War es nicht bizarr, dass er sich dem Pentabyte-Man, von dem er nicht wusste, wie er aussah und wie er in Wirklichkeit hieß, näher fühlte als den meisten Menschen um sich herum?

Bizarr war zumindest kein ganz verkehrtes Wort dafür.

Ja, der Song ist toll, kam die Antwort. *Geht einem nicht mehr aus dem Kopf. Wer ist das Mädchen? Deine Freundin?*

Christopher hielt über der Tastatur inne, musste an den Kuss denken. Den ersten Kuss, den ihm ein Mädchen gegeben hatte. Und er war quasi bewusstlos gewesen.

Bizarr war sogar genau das richtige Wort.

Nein, schrieb er dann. *Es ist die Freundin einer Freundin.*

War das übertrieben? Und wennschon. *Ich brauche heute was anderes.*

Sag.

Christopher erklärte es ihm.

Okay, schrieb der Pentabyte-Man. *Mach ich. Wird ungefähr zwei Stunden dauern. So lange muss ich unsere nette Unterhaltung leider unterbrechen. Man ist immer noch hinter mir her.*

Christopher runzelte die Stirn. *Eine Ahnung, wer?*

Nein, aber dein Tipp mit den Leuten, die im Chor sprechen, war Gold wert. Solche Gestalten haben nach mir gefragt. Gut, dass ich gewarnt war.

Christopher starrte ratlos auf die Buchstaben vor sich. Er musste dem Pentabyte-Man so bald wie möglich erzählen, was los war. Bloß wie?

Lass sie nicht an dich ran, schrieb er.

OK. Melde dich in 2 Stunden wieder!

Damit war der Kanal tot.

Christopher reckte sich. Draußen war es schon dunkel. Und allmählich wurde er müde.

Klack! Klack!

Er musste jetzt doch mal nachschauen, was die da trieben.

Als er die Tür zum Aufenthaltsraum öffnete, stand Jack Rising Dawn gerade mit dem Rücken zum Fenster, einen gespannten Bogen in der Hand. Sie schossen mit Pfeilen auf eine dicke Strohscheibe am anderen Ende des Raumes.

»Unser Krieger hier«, rief ihm Jack zu, während er mit einem Kopfnicken auf George deutete, »macht mich fertig. Die Schande wird mich nicht schlafen lassen.« Er ließ den Pfeil von der Sehne, traf ins Schwarze. »Rettet mich auch nicht mehr.« Er senkte den Bogen. »Wie sieht es aus? Kommst du voran?«

Christopher hob die Schultern. »Ich hab was laufen, aber das dauert jetzt zwei Stunden.«

»Gut«, meinte Jack und legte den Bogen beiseite. »Dann lasst uns solange zu Abend essen.«

Christopher hatte erwartet, dass es etwas Indianisches zu Abend geben würde, aber Jack Rising Dawn schmiss einfach den Elektrogrill an und holte ein paar Hamburger aus dem Tiefkühlfach, die man nur draufzuwerfen brauchte. Zwei weitere Handgriffe förderten Flaschen mit Ketchup und Mayonnaise zutage sowie Plastikschüsseln mit fein geschnittenen sauren Gurken, Zwiebelringen und Salatblättern. Es schien ziemlich oft Hamburger zu geben.

Wie vom Geruch des bratenden Fleisches angelockt, tauchten noch zwei junge Männer auf. »Ihr wisst immer, wann es was gibt, oder?«, begrüßte Jack sie grinsend, öffnete den Kühlschrank wieder und holte noch mehr Hamburger heraus. Dann stellte er sie einander vor.

Der eine, ein draller, pausbäckiger Indianer mit rötlich schimmernden Haaren, hieß Frank Miller, war Techniker im Sägewerk und machte sich offenbar ziemliche Sorgen, weil eine Wartungsfirma irgendwelche Sicherheitsanlagen immer noch nicht installiert hatte.

»Ich hab denen geschrieben«, erklärte Jack mit umwölktem Gesicht, während er die ersten Fleischklopse auf geröstete

Brötchen verteilte. »Ich hab ihnen klargemacht, dass sie aber so was von dran sind, wenn was passiert.«

»Die musst du anrufen«, beharrte Frank. »Ich hab das Gefühl, die können gar nicht lesen. Ihre eigenen Anleitungen lesen sie jedenfalls nicht.«

»Okay. Gleich am Montag.«

Der andere, ein hohlwangiger Typ mit öligen Schmutzrändern unter den Fingernägeln, hieß Dan Eaglefeathers und arbeitete als Kfz-Mechaniker für Jack. Jack erzählte, dass er gerade dabei war, einen alten Omnibus in einen fahrbaren Supermarkt umzubauen.

»Das probieren wir einfach mal«, meinte er. »Früher gab es viele solcher fahrbaren Läden, weil noch nicht jeder ein Auto hatte. Mal sehen, vielleicht gibt es heute wieder genug Leute, die die Nase voll davon haben, fünfzig Meilen zum Einkaufen fahren zu müssen.«

Vom Hamburgergrillen verstand Jack auf jeden Fall etwas, fand Christopher, als er den ersten Bissen in das Brötchen tat, das er vorgesetzt bekam. Noch nie hatten ihm Hamburger und Cola so gut geschmeckt.

Allerdings war es ihm nicht vergönnt, sich auf diesen unerwarteten Genuss zu konzentrieren, denn Jack begann, kaum dass er endlich selber am Tisch saß, ihm Löcher in den Bauch zu fragen. Also erzählte Christopher seine Geschichte. Er hielt sie so kurz wie möglich, ließ all die grausigen Details weg und alles, was die Sicherheit der Gruppe um Jeremiah Jones hätte gefährden können: Trotzdem saßen Jack und die anderen am Ende fassungslos da und starrten ihn an.

»Beim Großen Geist, das ist die abgedrehteste Geschichte, die ich je gehört habe«, sagte Jack schließlich. Er blickte einen Moment ins Leere, nahm dann eine Serviette und wischte sich die Finger daran ab. »Aber klar, darauf läuft alles raus«, meinte er dann versonnen. »All die Technik, die Computer, die Netze . . . Darauf ist es schon immer rausgelaufen. Wir haben es nur nicht gesehen.«

Frank schüttelte den Kopf. »Meine Großmutter hat es schon immer gesagt: Der weiße Mann ist verrückt.«

»Na, vom Verrücktsein hat deine Großmutter eine Menge verstanden, das zumindest steht fest«, sagte Jack mit mildem Spott. Er wandte sich wieder Christopher zu. »Hmm. Eigentlich siehst du ziemlich normal aus. Wie ein Nerd halt. Aber mir vorzustellen, dass du einen Chip im Kopf haben sollst . . . Fällt mir schwer, ehrlich gesagt. Ich meine – wie groß *ist* so ein Ding?«

Christopher fasste in die Tasche, zog das Plastiketui mit dem Chip darin heraus und legte es vor Jack hin. »Hier. Das ist so ein Chip.«

Den anderen fielen fast die Augen raus. Die kleine Plastikschachtel wurde von einem zum anderen weitergereicht. Ob er den Chip mal anfassen dürfe, wollte Dan wissen.

»Würde ich lieber bleiben lassen«, sagte Christopher. »Diese grünliche Gallerte, in der der Chip liegt, ist eine sogenannte bioaktive Substanz. Wenn man die mit bloßen Händen berührt, beginnt sie sofort, auf die Nervenzellen in der Fingerspitze einzuwirken, sie zu Zellwachstum anzuregen und dazu, Dendriten auszubilden. Macht sich als schmerzhaftes Brennen bemerkbar und kann ziemlich unangenehm werden.«

»Verstehe«, sagte Dan und legte das Etui auffallend schnell weg.

»Was hast du mit dem Ding vor?«, fragte Jack.

Christopher faltete die Hände. »Man kann Chips aufsägen. Wenn man ihre Schaltkreise durch ein starkes Mikroskop hindurch fotografiert und zigtausendfach vergrößert, kann man ihre Funktion analysieren. Man braucht allerdings die richtige Ausrüstung dafür. Das ist der Knackpunkt.«

Frank Miller beugte sich über das Etui, ohne es noch einmal anzufassen. »Hmm. Aber du denkst da nicht etwa an unser Sägewerk, oder?«

Jack lachte.

»Nein«, sagte Christopher. »Im Grunde gibt es nur zwei Möglichkeiten: Hersteller anderer Computerchips – oder Universitäten. In deren Labors kann man das machen. Sonst nirgends.«

»Verstehe.« Der Indianer nickte bedächtig. »Da habt ihr ganz schön was vor.«

»Ja«, sagte Christopher.

»Frank«, sagte der andere, Dan, und klopfte dabei auf seine Armbanduhr. »Wir müssen. Das Spiel fängt gleich an.«

»Oh. Richtig.« Mit einem Schlag waren Kohärenz, Chips und alles andere vergessen. Die beiden sprangen auf, bedankten sich bei Jack für das Abendessen und machten, dass sie fortkamen.

»Was für ein Spiel?«, fragte George, als die Tür ins Schloss gefallen war.

Jack zuckte mit den Schultern. »Baseball, glaube ich.« Er musterte Christopher. »Sag mal, jetzt, da wir unter uns sind:

Das ist nicht wirklich dein Plan, oder? Ein Universitätslabor finden, in dem du den Chip aufsägen kannst?«

Christopher erwiderte seinen Blick reglos. »Wie kommst du darauf, dass das nicht mein Plan ist?«

»Weil du weder einen Hersteller von Computerchips noch eine Universität finden wirst, die außerhalb des Mobilfunkbereichs liegen.«

George hatte recht gehabt. Dieser Jack Rising Dawn war wirklich nicht dumm.

Christopher reckte sich nach dem Etui mit dem Chip und hielt es Jack mit der Schmalseite hin. »Hier. Schau mal durch diese seitliche Lupe. Auf der Kante des Chips steht etwas. Ein Wort.«

Jack nahm das Plastiketui, spähte mit zusammengekniffenen Augen durch die lupenartige Verdickung. *»Ayulin6.23«*, las er. »Was ist das? Der Name des Herstellers?«

»Nein. Die Kohärenz operiert zwar unter vielen Firmennamen, aber sie *handelt* nicht mit diesen Chips. Also ist ein Herstellername unnötig. Es dürfte eine Typenbezeichnung sein und die Ziffern sind vermutlich die Versionsnummer. Das bedeutet, dass nicht alle Upgrader denselben Chip tragen. Er muss nach und nach weiterentwickelt worden sein.«

»Leuchtet ein.« Jack nickte bedächtig. »Und konkret heißt das . . . was?«

»Dass ich, wenn ich der Spur dieser Inschrift folge, vielleicht die Originalschaltpläne des Chips finde«, erklärte Christopher. »Das Problem ist bloß, das zu tun, ohne die Kohärenz zu alarmieren. Ich kann ja nicht einfach Google aufrufen und nach dem Stichwort ›Ayulin‹ suchen.«

»Überwacht die Kohärenz das etwa?«

»Klar. Wer nach diesem Begriff sucht, hat die Kohärenz auf den Fersen.«

Jack furchte die Stirn. »Aber so viele andere Möglichkeiten, irgendwas zu finden, gibt es ja nicht, oder? Wie willst du es dann machen?«

Doch, zum Glück gab es andere Möglichkeiten. Deswegen brauchte Christopher ja den Pentabyte-Man. Der hatte mithilfe von Trojanerprogrammen Unmengen von Rechnern gehijackt – meistens PCs in irgendwelchen Büronetzwerken, die zu nichts anderem benutzt wurden, als Solitaire zu spielen, E-Mails zu empfangen und hin und wieder welche zu schreiben, Auf diesen Rechnern ließ er eigene Webcrawler arbeiten, die das Internet nach Mailadressen absuchten. In den Indexfiles dieser Programme blieben zwangsläufig unbekannte Worte hängen – und das war die Chance, unauffällig die Spur dieses Chips aufzunehmen.

Christophers Blick fiel auf die Wanduhr. Höchste Zeit, dass er an den Rechner zurückkehrte und nachfragte, was der Pentabyte-Man herausgefunden hatte.

Er stand auf. »Vielleicht besser, du weißt das nicht.«

70 | Als Christopher wieder an Jacks Schreibtisch saß, bemerkte er, dass auch in dessen Büro kein Mangel an Bogen und Pfeilen herrschte. Das war ihm vorhin gar nicht aufgefallen – da hatte er nur Augen für den Computer gehabt –, aber an der Wand neben der Tür hingen, dekorativ drapiert, zwei kunstvoll verzierte Bögen und ein ganzer Strauß von Pfeilen, alle offensichtlich handgefertigt, mit echten Vogelfedern am hinteren Ende. Auch in dem Spalt zwischen den beiden Aktenregalen gegenüber stand ein Bogen, gegen den Ordner »Anstellungsverträge« gelehnt, und griffbereit neben dem Schreibtisch ein weiterer, zusammen mit einem Köcher voller Pfeile: So, als rechne Jack damit, ab und zu jemanden erschießen zu müssen, der sein Büro betrat.

So hatte eben jeder seinen Spleen. Die einen mit Computern, die anderen mit Pfeil und Bogen. Warum auch nicht.

*Hi. Computer*Kid hier. Wie sieht's aus?*

Diesmal dauerte es nicht lange mit der Antwort. Der Pentabyte-Man schien nur darauf gewartet zu haben, dass er sich meldete.

*Hallo, Computer*Kid. War ja ein heißes Suchwort. Ich hab einen Server in Korea für dich. Reinzukommen ist dein Part.* In einer zweiten Zeile folgte die IP-Adresse des Servers, hexadezimal verschlüsselt.

Wie hast du den gefunden, wenn du nicht reinkommst?, tippte Christopher zurück.

Die hatten einen zugänglichen Bereich, aber als meine Suchprogramme da das erste Mal durchgekrabbelt sind, ohne sich um robots.txt zu kümmern, ist wohl jemand sauer geworden und hat den Server ganz dichtgemacht. Ich hab manchmal das Gefühl, dass man seither hinter mir her ist. Also, pass auf!

Das verstand sich von selber, dachte Christopher und schrieb: *Danke!*, ehe er sich ausloggte.

Der Server in Korea war gut gesichert, in der Tat. Mal wieder eine richtige Herausforderung.

Wie in alten Zeiten. Nur dass es wehtat, daran zu denken. Christopher verscheuchte die Erinnerungen und stürzte sich mit voller Energie – und voller Wut, auch das – auf die Herausforderung, den Zugang zu knacken. Sich mit wirklich ausgeklügelten Sperren zu messen, war die beste Methode, Gedanken an andere Dinge gar nicht erst aufkommen zu lassen.

Anderthalb Stunden und einige gewagte Manöver später war Christopher endlich drinnen, durchstöberte Dateiverzeichnisse, Dokumente und Shellscripts auf der Suche nach ...

Bingo. Da waren sie. Die aktuellen Schaltpläne des Ayulin-Chips. Wie er es sich gedacht hatte: Wenn die Kohärenz neuerdings die Chips überall auf der Welt verteilt produzierte, dann musste es eine zentrale Stelle geben, von der aus die aktuellen Schaltpläne und Belichtungsvorlagen verteilt wurden.

Christopher lud die Dateien herunter, was rund zehn Minuten dauerte, überprüfte noch einmal, dass sie auch lesbar waren, dann verschwand er wieder aus dem Server, wie er gekommen war: Wie ein Geist. Hoffentlich.

Jack und George saßen immer noch vorne im Aufenthaltsraum, die schmutzigen Teller vor sich, und redeten. Nur dass sie inzwischen von Cola auf Bier umgestiegen waren.

»Ähm«, machte Christopher, »hast du Papier für den Plotter?«

»Ich komme«, sagte Jack.

Das großformatige Papier verwahrte Jack in einem abschließbaren Schrank im Flur. Sie brauchten zwei Bogen, um den ganzen Schaltplan auszudrucken, und es dauerte ziemlich, bis der emsig hin- und herflitzende Schreibstift alle Linien gezogen hatte.

»Wow!«, sagte Jack, während Christopher die beiden Bögen präzise aneinanderklebte. »Also, mir könntest du erzählen, dass das der Stadtplan von Los Angeles ist. Und das sagt dir was?«

»Ja«, sagte Christopher. »Das ist nicht so schwer.« Er würde nie begreifen, wieso sich Leute immer gleich panisch anstellten, wenn sie es mal mit einem etwas komplexeren System zu tun bekamen. Alles, was man wissen musste, war doch, welches Symbol ein AND-Gatter war und welches ein OR-Gatter: Für den Rest genügte logisches Denken!

»Ach ja«, fiel Christopher ein, als sich Jack schon zum Gehen wandte, »ich muss den Rechner ein bisschen umkonfigurieren. Ich mach's auch wieder rückgängig; es ist nur so, dass ich die Bluetooth-Schnittstelle benötige, um –«

»Was immer du brauchst«, unterbrach ihn Jack, die Hände erhoben, als habe jemand von ihm verlangt, sich zu ergeben.

»Okay«, sagte Christopher. »Danke.«

Es war lange her, dass er sich damit beschäftigt hatte, einen Prozessorchip zu analysieren. Aber er konnte es noch. Stück um Stück arbeitete er sich durch den komplexen Schaltplan, markierte verstandene Bereiche, notierte Anschlusswerte, fasste Funktionsgruppen zusammen. Es war ein bisschen so, als löse man ein Sudoku mit tausend Zahlen statt mit nur neun: Es durfte einem kein Fehler unterlaufen, wenn man es nicht versieben wollte.

Nach einer Weile war er so weit, die Bluetooth-Schnittstelle zu konfigurieren. Das war der heikelste Punkt seines Plans. Denn Christopher hatte nichts Geringeres vor, als per Funk mit dem Chip in seinem eigenen Kopf zu kommunizieren.

Er musste ein bisschen herumprobieren, bis es klappte, aber dann bekam er schließlich eine Verbindung. Unwillkürlich hielt er inne, horchte in sich hinein, fasste sich an den Kopf, obwohl er genau wusste, dass man nicht spüren konnte, wo der Chip saß, und auch nicht, ob er aktiv war oder nicht. Die Vorstellung, dass er auf der Tastatur vor sich Befehle eingab, die per Bluetooth-Basisband in seinen eigenen Schädel gelangten, war selbst für ihn ziemlich unglaublich. Aber es funktionierte: Er konnte Werte auslesen, den Chip dazu bringen zu reagieren . . .

Bloß den Virus beseitigen, das konnte er nicht. Nicht so ohne Weiteres jedenfalls.

Zum ersten Mal in seinem Leben hatte er es mit einem Computervirus zu tun, den er nicht verstand.

Irgendwann streckte George den Kopf zur Tür herein. Christopher sah hoch. Er hatte ziemlich lange einfach nur dagesessen und den riesigen Schaltplan vor sich angestarrt, erst in der Hoffnung, dass ihm die Erleuchtung kommen würde, und später dann ohne jede Hoffnung, einfach nur so.

»Unser Zimmer ist das ganz hinten im Flur«, erklärte George. »Das mit der roten Tür. Jack hat uns zwei Feldbetten aufgestellt, das Bad ist gegenüber.«

»Okay«, sagte Christopher. »Alles klar.«

George zögerte. »Es ist halb zwei. Machst du noch lange?«

Christopher sah auf den Schaltplan hinab, auf das Gewirr der Linien und auf seine Notizen dazwischen. »Ein bisschen noch«, sagte er. »Ich könnte eh noch nicht schlafen.«

71 | Als George Angry Snake am nächsten Morgen aufwachte, war irgendetwas seltsam. Er fuhr hoch. Ein Blick genügte, um zu erkennen, was ihn alarmiert hatte: Christophers Schlafsack lag so unberührt da, wie George ihn am Vorabend auf dessen Klappliege geworfen hatte.

Er öffnete den Reißverschluss seines eigenen Schlafsacks, schlüpfte in seine Hose und machte sich barfuß auf die Suche.

Er musste nicht lange suchen. Als er die Tür zu Jacks Büro öffnete, sah er Christopher mit dem Oberkörper auf seinem gigantischen Schaltplan liegen und schlafen, den Kopf in einer Art und Weise abgewinkelt, die unmöglich gesund sein konnte.

»Christopher«, sagte George.

Der weiße Junge, der in den letzten Tagen zusehends noch weißer geworden war und inzwischen geradezu ausgebleicht wirkte, fuhr hoch, schaute sich hektisch atmend um, ließ seinen Blick über die Zeichnung irrlichtern, sah dann hoch zu ihm . . .

»Oh«, stieß er schlaftrunken hervor. »Ich bin eingeschlafen.«

»Genau«, bestätigte George. »Vielleicht wäre es besser, du legst dich drüben noch eine Weile hin.« Wäre auch nicht schlecht gewesen, Christopher hätte mal geduscht. In Jacks Büro stank es wie im Männerumkleideraum einer Turnhalle.

Christopher blinzelte, leckte sich über die trockenen Lippen, schüttelte den Kopf. »Nein, nein«, sagte er, den Blick schon wieder auf den Linien und Symbolen vor ihm. »Keine Zeit. Ich . . . ich glaube, ich verstehe jetzt, wie der Virus arbeitet. Da muss man erst mal draufkommen, es so zu machen.« Er tippte auf eine Stelle, die in Georges Augen nicht anders aussah als der Rest der Zeichnung: wirre schwarze Striche eben. »Hier. Er belegt diese Register dauerhaft. Dadurch verschiebt er den Programmzeiger so, dass aus Daten Sprungadressen werden. Extrem raffiniert. Aber riskant. Sehr riskant. Wer immer das ausgetüftelt hat, muss davon ausgegangen sein, dass man ihm nicht auf die Schliche kommt . . .«

Der Junge war ganz offensichtlich kurz vorm Überschnappen. Wahrscheinlich beherrschten er und seinesgleichen deshalb die Welt: Weil die Welt heutzutage auch kurz vorm Überschnappen war.

»Was heißt, wer immer das ausgetüftelt hat?«, hakte George nach. »Das kann doch bloß die Kohärenz gewesen sein, oder?«

»Ja, klar«, murmelte Christopher geistesabwesend, während er mit dem Finger an Linien entlangfuhr, die er gelb markiert hatte. »Aber die Kohärenz greift natürlich auf Fachwissen zu. Fachwissen, das in irgendeinem Kopf bereitstehen muss. Siehst du, hier . . .«

Er unterbrach sich mitten im Satz, seine Augen wurden riesig. »Unglaublich«, flüsterte er. »Dass ich das jetzt erst sehe. Das hieße ja . . .«

»Was? Was siehst du jetzt erst? Und was meinst du mit riskant?«

Christopher antwortete nicht. Er saß nur da und das Einzige, was sich bewegte, waren seine Augen, die den Schaltplan absuchten, nach Verbindungen, Ähnlichkeiten, was auch immer.

»Ich brauch noch ein bisschen«, flüsterte er schließlich, wie im Selbstgespräch. »Ich hab gerade was entdeckt, was ich aber erst noch mal nachprüfen muss. Weil – irgendwie kann ich das noch nicht richtig glauben . . .«

Mehr kam nicht. Man konnte zusehen, wie er in Welten verschwand, die normalen Menschen unverständlich bleiben würden. George gab es auf. Er zog die Tür leise hinter sich zu und ging duschen.

72 | Allmählich war Kyle es leid, immer im Auto zu schlafen. Auf die Dauer spürte er es im Rücken und das stundenlange Autofahren machte es nicht besser. Heute Morgen kam er sich richtiggehend alt vor, als er sich aus dem Wagen wälzte und ans Seeufer humpelte, um sich notdürftig zu waschen. Die Mädchen schliefen noch, also machte er so viel Lärm, wie er konnte. Warum sollten sie es besser haben?

Während er sich abtrocknete, fiel sein Blick auf ein Schild, das, an einen schräg im Boden steckenden Pflock genagelt, besagte: Waldbrandgefahr. Feuermachen strengstens verboten. Mindeststrafe 2000 Dollar.

Mist aber auch. Er brauchte seinen Morgenkaffee, sonst war er ungenießbar.

Also scheuchte er die beiden Teenagergören aus den Federn. Er ließ sie das Zelt einpacken, gewährte ihnen noch gnädige zehn Minuten für eine Katzenwäsche und ab ging es, zurück auf die Interstate-90, zum nächsten Frühstücks-Diner oder zum nächsten Rastplatz mit Feuerstelle, je nachdem, was sich zuerst auftreiben ließ.

Es wurde dann ein Rastplatz gute fünfzehn Meilen weiter und etwas abseits der Schnellstraße, mit Feuerstellen in Gestalt alter, riesengroßer Lastwagenfelgen, von jahrelangem Gebrauch verrußt und verrostet. Er machte Feuer in einer davon, und als er endlich seinen zerbeulten alten Kaffeepott auf das Gitter darüber stellen konnte und ihm der Duft kochenden Kaffees in die Nase stieg, fühlte er sich beinahe wieder mit der Welt versöhnt.

»Was meinst du, wann wir in Seattle sind?«, fragte Schwesterherz Serenity irgendwann.

Kyle nippte an seinem herrlich stark geratenen Kaffee und überschlug in Gedanken die Strecke, die sie noch vor sich hatten. Nicht ganz dreihundert Meilen, schätzte er. Er sah auf die Uhr. »Vielleicht so gegen drei Uhr«, meinte er.

»Und dann?«

»Suchen wir erst mal eine Bleibe.« Ihm schwebte ein richtiges Bett vor. Ein Bett und eine heiße Dusche. »Dann kontaktieren wir Dads Netzwerk. Und morgen kümmern wir uns um die Zukunft der Popmusik, falls du deswegen fragst.«

Serenity sah sich um. Madonna war gerade in die Büsche verschwunden.

»Meinst du nicht, es wäre doch besser, diesen Produzenten schon mal anzurufen?«, fragte Schwesterherz mit so unschuldigem Augenaufschlag, als hätte sie sich diese Frage tatsächlich selber ausgedacht. Und sich nicht etwa von einer gewissen Freundin abends im Zelt dazu anstiften lassen.

Kyle verbarg sein Grinsen in seiner Kaffeetasse. »Ach weißt du«, meinte er, »der freut sich am Montagmorgen noch genauso. Dann kann er sich wenigstens sagen, dass seine Woche gut anfängt.«

Sieg nach Punkten.

Dachte er.

Doch dann machte Madonna Two Eagles, dieses hinterhältige Weibsstück, etwas ganz Raffiniertes: Sie nahm ihre Gitarre mit auf den Rücksitz. Angeblich, um nicht aus der Übung zu kommen. Und während sie weiterfuhren, sang sie noch ein paar ihrer Lieder. Erst dieses *No Longer Lonely,* das wirklich ein verdammter Ohrwurm war. Aber dabei blieb es nicht. Sie hatte noch mehr Songs auf der Pfanne und verdammt noch mal, die waren gut. Richtig, richtig gut.

Auf einmal kam es ihm doch ratsam vor, diesen Produzenten schon mal anzurufen.

Er wollte später schließlich mal erzählen können, dass er es gewesen war, der die Karriere von Madonna Two Eagles ins Rollen gebracht hatte.

Also fuhr er bei der nächsten Tankstelle raus, ging zur Telefonzelle, kramte den Zettel mit van Horns Telefonnummer aus seiner vollgestopften Brieftasche und wählte.

»Van Horn?« Eine frostige Frauenstimme, hörbar unamüsiert, dass da jemand am Sonntagvormittag anrief. War van Horn verheiratet? Kyle wusste es nicht, kam ins Stottern. Er nannte seinen Namen und wie Zack und er sich kennengelernt hatten und seltsam genug, das schien ihr nicht nur was zu sagen, es brachte auch den Frost in ihrer Stimme zum Schmelzen. »Sie wollen dann sicher meinen Mann sprechen«, meinte sie. »Einen Moment.«

Und dann hatte er wieder diese näselnde Stimme am Ohr, die immer so klang, als bräche sie jeden Moment in Gelächter aus. »Kyle Jones! Mein Lieblingssanitäter! Wie geht es Ihnen?«

Gut gehe es ihm, sagte Kyle, aber vor allem gehe es um dieses Mädchen aus dem Internet, Madonna Two Eagles. *No Longer Lonely.* Sage ihm bestimmt was.

Man konnte fast hören, wie sich am anderen Ende der Leitung die Ohren des Produzenten spitzten. »Kennen Sie die etwa?«

»Ich kenne sie nicht nur«, erwiderte Kyle, »ich habe sie in meinem Auto sitzen und bin auf dem Weg nach Seattle.«

Van Horn schnappte nach Luft. »Ist nicht Ihr Ernst!«

»Absolut. Ich würde sie Ihnen gern vorstellen. Wenn Sie interessiert sind, heißt das.«

Ein paar Minuten später kehrte Kyle zu seinem Wagen zurück, stieg gemächlich ein, legte umständlich den Sicherheitsgurt wieder an und ließ sich mit alldem so viel Zeit, dass es Madonna schließlich nicht mehr aushielt.

»Und?«, fragte sie atemlos. »Hast du ihn erreicht?«

»Ja«, sagte Kyle und schob den Schlüssel ins Zündschloss.

»Und was hat er gesagt?«

»Er hat gesagt«, berichtete Kyle genüsslich, »dass mich der Himmel schicke und dass wir zu ihm kommen sollen, sowie wir in Seattle sind. Nachmittags, abends, egal, er wartet auf uns. Und er bereitet uns schon mal die Gästezimmer vor.«

Sie stieß einen unglaublichen Kiekser aus, schlug die Hände vors Gesicht und kippte hintenüber. »Das ist ein Traum!«, stieß sie dann hervor. »Dass mich jetzt bloß niemand aufweckt!«

Kyle ließ grinsend den Motor an und lenkte den Wagen zurück auf die Straße, überzeugt, genau das Richtige getan zu haben.

Er ahnte nicht, wie falsch er damit lag.

73 | Vernünftig, sagte sich Christopher, wäre es gewesen, den Schaltplan noch einmal auszudrucken, neben den anderen zu legen und sich einen ganzen Tag, ach was, mindestens eine komplette *Woche* Zeit zu nehmen, um seinen wahnwitzigen Verdacht zu überprüfen. Ob es stimmte . . . ob der Kohärenz tatsächlich ein Fehler diesen Ausmaßes unterlaufen war.

Und warum sollte ihr kein Fehler unterlaufen? Er hatte schon gemerkt, dass seine Erzählungen über die Kohärenz bei vielen die Vorstellung erzeugt hatten, die Kohärenz sei eine Art Gottheit, und einer Gottheit unterliefen keine Fehler. Aber er wusste, dass das nicht stimmte. Wenn er an die Zeit zurückdachte, die er als Teil der Kohärenz verbracht hatte, dann erinnerte er sich an zahllose Missgeschicke, Fehlentscheidungen und Schlampereien, die ihr unterlaufen waren. Die Kohärenz war in gewissem Sinne ein übermenschliches Wesen, aber sie *bestand* aus Menschen und Menschen machten nun einmal Fehler.

Außerdem war es nicht einmal gesagt, dass das hier wirklich ein Fehler war. Vielleicht war sie das Risiko bewusst eingegangen. Womöglich wäre es auf keine andere Weise gelungen, ihm diesen Virus einzupflanzen. Der war nämlich an sich schon ziemlich genial. Und klar, er war nicht der einzige Computerhacker, den sich die Kohärenz gekrallt hatte. Aus naheliegenden Gründen waren Computerfreaks zu Anfang sozusagen ihre bevorzugte Beute gewesen.

Wieso also nicht? Der Plotter stand bereit, er musste ihn nur einschalten. Jack hatte ihm auch genug Papier dagelassen; es lag locker zusammengerollt auf den Aktenkästen unter seiner Pfeil-und-Bogen-Wanddekoration.

Wie gesagt. Vernünftig wäre es gewesen.

Doch etwas sträubte sich in ihm. Es widerstrebte ihm, auch nur in die Richtung zu denken, die sich hier auftat. Wenn das stimmte, was er entdeckt zu haben glaubte, konnte es tatsächlich ein Weg sein, den Virus auszuschalten – aber es war ein Weg, den er nicht gehen wollte.

Es musste eine andere Möglichkeit geben!

Er musste sie nur finden. Irgendwo. Irgendwie.

Christopher rieb sich die Augen, spürte die Müdigkeit darin, in seinen Augen, in seinem ganzen Körper. Wie lange mochte er geschlafen haben, da auf der Zeichnung? Er wusste es nicht. Vielleicht ein paar Stunden, vielleicht nur eine halbe. So, wie er sich fühlte, konnten es genauso gut nur ein paar Minuten gewesen sein.

Vielleicht war es das Beste, er machte erst mal Pause. Ging unter die Dusche. Schaute mal, was es zum Frühstück gab. Lüftete sich das Hirn aus. Und dann sah man weiter. Gut möglich, dass es dann kein Problem mehr sein würde, den Plan noch einmal ganz frisch auszudrucken und noch einmal ganz von vorn zu beginnen.

In diesem Augenblick wurde der Bildschirm des PCs hell, der bis jetzt neben ihm im Dämmerschlaf gesummt hatte, und mit einem leisen *Ping!* erschien ein Instant-Message-Fenster.

*Computer*Kid? Bist du da? Pentabyte-Man.*

Christopher starrte das Fenster an. Auf einmal hatte er ein ganz übles Gefühl.

Dann rollte er mit dem Schreibtischsessel rüber zur Tastatur und tippte: *Bin da. Was gibt's?*

Eine Pause wie ein Atemholen, dann kam: *Du hast irgendjemanden aufgeschreckt. Hat jemand bemerkt, dass du in dem Server warst? Jedenfalls haben sie dich lokalisiert und sind hinter dir her.*

74 | Nachdem George geduscht und sich angezogen hatte und von Christopher immer noch nichts zu sehen oder zu hören war, beschloss er, ihn sich selber zu überlassen und nachzuschauen, ob es vorne auch so was wie Frühstück gab.

Gab es. Jack saß allein an dem großen runden Tisch, in dessen Mitte ein Gebirge aus Cornflakesschachteln, Milchflaschen, Saftkartons und dergleichen aufgebaut war und an dem vor Kurzem eine ganze Horde gefrühstückt haben musste, den vielen benutzten Schüsseln, Tellern und Kaffeetassen nach zu urteilen, die herumstanden. Der ganze Raum roch nach dem Kaffee, der auf der Warmhalteplatte der Kaffeemaschine leise vor sich hin zischelte.

Jack hatte einen dicken Kalender vor sich und das Telefon vom Küchenbüfett auf einem Stuhl neben sich stehen – weiter reichte das Kabel nicht. Offenbar managte er, da er aus seinem Büro vertrieben war, sein Unternehmen von hier aus.

»Jaja, schon klar«, sagte er gerade in ziemlich ungehaltenem Ton, als George hereinkam. »Im Ausredenerfinden sind die Leute immer großartig. Wenn sie sonst nichts können, Ausreden erfinden können sie. Aber ich brauch keine Ausreden, ich brauch Ergebnisse, verstehst du? Die Vorlagen für die Anzeigen müssen nächste Woche bei der Druckerei sein. Wie soll ich das jetzt machen ohne Leons Zeichnungen?« Er lauschte. »Mary! Red dir doch nichts ein! Dein Mann ist Alkoholiker. Er braucht Hilfe. Ist mir scheißegal, ob er zu einem Medizinmann geht oder zu einem weißen Hirnklempner, Hauptsache, er geht überhaupt mal irgendwohin! Und du hilfst ihm nicht, wenn du ihn dauernd entschuldigst.« Pause, dann: »Ja, sag ihm das.

Und wenn du seine Flaschen nicht einsammelst und wegschüttest, komm ich und übernehme das selber.«

Er legte auf und stieß ein zorniges Schnauben aus, das irgendwo tief aus dem Bauch kam. »Ehrlich – diese versoffenen Indianer gehen mir so was von auf die Nerven!«

George nickte. »Mir auch.« Es war so würdelos, was man vielerorts in den Reservaten sah. Und Würde – das war es doch, worauf es ankam!

Jack legte seinen Kalender seufzend beiseite. »Was ist mit deinem Freund? Der hat die Nacht durchgemacht, oder? Will er nicht zwischendurch mal was frühstücken?«

»Er hat gesagt, er braucht noch ein bisschen.« George holte sich ein Glas und eine Schüssel aus dem Küchenregal und goss sich einen Orangensaft ein. »Keine Ahnung, was das in Stunden heißt.«

»Na gut. Ist ja zum Glück Sonntag.«

George hob den Kopf. Er hörte ein Geräusch von draußen, das er nicht einordnen konnte. »Was ist das?«

Jack runzelte die Stirn, lauschte nun auch. »Hört sich an wie ein Hubschrauber.« Er sprang auf, ging ans Fenster und spähte hinaus. »Tatsächlich.«

George war mit einem Satz neben ihm. Es handelte sich um eine kleine graue Militärmaschine, die in geringer Höhe über die Siedlung hinwegflog.

»Die kommen normalerweise erst im Sommer«, sagte Jack und runzelte die Stirn. »Wenn Brandgefahr besteht. Oder um Tiere zu verfolgen, die sie mit Sendern ausgestattet haben. Aber dafür ist es noch ein bisschen früh im Jahr.«

In diesem Augenblick krachte es im Lautsprecher eines Funkempfängers, den George bis jetzt noch gar nicht bemerkt hatte.

»Otsskoinaattsi naikopoto«, sagte eine Männerstimme und wiederholte: *»Otsskoinaattsi naikopoto.«* Das waren Worte in der Sprache der Blackfeet, die George trotzdem Rätsel aufgaben.

»Blau sechzehn?«, wiederholte er. »Was soll das heißen?«

»Na, das ist natürlich ein Code«, erklärte Jack, als verstünde sich das von selbst. »Wir sind ja nicht die Einzigen, die Blackfeet sprechen.«

»Okay. Und was bedeutet Blau sechzehn?«

»Dass zwei verdächtige Autos kommen. FBI möglicherweise.« Jack musterte ihn eindringlich. »Gibt es etwas, das ich wissen müsste und das ihr, hmm, *vergessen habt zu erwähnen?«*

George sah ihn entgeistert an. »Was? Nein, wirklich, ich wüsste nicht –«

In diesem Moment krachte die Tür auf, Christopher stürzte herein und rief: »Ich glaube, sie haben uns gefunden!«

»Wer?«, riefen Jack und George wie aus einem Mund.

»Die Upgrader.«

Überraschungsangriff

75 | Jacks Augen schienen kurz aufzulodern. »Wie ist das passiert?«

Das hätte Christopher auch gerne gewusst. Er hatte nichts bemerkt, keine Wachprogramme, keine sonstigen Sicherungen ... und er war so vorsichtig wie immer gewesen oder, besser gesagt, so vorsichtig wie noch nie zuvor.

Er verstand das nicht. Er war schon oft in superheikle Systeme eingedrungen. Er war in den Rechnern des FBI gewesen, des Pentagons, der NSA . . . lauter Organisationen, die auch ziemlich viel von Computern verstanden und weiß der Himmel keinen Spaß verstanden, wenn sie einen erwischten. Ihn, Computer*Kid, hatte noch nie jemand erwischt. Es war eine ganz neue Erfahrung.

Auf die er gerne verzichtet hätte.

»Ich weiß es nicht genau«, gestand er. »Es muss passiert sein, als ich in deren Server in Korea eingedrungen bin. Offenbar haben sie das bemerkt und es geschafft, mich zurückzuverfolgen.«

Jack nickte wissend. »Ich habe einen eigenen Server. Also eine feste IP-Adresse. Das hat es ihnen leichter gemacht.«

»Genau«, sagte Christopher. »Und jetzt hat uns die Kohärenz das FBI auf den Hals gehetzt.«

Jack rieb sich die Nase, die eine gewisse Ähnlichkeit mit dem Schnabel eines Adlers hatte. »Hmm. Was sind das für Straftatbestände, die man mir vorwerfen könnte?«

»Unbefugtes Eindringen in fremde Datenbestände«, sagte Christopher. »Datendiebstahl. Wobei ich nicht weiß, inwieweit das in Korea schon strafbar ist.« Wobei das letztlich keine Rolle spielte. Wenn da tatsächlich FBI-Agenten kamen, dann nicht, um Jack Rising Dawn wegen Datendiebstahls zu belangen. Wenn, dann kamen sie, um Christopher Kidd zu fangen.

»Okay.« Übergangslos kam Bewegung in Jack. Wenn er einfach so dastand oder irgendwo saß, wirkte er wie ein Sack Mehl, aber er konnte sich von einem Moment zum anderen in etwas verwandeln, das an eine Kanonenkugel im Zielanflug denken ließ. Mit einem raschen Handgriff zog er einen Schlüsselbund aus der Tasche, drückte ihn George in die Hand. »Hier. Fahr dein Auto in meine Garage. Sicher ist sicher. Und du«, sagte er zu Christopher, während George davonspurtete, »kommst mit.«

Sie gingen raschen Schritts ins Büro, wo Jack erst einmal das Fenster aufriss. »Wenn die einen Suchhund dabeihaben, fällt der sonst tot um«, meinte er trocken. Dann wies er auf den Rechner. »Kannst du alles runterlöschen, was du gemacht hast? Auch den Cache? Temporäre Files? Druckaufträge?«

»Moment.« Das war eine Angelegenheit von ein paar Tastendrücken. Christopher hatte es sich schon vor langer Zeit angewöhnt, auf fremden Rechnern parallel zu allem, was er tat, eine Scriptdatei mitzuführen, die sämtliche Spuren in einem Arbeitsgang wieder löschte, wenn er sie aufrief. Natürlich unter Benutzung eines Programms, das Dateien richtig löschte, mit anderen Worten, das den Dateiinhalt mit Leerzeichen überschrieb, anstatt einfach nur eine Löschmarkierung zu setzen, wie es die Löschbefehle der meisten Betriebssysteme machten.

Danach musste er nur noch die Scriptdatei löschen und, ganz zum Schluss natürlich, weil es sich ja selber löschen musste, besagtes Löschprogramm.

Während diese Prozedur lief, sammelten sie alles ein, was Christopher benutzt hatte – die Zeichnung, die Filzstifte, Notizblätter, die er bekritzelt hatte.

»Was ist mit dem Plotter? Hat der noch was im Speicher?«, fragte Jack.

Christopher schüttelte den Kopf. »Nein. Hab ich schon heute Nacht rausgelöscht.«

George tauchte wieder auf, gab Jack die Schlüssel zurück. »Und jetzt?«

»Jetzt verstecken wir euch.«

Jack ging eine Klappleiter holen, stellte sie mitten im Flur auf und stieg nach oben. Er fummelte kurz an der Decke herum, worauf sich eine große, bis dahin unsichtbare Klappe in der Holzverkleidung löste und einen Hohlraum darüber freigab. »Rauf mit euch«, meinte Jack, während er zurück auf den Boden trat.

»Da rauf?« George beäugte das Versteck misstrauisch. Sie

würden zwischen vier Dachlatten hindurchklettern und sich dann auf diese legen müssen, ehe man die Klappe wieder schließen konnte.

»Die halten euch aus, keine Sorge«, meinte Jack. »Du würdest dich wundern, was für dicke Leute dort oben schon gewesen sind.«

Christopher war zu beunruhigt darüber, dass die Kohärenz imstande gewesen war, ihn aufzuspüren, als dass er sich wegen ein paar Dachlatten hätte Gedanken machen können. Er stieg als Erster hinauf, zwängte sich in den Zwischenraum und rückte dann zur Seite, um George Platz zu machen. Bequem war es nicht, aber auszuhalten.

Als sie beide oben waren, holte Jack den Schaltplan und die Notizen, rollte alles zusammen und reichte die Rolle hinauf. Christopher verstaute sie neben sich. Dann wurde die Klappe wieder zugedrückt. Durch einen haarfeinen Spalt konnte man ein Stück Fußboden kurz hinter der Haustür sehen, mehr nicht. Aber hören konnte man, gut sogar. Jack verstaute die Klappleiter wieder und sie hörten jedes Klappern, jeden seiner Schritte und das Quietschen der Schranktür.

»Wenn man hier oben so gut hört«, flüsterte Christopher George zu, »dann gilt das umgekehrt vermutlich genauso.«

Worauf Jacks Stimme erscholl: »Ja, stimmt genau. Also, nicht husten!«

Es war nicht ganz dunkel in ihrem Versteck. Ab und zu verirrte sich ein unglückliches Photon durch den winzigen Spalt, durch den man hinabsehen konnte, und diese minimale Lichtquelle reichte, um mit der Zeit zumindest Umrisse erahnen zu können. Georges Kopf zum Beispiel war so ein Umriss im Dunkeln, und als George ihn antippte, konnte Christopher sogar erkennen, dass Madonnas Bruder den Mund weit geöffnet hatte und auf diese Weise atmete. Und tatsächlich: Wenn man langsam durch den weit offenen Mund atmete, dann machte das keinerlei Geräusch!

Hatten was, diese alten Indianertricks.

»Die Autos müssten jeden Moment ankommen«, rief Jack. »Ich geh jetzt raus. Wartet, bis ich euch hole. Ach ja, Christopher: Wann warst du in dem Server? Gestern Abend oder?«

»Ja. Gegen halb zehn«, sagte Christopher, wobei er sich mit der Uhrzeit nicht ganz sicher war.

»Danach nicht mehr?«

»Nein.«

»Gut. Damit lässt sich was anfangen.« Im nächsten Moment schlug die Haustür zu.

Sie warteten, atmeten und lauschten. Wenn man sich mal dran gewöhnt hatte, gab es einiges zu hören. Das Geräusch sich nähernder Fahrzeuge. Autotüren, die zuschlugen. Schritte auf Kies. Stimmen, wobei man die Worte nicht verstand.

»Was hat Jack vor?«, hauchte Christopher schließlich.

»Sie austricksen«, flüsterte George so leise, dass man beinahe glauben konnte, sich die Stimme nur eingebildet zu haben.

Sie austricksen. Gut. Jack wirkte wie jemand, der so etwas schaffte.

Gerade als die Stille so umfassend wurde, dass Christopher begann, darüber nachzudenken, wie weit man wohl den Herzschlag zweier Personen hören konnte, ging unten die Haustür auf, Leute kamen hereingestiefelt und man hörte Jack ebenso laut wie leutselig erklären: »... wie gesagt, er war mit meinem Cousin unterwegs, von daher wäre ich nie auf den Gedanken gekommen, dass er von der Polizei gesucht werden könnte. Sie haben auch nur kurz gehalten, um Guten Tag zu sagen, wie es sich gehört, und, na ja, Sie wissen ja, wie junge Leute so sind: Dauernd müssen sie ins Internet, nachgucken, was ihre zweihundert Freunde bei Facebook gerade machen und ob sie E-Mails haben. Na ja, warum auch nicht? Also hab ich gesagt, klar, nehmt meinen Rechner. Da denkt man doch nichts Böses.«

»Wo ist der Rechner?«, fragte die schnarrende Stimme eines Mannes, der es beim Sprechen nicht übertrieben eilig zu haben schien.

»Hier, bitte«, sagte Jack. »Er ist schon an, ich wollte grade meine eigenen Mails abrufen . . .« Schritte, die dem Flur nach hinten folgten. Es waren mindestens drei Männer, die mit Jack ins Haus gekommen waren.

Eine Weile hörte man sie drinnen im Büro rumoren. Die Tastatur klapperte, der Schreibtischsessel quietschte, ab und zu hustete jemand.

»Sind Sie wirklich sicher, dass das von meinem Rechner aus passiert ist?«, fragte Jack. »Ich hab mal gelesen, dass es Hacker gibt, die für solche Aktionen erst mal anderer Leute Rechner hijacken, um ihre Spuren zu verwischen . . .«

»Wir wissen, dass es der junge Kidd war«, kam in demselben schleppenden Tonfall die Erwiderung.

»Auch Hacker haben einen *Modus Operandi*. So etwas wie

eine Handschrift, an der man sie erkennen kann. Und wenn Kidd hier war, dann hat er den Einbruch auch von hier aus begangen.« Pause, dann erklärte ein anderer, genauso träge: »Er hat alles gelöscht.«

Die FBI-Beamten klangen, als habe man sie aus einem wohlverdienten Sonntagsschlaf gerissen und als hätten sie absolut keine Lust zu alldem hier.

Das machte Hoffnung.

»Sie sagten, die beiden sind nach Norden weitergefahren?«

»Ja, genau«, log Jack mit bemerkenswerter Unverfrorenheit. »Soweit ich sie verstanden haben, wollten sie nach Kanada rüber. Ob ins dortige Blackfeet-Reservat oder woandershin, weiß ich allerdings nicht. Ich hab ihnen angeboten, hier zu übernachten, aber sie wollten weiter.«

Denkpause, dann erklärte einer der FBI-Beamten schwerfällig: »Wir müssen das Haus durchsuchen. Wenn Sie nichts dagegen haben.«

»Kein Problem. Ich kann Sie rumführen.«

George zuckte unmerklich neben ihm und in diesem Moment fiel es auch Christopher ein. Die Feldbetten! Und die Schlafsäcke! Da er seinen nicht mal benutzt hatte, war ihm der Gedanke gar nicht gekommen.

Und da hörten sie es auch schon. »Hier hat jemand übernachtet«, stellte die schnarrende Stimme fest.

»Das war einer meiner Saisonarbeiter«, erklärte Jack unbekümmert. »Zurzeit habe ich nur einen. Sie sehen ja, der andere Schlafsack ist unbenutzt.«

Cooler Typ, dieser Jack Rising Dawn.

Seine Erklärung schien die Beamten zufriedenzustellen; die schweren Schritte tapsten weiter. Man hörte, wie Schränke geöffnet, Möbel verrückt, Schubladen aufgezogen wurden.

Auf die Dauer bekam man von dieser Art zu atmen einen trockenen Mund. Christopher musste schlucken und hatte das Gefühl, damit ohrenbetäubenden Lärm zu veranstalten. Und was, wenn sie Suchhunde im Wagen hatten? Würden die sie wirklich nicht aufspüren, nur weil sie hoch oben in der Decke steckten?

Es schien sich endlos hinzuziehen, bis die FBI-Leute genug hatten und wieder gingen. Christopher hätte erwartet, dass sie etwas wegen des Computers sagten – dass sie ihn beschlagnahmten oder zumindest versiegelten, damit sie ihn später ins Labor bringen und genau untersuchen konnten –, aber es kam nichts dergleichen. Klar: Weil der Kohärenz egal war, was für Daten er gestohlen hatte. Sie wollte ihn nur kriegen. Darum ging es.

»Es kann sein, dass wir Sie noch mal befragen müssen«, erklärte der Mann mit der Schnarrstimme, als sich die Truppe wieder Richtung Ausgang bewegte. »Vielen Dank so weit jedenfalls für Ihre Kooperation.«

»Ach, man hilft doch gerne«, erwiderte Jack ölig.

Christopher reckte den Kopf, spähte durch den Schlitz nach unten, sah, wie die Männer zur Haustür hinausgingen. Sie trugen graue Uniformen mit breiten Schultergurten. An diesen Gurten trug jeder der Männer ein Gerät auf dem Rücken, das zu groß und breit war und eine zu dicke Antenne hatte, als dass es sich um ein normales Sprechfunkgerät gehandelt hätte.

Nein, erkannte Christopher. Das waren *Satellitentelefone!*

Ihm wurde ganz schlecht, als er begriff, was das hieß.

Diese Männer waren nicht vom FBI. Diese Männer waren *Upgrader,* die über diese Satellitentelefone mit der Kohärenz in Verbindung standen.

Von nun an würde es ihm nichts mehr helfen, sich in weiße Zonen zu flüchten. Die Kohärenz hatte einen Weg gefunden, ihn auch dorthin zu verfolgen.

Seattle, Washington, wurde oft als lebenswerteste Stadt der USA bezeichnet. In Seattle selber war es die Columbia-City-Nachbarschaft, die als kreativster und interessantester Teil der Stadt galt, in Columbia City wiederum war es die Oak Wood Avenue, die zu den angesagtesten, aber natürlich auch teuersten Adressen zählte. Hier wohnten reiche Filmschauspieler, Modeschöpfer und Leute, von denen man nicht so genau wusste, woher ihr Geld stammte, nur, dass sie viel davon besaßen. Die Villen in dieser Straße waren groß, oft altehrwürdig und immer von erlesenem Geschmack, standen auf weitläufigen Grundstücken, verborgen hinter hohen, alten Bäumen, von denen nicht wenige aus der Zeit stammten, in der Seattle begründet worden war. Es gab kein Grundstück ohne einen hohen Zaun darum herum, der zusätzlich durch Videokameras und Alarmanlagen gesichert war. Kleine Plaketten an den prunkvollen Gittern vor den prunkvollen Einfahrten verrieten demjenigen, der Genaueres wissen wollte, welcher Sicherheitsdienst darüber wachte, dass die Bewohner des jeweiligen Anwesens ungestört und unbehelligt blieben.

Haus Nummer siebzehn war das Anwesen des Musikproduzenten Zack van Horn. Er hatte sein beträchtliches Vermögen innerhalb von weniger als zehn Jahren gemacht, weil er über ein sicheres Gespür für das Potenzial junger Talente verfügte und außerdem über ein inzwischen schon legendäres Verhandlungsgeschick gegenüber Plattenfirmen und Konzertveranstaltern.

Sein Gespür für die wahren Absichten von Polizisten war leider weniger gut ausgeprägt. Zack van Horn stammte aus einfachen Verhältnissen. Sein Vater hatte ihm eingeprägt, dass Polizisten Autoritätspersonen waren, denen man nicht widersprach.

So kam es, dass der Mann, dem man nachsagte, er könne einem Plattenvertrag aus zehn Schritt Entfernung ansehen, ob er faule Paragrafen und unfaire Vereinbarungen enthielt, keinen Verdacht schöpfte, als an diesem späten Sonntagvormittag vier Polizisten am Haupteingang seines Anwesens klingelten und Mr van Horn zu sprechen wünschten.

»Worum geht es denn?«, fragte Zack van Horn über die Gegensprechanlage.

»Das ist nicht mit ein paar Worten zu erklären. Es wäre besser, wir könnten einen Moment reinkommen«, sagte einer der Männer und hielt einen Ausweis des Seattle Police Departments vor die Linse der Kamera über der Sprechanlage.

Und geradezu im Chor mit seinen Begleitern fügte er hinzu: »Es ist wichtig.«

Zack van Horn kam überhaupt nicht auf die Idee, sich zu weigern. »Kommen Sie rein«, sagte er und drückte den Knopf, der das schmiedeeiserne Gitter auffahren ließ.

Er erwartete die vier Polizisten an der Haustür. Sie kamen im Gleichschritt die kiesbedeckte Auffahrt herauf. Einer von ihnen trug einen schmalen Koffer bei sich.

76

Man hörte die Autos davonfahren, dann kehrte Stille ein. Jack kam zurück ins Haus und holte die Klappleiter.

»Also«, erklärte er, als sie beide wieder unten standen und sich den Staub von den Klamotten klopften, »sie suchen ausdrücklich nach Christopher Kidd. Sie haben Fotos von dir dabei, eine Beschreibung, alles.«

»Ja«, sagte Christopher. »So was hab ich mir schon gedacht.«

Jack wandte den Kopf, sah mit gerunzelter Stirn in die Richtung, die die Autos genommen hatten. »Irgendwie waren die seltsam drauf. Alle miteinander. Als stünden sie unter Drogen. Eindeutig nicht fahrtüchtig, wenn du mich fragst.«

»Das waren *Upgrader*«, erklärte Christopher. »Die Dinger auf ihren Rücken waren Satellitentelefone. Sie stehen über Satellit mit der Kohärenz in Verbindung. Solche Verbindungen sind langsamer als normaler Mobilfunk. Da kann es zu Verzögerungen kommen, je nachdem, wie die Satelliten gerade stehen. Deswegen vermutlich ihr seltsames Benehmen.«

»Das waren *Upgrader?* Leute mit Chips im Hirn?«

»Ja.«

»Irre«, meinte Jack. Dann schüttelte er den Kopf, wie um die Befremdung abzuschütteln. »Okay. Was machen wir jetzt mit euch?«

»Wir verschwinden in die andere Richtung«, sagte Christopher.

Jack hob abwehrend die Hände. »Nein, so hab ich das nicht gemeint. Ist ja alles gut gegangen. Wir sind sie ja erst mal los.«

Christopher schüttelte den Kopf. »Der Hubschrauber wird die Route Richtung kanadische Grenze abfliegen«, sagte er. »Und wenn sie mich nicht finden, werden sie zurückkommen und gründlicher suchen.«

»Kein Problem. Wir haben natürlich noch bessere Verstecke als das da.«

Christopher fragte sich plötzlich, ob es Spürgeräte geben mochte, die imstande waren, auch einen inaktiven Chip zu finden. Dass ein aktiver Chip problemlos anzumessen war, das wusste er; in vielen Gebäuden, zu denen nur *Upgrader* Zutritt hatten, diente der Chip als Zugangskontrolle, öffnete Türen und Schlösser. Einen inaktiven Chip dagegen hatte er bisher für nicht anmessbar gehalten.

Allerdings hatte er bisher auch geglaubt, dass sich *Upgrader* nicht in weiße Zonen begeben konnten.

»Es ist besser, wenn wir verschwinden«, sagte er. »Wir bringen euch nur in Gefahr.«

Jack betrachtete sie lange schweigend, wirkte wieder wie ein großer, schwerer, unbeweglicher Sack. Dann meinte er: »Na gut. Dann zeig ich euch, wie ihr fahren müsst, damit man euch nicht so ohne Weiteres aus der Luft entdeckt. Falls der Hubschrauber in den nächsten zehn Minuten wiederkommen sollte.«

Es dauerte nicht lange, bis alles wieder gepackt war – die Schlafsäcke im Wesentlichen und der Ausdruck des Schaltplans. Dusche, Frühstück – all das musste für Christopher entfallen. Mal wieder.

Der Schleichweg führte zwischen Büschen und unter verkrüppelten Bäumen hindurch über trockenes, hartes Grasland in einem Bogen durch ein Tal, in dem selbst Ziegen Mühe gehabt hätten, etwas Essbares zu finden. Weiter unten gelangten sie zurück auf die Straße, die sie gekommen waren.

»Wohin jetzt?«, fragte George.

Christopher starrte geradeaus. »Irgendwohin, wo wir uns verstecken können.«

»Und wo soll das sein?«

»Tja. Das wüsste ich auch gern.«

George sagte nichts, fuhr einfach weiter. Zum ersten Mal war Christopher froh über die Schweigsamkeit seines Begleiters.

Wohin konnten sie denn noch gehen? Wo konnten sie bleiben, ohne entweder zu verhungern oder aufgespürt zu werden? Auf jeden Fall mussten sie erst mal abseits der Funknetze bleiben, damit er noch ein bisschen Schlaf nachholen konnte. Und dann . . . dann musste man weitersehen . . .

»Da kommt ein Auto«, sagte George.

Christopher blickte alarmiert hoch. Sie waren gerade in Höhe des Sägewerks. Auf der anderen Seite des Tales kam eine Limousine die gewundene Straße herab. Sie verschwand immer wieder hinter Büschen und Bäumen, aber man erkannte, dass zwei Männer darin saßen.

Es konnte irgendjemand sein, klar. Zwei Indianer zum Beispiel. Sogar Leute auf dem Rückweg von der Kirche; auch viele Indianer bekannten sich zum Christentum.

Aber es konnten eben auch *Upgrader* sein.

»Fahr lieber kurz ins Sägewerk rein«, sagte Christopher. »Nur, bis die vorbei sind.«

»Okay.«

Das Tor stand offen, obwohl Sonntag war und niemand arbeitete. Tatsächlich sah es so aus, als würde das Tor nie geschlossen; vor einem der Torflügel wuchs ein Busch von nicht unbeträchtlicher Größe, den man erst hätte absägen müssen, um es zu schließen.

George lenkte seinen Wagen quer über den Platz und hinter das Hauptgebäude, drehte einen Bogen und stellte sich so, dass sie die Straße im Blick hatten.

»So kommen wir nicht weit«, meinte er. »Wenn wir jedem Fahrzeug ausweichen.«

»Ja«, sagte Christopher.

»Sind bestimmt harmlos. Zwei Indianer auf dem Rückweg von . . .« Er zögerte. »Von was auch immer.«

»Hoffentlich.«

Doch das Auto war nicht harmlos. Kurz vor dem Tor sahen sie es langsamer werden, dann bog es ebenfalls auf das Gelände des Sägewerks ein. Es hielt mitten auf dem Vorplatz. Zwei Männer in grauen Klamotten stiegen aus.

Jeder von ihnen trug ein Satellitentelefon auf dem Rücken, umgeschnallt wie einen Rucksack.

»Upgrader.« Christopher flüsterte unwillkürlich.

Es war idiotisch gewesen, sich hier zu verstecken. Nun saßen sie in der Falle.

Diese Erkenntnis traf Christopher wie ein Faustschlag in den Unterleib. Unwillkürlich begann er zu zittern. Er umklammerte eine Hand mit der anderen, presste beide gegen seinen Bauch, um es George nicht merken zu lassen.

Die beiden Männer holten etwas aus der Tasche.

»*Shit*«, sagte George. »Sie haben Waffen.«

Wie gelähmt beobachtete Christopher die beiden Männer. Sie bewegten sich langsam. Es stimmte, sie wirkten unbeholfen – aber nicht so unbeholfen, dass man sich hätte einbilden können, unbeschadet an ihnen vorbeizukommen. Sie bewegten sich deswegen so bedächtig, weil sie sie gesehen hatten und wussten, dass ihre Beute in der Falle saß. Sie konnten sich Zeit lassen.

Denn tatsächlich hatten sie nicht einfach nur zwei Männer mit Pistolen vor sich. Das waren *Upgrader* – das hieß, dass der Rest von ihnen in diesem Moment Bescheid wusste, umgedreht hatte und auf dem Weg hierher war. Die beiden Autos, die Jack nach Norden geschickt hatte, und der Hubschrauber. Und wer weiß, wer noch alles. Denn wo auch nur ein *Upgrader* war, da war die ganze Kohärenz.

Die beiden Männer brauchten auch keine Vermutungen anzustellen, ob die Falle zugeschnappt war. Es kostete die Kohärenz nur einen Gedanken und sie hatte ein hochauflösendes Satellitenbild dieses Tals parat, auf dem alle Wege, Zäune, Gebäude, Bachläufe und Berghänge genau zu erkennen waren. Die Kohärenz *wusste,* wie es rings um das Sägewerk aussah, wusste es vermutlich besser als Jack und seine Arbeiter.

»Das war's dann«, sagte Christopher leise. »Jetzt haben sie uns. Tut mir leid, dass du da jetzt mit drinsteckst, George. War echt anständig von dir, was du alles für mich getan hast.« Er schluckte. »Das wollte ich dir nur noch gesagt haben, bevor die uns . . . Na ja.«

Georges Augen wurden zu schmalen Schlitzen. »Sag mal,

hast du sie noch alle? Die müssen uns erst mal kriegen. Komm!«

Damit öffnete er die Tür neben sich.

Christopher sagte sich, dass George offenbar immer noch nicht begriff, mit wem sie es hier zu tun hatten, wenn er glaubte, dass sie noch eine Chance hatten. Aber er widersprach nicht. Das war nicht der Moment für große Diskussionen. Falls George sich besser fühlte, wenn sie das Unvermeidliche noch etwas herauszögerten, dann war es das allemal wert.

Die Fahrertür war auf der von den beiden näher kommenden Männern abgewandten Seite des Wagens. »Kopf unten lassen«, wies ihn George an. »Einfach rausrollen lassen.«

Er machte es vor; ließ sich geschmeidig hinausgleiten und verschwand lautlos aus Christophers Sichtfeld. Christopher rutschte hinüber auf den Fahrersitz und versuchte sein Bestes, aber bei ihm lief es eher darauf hinaus, dass er auf den staubigen Boden purzelte, sich das Knie anschlug, die Hand aufschürfte und dann auf allen vieren um das Heck des Wagens herum in die Deckung der Hallenwand krabbelte.

»Und jetzt?«, fragte er keuchend und hielt sich die schmerzende Hand.

»Jetzt gehen wir rein.«

Rein. Aha. In die Halle womöglich? Im Gegensatz zum Tor an der Einfahrt sah die so aus, als sei sie zugeschlossen.

»Ich hoffe bloß, der Notschlüssel ist noch an seinem Platz«, fügte George hinzu. »Warte.«

Damit schob er sich, den Rücken an die Hallenwand gepresst, vor zu der Ecke, hinter der die beiden Männer näher kamen. In etwa zwei Meter Höhe hing dort eine Lampe, die nicht dafür gedacht gewesen war, über Eck montiert zu werden, weswegen man sie zuerst auf ein Brett und dieses Brett dann schräg an die Hauskante geschraubt hatte.

Und im Schatten dieses Winkels, das sah Christopher jetzt, hing an einem Nagel ein Schlüssel. Tatsächlich.

George reckte sich, stellte sich auf die Zehenspitzen. Er war nicht der Größte; er hatte Schwierigkeiten, an den Schlüssel zu gelangen, ohne seine Deckung zu verlassen.

»Soll ich nicht lieber –?«, fragte Christopher.

»Hab schon«, stieß George hervor und hechtete in die Höhe.

In diesem Moment knallte es und die Lampe zersprang in einen Regen aus Scherben. George fiel rückwärts, stolperte gegen Christopher, der ihn irgendwie auffing. Noch ein Schuss. Holz splitterte von dem Brett ab und irgendwo heulte ein Querschläger durch die Gegend. George machte sich hektisch los und kam wieder auf die Füße.

»*Shit*«, keuchte er. »Die schießen echt auf uns. Mann!«

Christopher hatte immer noch das Gefühl, eine Faust in den Unterleib gerammt bekommen zu haben. Inzwischen hatte sie sein Gedärm im Griff, knetete es und zerrte daran, als wolle sie es ihm herausreißen.

Ihm fiel auf einmal wieder ein, was sein Vater gesagt hatte: *Die Kohärenz will dich zurück. Aber wenn ihr das nicht gelingt, dann ist sie entschlossen, dich zu töten.*

Waren die Männer hier, um ihn zurückzuholen? Oder waren sie gekommen, um ihn zu töten?

Und ein weiterer Gedanke, der fast noch schrecklicher war: Wenn sie hier waren, um ihn, Christopher, zurück in die Kohärenz zu holen, dann hieß das noch lange nicht, dass sie auf George irgendwelche Rücksicht nehmen würden!

Der Indianer gab ihm einen Stoß. »Los. Zum Hintereingang.«

Christopher wusste nicht, was George damit meinte, aber er folgte ihm einfach.

Sie rannten die Rückseite der Halle entlang zur anderen Ecke und darum herum. Dahinter erhob sich ein übermannshoher metallener Kasten, der von auffallend viel Sägemehl umgeben war und vermutlich zur Entlüftungsanlage gehörte. Dicht vor dem Kasten ging eine Tür in die Halle. George schloss schnell und leise auf und winkte ihm, sich zu beeilen.

In der Halle war es so dunkel, dass Christopher im ersten Augenblick nur Umrisse sah. Es roch überwältigend nach frisch gesägtem Holz, nach Harz und Baumrinde; ein angenehmer Duft, der unter anderen Umständen etwas Entspannendes hätte haben können. Teile des Dachs bestanden aus gelblichem, transparentem Plastik, das ein wenig Licht einsickern ließ; außerdem hatten die großen Hallentore vorn schmale Einsätze aus Milchglas.

»Und jetzt?« Was hatte George vor? Ob sie draußen oder hier drinnen waren, änderte doch nichts daran, dass sie in der Falle saßen!

»Ins Hallenbüro«, zischte George zurück, packte ihn am Ärmel und zog ihn hinter sich her.

Sie passierten riesige Maschinen, wahre Ungetüme aus massivem Stahl. Allmählich gewöhnte sich Christopher an das Halbdunkel, sah, dass unter der Decke zahllose Lampen hingen, die jetzt aber natürlich ausgeschaltet waren. Das Herz der gesamten Anlage, erkannte Christopher, war eine gewaltige Bandstraße, auf die man komplette Baumstämme kippen konnte, damit sie eine riesige Mehrfachbandsäge der Länge nach in Bretter zersägte. Eine ganze Menge solcher Baumstämme lag auf einer Rampe hinter dem Hallentor schon bereit.

Sie überquerten das Band, so behutsam und eilig, wie man eine viel befahrene Straße überquert, selbst wenn weit und breit gerade kein Auto kommt. Christopher sah, dass es in Wirklichkeit kein Band war, sondern eine metallene Konstruktion ähnlich einer flachen Rolltreppe, wobei die Elemente dieses Laufbands stählerne Haken besaßen, mit denen sie sich in das Holz gruben, damit es während des Transports nicht verrutschte. Rechts und links der Bandstraße ragten metallene Arme empor, deren Funktion Christopher unklar war; über ihnen hingen Entlüftungsanlagen mit staubigen Balgen herab. Kleinerer Abfall wurde, wie es aussah, direkt in eine Zerspanungsanlage befördert und automatisch in grobe Häcksel verwandelt.

Kolossal. Vor allem, wenn man es bisher nur mit Technik im Kleinformat zu tun gehabt hatte, mit Mikroprozessoren, Speicherchips und USB-Sticks. Allein schon der Geruch dieser gewaltigen Maschinen: nach Öl, nach Schmierfett, nach heißem Stahl . . .

»Schnell«, mahnte George leise.

Das Büro war leicht erhöht gebaut, sodass man das Geschehen in der Halle überblicken konnte. Auf seinem Dach lagerte

Holz, ein paar der Fenster hatten Sprünge und man sah die Umrisse eines Computermonitors dahinter und eine Pinnwand mit einem riesiger Kalender.

George huschte die Treppe hoch, als warte da oben die Rettung. Christopher folgte ihm, wobei er immer noch nicht verstand, was dort nun besser sein sollte als woanders.

Was George im Hallenbüro wollte, begriff Christopher erst, als er sah, wie der junge Indianer zum Schreibtisch stürzte, den Hörer des dort installierten Telefons von der Gabel riss und eine Nummer wählte.

Es war zu spät, ihm in den Arm zu fallen. Und außerdem würde es sowieso keinen Unterschied mehr machen.

»Was ist denn jetzt los?«, knurrte George, den Hörer am Ohr. Er drückte die Gabel hinab, ließ sie wieder los. Wiederholte das Ganze. Dann sah er Christopher an. »Der Wählton war da – und im nächsten Moment war er weg.«

»Die Kohärenz hat die Verbindung gekappt«, erklärte Christopher müde. »Sie überwacht das gesamte Telefonnetz. Schon vergessen?«

George ließ entmutigt den Hörer sinken. »Ich wollte Jack anrufen.«

Draußen knallte es, im nächsten Augenblick erfüllten donnernde Schläge berstenden Metalls die Halle. George ging blitzartig in die Knie, riss Christopher mit sich. »In Deckung«, zischte er. Irgendwo splitterte etwas. Stücke von Metall fielen mit einem Klirren zu Boden. »Sie zerschießen die Schlösser.«

Da wurde schon das große Hallentor aufgeschoben. Helles Licht brandete herein.

»Klar«, meinte Christopher mutlos. »Jetzt wissen sie ja auch genau, wo wir sind.«

George brauchte einen Moment, bis er begriff. Aber natürlich war in irgendeiner Datenbank verzeichnet, wo sich der Anschluss des Telefons auf diesem Schreibtisch befand. Damit wusste es die Kohärenz. Und folglich auch die beiden Männer mit ihren Pistolen, die jetzt die Halle betraten.

Doch erstaunlicherweise machte sich ein triumphierendes Lächeln auf dem Gesicht des jungen Indianers breit. »Aber was sie nicht wissen«, flüsterte er, »ist, dass wir ab jetzt bewaffnet sind.«

Christopher verstand nicht, was er meinte. George schob sich leise zum Schreibtisch hinüber und holte aus dem dunklen Spalt zwischen dem Aktenfach und der Bürowand einen Bogen und einen Köcher mit Pfeilen hervor.

»Es lebe Jack Rising Dawn und sein Bogenfimmel«, sagte er grinsend.

Christopher schloss erschüttert die Augen. Mit Pfeil und Bogen gegen die Kohärenz. Ja, klar. Das würde großartig funktionieren.

Schritte näherten sich hörbar, Schuhsohlen auf Metall. Ihre Angreifer hatten es immer noch nicht eilig. George und Christopher wechselten einen Blick und krochen dann hastig zur Vorderwand des Büros, um behutsam über die Fensterkante zu spähen. Die beiden Männer hatten die Bandstraße betreten und marschierten mit ihren schwerfälligen Schritten genau auf das Hallenbüro zu.

»Raus hier!«, zischte George.

Im nächsten Augenblick huschte er auf leisen Sohlen die Treppe hinab. Christopher folgte ihm, so rasch und so leise, wie er nur konnte. Und offenbar kannte sich George in dieser Halle gut aus, denn er bewegte sich mit großer Sicherheit zwischen den Maschinen und Bretterstapeln hindurch. Christopher hatte Mühe, mit ihm Schritt zu halten.

»Warte«, flüsterte er und hielt George am Arm fest. »Was willst du denn jetzt tun? Die beiden *erschießen?«*

Georges Blick flackerte. Es war, als erwache er aus einer Art Trance. »Ach so«, meinte er und musterte Christopher unsicher. »Ich weiß auch nicht. Nicht, wenn's nicht sein muss, eigentlich.«

Das eben war die Frage. Wie wusste man, ob so etwas sein musste?

Sie spähten zwischen den Aggregaten hindurch, sahen die Männer behäbig vorwärtstapsen. Ihre Waffen zielten mal hierhin, mal dahin, und das beunruhigend schnell und zielsicher.

Aber sie hatten es immer noch nicht eilig. Mit anderen Worten, sie warteten auf Verstärkung.

»Ich könnte sie verwunden«, schlug George vor. »Ich schieße ziemlich gut. Kein Problem, sie ins Bein zu treffen. Oder ich könnte versuchen, die Schusshand zu erwischen. Ihnen die Pistole aus der Hand schießen. Dann hätten wir eine echte Chance.« Der Gedanke gefiel ihm sichtlich. »Überleg mal: So ein Bogen ist völlig lautlos. Wir können schießen, ohne uns zu verraten.«

Christopher kam eine Idee. »Meinst du«, wisperte er, »du könntest die Funkgeräte treffen, die sie auf dem Rücken tragen? Die Satellitentelefone? Wenn du die zerstörst, schneidest du sie von der Kohärenz ab!«

George kniff die Augen zusammen. Er verstand sofort. Ohne weiter nachzufragen, spurtete er los, huschte zwischen zwei gewaltigen Einzelbandsägen hindurch, den Bogen in der Hand, den Köcher auf dem Rücken: geradezu ein Urbild des Indianers auf der Pirsch, nur in einer ziemlich ungewohnt wirkenden Umgebung. Es war bewundernswert, wie lautlos und sicher er sich bewegte.

Christopher scheute sich, ihm allzu dicht zu folgen. Neben George kam er sich vor wie eine dieser blechernen Klapperketten, die man frisch Vermählten ans Auto band: Er war ungeschickt, tollpatschig und kam schnell aus der Puste. Außerdem stieß er fortwährend irgendwo an. Für ihn war es schon eine große Leistung, nicht zu stolpern und der Länge nach hinzufallen.

Jetzt. Christopher hielt inne, als er sah, wie George ein Knie auf den Boden senkte, den Bogen hob, den Pfeil einlegte und die Sehne spannte. Er zielte, wartete.

Christopher musste an das *Klack! Klack! Klack!* vom Abend zuvor denken, als George Jack im Zweikampf an der Scheibe besiegt hatte. Er hatte George also schon schießen *hören* – doch nun war das erste Mal, dass er ihn dabei *sah*.

Der junge Indianer war ganz Konzentration. Reglos hockte er da, die Augen starr auf sein Ziel gerichtet. Der Bogen bewegte sich nur unmerklich, millimeterweise. Dann, endlich, ging der rechte Arm noch ein winziges Stück nach hinten, ließen die Finger los.

Lautlos schnellte der Pfeil von der Sehne.

Und in der nächsten Sekunde brach die Hölle los.

Schlagartig sprangen alle Maschinen an, die Bandstraße mit metallenem Klappern, die Sägen mit scharfem Singen und die Entlüfter mit ihren dröhnenden Ventilatoren. Ein Riegel schnappte hörbar um, worauf die Baumstämme mit Donnergetöse von der Rampe auf das Band rumpelten. Es klang, als stürze die ganze Anlage ein.

George stand starr vor Schreck.

Christopher rannte zu ihm. »Was ist passiert?«, schrie er gegen den Lärm an.

»Keine Ahnung! Er hat sich genau in dem Moment gedreht, als ich geschossen hab. Ich hab ihn verfehlt!«

Für Christopher erklärte das überhaupt nichts. Er sah sich um, reckte den Hals, versuchte zu verstehen . . .

Die Männer waren verschwunden.

George tippte ihm auf die Schulter, deutete irgendwo in das Labyrinth der Maschinen. »Da!«, schrie er gegen den Krach an. »Ich glaube, ich hab den Hauptschalter getroffen. Das war's.«

Das interessierte Christopher jetzt nicht mehr. »Die beiden Upgrader sind nicht mehr zu sehen«, brüllte er zurück. »Das gefällt mir nicht.«

George schüttelte nur unwillig den Kopf. »Ist doch egal!«, rief er. »Los, raus!«

Damit rannte er los und Christopher folgte ihm blindlings. Auf einmal schöpfte er wieder so etwas wie Hoffnung. Ringsum herrschte das totale Chaos, dröhnte ohrenbetäubender

Lärm, krachte es, knallte es, knatterte es. Der erste Baumstamm erreichte die Maschine und wurde jaulend zersägt.

Genau. Einfach nur raus und weg, ehe die anderen Upgrader kamen. Weg und sich verstecken und dann würden sie weitersehen. Hauptsache, sie entkamen dieser Falle!

Da gellte ein Schrei durch die Halle, der sie beide zusammenzucken ließ. George blieb so abrupt stehen, dass Christopher fast gegen ihn geprallt wäre.

Ihre Köpfe fuhren herum.

Niemand zu sehen. Nur an der weißen Wand hinter einer der Zerspanungsmaschinen war auf einmal ein riesiger dunkler Fleck.

Erst auf den zweiten Blick sah Christopher, dass der Fleck nicht einfach nur dunkel war, sondern rot.

Rot wie Blut.

77 | Ungefähr eine Stunde nachdem die vier Polizisten in dem Haus verschwunden waren, das dem Musikproduzenten Zack van Horn gehörte, kam ein weiteres Fahrzeug an. Es handelte sich um einen sechssitzigen, voll besetzten Van, der direkt auf das geschlossene Tor zufuhr, als bemerke der Fahrer das Gitter nicht oder als mache er sich keine Sorgen deswegen.

Wie sich zeigte, machte er sich zu Recht keine Sorgen, denn das Gitter öffnete sich im genau richtigen Moment, um den Van passieren zu lassen. Der Fahrer musste nicht einmal bremsen.

Der Wagen rollte die Auffahrt hinauf, hielt vor der breiten Haupttreppe und die Passagiere stiegen aus.

Vier der Insassen waren unauffällige Männer in grauen Anzügen, die fünfte Person war eine Frau von auffallender Erscheinung. Sie trug ein langes zitronengelbes Kleid, eine Halskette aus großen meergrünen Steinen und dazu passende Ohrringe, die hervorragend mit ihrem mahagonifarbenen Haar harmonierten, das sie hochtoupiert trug. Sie sah aus wie jemand, dem man in einem Film die Rolle der mondänen Dame von Welt geben würde – wäre da nicht die Tätowierung auf ihrer rechten Schulter gewesen. Sie zeigte zwei auf den Wellen tanzende Delfine und war so disproportioniert und ungeschickt gestochen, dass ihr Anblick jeden Eindruck von Vornehmheit unweigerlich wieder zunichtemachte. Sobald man diese Tätowierung sah, wirkte die Frau verkleidet.

Der Fahrer des Vans fuhr davon, um das Auto in der großen Garage zu parken, die die Sportwagensammlung des Hausherrn beherbergte, damit aber noch bei Weitem nicht ausgelastet war. Derweil stiegen die vier Männer und die Frau die Treppe hinauf, an deren oberem Ende ihnen in diesem Moment einer der Polizisten die Haustür öffnete.

Doch plötzlich hielten sie alle inne – die Männer, die Frau und auch der Mann in der Polizistenuniform, der die Tür offen hielt. Für den Bruchteil einer Sekunde war auf allen Gesichtern so etwas wie Schmerz zu erkennen.

Dann war es vorbei und sie nahmen die nächste Stufe.

Auf einmal war Christopher klar, wo die Upgrader abgeblieben waren.

Er rannte los, ohne sich um George zu kümmern, rannte quer zu ihrer bisherigen Fluchtrichtung, rannte zurück in die Halle, bis er einen der Männer sah. Er lag auf dem Förderband, unter Baumstämmen eingeklemmt, von denen viel zu viele gleichzeitig unterwegs waren, und wurde zusammen mit ihnen unaufhaltsam auf die wie rasend arbeitenden Klingen der riesigen Brettersäge zutransportiert.

Und der zweite Mann war das da an der Wand.

Christopher musste ein Würgen unterdrücken. »George!«, schrie er, so laut er konnte. »Wie stellt man das verdammte Ding ab?«

George tauchte von irgendwoher auf. »Was?«

»Abstellen! Es muss doch einen Notschalter oder so was geben!« Im selben Moment fiel Christopher der pausbäckige Mann wieder ein, der sich gestern beim Abendessen über fehlende Sicherheitsinstallationen beklagt hatte.

Hatte er das hier gemeint?

Jetzt hatte George endlich auch entdeckt, was vor sich ging. Mit einem Aufschrei raste er los, setzte über herabgestürzte Stämme hinweg und über herumstehende Handwagen, verschwand im tobenden Tumult der Halle.

Doch er war nicht schnell genug. Schon fraßen sich die Sägeblätter krachend in die Unmengen von Holz, die das Förderband ihnen heranbrachte, und im nächsten Augenblick drang ein Schrei durch das metallene Singen, ein lang gezogener Schmerzensschrei wie der eines gequälten Tieres, kaum laut genug, um den infernalischen Lärm der Anlage zu übertönen.

Dann hatte George den verdammten Schalter endlich erreicht.

Alles kam krachend zum Stillstand. Eine ohrenbetäubende, knisternde Stille legte sich über die Szenerie. Alles, was sich noch bewegte, waren die Wolken aus Sägemehl, die sich schimmernd herabsenkten, und alles, was man noch hörte, war dieses gequälte Stöhnen.

Christopher rannte so schnell wie noch nie. Er hastete die Bandstraße entlang, war nicht mehr imstande, irgendetwas zu denken. Was ihn antrieb, war blankes Entsetzen.

Da, die Zerspanungsmaschine. Blutiger Matsch hing in ihren Zahnwalzen und der Rucksack mit dem Satellitentelefon hatte sich darin verkeilt. Man sah auch noch einige Körperteile, aber Christopher konnte sich nicht überwinden, genauer hinzuschauen.

Der Mann lag direkt vor der Brettersäge, zwischen dicken Stämmen eingekeilt. Die Sägeblätter hatten ihm den rechten

Arm in der Mitte des Oberarms abgetrennt. Er war bewusstlos. Blut quoll in pulsierenden Stößen aus dem Armstumpf, vom Herzschlag getrieben. Auf der anderen Seite der Maschine sah man Unmassen rot verfärbter Bretter liegen.

Christopher kletterte über die Stämme hinweg, suchte nach einer Position, aus der heraus er irgendetwas tun konnte, aber was? Alles, was ihn auf diese Situation vorbereitet hatte, war ein Erste-Hilfe-Kurs, den sie einmal in der Schule absolviert hatten, ganze fünf Stunden lang. Der Kurs war ziemlich theoretisch geblieben; praktisch geübt hatten sie nur die Mund-zu-Mund-Beatmung an einer Puppe.

Und Mund-zu-Mund-Beatmung war nicht das, was dieser Mann jetzt brauchte.

Man musste ihm vor allem diesen Arm abbinden. Christopher erinnerte sich an entsprechende Schaubilder, auf denen weiße Strichmännchen ein graues Strichmännchen verarztet hatten. Er nestelte seinen Gürtel aus der Hose, beugte sich hinab und versuchte, den Lederriemen um den verbliebenen Rest des Arms zu legen, der kalt war und glitschig von Blut.

George tauchte auf, leise vor sich hin fluchend. Christopher verstand nicht, was er sagte; er sprach Blackfeet, aber der Tonfall war unmissverständlich.

Endlich bekam Christopher das Gürtelende zu fassen. Wobei ihm in demselben Moment klar wurde, dass das Abbinden mit dem Gürtel, wenn überhaupt, nur so lange funktionieren würde, wie er Druck darauf ausübte. Sie würden aber mindestens zu zweit sein müssen, um den Baumstamm anzuheben, unter dem der Mann begraben lag.

»George!«, rief er. »Wir brauchen irgendwas, um den Arm fest abzubinden. Ein Stück Seil oder so etwas.«

In diesem Moment schlug der Mann die Augen auf und sagte: »Christopher!«

Es war der gruseligste Augenblick, den Christopher je erlebt hatte. Er kannte den Mann nicht, der um die vierzig sein mochte, schüttere Haare und eine Knollennase hatte. Er hatte auch dessen Stimme noch nie gehört.

Und trotzdem erkannte er wieder, wer da zu ihm sprach.

»Sie verbluten«, stieß er hervor und fragte sich, wieso seine Hände auf einmal bebten.

»Ja«, sagte der Mann, sagte die Kohärenz. »Das stimmt. Nicht wirklich dramatisch. Es sind ja nur Körper.« Es klang wie *Ach, es war nur eine billige Vase aus dem Supermarkt.*

Eine blinde Wut, von der Christopher nicht wusste, woher sie plötzlich kam, ließ ihn das Gürtelende in die Schnalle einfädeln und dann mit aller Kraft ziehen, geradezu brutal. Auf einmal war er wild entschlossen, nicht aufzugeben, diesen Mann – diesen *Körper!* – nicht einfach sterben zu lassen.

»Wieso kämpfst du so, Christopher?«, sagte die Stimme des Mannes. »Du weißt doch genau, dass ich am Ende gewinnen werde. Früher oder später wirst du zurückkehren, Christopher. Es ist unausweichlich.«

Das Gesicht des Mannes zitterte. Der Körper bäumte sich auf. Einzig die Augen blieben unverwandt auf Christopher gerichtet, der mit der einen Hand gegen den Armstumpf drückte und mit der anderen an dem Gürtel zog wie ein Verrückter.

»Und wenn du zurückkommst, Christopher«, flüsterte die

Stimme des Mannes, »dann wirst du deine Freunde wiedertreffen, die jetzt gerade nach Seattle unterwegs sind . . .«

Dann brach der Blick. Christopher konnte spüren, wie ihm der Körper entglitt, wie all seine Wut und seine Entschlossenheit versagten. Der Leib des Mannes wurde schlaff und hörte auf zu atmen, und als Christopher der Gürtel aus der Hand fiel und sich der Druck um den Armstumpf löste, kam nur noch ein dünnes Rinnsal an Blut.

Christopher saß da wie gelähmt. Er spürte den überwältigenden Wunsch, jetzt bitte aufzuwachen und festzustellen, dass alles nur ein Albtraum gewesen war.

Da das nicht geschah, beugte er sich vor und löste den Gürtel vom Armstumpf, zog ihn heraus, betrachtete ihn.

Er war über und über mit Blut verschmiert. Dem Blut eines Menschen, dem Blut eines Unschuldigen, der zum bloßen Instrument der Kohärenz geworden war.

Christopher schaute an sich herab. Er sah aus, als hätte er ein Massaker verübt. Und ihm war, als höre er die Stimme der Kohärenz immer noch, als habe sie ihm eine Endlosschleife ins Gehörzentrum gepflanzt.

Wenn du zurückkommst, dann wirst du deine Freunde wiedertreffen, die gerade nach Seattle unterwegs sind.

78 | Christopher wusste nicht, wie lange er dort reglos bei dem Toten gehockt hatte. Eine Bewegung ließ ihn aufsehen. George stand vor ihm, mit unnatürlich geweiteten Augen. Sein Gesicht war aschfarben. Er hob die Hand, die einen Pfeil hielt.

»Da«, sagte er. »Das hat es ausgelöst. Als er sich weggedreht hat, hab ich den Einschaltknopf genau in der Mitte getroffen. Volle Punktzahl.« Die Hand sank herab. Er zitterte auf einmal am ganzen Leib. »Scheiße, Mann. Ich hab die umgebracht. Ich hab zwei Menschen umgebracht!«

Er stand dicht davor, in Tränen auszubrechen. George, der sonst kaum je die Miene verzog, egal was geschah.

»Du hast sie nicht umgebracht«, widersprach Christopher mit einer Entschiedenheit, die ihn selber überraschte, die geradezu wütend aus ihm herausbrach. »Das war absolut nicht deine Schuld. Sie haben uns verfolgt. Sie haben auf uns geschossen. Wir haben uns nur verteidigt. Und dass du den Hauptschalter getroffen hast, war ein unglücklicher Zufall.«

Er blickte widerwillig über die Transportanlage. Sie war ein Durcheinander aus ineinander verkeilten Baumstämmen, Blut, Fetzen eines menschlichen Körpers und Sägemehl. »Außerdem hätte jeder normale Mensch den Baumstämmen ausweichen können, als sie von der Rampe gerollt sind. Jeder normale Mensch wäre einfach vom Band gesprungen und das wär's gewesen. Aber die beiden waren keine normalen Menschen. Sie waren *Upgrader* und über das Satellitennetz an die Kohärenz angebunden. Sie konnten nicht schnell genug reagieren. Die Kohärenz hat sie hergeschickt, obwohl ihr klar gewesen sein muss, dass sie hier nur wie Schildkröten herumtapsen konnten. Wenn jemand schuld an ihrem Tod ist, dann ist es die Kohärenz.«

George stierte ins Leere. Es war nicht zu erkennen, ob das, was Christopher gesagt hatte, bei ihm angekommen war. »Er hat gedacht, er geht in den Geist der Kohärenz ein, nicht wahr?«, fragte er schließlich leise. »So, wie manche Indianer glauben, dass sie in den Großen Geist eingehen, wenn sie sterben. In Manitu.« Er richtete seinen Blick mit sichtlicher Mühe auf den toten Mann zu ihren Füßen. »Bloß dass der Geist der Kohärenz etwas Technisches ist.«

Christopher betrachtete den toten Mann vor ihm. Jetzt, da das Leben aus ihm gewichen war, wirkte der Körper wie ein abgelegtes Kleidungsstück, wie etwas, das übrig geblieben war. »Ich weiß es nicht. Auf jeden Fall ist sein Geist schon vor seinem Tod in der Kohärenz aufgegangen. Als er den Chip bekommen hat.«

Er beugte sich noch einmal hinab und nahm den Tornister genauer in Augenschein, den der Mann getragen hatte. Eine Antenne ragte heraus. Oberhalb des Kastens, der das Satellitentelefon sein musste, war ein weiterer Apparat befestigt, der handgefertigt aussah: ein grauer Plastikkasten, wie man ihn in Versandhäusern für Elektronikbastler kaufen konnte. Christopher rüttelte daran, aber er ließ sich nicht einfach abtrennen.

Er ließ es, richtete sich wieder auf. »Wir müssen los. Die anderen *Upgrader* sind immer noch auf dem Weg hierher.« Es war geradezu ein Wunder, dass der Hubschrauber noch nicht über ihnen kreiste.

»Stimmt.« George wirkte, als erwache er aus einer Trance. »Nichts wie weg.«

Sie rannten. George voraus, Christopher hinter ihm, zur vorderen Hallentür hinaus und um die Halle herum, zurück zum Auto. Kein Hubschrauber, niemand weit und breit. Noch.

George war mit weitem Abstand als Erster beim Wagen, warf Bogen und Pfeilköcher auf den Rücksitz, warf sich hinters Steuer und hatte den Motor schon angelassen, als Christopher eintraf.

»Was denkst du?«, fragte er zwischen zusammengebissenen Zähnen, während Christopher sich anschnallte und die Tür zuzog. »Waren das zwei echte Polizisten?«

»Keine Ahnung.«

»Weil, dann bin ich dran.« George gab Gas, als gelte es, noch heute Mexiko zu erreichen. »Mit Indianern, die weiße Polizisten umbringen, macht man kurzen Prozess.«

»Quatsch!« Wieder diese Wut in ihm. »Du hast sie nicht umgebracht, wie oft soll ich dir das noch sagen?« Christopher fiel etwas ein. »Halt mal!«

»Was?«

»Halt an!«

George stoppte dicht vor der Ausfahrt.

»Ich muss was holen.« Christopher stieß die Tür wieder auf, rannte zurück zu dem Wagen, mit dem die beiden *Upgrader* gekommen waren. Er war nicht verschlossen. Auf dem Rücksitz lag ein flacher Koffer. Christopher öffnete ihn, betrachtete den Inhalt kurz, klappte den Deckel wieder zu, packte ihn am Griff und rannte damit zurück. »Okay«, keuchte er. »Fahr los!«

George gab Gas, bretterte hinaus auf die Straße und dann den Hang hinauf, so schnell es der alte Wagen schaffte.

»Was ist das?«, fragte er mit einem Nicken in Richtung Koffer.

»Etwas, das wir brauchen werden«, sagte Christopher.

Waffengebrauch

79 | Sie erreichten ihr Versteck unbehelligt.

»Wir brauchen einen Platz, wo wir ein paar Stunden ungestört sind«, hatte Christopher gesagt.

Worauf George gemeint hatte: »Kein Problem. Solche Plätze gibt's in einem Indianerreservat jede Menge.«

Nun saßen sie in einem Wäldchen, das kaum größer war als ein Fußballfeld und sich in eine Bodensenke duckte, in der die Bäume geschützt vor dem Präriewind wachsen konnten. Ein kleiner Bach floss hier, harmlos und unbekümmert plätschernd, das Auto stand unter dichtem Gebüsch versteckt und es gab, wie gesagt, Bäume. Jede Menge luftig stehende, aufrecht gewachsene, stabile Bäume.

Ein Baum würde bei dem, was noch kam, eine wichtige Rolle spielen.

Christopher spürte die Faust in seinen Eingeweiden wie noch nie zuvor. Er litt an richtiggehenden Krämpfen. Alles in ihm schrie danach wegzurennen, sich in irgendeine Höhle zu verkriechen, sich eine Decke über den Kopf zu ziehen und die Augen zuzumachen und an nichts mehr zu denken, an nichts und vor allem an niemanden.

»Folgendes.« Er stellte das Plastiketui mit dem erbeuteten Chip darin auf den Koffer, der zwischen ihnen auf dem Waldboden lag. »Das ist, wie gesagt, der Chip, den die Kohärenz Leuten einpflanzt. Der Chip, den ich abgekriegt habe, unterscheidet sich von diesem hier nur dadurch, dass mein Vater ihm zwei Beinchen abgeschnitten hat. Genauer gesagt, diese beiden hier.« Er hob das Etui hoch und zeigte auf die beiden Kontaktfüße, obwohl ihm klar war, dass das für George nebensächlich war. Aber er hielt diese Ansprache eigentlich nicht für George, sondern für sich selber. Um sich noch einmal zu vergewissern, dass alles einen Sinn ergab. »Wenn diese beiden Kontaktstellen fehlen, dann hat die Kohärenz keine Kontrolle über den Menschen, der den Chip trägt. Stattdessen kann man sich dann nach Belieben ins Feld ein- und ausklinken.«

George nickte. »Deswegen hat sie dir diesen Virus eingeschleust. Um das auszugleichen.«

»Genau. Das Problem dabei war allerdings, dass so ein Chip nicht in der gleichen Weise programmierbar ist wie ein Computer. Der größte Teil der Funktionalität ist fest verdrahtet und kann folglich nicht verändert werden. Um überhaupt einen Virus in dem Chip unterbringen zu können, muss man die wenigen Speicherstellen ausnutzen, die es überhaupt gibt.« Deswegen war der Virus auch nicht sofort wirksam geworden: Er hatte sich sozusagen erst nach und nach entpacken müssen, hatte mit jedem Feldkontakt weitere Bestandteile nachgeladen und in die richtigen Register gesetzt, bis er komplett und einsatzbereit gewesen war. »Wenn es beim ersten Mal geklappt hätte, dann wäre die Rechnung aufgegangen. Die Kohärenz hat dabei das Risiko in Kauf genommen, dass es *nicht* beim ersten Mal klappt. Und genau das ist passiert. Und als ich versucht habe, den Virus wieder loszuwerden, bin ich einem bislang unentdeckten Geheimnis des Chips auf die Spur gekommen.«

George hob die Augenbrauen. Nur das. Er wollte wissen, von was für einem Geheimnis Christopher sprach, aber er fand es unnötig, eine entsprechende Frage zu stellen.

»Was ich glaube, entdeckt zu haben«, fuhr Christopher fort, »ist Folgendes: Wenn man meinen Chip mit einem zweiten Chip verbinden würde, der genauso manipuliert ist – dem also auch diese beiden Beinchen fehlen –, dann würde dadurch nicht nur der Virus neutralisiert, sondern auch meine Fähigkeit verstärkt, mich der Kohärenz gegenüber im Feld zu tarnen. Und zwar – das ist der Witz – eben *weil* in dem einen Chip der Virus ist. Mit der Kombination aus einem sauberen Chip und einem mit dem Virus könnte ich mich ins Feld einklinken, ohne dass die Kohärenz es überhaupt bemerken würde.« Er räusperte sich. »Glaube ich zumindest. Und es kann gut sein, dass die Kohärenz uns deshalb bis hierher in eine weiße Zone verfolgt hat: weil sie wusste, dass ich das herausfinden würde, und weil sie das um jeden Preis verhindern wollte.«

George nickte, aber in seinen Augen war Verwirrung zu lesen. Er bemühte sich, Christophers Ausführungen zu folgen, aber er verstand es nicht wirklich und würde es vermutlich auch nie ganz verstehen.

Mit anderen Worten: Christopher hätte immer noch einen Rückzieher machen können. George würde es nicht bemerken. *Niemand* würde je davon erfahren.

Nur er selbst würde es wissen. Und es würde ihn bis an sein Lebensende verfolgen.

»So. Schritt eins«, sagte Christopher, holte eine Pinzette aus dem Koffer und Latexhandschuhe, die er überstreifte. Dann öffnete er das Etui, nahm behutsam den Chip aus der bioaktiven Substanz, reinigte ihn mit einem Stück Klopapier und legte ihn dann vor sich auf den Plastikdeckel des Koffers.

»Kann ich mal kurz dein Messer haben?«, bat er. George reichte ihm das Messer, das er immer am Gürtel trug, und Christopher schnitt damit die beiden Kontakte weg, um die es ging. Er tat es so gründlich, wie es ihm ohne Vergrößerungslupe möglich war.

»Danke.« Er wischte die Klinge des Messers gründlich mit einem weiterem Stück Klopapier ab und reichte es George zurück. Dann nahm er mit der Pinzette den Chip wieder auf und schob ihn zurück in die glibberige Masse.

Dann musste er erst einmal tief durchatmen. Die Faust in seinem Unterleib krallte sich inzwischen auch in seine Lunge und sein Herz. Er konnte fühlen, wie seine Bauchdecke vor Angst flatterte.

Aber er hatte sich geschworen, Serenity zu beschützen. Daran gab es nichts zu rütteln.

»Und jetzt?«, fragte George arglos. »Schritt zwei?«

»Jetzt«, sagte Christopher mit trockenem Mund, »kommt es auf dich an.«

»Auf mich?«

»Du musst mir den Chip einpflanzen.« Christopher holte den Injektor aus dem Koffer und hob ihn hoch. »Damit.«

80 | *Seattle 80 Meilen* stand auf dem Schild.

»Das heißt, in gut zwei Stunden sind wir da«, meinte Kyle.

Madonna ächzte. *»So lange* noch?«

Serenity musste grinsen, als sie ihren Bruder seufzen hörte. »Ja, so lange noch«, sagte er in seinem besten Oberlehrer-Tonfall. »Tatsächlich ist das sogar optimistisch gerechnet. Seattle ist nämlich eine große Stadt und in großen Städten gibt es viel Verkehr, sogenannten Stadtverkehr. Und der ist manchmal so dicht, dass man froh sein kann, wenn man nicht zwei Stunden *am selben Platz* stehen bleibt.«

Madonna ließ sich ihre gute Laune nicht verderben. »Aber heute ist Sonntag. Da sind die Straßen bestimmt nicht so voll«, sagte sie mit so viel Überzeugung, dass Serenity lachen musste.

Je näher sie Seattle kamen, desto mehr wuchs Madonnas Optimismus.

Und ihre Nervosität auch. Sie steckte einen richtiggehend damit an.

»Ich bin so was von gespannt«, erklärte sie. Das hatte sie schon ungefähr tausend Mal gesagt. Pro Meile. Aber nun fuhr sie fort: »Stellt euch nur vor – wir werden Zack van Horns tolles Haus zu sehen kriegen. Den Swimmingpool, seine legendäre Plattensammlung und all das. Und die tolle Einrichtung in allen Zimmern; die Antiquitäten aus aller Welt, die teuren Teppiche . . .«

»Woher weißt du denn das alles?«, wunderte sich Serenity.

»Ja«, meldete sich auch Kyle. »Man könnte meinen, du seist schon mal dort gewesen.«

Madonna riss die Augen auf. »Nee. Habt ihr das damals nicht mitgekriegt?«

»Mitgekriegt?«, echote Serenity. »Was denn?«

»Na, da hat sich doch einer bei ihm eingeschlichen. Also, nicht richtig – er war eingeladen. Aber er hat bei der Gelegenheit Fotos mit seinem Handy gemacht und ins Internet gestellt. Vor zwei Jahren oder so. Seither kursieren die überall, im Cloud-Fan-Forum und auch sonst überall.«

Kyle seufzte abgrundtief. »Also, ich glaube, so ein Musikproduzent hat's auch nicht leicht. Swimmingpool hin oder her.«

81 | George sprang auf, heillos entsetzt, und hob die Hände, als müsse er böse Geister abwehren.

»Ich? Nie im Leben!«

»Es geht nicht anders«, beharrte Christopher. »Ich kann es nicht selber tun.«

»Ich kann es auch nicht. Nein. Das mach ich nicht.«

Christopher musste die Hände auf seine vibrierende Bauchdecke legen. »Du hast gehört, was der sterbende Upgrader zuletzt gesagt hat. Was die Kohärenz gesagt hat. Sie hat deiner Schwester und den anderen irgendeine Falle gestellt. Sie will *ihnen* den Chip einpflanzen!« Er hob die Injektorpistole. Sie schien eine Tonne zu wiegen. Er hatte den Chip bereits in das Gerät eingesetzt, was hieß, dass sie keine Zeit mehr verlieren durften, sonst würde die bioaktive Substanz womöglich nicht mehr richtig funktionieren. »Das ist die einzige Chance, es noch zu verhindern.«

George atmete hechelnd. Wie ein Schwerverletzter. Er stand da und bebte am ganze Leib.

»Und wenn ich dir das Ding zu tief reinschiebe?«, stieß er hervor. »Was dann? Wenn ich dein Gehirn aufspieße damit?«

»Das wird nicht passieren. Der Injektor hat eine automatische Arretierung. Ich hab sie auf meinen Schädel eingestellt. Er wird den Chip genau auf den Riechnerv pflanzen, neben den anderen.« Wobei der Abstand nicht so wichtig war. Es kam nur darauf an, dass es diese beiden Chips waren. Der saubere und der mit dem Virus.

George ächzte. »Was für ein Scheißtag heute.«

»Ja«, sagte Christopher. »Es gab echt schon bessere.«

Der junge Indianer richtete seinen Blick in die Ferne und atmete mehrmals tief durch. Das Zittern hörte auf.

»Okay«, sagte er. »Ich tu's.«

Weiter sagte er nichts. Vor allem sagte er nicht so etwas wie *auf deine Verantwortung*, wie es wohl die meisten anderen getan hätten. Und dass er das nicht tat, weckte in Christopher eine plötzliche Zuversicht, die ihm selber unerklärlich war. Sie hatte etwas mit der Einsicht zu tun, dass man in Wirklichkeit niemals etwas auf die Verantwortung von jemand anderem tun konnte. Egal was man tat, man tat es immer auf eigene Verantwortung.

Vielleicht wusste George das.

Christopher fragte nicht nach, atmete nur tief durch und sagte dann: »Schritt zwei.« Er nahm das Spray mit dem Betäubungsmittel und sprühte es sich in beide Nasenlöcher, so tief wie möglich. Auf seltsame Weise war ihm dabei, als habe er das alles schon einmal gemacht. Und ja, in gewissem Sinne hatte er das auch, damals, als er Teil der Kohärenz gewesen war. Er wusste noch immer, wie es ging.

Das Betäubungsmittel begann zu wirken. Es fühlte sich an, als verschwände die hintere Hälfte seines Kopfes.

Er stand auf, trat an den Baum, den er sich ausgesucht hatte, und lehnte sich mit dem Rücken dagegen. »Du musst mich festbinden«, erklärte er, während sein Herz wummerte wie verrückt. »Vor allem den Kopf. Am besten mit meinem Gürtel. Und außerdem die Arme und Beine. Zur Sicherheit.«

George tat es schweigend. Schnallte ihm den Kopf mit dem Gürtel fest, von dem Christopher vorhin, im Bach, das Blut des

Upgraders abgewaschen hatte. Das Leder war noch feucht, lag kalt und unnachgiebig über seiner Stirn. Für die Arme und Beine verwendete George das Abschleppseil aus seinem Wagen.

Danach trat er vor Christopher hin und grinste schief. »Jetzt hab ich dich am Marterpfahl, Bleichgesicht.«

Christopher musste unwillkürlich lachen. »Ja.« Er hätte gern etwas Witziges darauf erwidert, aber es fiel ihm nichts ein. Er konnte sich tatsächlich nicht mehr rühren, nicht einen Millimeter. Er war George jetzt vollkommen ausgeliefert. »Mach schon«, sagte er.

»Gleich«, sagte George.

Was hieß das jetzt? Die Zeit drängte doch! Das gallertige Zeug trocknete aus! Hilflos musste Christopher mit ansehen, wie sich George erst mal mit gemessenen Bewegungen hinkniete, die Augen schloss und einen seltsamen, klagenden Gesang anstimmte – und gar nicht mehr aufzuhören schien.

Die fremdartigen Worte und Melodien ließen Christopher eine Gänsehaut über den Rücken laufen. Ihm war, als höre er von irgendwoher ein Echo dieses Gesangs, ein tausendstimmiges Echo, aber das bildete er sich wahrscheinlich nur ein, weil ihm plötzlich klar wurde, dass derselbe Gesang schon vor Jahrtausenden über diesen Ebenen erklungen war, mit genau diesen Worten und genau dieser Melodie. Die Echos, die er zu hören meinte, waren Echos aus ferner Vergangenheit.

Und irgendwann schien die Zeit einfach stehen zu bleiben.

Als George wieder aufstand, war keinerlei Zögern mehr in seinen Bewegungen. Er nahm den Injektor, trat vor Christopher hin und setzte das Gerät an, als habe er sein Leben lang nichts anderes getan. Christopher schloss die Augen, hörte sein Herz wilde indianische Rhythmen trommeln und fühlte, wie das kalte, chemisch riechende Rohr in seine Nase glitt.

Als dessen Spitze durch seine Nasenrückwand brach, krachte es in seinem Schädel, als stürze die Welt ein.

82 | Sie erreichten Seattle.

»Endlich«, sagte Madonna.

Doch es dauerte noch eine ganze Weile, ehe sie die Columbia City Neighborhood erreichten.

»Da sind wir«, sagte Madonna.

Aber es dauerte noch einmal so lange, bis sie die Oak Wood Avenue gefunden hatten.

»Aber jetzt«, sagte Madonna.

Kyle spähte umher auf der Suche nach Hausnummern. »Einhundertvierzig«, las er endlich. »Das heißt, wir sind am falschen Ende der Straße.«

Madonna verdrehte die Augen. »Ich halt's nicht mehr aus.«

Die Grundstücke waren riesig und sie mussten schier endlos fahren, bevor sie endlich, endlich tatsächlich vor dem Haus mit der Nummer siebzehn standen.

»Das ist es!«, rief Madonna. »Genau wie auf den Fotos!«

Kyle stieg aus, klingelte. Sie sahen, wie ihn eine Kameralinse ins Visier nahm. Dann schien sich jemand über die Gegensprechanlage zu melden, denn Kyle sagte ein paar Worte und schließlich fuhr das schneeweiße Gitter beiseite.

»Na?« Er grinste in Madonnas Richtung, als er zurück in den Wagen stieg. »Jetzt kannst du dich aber nicht mehr beklagen.«

Serenity konnte sich kaum sattsehen an dem prachtvollen Anwesen. Das war kein Haus, das war fast schon ein Schloss! Die vielen Blumen überall! Die geradezu majestätische Auffahrt! Wie beeindruckend es klang, den feinen weißen Kies unter den Reifen knirschen zu hören!

Hier würde ihre Freundin also künftig verkehren?

Und würde Madonna dann – es gab ihr einen Stich, das zu denken – immer noch ihre Freundin sein? Oder würde Serenity sich damit begnügen müssen, später einmal erzählen zu können: *Madonna Two Eagles? Ja, die hab ich gekannt, noch bevor sie so berühmt geworden ist?* Was ihr dann immer niemand glauben würde.

Kyle hielt vor der geschwungenen Treppe, die hoch zur Villa führte. Sie stiegen aus, erklommen die Stufen. Oben wurde die Tür geöffnet. Eine Frau in einem zitronengelben Kleid kam heraus.

»Herzlich willkommen«, sagte sie und reichte Madonna die Hand. »Du bist Madonna Two Eagles, nicht wahr? Ich erkenne dich von deinem Video.«

Madonna starrte sie nur völlig entgeistert an, ließ sich die Hand schütteln, schien jeden Moment ins Koma fallen zu wollen.

»Ich heiße Miranda«, erklärte die Frau, während sie Serenity und Kyle ebenfalls die Hand gab. »Ich bin Mr van Horns Assistentin. Kommen Sie doch herein.«

Sie drehte sich um. Auf ihrer rechten Schulter trug sie ein ziemlich großes, hässliches Tattoo. Es passte irgendwie nicht zu ihrer Erscheinung.

Die Eingangshalle war gigantisch groß und voller haushoher Pflanzen. Die Decke bestand aus einer Glaskuppel, von der das Licht regelrecht auf sie herabzurieseln schien.

»Ach ja«, sagte Miranda. »Leider muss ich Sie bitten, Ihre Mobiltelefone abzugeben.« Sie wies auf einen Mann, der einen grauen Anzug trug und still in einer Ecke gewartet hatte. »Das ist eine Regel hier. Wegen der Fotoapparate, die heutzutage eingebaut sind. Mr van Horn ist leider gezwungen, seine Privatsphäre zu schützen.«

»Wir haben bloß eins«, sagte Madonna und zog ihr goldglitzerndes Telefon aus der Tasche. Der Mann nahm es ihr ab, legte es in eine Plastikschale. Dann zückte er ein Spürgerät mit einer großen Ringantenne, das er vor jedem von ihnen auf und ab bewegte. Er sagte kein Wort, nickte der Frau in dem zitronengelben Kleid auch nicht zu, beendete seine Untersuchung einfach und trat wieder drei Schritte zurück in den Schatten, als stünde er dort den ganz Tag bereit.

Ein anderer Mann tauchte auf, er trug denselben grauen Anzug.

»Wenn Sie so freundlich wären, ihm Ihren Autoschlüssel zu geben«, sagte Miranda. »Er wird Ihren Wagen in der Garage parken.«

Serenity sah, dass Kyle zögerte. »Ich kann das auch selber machen«, sagte er verlegen, die Hand in der Tasche. »Der Wagen ist . . . hmm, ein bisschen schmuddelig.«

Das stimmte. Sein Auto zu putzen, gehörte absolut nicht zu Kyles Lieblingsbeschäftigungen. Und ihre lange Reise hatte ein Übriges getan.

»Das ist kein Problem«, sagte der Mann und streckte die Hand aus. »Bitte. Es ist mein Job, das zu erledigen.«

Es klang fast, als müsse er fürchten, sonst entlassen zu werden. Also zog Kyle seufzend seinen Schlüssel aus der Tasche und gab sie dem Mann.

»Kommen Sie«, sagte Miranda, während der Mann mit dem Schlüssel nach draußen verschwand. »Mr van Horn wartet schon.«

83 | Das Nächste, was Christopher wahrnahm, waren lichte grüne Baumwipfel, in denen Sonnenlicht die Blätter glitzern ließ. Und dann, dass ihm jemand mit einem nassen Lappen über das Gesicht fuhr.

Das war George. »Ich hab doch gewusst, dass ich's nicht hinkriege«, sagte er.

Christopher begriff, dass er auf dem Boden lag. Er betastete seinen Kopf. Ihm war, als fehle die Hälfte davon, aber wenn man ihn von außen betastete, war alles noch da. »Ach was. Ich bin bloß zusammengeklappt.«

»Kann man wohl sagen. Du warst so schnell weg, dass ich das Ding beinahe nicht mehr rechtzeitig rausbekommen hätte.« George legte den nassen Lappen beiseite. »Womöglich hat das mit dem Chip gar nicht geklappt.«

»Zeig her.«

George brachte den Injektor herbei. Die Spitze der Kanüle war noch blutverschmiert. Christopher versuchte, sich aufzusetzen, aber davon wurde ihm sofort schlecht. Er ließ sich wieder auf den Rücken sinken. »Geht bestimmt gleich wieder. Nur ein paar Minuten.« Er streckte die Hand aus. »Gib ihn mir.«

Er untersuchte den Injektor im Liegen. In der Kammer war der Chip jedenfalls nicht mehr. Er überprüfte den Status. »Doch. Scheint geklappt zu haben.«

Als er George das Gerät zurückgab, sah dieser ihn nur missmutig an. Das schien ihm kein Anlass zur Freude zu sein.

Nun, war es ja auch nicht. Anstatt den einen Chip loszuwerden, hatte er nun zwei von den Dingern im Kopf sitzen.

Und ob seine Theorie stimmte, wusste er auch noch nicht.

»Und jetzt?«, wollte George wissen.

»Jetzt muss ich warten, bis der Chip angewachsen ist«, erklärte Christopher. »Das dauert ein paar Stunden.«

George furchte die Stirn. »Ein paar Stunden? Hat es nicht mal irgendwann geheißen, es dauert mindestens fünf Tage?«

»Nein, das ist was anderes. Fünf Tage braucht man nach dem Einpflanzen des Chips mindestens, um mit der Kohärenz in Takt zu kommen.«

George ließ sich das durch den Kopf gehen. »Okay.«

»Wir könnten inzwischen schon mal irgendwohin fahren, wo es ein Mobilfunknetz gibt«, schlug Christopher vor.

»Ich dachte, dir ist schlecht?«

Das stimmte. Es war ein Glück, dass er nichts gefrühstückt hatte, sonst hätte er es längst wieder von sich gegeben. »Ich kann mich ja auf den Rücksitz legen.«

84 | Das Haus war unglaublich. Serenity konnte es kaum fassen, dass es Leute gab, die so wohnten. Das reinste Kunstmuseum – überall hingen Gemälde, geschnitzte afrikanische Masken, grob geflochtene Wandteppiche und ähnliche Dinge. Alles war hell und licht, dezent in Erdfarben gehalten, und immer wieder gaben Fensterfronten überraschende Blicke in den Garten frei.

Und Madonnas Augen strahlten, als solle sie das alles demnächst geschenkt bekommen.

Sie folgten der Frau in dem zitronenfarbenen Kleid. Das Tattoo wirkte umso geschmackloser, je öfter man hinsah, aber wahrscheinlich war das so in diesem Popmusik-Geschäft, dass selbst die Assistentinnen vorher ein wildes Leben geführt hatten.

Die Frau führte sie in einen kleinen Salon voller zierlicher Korbmöbel, mit verspielten Gittern vor den Fenstern und einem Blick auf eine große Vogelvoliere mit Papageien. Auf einem fragilen Tischchen standen Getränke und Kekse bereit.

»Mr van Horn führt noch ein wichtiges Telefonat«, erklärte Miranda mit honigsüßem, aber irgendwie unecht wirkendem Lächeln. »Er bittet Sie, hier auf ihn zu warten. Er kommt dann gleich.«

»Okay«, sagte Madonna mit einer Selbstverständlichkeit, die Serenity verblüffte.

Aber logisch: Ab jetzt würde sich alles um sie drehen.

Die Frau nickte ihnen noch einmal zu, ging dann hinaus und zog die Tür hinter sich zu.

Kyle nahm sich sofort eine Flasche Orangensaft, drehte den

Verschluss auf und ließ sich auf einen der Korbstühle fallen, dass es nur so krachte.

»Das wird bestimmt einen guten Eindruck machen«, sagte Serenity spitz. »Wenn du als Erstes einen seiner Sessel kaputt machst.«

Kyle lachte nur, kippte die halbe Flasche hinab und seufzte dann wohlig. »Das tut gut nach all der Fahrerei.«

Madonna hatte die Arme um sich geschlungen. »Ich hätte vielleicht doch lieber gleich meine Gitarre aus dem Auto mitnehmen sollen, was meint ihr?«

Sie war nervös. Also doch. Serenity bewunderte sie trotzdem. An Madonnas Stelle wäre sie *gestorben* vor Angst!

»Ach, der will dich bestimmt erst mal kennenlernen«, sagte sie beruhigend.

Kyle gab ein behagliches Schmatzen von sich. »Aber geschadet hätte es nicht«, war sein Kommentar.

Madonna widmete ihm einen geradezu filmreifem Augenaufschlag. »Meinst du, du könntest sie schnell noch holen?«

Kyle streckte die Beine genüsslich von sich und nahm in aller Gemütsruhe noch einen tiefen Schluck. »Wie denn? Ich weiß ja nicht mal, wo mein Wagen abgeblieben ist.« Er klopfte mit der freien Hand seine Hosentaschen ab. »Und die Schlüssel hat auch irgendein dienstbarer Geist deines künftigen Produzenten.«

»Bitte!« Es war eine Art zu flehen, die Serenity fast schon waffenscheinpflichtig fand.

Kyle seufzte ergeben. »Wer könnte da widerstehen?« Er trank aus, ließ die leere Plastikflasche in den bereitstehenden Papierkorb plumpsen und stand schwungvoll auf. »Ich schau mal, was sich machen lässt.«

Er kam nicht weit. Die Tür war abgeschlossen.

85 | George bremste unvermittelt auf freier Strecke und lenkte den Wagen an den Straßenrand. Dann drehte er sich zu Christopher um und fragte: »Was meinst du – ist dein Chip schon angewachsen?«

Christopher hob den Arm, sah auf die Uhr. Es war knapp zwei Stunden her. »Kann sein. Wieso?«

George zögerte. »Meine Schwester. Sie ist in Gefahr.«

Christopher ließ den Arm sinken. Die Falle der Kohärenz. Sie hatte also zugeschnappt.

Er blickte zur Decke, horchte in sich hinein. Sie waren im Bereich des Funkmastes von Browning, fuhren in westlicher Richtung. Er konnte das Feld spüren. Er hätte lieber noch gewartet, um ganz sicherzugehen, dass beide Chips funktionierten.

Er hätte es lieber noch vor sich hergeschoben.

»Okay«, sagte er stattdessen. »Ich riskier's.«

Damit schloss er die Augen und ging ins Feld.

Scharmützel

86 | Niemand öffnete, niemand rührte sich, ganz egal, wie heftig Kyle gegen die Tür trommelte. Es war, als hätte man sie vergessen.

Schließlich gab er es auf, drehte sich um und musterte das Zimmer, in dem sie sich befanden. Seltsam, wie sich ein Raum veränderte, sobald man wusste, dass die Tür verschlossen war. Was gerade noch wie ein hübscher kleiner Empfangssalon ausgesehen hatte, war auf einmal nur noch ein Gefängnis.

Serenity war dabei, die Fenster zu untersuchen. Sie ließen sich öffnen, ja, aber dahinter waren Gitter. Gitter, die zwar zierlich und verspielt aussahen, aber nichtsdestotrotz so stabil waren wie nur irgendetwas.

»Hier kommt höchstens eine Katze durch«, sagte sie mit bebender Stimme.

»Na toll.« Kyle blickte sich um. Es gab kein Möbelstück, das man als Waffe hätte verwenden, keinen Tisch oder Stuhl, von dem man ein Bein hätte abbrechen können, um einen Schlagstock zu haben. Nur wackelige Sessel und Tische aus Korb.

Sogar die Flaschen waren nur aus Plastik.

»Wieso haben die uns eingesperrt?«, fragte Serenity. »Was haben die mit uns vor?«

Kyle antwortete nicht. Er hatte gesehen, was sie mit seiner Mutter hatten machen wollen. Nicht schwer zu erraten, dass ihnen jetzt dasselbe blühte.

Nur dass diesmal kein Einsatzkommando vor dem Haus wartete.

»Passt auf«, sagte er zu den Mädchen und winkte sie zu sich her. Besser, er sagte ihnen das, was er zu sagen hatte, leise. Wer Leute einfach einsperrte, der hörte sie auch ab. »Wenn jemand kommen sollte«, flüsterte er den beiden zu, »geht ihr sofort in Deckung. Ich werde eine Schlägerei anfangen. Und ihr seht zu, dass ihr rauskommt und abhaut. Wartet nicht auf mich, verstanden? Ich komm schon eine Weile klar. Ihr müsst raus und sofort die Polizei rufen.«

Sie nickten, Entsetzen in den Augen.

Eine Schlägerei. Das sagte sich so leicht. Es war ewig her, seit er sich das letzte Mal geprügelt hatte. Er hatte ein halbes Jahrzehnt damit verbracht, Leute zu verarzten, auch solche natürlich, die in Schlägereien geraten waren; das nahm einem doch ziemlich die Lust daran.

Aber an ein paar gemeine Tricks konnte er sich noch erinnern. Genug, um den Mädchen wenigstens einen Vorsprung zu verschaffen.

Gerade als er anfing, sich zu fragen, ob überhaupt noch jemand im Haus war, raschelte es an der Tür. Ein Schlüssel wurde ins Schloss geschoben. Als er umgedreht wurde, standen Serenity und Madonna schon sprungbereit hinter ihm.

Die Tür ging auf. Es war die Frau im zitronengelben Kleid. Allein.

Irgendwas stimmte da nicht. Er bedeutete den Mädchen, noch zu warten.

Die Frau kam herein. Sie bewegte sich langsam. Ihr Blick war gläsern und leer, als habe sie jemand hypnotisiert. Sie hob die rechte Hand. Darin hielt sie Madonnas Telefon. Dann schritt sie auf Kyle zu und drückte ihm das Gerät wortlos in die Hand.

Im selben Augenblick klingelte das Ding.

Die Mädchen zuckten zusammen. Kyle auch, aber er schaffte es, das Telefon nicht fallen zu lassen. Er klappte es auf und führte es ans Ohr. »Ja?«

»Hi, ich bin's«, hörte er eine Stimme, die ihm bekannt vorkam. »Christopher.«

87

Serenity stand vor Schreck wie erstarrt. Die Anweisung ihres Bruders, bei der ersten sich bietenden Gelegenheit zu fliehen – und das Erscheinen der Frau im zitronengelben Kleid wäre so eine Gelegenheit gewesen –, hatte sie vollkommen vergessen.

Was war mit dieser Frau los? Sie wirkte nicht wie jemand, der ihnen aus Mitleid oder sonstigen Beweggründen helfen wollte. Sie wirkte, als stünde sie unter Drogen.

Serenity fühlte sich selber fast auch so, während sie zusah, wie ihr Bruder das klingelnde Telefon aufklappte, ans Ohr führte und lauschte. Es war ein seltsam zeitloser Moment. Als ob es keinen Unterschied machte, ob sie noch eine Stunde hier standen oder noch einen Tag oder nur noch eine Minute.

Kyle drehte sich zu ihnen herum, Madonnas goldglänzendes Telefon in der Hand. »Es ist Christopher«, erklärte er mit verwundertem Blick. »Er will uns sagen, wie wir hier rauskommen.«

Serenity machte den Mund auf, aber es kam kein Laut heraus. Sie hörte, wie Madonna völlig perplex zurückfragte: »Christopher?«

»Ich weiß auch nicht, wie das jetzt funktioniert«, erwiderte Kyle. »Aber ich erkenne seine Stimme. Und ›raus‹ hört sich wie eine verdammt gute Idee an.«

Er nahm den Hörer wieder ans Ohr. »Christopher? Einen Moment. Ich fessele die Frau lieber, bevor wir gehen.« Er nickte Serenity und Madonna zu, fuchtelte in Richtung der Fenster. »Da. Die Vorhangkordeln.«

Serenity spurtete los, brachte ihrem Bruder die Kordeln, die bis dahin die gelbbraun gemusterten Vorhänge gehalten hatten. Kyle band der Frau damit die Handgelenke auf den Rücken, zog sie dann zum Fenster und befahl ihr, sich auf den Boden zu setzen. Sie tat es widerstandslos und schweigend, fast so, als sei sie eine Art belebte Schaufensterpuppe. Kyle fesselte ihre Arme zusätzlich an das massive Heizungsrohr entlang der Wand, verband ihr dann den Mund und schob das Rattansofa vor sie hin.

»Man muss sie nicht gleich von der Tür aus sehen«, sagte er grimmig, dann nahm er das Telefon wieder ans Ohr: »Okay. Und jetzt? Auf den Flur und rechts. Alles klar.« Er nickte in ihre Richtung. »Kommt.«

Sie folgten ihm hinaus in den Flur, der verlassen und still dalag. Wie rasch sich der Eindruck verändern konnte, den ein Gebäude auf einen machen konnte! Vorhin war Serenity die Villa des Musikproduzenten wie ein Schloss vorgekommen, voller Kostbarkeiten und Reichtümer – doch nun hatte sie das Gefühl, sich in einem aufwendig dekorierten Gefängnis zu bewegen. Sie ging hinter ihrem Bruder her, bemühte sich, ebenso leise aufzutreten wie er, und spürte dabei den schier übermächtigen Impuls, einfach blindlings loszurennen . . .

Halt mal!

Sie blieb stehen. »Was ist eigentlich mit den anderen?«, flüsterte sie.

Kyle wandte unwillig den Kopf. »Mit wem?«

»Van Horn. Seine Familie. Die müssen doch auch irgendwo sein.«

»Klar. Die hat die Kohärenz.«

»Ja, aber vielleicht noch nicht lange. Du hast doch Christopher gehört. Drei bis vier Tage dauert es nach dem Einpflanzen der Chips, bis sie wirklich ein Teil der Kohärenz sind. Und die Kohärenz konnte nicht wissen, dass du heute früh hier anrufen wirst!«

Kyle blieb stehen, sah sie ungeduldig an. Sogar Madonna wirkte so, als wäre sie lieber so schnell wie möglich verschwunden, Karriere hin oder her. Aber Serenity ließ nicht locker.

Sie wies auf das Telefon in Kyles Hand. »Frag Christopher. Vielleicht weiß er, wo die stecken.«

Noch nie war Christopher so lange im Feld gewesen, ohne gejagt, bedrängt und von Fallen umstellt zu werden. Nichts davon begegnete ihm diesmal. Er blieb unerkannt, glitt wie ein Geist durch die Welt der Daten und Gedanken, schlüpfte unsichtbar durch Schranken, passierte Kanäle, konnte tun und lassen, was er wollte, ohne entdeckt zu werden.

Es war unglaublich. Es war, als wäre er nach Hause gekommen. Es war zum Süchtigwerden schön.

Doch bald mischte sich Anspannung in das Hochgefühl. Er hatte eine Aufgabe zu erfüllen. Eine Aufgabe, die alles andere als leicht war. Eine Aufgabe, die sich kaum ohne Aufsehen würde bewältigen lassen.

Mit anderen Worten: Dieser paradiesische Zustand würde nicht lange andauern.

Aber jetzt gerade zumindest war es, wie es war: Die Kohärenz erkannte ihn nicht, merkte nicht mal, dass er da war. Die

Kombination der beiden Chips zusammen mit dem Virus hatten ihm eine Tarnkappe verliehen, die ihn unbehelligt und ungreifbar über den Dingen schweben ließ.

Doch er schwebte nicht nur. Das war ja das Großartige. Er hatte alles im Griff.

Er kontrollierte die Datenströme und den Fluss der Informationen. Die Upgrader in der Villa des Musikproduzenten waren ihm ausgeliefert, taten, was er wollte, leisteten keine Gegenwehr.

Er war ein Adler, der über dem Schlachtfeld schwebte; ein Adler mit einer Universal-Fernsteuerung.

Kyle meldete sich noch einmal, wollte wissen, wo der Produzent und seine Familie steckten.

Auch das war faszinierend: dass er das Telefonsystem so vollkommen beherrschte, dass Kyle ihn, obwohl er ja lautlos sprach, eigentlich nur *dachte,* an der *Stimme* erkannte!

Der Musikproduzent. Zack van Horn, zweiunddreißig Jahre alt, geboren in Chicago, im Alter von sieben Jahren mit den Eltern nach Seattle gekommen, seit vier Jahren verheiratet mit Cynthia van Horn, geborene Shannon ... Ein Gedanke und er hatte alle Informationen über den Mann vor sich. Seine Schulnoten, seine Kontostände, das Geflecht seiner verschiedenen Firmen und Unterfirmen, die Anzahl der Stimmen, mit denen er in den Vorstand des *Verbandes der unabhängigen Medien Amerikas* gewählt worden war – einfach alles.

Ein Gedanke und er wusste, in welchem Kellerraum die Upgrader ihn und seine Frau gefangen hielten. Die Kohärenz hatte es nicht eilig gehabt, ihnen Chips einzupflanzen; das hatte man in einem Aufwasch mit Kyle, Serenity und Madonna machen wollen.

Christopher sah den Grundriss des Gebäudes vor sich, groß, farbig, so detailreich, wie kein Computerspiel es einem hätte bieten konnte, weil man, wenn man mit Gedanken sah, alles zugleich erkennen konnte. Kein Problem, Kyle zu der Treppe zu dirigieren, die ins Untergeschoss hinabführte. Kein Problem, einen der Upgrader in Bewegung zu setzen, den Kellerraum aufzuschließen und van Horn und seine Frau loszubinden.

Und weil Christopher das Telefon in Kyles Hand ortete, sah er, wie die drei sich in Bewegung setzten, sah, wie sie sich durch den Plan des Gebäudes bewegten.

Ein Anblick, der auf einmal ein ungutes Gefühl in ihm aufsteigen ließ. Mit jedem Meter, den sie sich bewegten, verdampfte sein Triumphgefühl weiter, fühlte er sich mehr und mehr unwohl.

Zu langsam. Das ging alles viel zu langsam.

Jetzt waren sie unten. In einem Teil des Untergeschosses, aus dem diese Treppe der einzige Ausgang war.

Das gefiel ihm nicht. Er musste Kyle sagen, dass sie sich beeilen sollten –

In diesem Augenblick brach ein geistiger Schrei über ihn herein, der ihn traf wie ein Schlag mit einem Hammer. Es war, als stünde er mitten in einem voll besetzten Stadion und die hunderttausend Menschen auf den Rängen schüttelten alle ihre Fäuste gegen ihn und schrien ihn an: *»Wer bist du?«*

Wäre dies die normale Welt gewesen, er wäre in die Knie gegangen unter der Wucht dieses Schreis. So brach er geistig zusammen, doch das war nicht weniger real.

Es war die Kohärenz, so viel verstand er. Die Kohärenz, die nun doch die Barriere bemerkt und durchstoßen hatte, die er um das Gebäude und die Gruppe der zehn Upgrader errichtet hatte.

Er wollte Kyle warnen, doch er konnte es nicht mehr.

88

Atemlose Stille umgab sie, als sie die Treppe ins Untergeschoss hinabstiegen. Serenity bemühte sich, so leise wie möglich aufzutreten, doch ihre Schritte hallten wider; das war gar nicht zu verhindern. Die Luft, die ihnen entgegenwehte, roch so abgestanden, als stiegen sie in eine Gruft hinab.

Dämmerlicht umfing sie, und als sie unten ankamen, schraken sie alle drei zusammen: Da standen Männer in grauen Anzügen mit dem Rücken zur Wand, reglos wie Palastwachen, und blickten glasig ins Leere. Zwei von ihnen waren die angeblichen Sicherheitsleute, mit denen sie am Hauseingang zu tun gehabt hatten. Wie die anderen Männer waren auch sie geistig völlig weggetreten. Serenity erschauderte.

»Schnell jetzt«, flüsterte Kyle nervös. »Vorne in den Gang rechts und dann ist es die zweite Tür links –«

Aus genau dieser Richtung kam in genau diesem Moment plötzlich Lärm, der ihren Herzschlag ein weiteres Mal beschleunigte. Es klang, als würden Stühle umgeworfen, jemand fluchte lautstark, eine Tür knallte zu, dann hörte man rasche Schritte.

Im nächsten Augenblick kamen zwei Gestalten um die Ecke gerannt: ein untersetzter Mann mit strohigen blonden Haaren und eine Frau, einen guten Kopf größer als er, braun gebrannt und in etwas gekleidet, das wie ein afrikanisches Kleid aussah.

Als der Mann Kyle erblickte, blieb er abrupt stehen und packte seine Begleiterin am Arm, um sie ebenfalls zu stoppen.

»Jones!«, rief er. »Sie? Wie zum Teufel sind Sie reingekommen? Haben Sie etwas mit diesen Typen zu tun?«

Kyle hob die Hände. »Ich kann Ihnen das erklären, Mister

van Horn, aber nicht jetzt und hier«, sagte er hastig. »Wir müssen fliehen. So schnell wie möglich.«

»Fliehen?« Die Augen van Horns irrlichterten wütend. »Ich soll aus meinem eigenen Haus –?«

Ein Geräusch ließ Serenity und die anderen herumfahren.

In die drei Männer, die am Treppenabgang Spalier gestanden hatten, war wieder Leben gekommen. Schwerfälligen Schrittes traten sie vor und versperrten ihnen den Rückweg. Ihre Blicke waren immer noch glasig, richteten sich jedoch jetzt eindeutig auf sie.

Und aus der Richtung, aus der van Horn und seine Frau gekommen waren, näherten sich ebenfalls zwei Männer.

Kyle riss das Telefon ans Ohr. »Christopher?«, schrie er.

Er lauschte, ließ das Gerät dann wieder sinken. »Nichts. Er ist nicht mehr in der Leitung.«

Die Männer hinter ihnen setzten sich in Bewegung.

Christopher wusste kaum noch, wie ihm geschah. Etwas wie ein geistiger Tsunami brach über ihn herein, fegte ihn hinweg, wollte ihn in tausend Stücke zerreißen. Er hatte keine Chance mehr. Er hatte den Bogen überspannt, hatte zu viel gewagt und . . . verloren.

Er fand nicht einmal mehr den Rückweg. Alles, was er tun konnte, war, sich abzukapseln und Widerstand zu leisten, solange er es nur aushielt.

Und Serenity . . .?

Madonna? Kyle?

Er hatte versagt.

Er hätte sie da sofort herausholen müssen! Es war völlig unnötig gewesen, sie ins Untergeschoss zu schicken. Er hatte die van Horns schon ohne Kyles Hilfe freibekommen; die beiden hätten auf eigene Faust fliehen können …

Zu spät. Nun hatte er sein Versprechen gebrochen, Serenity vor der Kohärenz zu bewahren.

Er war selber überrascht, wie viel ihm das ausmachte.

Serenity!

Und seltsam … Auf einmal gab ihm irgendetwas Kraft. Auf einmal konnte er sich gegen den Strom stemmen, der ihn zu überwältigen suchte. Es war immer noch, als versuche er, eine schwierige Prüfungsarbeit zu schreiben, während tausend Stimmen auf ihn einschrien, aber aus irgendeinem Grund, den er nicht verstand, vermochte er sich auf einmal dagegen abzuschotten, sich zu konzentrieren, zu *handeln.*

Einfluss zu nehmen.

Kontrolle auszuüben.

Auf einmal war er wieder der Adler über dem Gefechtsfeld. Nur dass jetzt Sturm herrschte.

Seit er die Kohärenz verlassen hatte, war er nie auch nur annähernd so lange im Feld gewesen, hatte sich nie so lange behauptet und vor allem war er niemals unerkannt geblieben.

Wer bist du?, schrien ihnen die hunderttausend Stimmen an, die ein Geist waren. *Bist du eine andere Kohärenz?*

Christopher antwortete nicht. Ein paar Minuten lang würde er dem Druck noch standhalten können. Ein paar Minuten, die es zu nutzen galt.

Eine letzte Botschaft an Kyle, dann ließ er die Kontrolle über das Telefonsystem fahren. Er musste seine verbleibenden Kräfte auf anderes, Wichtigeres konzentrieren.

89 | Die Männer blieben wieder stehen, als hätte sie jemand ausgeschaltet.

Serenity spürte ihr Herz bis in den Hals schlagen. Sie sah Madonna an. Ihre Freundin zitterte am ganzen Körper. Jemand musste sie an der Hand fassen, um sie zu beruhigen, also tat Serenity es. Es tat ihr selber auch gut, ihre Hand zu halten.

Niemand sagte etwas. Alles war zum Stillstand gekommen. Die Männer rührten sich nicht mehr, aber es war auch unmöglich, an ihnen vorbeizugehen.

Nun hob einer von ihnen die Hand, so langsam und schwerfällig, als seien seine Gelenke eingerostet. Die Hand glitt in die Brusttasche seines Hemdes, holte etwas heraus, hielt es Kyle hin.

Es waren seine Autoschlüssel.

»Ich dreh noch durch«, hörte Serenity ihren Bruder murmeln, während er vortrat und die Schlüssel mit einer raschen Bewegung an sich nahm.

Im nächsten Moment, gerade so, als seien mit dieser Handlung all ihre Aufgaben auf Erden erfüllt, sanken die Männer haltlos in sich zusammen, wie Marionetten, denen jemand die Schnüre durchgeschnitten hatte. Es gab ein hässliches Geräusch, als ihre Köpfe auf dem steinernen Fliesenboden aufschlugen.

Kyle ging neben ihnen auf die Knie, befühlte die Schädel, tastete den Puls an ihren Halsschlagadern mit den geübten Bewegungen eines langjährigen Sanitäters. »Sie sind ohnmächtig«, sagte er beklommen.

Madonnas Telefon klingelte wieder. Kyle riss es aus der Tasche, klappte es auf. »Ja? Christopher? Was ist –?«

Er lauschte. Seine Augen weiteten sich. Dann klappte er das Gerät ohne ein weiteres Wort wieder zu.

»Er meint, wir haben höchstens noch fünf Minuten. Wir sollen raus, so schnell wir können.«

Serenity fuhr herum, als van Horn unvermittelt ausrief: »Kommt!« Er stürzte zu einer bestimmten Stelle der hölzernen Wandverkleidung des Flurs, bückte sich und tastete mit den Fingern unter eines der Paneele. Im nächsten Moment schwang es auf. Dahinter kam eine dunkle Öffnung zum Vorschein.

»Ein Gang, der in keinem Bauplan eingezeichnet ist«, erklärte er knapp. »Und der schnellste Weg in die Garage.«

90

Das war jetzt richtiges Licht. Seine Augen schmerzten davon. Das hieß, er war zurück. Gut. Auch wenn Christopher sich wie Matsch fühlte und grenzenlos erschöpft.

Er wartete, bis die Dinge scharf wurden. Eine Autorückscheibe, staubig und verschmiert, dahinter dunkle Wolken am Himmel. Und jemand, der sich über ihn beugte.

George.

»Wie geht es dir?«, fragte er.

»Beschissen«, flüsterte Christopher. Er hatte das Gefühl, keine Knochen und keine Muskeln mehr zu haben.

George musterte ihn mit einem eigenartigen Gesichtsausdruck. »Da waren tausend Geister um dich herum«, erklärte er schließlich.

Christopher blinzelte. »Ehrlich?«

Er sah, wie George etwas, das er bis jetzt in der Hand verborgen gehalten hatte, verstohlen unter sein Hemd steckte. Etwas, das aussah wie ein brauner Beutel, den man an einem Lederriemen um den Hals tragen konnte.

Ein indianisches Amulett? Christopher beschloss, dass er nicht danach fragen würde. Er hatte auf einmal die Vorstellung, dass George die ganze Zeit neben ihm gesessen und mithilfe seines Amuletts und uralter Zaubersprüche gegen die tausend Geister gekämpft hatte.

Und wer mochte wissen, ob das nicht geholfen hatte?

»Ich hoffe«, erklärte Christopher, »dass deine Schwester jetzt in Sicherheit ist.«

»Ja«, sagte George. »Ist sie.«

91 | Als sie Stunden später in einem Diner saßen, jeder eine Pizza vor sich, und Kyle Mister van Horn und seiner Frau die ganzen Zusammenhänge erklärte, kam es Serenity vor, als höre sie jemandem zu, der den Plot eines besonders abgedrehten Science-Fiction-Films erzählte.

Sie beobachtete den Musikproduzenten, wie er ihrem Bruder aufmerksam zuhörte und ab und zu den Kopf schüttelte. Inzwischen fand sie ihn ganz sympathisch. Wenn man ihn nicht gerade in seinem eigenen Haus überfiel und gefesselt in den Keller sperrte, war er lustig, schlagfertig und irgendwie ein interessanter Typ. In einem Comicstrip hätte man ihn in Gestalt einer gelben Bowlingkugel gezeichnet, stellte sich Serenity vor.

»Das ist weiß der Himmel die verrückteste Geschichte, die ich je gehört habe«, sagte er schließlich. »Und in meinem Job hört man *eine Menge* verrückter Geschichten, das können Sie mir glauben.«

»Kann ich Ihnen nachfühlen«, sagte Kyle. »Ging mir das erste Mal genauso.«

»Dieser Christopher Kidd – das ist doch dieser junge Super-Hacker, oder? Ich meine, ich hab da mal was gelesen.«

Kyle nickte. »Genau der. *Computer*Kid.*«

Christopher. Sie hatten nichts mehr von ihm gehört, seit sie entkommen waren. Und Serenity hatte das Gefühl, die Einzige zu sein, die darauf wartete, dass er sich meldete.

Die sich Sorgen machte.

Sie beobachtete Madonna, die van Horn gebannt zuhörte, während dieser erklärte, dass er sich »von diesem Vorfall«, wie er es nannte, nicht vom »eigentlichen Zweck« ihres Treffens ablenken lassen wolle, und dann begann, wortreich ihre Musik zu loben. Ihr grandioser Song. Ihre faszinierende Gesangsstimme. Ihre natürliche Performance und Präsenz. Und so weiter.

Madonna *hing* an seinen Lippen. Man würde, dachte Serenity, sie nachher kräftig schütteln müssen, damit sie wieder zu sich kam.

»Ich hoffe, du hast noch weitere Songs geschrieben?«, erklärte Zack van Horn.

»So an die zwanzig«, sagte Madonna.

»Alle genauso gut«, warf Kyle ein, was Serenity total verblüffte. Er war zwar mit seiner Rotkreuz-Gruppe regelmäßig auf Rock- und Popkonzerten aktiv, aber er hatte bisher noch nie irgendwelche besonderen musikalischen Vorlieben zu erkennen gegeben.

Außerdem übertrieb er, wie es sonst auch nicht seine Art war: Er hatte schließlich bloß die fünf oder sechs Lieder gehört, die Madonna heute Morgen im Auto gesungen hatte.

»Wunderbar.« Van Horn strahlte. »Dann fangen wir gleich mit einem Album an. Ach übrigens – sagt dir der Name Cloud etwas?«

»Ob mir der Name etwas *sagt?«* Madonna riss ungläubig die Augen auf. »Aber hallo. Ich hab alle ihre CDs. Ich hab *alles* von ihr. Auch die –« Sie räusperte sich. »Also, ich meine, auch die nicht ganz so legalen Sachen. Konzertmitschnitte und so.«

Van Horn musste schmunzeln. »So, so. Ein wahrer Fan?«

Madonna nickte nur.

»Dann wird es dich vielleicht freuen zu hören«, fuhr van Horn fort, »dass Cloud dein Lied in ihr Repertoire aufnehmen will.«

Madonna starrte ihn ungläubig an. »Cloud? Will *No Longer Lonely* singen?«

»Und zwar unbedingt. Sie hat neulich von irgendjemandem eine E-Mail gekriegt, dass sie sich das Video ansehen soll, hat es getan und mich dann sofort angerufen. Sie war sozusagen hin und weg.«

Madonna schien auf einmal an akuter Atemnot zu leiden. »Das ist ja . . . unglaublich.«

»Ich glaube, ihr beide werdet euch gut verstehen.«

Serenity beobachtete ihre Freundin besorgt. Madonna sah aus, als würde sie demnächst ohnmächtig vom Stuhl rutschen.

Van Horn beugte sich vor, faltete die Hände. »Ich würde gerne so bald wie möglich einen Vertrag mit dir machen. Aber da du noch minderjährig bist, muss mindestens ein Elternteil mit unterschreiben – das verlangt der Gesetzgeber so.«

Madonna nickte gefasst. »Ich werde meinen Vater fragen.«

Serenitys Blick wanderte aus irgendeinem Grund zum Fenster hinaus auf den Parkplatz vor dem Diner. Dämmerung senkte sich herab, tauchte die Stadt in verzaubertes Licht und ließ den Himmel aussehen wie hellrotes Glas. Die Neonreklame an der großen Säule neben der Einfahrt blinkte vor sich hin; mal leuchtete eine grellbunte Riesenpizza auf, dann ein Gigant-Hamburger aus quietschgelbem Plastik.

Vor der Zufahrt kam gerade ein silbern schimmernder Sattelschlepper mit quietschenden Bremsen zum Stehen. Die Beifahrertür schwang auf, ein Mann kletterte heraus, wechselte noch ein paar Worte mit dem Fahrer, schlug dann die Tür kraftvoll zu und hob zum Abschied die Hand. Der Truck fuhr wieder an, blies zwei schwärzliche Abgaswolken in Richtung des sauber schimmernden Firmaments und rollte davon, während der Mann auf den Eingang zusteuerte.

Irgendetwas an ihm erschien Serenity seltsam vertraut, aber sie kam nicht darauf, was. Er trug eine unförmige graue Jacke und ging mit schwerem, aber sicherem Schritt. Als er die Treppe erklomm, kam er hinter Werbetafeln und Plastikpflanzen außer Sicht.

Serenity wandte ihre Aufmerksamkeit wieder dem Gespräch am Tisch zu. Kyle und Mr van Horn sprachen darüber, ob die Upgrader die Villa inzwischen verlassen hatten oder ob sie womöglich auf seine Rückkehr lauerten. »Irgendwas muss ich machen«, erklärte der Musikproduzent gerade besorgt. »Ich will jedenfalls keinen Chip in die Nase geschoben kriegen, das könnt ihr mir glauben.«

Aus den Augenwinkeln bekam Serenity mit, wie der Mann, der wohl per Anhalter mit dem Truck gekommen war, die Tür vom Vorraum ins Restaurant öffnete. Als er an ihrem Tisch stand, sah Madonna auf und rief entgeistert: »Dad?«

Der Mann war niemand anders als John Two Eagles. Er nickte nur gleichmütig, gerade so, als sei dieses Treffen hier seit Wochen ausgemacht gewesen, und sagte: »Guten Abend.«

Madonna konnte es einfach nicht fassen. »Wo kommst du denn her?«

Ihr Vater deutete hinter sich. »Ein Lastwagenfahrer hat mich mitgenommen. Ein Navajo. Guter Mann.«

»Ja, aber ... aber woher hast du gewusst, dass wir *hier* sind?«

»Tochter«, sagte der bärenhaft wirkende Mann nachsichtig, »meinst du, was dein Bruder kann, kann ich nicht auch?«

Serenity merkte, dass sie irgendwann in den letzten Stunden aufgehört haben musste, sich noch über irgendetwas zu wundern. Sie rückte beiseite, sodass Madonnas Vater auch noch Platz am Tisch fand, Kyle stellte alle einander vor, dann tauchte die Bedienung auf, John Two Eagles bestellte einen großen Hamburger mit Pommes, Cola und Salat, und während er aß, erzählten sie ihm alles, was passiert war.

Er hörte kauend zu, ohne sie ein einziges Mal zu unterbrechen. Und er wirkte kein bisschen anders, als Serenity ihn kannte. Insbesondere wirkte er nicht, als habe er sich je Sorgen gemacht, ob er sie finden würde.

»... na ja«, meinte Mr van Horn irgendwann, »und jetzt traue ich mich natürlich nicht wieder zurück. Nicht so ohne Weiteres auf jeden Fall.«

Madonnas Vater griff nach einer Serviette, wischte sich den Mund ab und die Finger und sagte dann einfach: »Kommen Sie mit uns.«

Hideout

92 | Irgendwann in diesen Tagen, in denen sie unterwegs waren und immer weiter und noch weiter nach Süden fuhren, gab es Christopher auf, George begreiflich machen zu wollen, dass sie in die Irre fuhren, dass sie unmöglich richtig sein konnten. Sie hatten Idaho durchquert, dann Utah und inzwischen waren sie mitten in Arizona. Ringsum war quasi Wüste. Wo sollte eine Gruppe polizeilich Gesuchter, die darauf angewiesen waren, sich von der Jagd und den Früchten des Waldes zu ernähren, hier Unterschlupf finden?

Wenn er das George erklärte, gab der ihm immer recht. Aber, beharrte er dann, er fahre dahin, wo seine Schwester sei, und folglich müsse sie hier irgendwo sein.

Wie gesagt: Irgendwann hatte Christopher es aufgegeben. Solange es funktionierte, Geld aus Geldautomaten zu ziehen, indem er sich mit seinen Chips rasch ins System einhackte, konnten sie von ihm aus ganz Amerika durchqueren.

Wobei sie sich hauptsächlich verfuhren. Immer wieder wurden Straßen zu Feldwegen und Feldwege zu Schotterpisten, um irgendwann im Nirgendwo zu enden oder auf dem Hof eines verlassenen, zerfallenden Anwesens. Ständig mussten sie umkehren und es auf anderen Wegen versuchen.

George erklärte ihm, wo sich welche Reservationen befanden. Die der Hopi. Die der Navajo. Die der Hualapai, der Kaibab und so weiter. Christopher hörte kaum zu, ließ es bleiben, sich das alles merken zu wollen. In ihm stieg eine Anspannung, die es unmöglich machte, Interesse für irgendwelche Indianerstämme aufzubringen.

Und dann war wieder so ein Tag, an dem sie einen Trampelpfad voller Steine entlangrumpelten, einem Feldweg folgten, der ganz danach aussah, als würde er auch wieder im Nichts enden.

»Das kann unmöglich richtig sein«, sagte Christopher müde. Außerdem war es glutheiß und Georges Wagen besaß keine Klimaanlage.

George starrte nach vorn, ohne sich um eine Antwort zu bemühen.

Zwei Kurven später kamen sie an eine Absperrung: Metallböcke, die ein Stahlgitter hielten, das quer über dem Weg stand und an dem ein Schild befestigt war mit der Aufschrift »Testgelände – Zutritt verboten«.

»Na also«, meinte Christopher und hätte was darum gegeben, nicht an den langen Weg denken zu müssen, den sie gekommen waren und nun wieder zurückfahren mussten.

Was hier wohl getestet wurde? Waffen? Kampfstoffe? Vor Christophers innerem Auge stieg die absurde Vorstellung auf, wie sie mitten in die Vorbereitungen für einen neuen Atombombentest hineinfuhren, ohne es zu ahnen.

Ein junger Mann kam aus einem weiß gestrichenen Bretterverschlag, der hinter ein paar dornigen Büschen versteckt stand, sodass Christopher das Ding gar nicht bemerkt hatte. Der Mann war so Anfang zwanzig, hatte ein Gewehr über der Schulter hängen, ein klobiges Funkgerät in der einen Hand und ein Klemmbrett in der anderen. Er trug ein Hemd, das zu einer Uniform gehören mochte, wobei Christopher allerdings nicht hätte sagen können, was für einer.

Er bedeutete ihnen zu bleiben, wo sie waren, ging einmal um den Wagen herum, hob dann das Funkgerät an die Lippen und sagte etwas, das sich anhörte wie: »Hier Zufahrt Alpha, habe Code Full House. Wiederhole, Full House.«

Dann trat er ans Fenster auf der Fahrerseite, beugte sich zu ihnen herab, nahm jeden von ihnen genau in Augenschein und sagte dann: »Ihr müsst George Angry Snake und Christopher Kidd sein. Willkommen in Hideout!« Er streckte die Hand herein. »Wir kennen uns noch nicht; ich bin neu in Jeremiahs Gruppe. Mein Name ist Dylan Farrell.«

93 | »Ursprünglich war das einmal eine Silbermine«, erklärte Jeremiah Jones. »Ein paar Jahre lang, so um die Gründung des Staates Arizona herum, wurde hier Silber geschürft – allerdings enttäuschend wenig, sodass die Mine bald darauf aufgeben wurde und in Vergessenheit geriet.«

Christopher kam alles immer noch irreal vor. Zuerst hatten sie zusammen mit diesem Dylan Farrell ewig bei der Barriere gewartet, ohne dass er ihnen erklärt hätte, warum. Er hatte nur immer wieder seine Uhr gecheckt und irgendwann hatte er sich dann zu ihnen in den Wagen gesetzt und gesagt: »Okay, kann losgehen. Jetzt ist es sicher.«

Anschließend hatte er sie ein paar Kilometer über eine Staubpiste inmitten kargen Ödlands dirigiert, dann in ein eher unscheinbar wirkendes Höhlenloch hinein und dort waren sie auf einmal alle da gewesen, hatten sie lautstark begrüßt und bejubelt, als seien sie heimkehrende Helden. Sein Dad war da gewesen, Tränen in den Augen vor Freude. Danach hatte Christopher nicht mehr mitzählen können, wie viele Leute ihn noch umarmt hatten.

Madonna war nicht darunter gewesen. So viel war ihm aufgefallen.

Und vielleicht war das ganz gut so.

Anschließend hatte es Serenitys Vater übernommen, sie herumzuführen und ihnen das neue Versteck der Gruppe zu zeigen.

»In den Sechzigerjahren, in der Zeit, als die Konfrontation zwischen USA und UdSSR auf dem Höhepunkt war und viele Leute mit einem Atomkrieg rechneten, hat eine Gruppe junger

Leute die Mine wiederentdeckt und sie heimlich zu einer Art Bunkersystem ausgebaut. Das Besondere an ihrem Projekt war, dass sie nicht die Art Bunker gebaut haben, in den man flüchtet, kurz bevor es knallt, sondern dass sie eine Art unterirdisches Dorf errichtet haben, um dauerhaft hier zu leben.«

Er wies auf allerlei Röhren, vergitterte Minigänge und dergleichen. »Das Ganze ist ein ausgeklügeltes System der Belüftung, das Sonnenlicht, die Wärme der Umgebung und so weiter nutzt. Im Notfall könnte man auf Knopfdruck die gesamte Anlage hermetisch abriegeln und auf eine interne Belüftung umschalten, die mithilfe eines unterirdischen, beleuchteten Gartens sogar die Atemluft wiederaufbereiten soll.« Er schmunzelte. »Wobei ich hoffe, dass wir das nie ausprobieren müssen; ich bin mir nicht so sicher, dass das wirklich funktionieren würde.«

»Woher kommt die Energie dafür?«, fragte Christopher sofort.

»In der tiefsten Ebene der Mine fließt ein starker unterirdischer Fluss, vermutlich ein unbekannter Zulauf des Colorado River. Er liefert genug Energie, um einen Generator anzutreiben. Ja und Wasser liefert er natürlich auch.« Jones wies zur Decke. »Das Wichtigste ist aber, dass im Gestein ringsum noch so viel Metall steckt, dass jegliche Durchleuchtung des Felsens mit Radarstrahlen oder dergleichen scheitern würde. Es ist auch kein Funkverkehr möglich, wie du vielleicht schon gemerkt hast. Wir sind hier drinnen vollkommen abgeschottet.«

Die Gänge sahen streckenweise aus wie Kulissen für einen James-Bond-Film. Dann wieder kamen Abschnitte, in denen die Wände über und über bunt bemalt waren, mit Darstellungen aller möglichen Tierarten, Pflanzen oder Bauwerke wie dem Eiffelturm, dem Kolosseum oder der Golden Gate Bridge. Es sah aus, als habe jemand versucht, die Sehenswürdigkeiten der Welt, die durch einen Atomkrieg verloren gegangen wären, hier drinnen für die Nachwelt festzuhalten.

Immer wieder wiesen Wegweiser mit Aufschriften wie »Garten 1«, »Aquarium«, »Sprossenzucht« oder »Lager 17B« in abgehende Gänge. *Hideout* verfügte über riesige Lebensmittelvorräte, angeblich fast unbegrenzt haltbar: Die große Krise konnte immer noch kommen.

»Ein Freund von mir, Brian Dombrow, ihr kennt ihn ja«, erzählte Jones weiter, »hat in seiner Jugend etliche Jahre hier gelebt. Irgendwann fand er es aber unbefriedigend, nur auf das Ende der Welt zu warten, und hat beschlossen, lieber etwas dagegen zu tun, dass es so weit kommt. Er hat bei verschiedenen Umweltorganisationen mitgearbeitet, bis er und ich uns begegnet sind und er mitgekommen ist auf meine *No Nonsense Farm*. Das war vor . . . hmm, ich weiß es nicht mehr genau. Lange her auf jeden Fall.«

Jones blieb stehen. »Und obwohl er und ich wirklich gut befreundet sind, hat er mir in all der Zeit niemals etwas von *Hideout* erzählt! Nicht ein Wort. Weil er versprochen hatte, über diesen Ort zu schweigen. Und dieses Versprechen hat er gehalten.«

George tauschte einen Blick mit Christopher, dann sagte er: »Aber jetzt sind wir hier.«

»Das schon«, erwiderte Jeremiah. »Aber nicht weil Brian sein

Versprechen gebrochen hat. Als wir aus dem letzten Camp geflüchtet sind, hat er mir nur erklärt, dass er vielleicht einen Unterschlupf für uns wisse, aber erst nachsehen müsse, ob es den noch gäbe. Mehr nicht. Dann ist er gegangen. In Wirklichkeit wusste er sehr wohl, dass *Hideout* noch existierte und dass die Anlage noch bewohnt war; er ist hierhergekommen, um die Bewohner zu fragen, ob sie uns aufnehmen würden. Und *dann erst* ist er zurückgekommen und hat mich eingeweiht!«

Irgendwie beeindruckend, fand Christopher.

Jones öffnete eine der vielen schweren Bohlentüren, die in dieser Anlage die Zugänge zu bewohnten Räumen verschlossen. Hinter dieser Tür lag eine riesige, mit allen nur erdenklichen Maschinen ausgestattete Werkstatt und da saß er: Brian Dombrow, der bärtige Riese, der immer ausgeblichene Wollpullover trug und selten etwas sagte. Er war nicht allein, sondern saß im Kreis seiner alten *Hideout*-Freunde, die ihm in Sachen Outfit und Bartwuchs so ähnlich sahen wie Geschwister.

»Hi«, begrüßte er Christopher und George. »Hab gehört, ihr habt den Mädchen aus der Patsche geholfen. Gut.«

Für seine Verhältnisse war das schon geradezu eine Festansprache.

»Ich stell euch mal die verrückten alten Kerle vor, mit denen ich früher hier gehaust habe«, fuhr er fort und rasselte ein paar Namen herunter, von denen sich Christopher nur einen merkte: Clive Tucker. Das war der schrillste Typ von allen. Er trug einen verschmierten bonbonlila Overall und hatte seinen langen Bart zu zwei Zöpfen geflochten, die im Nacken miteinander verknotet waren.

»Klar, man muss schon einen ziemlichen Sprung in der Schüssel haben, dauernd hier drinnen zu leben«, erklärte Clive knurrig. »Aber mir gefällt's.«

Die anderen grinsten breit.

Später kehrten sie in den großen Aufenthaltsraum zurück, der zugleich Küche und Speisesaal war. Hier hatte die Decke eine ringsum laufende Vertiefung, in der Leuchtstoffröhren so angebracht waren, dass ihr Licht auf wild wuchernde Kräuterbeete herabrieselte und man dadurch beinahe glauben konnte, mitten in einem Garten zu sitzen. Einige Frauen und ein paar Männer, darunter Dylan Farrell, waren dabei, das Abendessen vorzubereiten.

Jeremiah Jones zog zwei Blatt Papier aus einer Schublade und reichte sie Christopher. »Lies das mal und sag mir, ob ich alles richtig wiedergebe.«

Es war der Ausdruck eines Textes, der zusammenfasste, was es über die Kohärenz zu sagen gab. Und er war ziemlich treffend formuliert – besser, als Christopher es je gekonnt hätte.

»Gut«, sagte er. »Ist das der Artikel?«

»Ja. Geplant ist, dass er am 1. Juli erscheint. In knapp fünf Wochen also.« Jones strich sich über den kahlen Schädel. »Anfangs hat es so ausgesehen, als würden wir ihn nirgends veröffentlicht kriegen. Doch dann sind Kyle und Serenity mit diesem Musikproduzenten hier aufgetaucht, Zack van Horn, der Madonna unter Vertrag genommen hat. Und wie das Leben so spielt, hat sich herausgestellt, dass Zack seit Jahren mit einem Netzwerk unabhängiger Medienleute zusammenarbeitet. Er hat es organisiert, dass der Artikel nun in über tausend verschiedenen kleinen Zeitschriften, Magazinen und lokalen Zeitungen erscheinen wird und dass die Radiostationen des Netzwerks eine Dokumentation senden. Die müssen wir allerdings noch produzieren.«

»Und du glaubst immer noch, dass das irgendwas bewirken wird?«, rief Serenitys Mutter, die hinter der Küchentheke stand und irgendetwas klein schnitt.

»Nun, die Menschen werden sicher nicht am nächsten Tag Richtung Washington marschieren«, räumte Jeremiah Jones ein, »aber es wird der Heimlichtuerei der Kohärenz ein Ende setzen. Wir zerren sie damit ans Licht – *das* wird es bewirken.«

»Ach, Jerry. Du bist und bleibst ein Träumer.«

»Jedenfalls«, meinte Jones, ohne auf diesen Einwand einzugehen, »kommst du an diesem Punkt wieder ins Spiel, Christopher. Dein Part ist die E-Mail-Kampagne, über die wir gesprochen haben. Wäre schön, wenn die genauso viel auslösen würde wie die, mit der du Madonna berühmt gemacht hast.«

»Kein Problem«, sagte Christopher. Ihn beschäftigte etwas ganz anderes. »Und Madonna hat jetzt wirklich einen Plattenvertrag geschlossen? Ist das nicht zu riskant?«

»Schwer zu sagen«, meinte Jones. »Auf jeden Fall ist es ihr sehr wichtig. Ich möchte ihr da nicht im Wege stehen.«

Der junge Mann, der sie in Empfang genommen hatte, war dabei, Teller auf den Tischen zu verteilen. »Ich glaub nicht, dass es riskant ist«, sagte er. »Das FBI bringt die Familie Graham nicht mit Jeremiah Jones in Verbindung.« Er grinste schief. »Und zwar deshalb, weil sie Indianer grundsätzlich nicht ernst nehmen. In Washington denkt man, Indianer randalieren halt ein bisschen, wenn sie betrunken sind, und das ist alles.«

»Du kennst Dylan schon?«, fragte Jones. »Er war unser Kontaktmann beim FBI. Leider ist er aufgeflogen. Aber zum Glück konnte er sich absetzen und über allerlei Umwege zu uns durchschlagen.«

»Das war sogar ein Riesenglück«, meinte Dylan. »Die hatten mich nämlich schon. Ich hab versucht, mich rauszureden, aber nichts zu machen. Die haben alles eingepackt, mich, meinen Computer, meine ganzen Unterlagen – ich hab mich schon in der Zelle gesehen. Und dann landet der Wagen mitten in einer Demonstration! Tausende von Leuten um uns herum, auf der Straße, überall, singend und klatschend, ein Wald von Transparenten . . .«

»Der sogenannte *Aufmarsch für Gleichbehandlung* vor zehn Tagen«, warf Jones ein. »Es soll fast eine Million Menschen zum Kapitol unterwegs gewesen sein, hieß es in den Nachrichten.«

Dylan grinste. »Auf jeden Fall fällt einem der beiden Muskelprotze, die mich auf dem Rücksitz zwischen sich geklemmt hatten, tatsächlich nichts Besseres ein, als auszusteigen und die Leute anzubellen, sie sollten aus dem Weg gehen . . . Na, ich natürlich raus wie der Blitz. Die hatten keine Chance, mich wieder zu kriegen. Nicht zwischen all den Demonstranten.«

»Cool«, meinte Christopher, ohne dass sein ungutes Gefühl geschwunden wäre, was Madonna und ihre bevorstehende Karriere als Popstar betraf.

Nach und nach trudelten die anderen ein. Obwohl das Essen

noch nicht begonnen hatte, schwirrte der Raum bald von Gesprächen, Gelächter, Diskussionen. Es gab viel Hallo; jeder schien noch einmal das Bedürfnis zu verspüren, ein paar Worte mit Christopher zu wechseln, und so dauerte es eine ganze Weile, ehe ihm auffiel, dass jemand fehlte.

»Wo ist«, fragte er, »eigentlich Dr. Lundkvist?«

»Neal?« Etwas wie ein Schatten schien über das Gesicht von Jeremiah Jones zu huschen. »Der ist nicht mehr da. Er hat nicht gesagt, wohin er geht, aber ich glaube, er wollte zu seiner Tochter. Auch wenn die beiden sich seit Jahren immer nur gestritten haben, hat er doch nie aufgehört, auf eine Versöhnung mit ihr zu hoffen.«

94 | Serenity war hin und her gerissen. Einerseits freute sie sich für Madonna, dass sich ihre Träume nun erfüllen würden. Andererseits hieß das, dass sie die Freundin, die sie vor noch gar nicht so langer Zeit so unverhofft gewonnen hatte, nun verlieren würde.

»Du verlierst mich doch nicht!«, sagte Madonna, drückte sie an sich. »Du kommst mich einfach besuchen, wenn die CD fertig ist.«

»Wenn das geht . . .« Das war sehr die Frage. Dad tüftelte zusammen mit den Leuten von *Hideout* an neuen Sicherheitsmaßnahmen, um zu verhindern, dass man sie hier aufstöberte. Auf dem Weg hierher hatten Serenity und die anderen mehr Glück als Verstand gehabt; es wurde nämlich inzwischen nach Serenity gefahndet – sie galt nun offiziell als vermisst. Wenn irgendjemand sie unterwegs nach Seattle erkannt hätte . . .

Sie durfte gar nicht daran denken.

Das Tor des Haupteingangs stand offen, glutheiße Luft drückte herein. Das Auto stand bereit, mit dem van Horn, seine Frau, Madonna und George aufbrechen würden. Sie würden nach Nashville fahren, um die CD aufzunehmen; van Horns Bruder lebte dort in der Nähe und würde sie bei sich unterbringen, ohne dass irgendjemand davon erfuhr.

»Das kriegen wir hin«, versprach Madonna. Der Abschied fiel ihr auch schwer. »Am liebsten würde ich dich einfach mitnehmen.«

Serenity rieb sich eine juckende Stelle am Auge. »George geht ja mit. Der kann besser auf dich aufpassen als ich.«

»Hauptsache, er rührt kein Instrument an.«

»Freust du dich?« Das hatte Serenity schon hundertmal gefragt. Seltsam, aber es drängte sie immer wieder danach, diese Frage zu stellen.

»Ich weiß nicht«, bekannte Madonna. »Ja. Einerseits. Andererseits ist das alles noch so irreal. Ich wollte, ich würde endlich glauben können, dass ich das alles nicht nur träume.«

Serenity musste auflachen. »Du wirst Cloud treffen! Das wird dir auch vorkommen wie ein Traum, oder?«

»Cloud?« Madonna sah beiseite, wirkte auf einmal traurig. »Daraus wird leider nichts.«

»Wieso denn nicht? Zack hat doch gesagt –«

»Sie ist nicht mehr bei Zack. Er hat es gestern erfahren, als er in der Stadt war und mit seinem Büro in Seattle telefoniert hat, wegen dem Sicherheitsdienst, der jetzt sein Haus bewacht. Sein Anwalt hat ihm gesagt, dass Cloud den Vertrag gekündigt hat; erst vor ein paar Tagen. Sie hat sich für irre viel Geld von einem der großen Labels einkaufen lassen.«

»Das ist ja gemein. Da hat Zack sie berühmt gemacht und dann so was.«

»Zack ist auch ziemlich enttäuscht. Aber er sagt, es hat keinen Zweck, deswegen Streit anzufangen. Das passiert halt in dem Geschäft.«

Serenity fasste Madonna bei den Händen. »Er hat jetzt ja dich! Und wenn Cloud weg ist, kann er sich ganz auf dich konzentrieren!«

Madonna riss die Augen auf. Es war ihr offenbar noch gar nicht in den Sinn gekommen, die Sache so zu sehen. »Stimmt. Dann hätte es ja auch was Gutes.«

George tauchte auf. Selbst hier in der Eingangshalle brachte er es fertig, wie aus dem Nichts aufzutauchen.

Immerhin war er nicht mehr ganz so wortkarg. »Wir müssen los«, sagte er zu seiner Schwester. »Die blinde Phase beginnt in fünf Minuten.«

Die blinde Phase: Diesen Begriff hatte Serenity erst vor Kurzem hier in *Hideout* gelernt. Einer der Bewohner hatte sich aus irgendwelchen dunklen Quellen die geheimen Bahndaten sämtlicher Erdüberwachungssatelliten besorgt und ein darauf beruhendes Computerprogramm geschrieben, das alle Zeiträume anzeigte, zu denen das Gelände von *Hideout* von keinem der Satelliten aus in Sicht war: Nur in solchen Zeiträumen, den sogenannten blinden Phasen, durften sich Fahrzeuge auf der Strecke zwischen dem Haupteingang der Mine und der etwa eine Meile entfernt verlaufenden Straße bewegen und es fuhr meistens ein Wagen hinterher, der mithilfe einer am Heck befestigten Bürstenvorrichtung eventuelle Fahrspuren beseitigte.

So umarmten sich die beiden Freundinnen ein letztes Mal, dann stieg Madonna zu den anderen in den Wagen und die vier fuhren unter Winken und Abschiedsrufen hinaus in den blendend hellen Sonnenschein. Serenity sah ihnen nach, bis das Auto die Straße erreichte und außer Sicht kam, dann fuhren die Tore wieder zu.

Als sie sich umdrehte, stand auf einmal Christopher da. Es sah aus, als habe er sich irgendwo versteckt und gewartet, bis alle fort waren.

»Du bist zu spät gekommen«, sagte Serenity. »Falls du dich von Madonna und George verabschieden wolltest.«

»Ist schon okay. Von George hab ich mich heute Morgen verabschiedet.«

Mehr sagte er nicht. Von Madonna kein Wort. Das war schon irgendwie auffallend.

»Komisch«, sagte Serenity. »Eine Weile habe ich gedacht, du seist in Madonna verknallt.«

Die Reaktion war wieder typisch Christopher: Er wurde nicht rot, schüttelte nicht den Kopf – stand nur da und schien in sich hineinzuhorchen.

Dann sagte er bedächtig: »Sie hat mich gerettet.«

»Gerettet?« Serenity hob die Augenbrauen.

»Als der Virus das erste Mal aktiv wurde, hätte mich die Kohärenz um ein Haar gekriegt. Aber genau in dem Moment hat Madonna mir einen Kuss gegeben. Keine Ahnung, wie sie auf die Idee gekommen ist, aber das hat mich gerettet. Es war so . . . Na ja. Es war das erste Mal, dass mich ein Mädchen geküsst hat, verstehst du? Das hat mich derart durcheinandergebracht, dass der Bann durchbrochen war, den der Chip auf mich ausgeübt hat, zumindest einen Moment lang. Nur deswegen konnte ich ihn wieder unter Kontrolle bringen. Sonst wäre ich jetzt wieder in der Kohärenz«, sagte er und fügte mit einem nachdenklichen Blick hinzu: »Und du wahrscheinlich auch.«

Serenity musste unwillkürlich schlucken. »Davon hat Madonna mir nie was erzählt. Dass sie dich geküsst hat.«

»Wahrscheinlich war es für sie keine große Sache.«

»Ja, wahrscheinlich.«

»Und eigentlich«, fuhr er nachdenklich fort, »war es das auch nicht. Es war eine Rettungsmaßnahme. So etwas wie Mund-zu-Mund-Beatmung, wie sie dein Bruder in einem Notfall machen würde. Es kommt nicht auf den Kuss an, sondern darauf, was er ausdrückt. Wenn er die Verbindung zwischen zwei Menschen ausdrückt, dann ist es wirklich ein Kuss. Ansonsten sind es nur Lippen, die sich berühren.« Er sah sie an, als habe er gerade einen mathematischen Satz bewiesen. »Und was man sich eigentlich wünscht, ist, so eine Verbindung zu jemand anders zu haben.«

Sie betrachtete ihn. Christopher war immer noch der schlaksige blasse Junge mit den ewig ungekämmten, schlecht frisierten Haaren, der er schon gewesen war, als sie ihn das erste Mal getroffen hatte – doch zum ersten Mal konnte sie sich vorstellen, ihn zu küssen.

»Du meinst Freundschaft«, sagte sie.

Er stutzte, dann nickte er, als habe ihm genau dieses Wort nicht einfallen wollen. »Genau. Das meine ich. Freundschaft.«

Ja, tatsächlich war sie sich fast sicher, dass sie ihn irgendwann küssen würde.

Aber noch nicht heute. Das hatte Zeit.

Verrat

95 | Es war spät am Abend, als Dr. Neal Lundkvist wieder vor dem Haus seiner Tochter stand. Irgendwie hatte er von Anfang an gewusst, dass ihn sein Weg schließlich wieder hierher führen würde.

Er ließ die Tür seines Wagens zufallen, machte sich nicht die Mühe abzuschließen. Er sah sich um. Nichts hatte sich verändert. Als sei es erst gestern gewesen, dass er geflohen war.

Als sei es derselbe Abend, an dem er gekommen war.

Irgendwie wunderte es ihn auch nicht, dass er, als er am Fuß der Treppe anlangte, Patricia schon hinter dem Mückengitter in der offenen Tür stand. Sie sah auf ihn herab, ohne sich zu regen; schien darauf zu warten, was er sagen würde.

»Ich möchte dazugehören«, sagte Lundkvist.

»Was heißt das?«, fragte sie.

Lundkvist schluckte. »Dass ich den Chip will.«

Sie hob die Hand, drückte das Gitter auf. »Komm herein.«

Später tauchten zwei Frauen auf, beide weiß gekleidet, eine davon auffallend muskulös. Sie bereiteten die Implantation vor. Jeder Handgriff verlief genau so, wie Christopher es beschrieben hatte: die Halterung, an der man seinen Kopf festspannte. Das Spray mit dem Lokalanästhetikum. Das pistolenartige Implantationsgerät, in das man den Chip unmittelbar vor dem Eingriff einsetzte.

Lundkvist sah seine Tochter an. Sie erwiderte seinen Blick reglos. Er las immer noch jene Unversöhntheit darin, die ihre Beziehung seit dem Tod ihrer Mutter geprägt hatte.

Nun würde sie ihm vergeben müssen. Wenn er erst Teil der Kohärenz war, dann würde sie ihn verstehen. Wenn das wirklich so war, wie alle sagten – dass man darin direkt von Gehirn zu Gehirn kommunizierte, dass man keine Sprache brauchte, dass es keine Lüge, keine Verstellung, keine Masken mehr gab, dann musste sie ihn einfach verstehen. Dann würde sie seine Schuldgefühle wegen Marens Tod spüren, wie er sie spürte. Wenn seine Gedanken und Gefühle offen vor ihr lagen, dann würde ihr nichts anderes übrig bleiben, als ihm zu verzeihen.

Er schloss die Augen, als die Frau mit der altmodischen Brille ihm den Injektor in die Nasenhöhle schob. Vor seinem inneren Auge sah er Darstellungen des Naseninneren aus medizinischen Fachbüchern, sah, welchen Weg das Gerät nahm. Er spürte nichts, aber er hörte in seinem Kopf, wie die Spitze auf der *Lamina cribrosa* aufsetzte, der Siebbeinplatte, oberhalb derer der Riechnerv verlief. Es hörte sich an wie der Einsturz eines Gebäudes, als das Gerät durch den Knochen bohrte, um den Chip direkt auf dem *Nervus olfactorius* abzusetzen.

Willkommen, rief ein Chor von Stimmen, und es war, als halle ihr Ruf nach: *komm, komm, komm . . .*

Tausende von Stimmen, die er hörte. Tausende von Augen,

durch die er sah. Tausende fremder Gedanken, die in ihm Resonanz fanden.

Er spürte kaum, wie man ihn losband, zu einem Bett führte, ihm half, sich hinzulegen. Er spürte nur diesen Pulsschlag von Gefühlen, mächtig wie ein Erdbeben.

Willkommen – komm – komm – komm . . .

Irgendwann schließlich hörte er auf, Neal Lundkvist zu sein, und wurde zur Kohärenz.

- ENDE DES 2. TEILS -

Andreas Eschbach

Black*Out

Was wäre, wenn das Wissen und die Gedanken eines Einzelnen für eine ganze Gruppe verfügbar wären? Jederzeit? Würde dann nicht Frieden und Einigkeit auf Erden herrschen? Wäre der Mensch dann endlich nicht mehr so entsetzlich allein? Oder könnte dadurch eine allgegenwärtige Supermacht entstehen, die zur schlimmsten Bedrohung der Welt wird?
Ein Thriller der Extraklasse von Bestsellerautor Andreas Eschbach.

464 Seiten • Klappenbroschur
ISBN 978-3-401-50505-3
Beide Titel auch als E-Books erhältlich
und als Hörbücher bei Arena audio

Time*Out

Christopher und Serenity sind im Hide-Out zum Nichtstun verdammt. Während die Kohärenz ihre Fäden immer dichter spinnt, verlieren sie jeden Mut. Doch dann hat Christopher eine Idee, wo die Schwachstelle des globalen Netzwerkes Lifehook liegen könnte. Gemeinsam mit Serenity macht er sich auf, um das Unmögliche zu wagen.

528 Seiten • Klappenbroschur
ISBN 978-3-401-50507-7
www.eschbach-lesen.de
www.arena-verlag.de

Andreas Eschbach

ISBN 978-3-401-50371-4

Die seltene Gabe

Lampen zerspringen, Züge bleiben liegen, Dinge schweben durch den Raum ... und daneben steht ein Junge, dessen starrer Blick diese unheimlichen Vorgänge lenkt. Armand ist ein Telekinet. Einer der besten. Doch diese seltene Gabe hat ihre Schattenseiten. Das Militär will, dass er seine parapsychologischen Kräfte als Killer einsetzt. Armand bleibt nur die Flucht, die ihn zu Marie und in ein neues Leben führt ...

ISBN 978-3-401-50316-5

Perfect Copy
Die zweite Schöpfung

Ein kubanischer Wissenschaftler hat zugegeben, vor 16 Jahren zusammen mit einem deutschen Mediziner einen Menschen geklont zu haben. Nun sucht alle Welt nach dem Klon. Und der Vater des 16-jährigen Wolfgang kannte den Kubaner. Als eine große Boulevardzeitung mit Wolfgangs Foto und der Schlagzeile »Ist er der deutsche Klon?« auf der Titelseite erscheint, bricht die Hölle los ...

Beide Titel sind auch als E-Books erhältlich

Arena

Jeder Band:
248 Seiten
Arena Taschenbuch
www.eschbach-lesen.de
www.arena-verlag.de

Krystyna Kuhn

Das Tal – Season 1

Band 1: **Das Spiel**
978-3-401-50530-5

Band 2: **Die Katastrophe**
978-3-401-50531-2

Band 3: **Der Sturm**
978-3-401-50532-9

Band 4: **Die Prophezeiung**
978-3-401-50533-6

Alle Titel auch
als E-Books erhältlich und als
Hörbücher bei Lübbe audio

Arena

Jeder Band:
Arena Taschenbuch
www.das-tal-lesen.de
www.arena-verlag.de

Krystyna Kuhn

Das Tal – Season 2

Band 1: **Der Fluch**
978-3-401-50534-3

Band 2: **Das Erbe**
978-3-401-50535-0

Band 3: **Die Jagd**
978-3-401-50536-7

Band 4: **Die Entscheidung**
978-3-401-50537-4

Arena

Alle Titel auch
als E-Books erhältlich und als
Hörbücher bei Lübbe audio

Jeder Band:
Arena Taschenbuch
www.das-tal-lesen.de
www.arena-verlag.de

Mirjam Mous

Als Hörbuch bei Hörcompany

978-3-401-50421-6

978-3-401-06682-0

978-3-401-06758-2

978-3-401-06979-1

Arena

Alle Bände auch als E-Books erhältlich.
www.arena-verlag.de